中國學術思想 研究輯刊

初 編

林 慶 彰 主編

第 10 冊

朱熹《詩經》學與《詩經》漢學傳統異同之研究(下)

陳 明 義 著

花木蘭文化出版社

國家圖書館出版品預行編目資料

朱熹《詩經》學與《詩經》漢學傳統異同之研究（下）／陳明
義 著 — 初版 — 台北縣永和市：花木蘭文化出版社，2008〔
民 97〕
目 2+270 面：19×26 公分（中國學術思想研究輯刊 初編：第
10 冊）
ISBN：978-986-6657-82-5（精裝）
1. 詩經　2. 研究考訂
831.18　　　　　　　　　　　　　　　　　　97016014

ISBN - 978-986-6657-82-5

9 789866 657825

中國學術思想研究輯刊
初　編　第　十　冊　　　　　　ISBN：978-986-6657-82-5

朱熹《詩經》學與《詩經》漢學傳統異同之研究（下）

作　　者　陳明義
主　　編　林慶彰
總 編 輯　杜潔祥
出　　版　花木蘭文化出版社
發 行 所　花木蘭文化出版社
發 行 人　高小娟
聯絡地址　台北縣永和市中正路五九五號七樓之三
　　　　　電話：02-2923-1455／傳真：02-2923-1452
網　　址　http://www.huamulan.tw 信箱 sut81518@ms59.hinet.net
印　　刷　普羅文化出版廣告事業
封面設計　劉開工作室
初　　版　2008 年 9 月
定　　價　初編 28 冊（精裝）新台幣 46,000 元

朱熹《詩經》學與《詩經》漢學傳統異同之研究(下)

陳明義　著

目次

第四章　訓詁的異同

第一節　朱熹釋《詩》對於《毛傳》、《鄭箋》訓詁的承用

　　朱熹釋《詩》，由於認為《詩序》出自漢儒，其所詮定的詩旨，多所謬誤，或妄生美刺、附會書史、騰空臆說，和詩文的旨意，多所乖違，因此，在有關《詩經》三百篇詩意的詮解上，多不取《序》說，凡此已見前章。唯就詩文的字義、詞義、名物、制度等的訓詁上，朱熹對於《毛傳》、《鄭箋》、《毛詩正義》所組構的漢學傳統，究竟抱持何種態度？在實際的詮《詩》當中，朱熹究有無承用取舍？其間的異同又是如何？觀察朱熹釋《詩》承用取舍《傳》、《箋》在訓詁上的情形，當然也是觀察朱熹《詩經》學和漢學傳統異同的一端，以下續述之。

　　若將朱熹的《詩集傳》，和《毛傳》、《鄭箋》在有關詩文的字義、詞義、名物、制度等的訓詁上，逐一核校比對，吾人可以發現，朱熹釋《詩》，取資《毛傳》、《鄭箋》之處不少，這種現象，當然和朱熹的解經須本於訓詁、對於漢魏諸儒訓詁的看重，及在治學上所具有的博觀約取、鎔舊鑄新的態度有關。關於解經須本於訓詁的態度，朱熹說：

　　　某尋常解經，只要依訓詁說字。（《朱子語類》卷七十二，頁 1812）

　　　學者之於經，未有不得於辭而能通其意者。（〈書中庸後〉，《朱熹集》
　　　卷八十一一頁 4175～4176）

　　　字書音韻是經中淺事，故先儒得其大者多不留意。然不知此等處不

理會，卻枉費了無限辭說牽補而卒不得其本義，亦甚害事也。非但
《易》學，凡經之說，無不如此。（〈答楊元範書〉，《朱熹集》卷五
十，頁 2406）

解經既須本於言語文字的訓詁，而漢魏諸儒在釋經訓詁上的成果，自應加以
正視、看重，朱熹說：

漢魏諸儒正音讀、通訓詁、考制度、辨名物，其功博矣。學者苟不
先涉其流，則亦何以用力於此？而近世二三名家與夫所謂學於先生
之門人者，其考證推說，亦或時有補於文義之間。學者有得於此而
後觀焉，則亦何適而無得哉？（〈語孟集義序〉，《朱熹集》卷七十五，
頁 3945）

其治經必專家法者，天下之理，固不外於人之一心。然聖賢之言，
則有淵奧爾雅而不可以臆斷者。其制度名物、行事本末，又非今日
之見聞所能及也。故治經者必因先儒已成之說而推之。借曰未必盡
是，亦當究其所以得失之故，而後可以反求諸心而正其謬。此漢之
諸儒所以專門名家、各守師說而不敢輕有變焉者也。但其守之太拘
而不能精思明辨以求眞是，則爲病耳。（〈學校貢舉私議〉，《朱熹集》
卷六十九，頁 3637～3638）

朱熹認爲漢魏諸儒疏釋經典，在音讀、訓詁、制度、名物上，有相當的成果，
這些成果，足以作爲吾人今日釋經的基礎，在這樣的基礎上，進一步去熟讀
詳究，審定其是非得失，並參酌今說，經學的理解、研究才得以更加精進、
深入。讀者倘捨傳注而不由，則容易有蹈空偏說之患，關於時人捨離傳注，
致徒騁臆說的現象，朱熹曾撰文批評：

近年以來，習俗苟偷，學無宗主，治經者不復讀其經之本文與夫先
儒之傳注，但取近時科舉中選之文，諷誦摹倣，擇取經中可爲題目
之句，以意扭捏，妄作主張，明知不是經意，但取便於行文，不暇
恤也。蓋諸經皆然，而《春秋》爲尤甚。主司不惟不知其謬，乃反
以爲工而置之高等。習以成風，轉相祖述，慢侮聖言，日以益甚。
名爲治經，而實爲經學之賊；號爲作文，而實爲文字之妖。不可坐
視而不之正也。今欲正之，莫若討論諸經之說，各立家法，而皆以
注疏爲主。如《易》則兼取胡瑗、石介、歐陽脩、王安石……，《詩》
則兼取歐陽脩、蘇軾、程頤、張載、王安石、呂大臨、楊時、呂祖

謙……（〈學校貢舉私議〉，《朱熹集》卷六十九，頁 3638）

朱熹以為要導正時人不讀經之本文與前儒傳注，但「以意扭捏，妄作主張」的歪風，便是諸經的研讀都要本於前儒的傳注，在前儒傳注的基礎之上，再參酌宋人的經說，如此，經學的研究才能導入正途。以漢魏唐諸儒的傳注、注疏為基礎，去窮究、辨析其得失，再參採古今諸儒之說，以衡定經義，一向是朱熹治經的態度與方法，朱熹在〈論語訓蒙口義序〉中說：

> 本之注疏，以通其訓詁；參之《釋文》以正其音讀，然後會之於諸老先生之說，以發其精微。一句之義，繫之本句之下；一章之指，列之本章之左。又以平生所聞於師友而得於心思者，間附見一二條焉。本末精粗，大小詳略，無或敢偏廢也。（《朱熹集》卷七十五，頁 3925）

即傳達了這樣的理念。以治《詩》為例，《毛傳》、《鄭箋》既為解釋《詩》篇字義、詞義、名物、制度、訓詁等的重要著作，讀者讀《詩》自須以此二書為基礎，去窮究審定其得失，然後再參酌眾說，以尋繹正確的詩旨，讀者倘不由此途，便難以正確地去理解詩義，有人說《詩》，於訓詁名物均未曉，即受到朱熹的指斥：

> 曾見有人說《詩》，問他〈關雎〉篇，於其訓詁名物全未曉，便說：「樂而不淫，哀而不傷。」某因說與他道：「公而今說《詩》，只消這八字，更添「思無邪」三字，共成十一字，便是一部《毛詩》了。其他三百篇，皆成渣滓矣！」（《朱子語類》卷十一，頁 191）

在解經須本於訓詁，及對漢魏諸儒釋經訓詁的看重之下，朱熹釋《詩》，對於《毛傳》、《鄭箋》在詮解詩文有關字義、詞義、名物、制度等的訓詁上，遂頗有取資之處，茲對較舉例，述之如下：

1. 〈周南・葛覃〉

　　「葛①之覃②兮，施③于中谷④，維葉萋萋⑤。黃鳥⑥于飛，集于灌木⑦，其鳴喈喈⑧。」（一章）

　《毛傳》云：

> 覃，延也。葛所以為絺綌，女功之事煩辱者。施，移也。中谷，谷中也。萋萋，茂盛貌。黃鳥，摶黍也。灌木，叢木也。喈喈，和聲之遠聞也。（《詩疏》卷一之二，頁 30）。

其中「黃鳥，搏黍也。」據《毛詩正義》所引郭璞、陸璣之說，即是指黃鸝：

> 〈釋鳥〉云：「皇，黃鳥。」舍人曰：「皇名黃鳥。」郭璞曰：「俗呼
> 黃離留，亦名搏黍。」陸璣《疏》云：「黃鳥，黃鸝留也。」或謂之
> 黃栗留。幽州人謂之黃鶯。一名倉庚，一名商庚，一名鵹黃，一名
> 楚雀。齊人謂之搏黍。當葚熟時，來在桑間，故里語曰：「黃栗留，
> 看我麥黃葚熟不。」（同上）

又「灌木，藂木也。」所謂「藂木」，即是「叢木」，《經典釋文·毛詩音義上》
謂：「叢木，才公反，俗作藂。」（卷五，頁207）朱熹釋〈葛覃〉首章云：

> 葛，草名，蔓生，可爲絺綌者。覃，延也。施，移也。中谷，谷中
> 也。萋萋，盛貌。黃鳥，鸝也。灌木，叢木也。喈喈，和聲之遠聞
> 也。（《詩集傳》卷一，頁3）

兩相參較，〈葛覃〉首章，《毛傳》在詩文的字義、詞義、名物所作的訓詁共
有八處，朱熹《詩集傳》的訓詁亦有八處，除釋「葛，草名，蔓生」云云，
本《毛傳》而稍加增釋，釋〈黃鳥〉取《毛詩正義》所引郭璞、陸璣說外，
其餘訓詁，皆本於《毛傳》。

2. 〈周南·卷耳〉

> 「陟①彼崔嵬②，我馬虺隤③。我姑④酌彼金罍⑤，維以不永⑥懷。」
> （二章）

《毛傳》云：

> 陟，升也。崔嵬，土山之戴石者。虺隤，病也。姑，且也。人君黃
> 金罍。永，長也。（《詩疏》卷一之二，頁33）

其中「虺隤，病也。」《毛詩正義》援引孫炎之說來疏釋，云：

> 〈釋詁〉云：「虺隤、玄黃，病也。」孫炎曰：「虺隤，馬罷不能升
> 高之病。玄黃，馬更黃色之病。」然則虺隤者病之狀，玄黃者病之
> 變色，二章互言之也。（同上，頁34）

又「人君黃金罍」，《毛詩正義》引許慎《五經異義》云：

> 《韓詩》說：「金罍，大夫器也。天子以玉，諸侯、大夫皆以金，士
> 以梓。」《毛詩》說：「金罍，酒器，諸臣之所酢。人君以黃金飾尊，
> 大一碩，金飾龜目，蓋刻爲雲雷之象。」（同上）

朱熹釋〈卷耳〉二章云：

陟，升也。崔嵬，土山之戴石者。虺隤，馬罷不能升高之病。姑，
且也。罍，酒器，刻爲雲雷之象，以黃金飾之。永，長也。（《詩集
傳》卷一，頁3）

兩相參較，〈卷耳〉二章，《毛傳》的訓詁共有六處，朱熹的訓詁亦有六處，
除釋「虺隤」採《毛詩正義》所引的孫炎說、釋「罍」撮採《毛詩正義》所
引許愼《五經異義》的《毛詩》說外，其餘訓詁皆本於《毛傳》。

3. 〈召南・草蟲〉

「喓喓①草蟲②，趯趯③阜螽④。未見君子，憂心忡忡⑤。亦既見止
⑥，亦既覯⑦止，我心則降⑧。」（一章）

《毛傳》云：

喓喓，聲也。草蟲，常羊也。趯趯，躍也。阜螽，蠜也。卿大夫之
妻，待禮而行，隨從君子。忡忡，猶衝衝也。婦人雖適人，有歸宗
之義。止，辭也。覯，遇。降，下也。（《詩疏》卷一之四，頁51）

其中「草蟲，常羊也。」《毛詩正義》引郭璞、陸璣之說來說明：

〈釋蟲〉云：「草蟲，負蠜。」郭璞曰：「常羊也。」陸璣云：「小大
長短如蝗也。奇音青色，好在茅草中。」（同上）

朱熹釋〈草蟲〉首章云：

喓喓，聲也。草蟲，蝗屬，奇音青色。趯趯，躍貌。阜螽，蠜也。
忡忡，猶衝衝也。止，語辭。覯，遇。降，下也。（《詩集傳》卷一，
頁9）

兩相參較，〈草蟲〉首章，《毛傳》在詩文的字義、詞義、名物所作的訓詁，
共有八處，其中「卿大夫之妻，待禮而行，隨從君子。」、「婦人雖適人，有
歸宗之義。」云云，涉及到詩旨的說明；朱熹《詩集傳》的訓詁亦有八處，
除釋「草蟲」，採《毛詩正義》所援引的陸璣之說、釋「趯趯」爲「躍貌」，
與《毛傳》「躍也」微異之外，其餘訓詁，悉本《毛傳》。唯其中《毛傳》對
於點明詩旨的訓釋，並不爲朱熹所採用。

4. 〈邶風・燕燕〉

「燕燕于飛，頡①之頏②之。之子于歸，遠于將③之。瞻望弗及，佇
立④以泣。」（二章）

《毛傳》云：

飛而上曰頡，飛而下曰頏。將，行也。佇立，久立也。（《詩疏》卷
二之一，頁 77～78）

《鄭箋》云：

將亦送也。（同上，頁 77）

朱熹釋〈燕燕〉二章云：

飛而上曰頡，飛而下曰頏。將，送也。佇立，久立也。（《詩集傳》
卷二，頁 17）

兩相參較，《朱傳》的訓詁，悉本《毛傳》、《鄭箋》。唯釋「將」，捨《毛傳》
「行也」之訓，而採《鄭箋》「送也」之訓。又〈燕燕〉第四章：「仲①氏任
②只，其心塞③淵④。終溫⑤且惠⑥，淑⑦慎其身。先君之思⑧，以勗⑨寡
人⑩。」《毛傳》云：

仲，戴媯字也。任，大也。塞，瘱。淵，深也。惠，順也。勗，勉
也。（《詩疏》卷二之一，頁 78）

《鄭箋》云：

任者，以恩相親信也。《周禮》「六行：孝、友、睦、姻、任、恤。」
溫，謂顏色和也。淑，善也。戴媯思先君莊公之故，故將歸，猶勸
勉寡人以禮義。寡人，莊姜自謂也。（同上）

其中《毛傳》所謂「塞，瘱也。」《經典釋文·毛詩音義上》謂：「崔《集注》
本作實。」（卷五，頁 222）。朱熹釋〈燕燕〉第四章云：

仲氏①，戴媯字也。以恩相信曰任②。只③，語辭。塞④，實。淵
⑤，深。終⑥，竟。溫⑦，和。惠⑧，順。淑⑨，善也。先君⑩，
謂莊公也。勗⑪，勉也。寡人⑫，寡德之人，莊姜自謂也。（《詩集
傳》卷二，頁 17）

兩相參較，〈燕燕〉四章，《毛傳》、《鄭箋》的訓詁計有十處，其中《鄭箋》「戴
媯思先君莊公之故，故將歸，猶勸勉寡人以禮義。」云云，涉及句意的串解。
朱熹的訓詁有十二處，即在《毛傳》、《鄭箋》十處訓詁的基礎之上，再增釋
「只，語辭。」、「終，竟。」二處，在承自《傳》、《箋》的十處訓詁中，其
中釋「任」，捨《毛傳》「大也。」（和《爾雅·釋詁同》），而取《鄭箋》「以
恩相親信也。」之訓，其餘皆承引《傳》、《箋》之說。

5. 〈谷風〉

「習習①谷風②，以陰以雨。黽勉③同心，不宜有怒。采葑④采菲⑤，

無以<u>下體</u>⑥。德音莫違，及爾同死。」（一章）

《毛傳》云：

> 習習，和舒貌。東風謂之谷風。陰陽和而谷風至，夫婦和則室家成，室家成而繼嗣生。言黽勉者，思與君子同心也。葑，須也。菲，芴也。下體，根莖也。（《詩疏》卷二之二，頁89）

《鄭箋》云：

> 此二菜（按：指「葑」、「菲」）者，蔓菁與葍之類也。皆上下可食，然而其根有美時，有惡時，采之者，不可以根惡時，并棄其葉。喻夫婦以禮義合，顏色相親，亦不可以顏色衰，棄其相與之禮。（同上）

《毛詩正義》疏解「葑」、「菲」之義云：

> 〈釋草〉云：「須，葑蓯。」孫炎曰：「須，一名葑蓯。」〈坊記〉注云：「葑，蔓菁也，陳、宋之間謂之葑。」……〈釋草〉又云：「菲，芴也。」……陸機云：「菲似葍，莖麤葉厚而長有毛，三月中烝鬻為茹，滑美可作羹。幽州人謂之芴，《爾雅》謂之蒠菜，今河內人謂之宿菜。」（同上，頁90）

朱熹釋〈谷風〉首章云：

> 習習，和舒也。東風謂之谷風。葑，蔓菁也。菲，似葍，莖麤葉厚而長有毛。下體，根也。葑、菲根莖皆可食，而其根則有時而美惡。德音，美譽也。（《詩集傳》卷二，頁21）

兩相參較，〈谷風〉首章，《毛傳》、《鄭箋》的訓詁計有六處，其中《毛傳》「陰陽和而谷風至，……思與君子同心也。」涉及到章旨的說明，《鄭箋》釋「采葑采菲，無以下體。」也涉及到詩意的說解。《朱傳》的訓詁除增釋「德音，美譽也。」一條，及撮採《毛詩正義》所援引的陸機之說以釋「菲」之外，其餘訓詁，皆本《毛傳》、《鄭箋》而來。又〈谷風〉六章：「我有旨①蓄②，亦以御③冬。宴爾新昏，以我御窮。有洸④有潰⑤，既詒我肄⑥。不念昔者，伊余來塈⑦。」《毛傳》云：

> 旨，美。御，禦也。洸洸，武也。潰潰，怒也。肄，勞也。塈，息也。（《詩疏》卷二之二，頁92）

《鄭箋》云：

> 蓄聚美菜者，以禦冬月之無時也。（同上）

朱熹云：

旨，美。蓄，聚。御，當也。洸，武貌。潰，怒色也。肄，勞。墍，
息也。（《詩集傳》卷二，頁 22）

兩相參較，除「禦，當也。」另取〈秦風・黃鳥〉三章：「百夫之禦」之《毛
傳》文以外〔註1〕，其餘訓詁，也皆本諸《毛傳》、《鄭箋》而來。

6. 〈鄘風・定之方中〉

「靈①雨既零②，命彼倌人③。星④言夙⑤駕，說于桑田。匪直也人，
秉⑥心塞⑦淵⑧，騋牝⑨三千。」（三章）

《毛傳》云：

零，落也。倌人，主駕者。非徒庸君。秉，操也。馬七尺以上曰騋，
騋馬與牝馬也。（《詩疏》卷三之二，頁 117）

《鄭箋》云：

靈，善也。星，雨止星見。夙，早也。文公於雨下，命主駕者：雨
止，為我晨早駕，欲往為辭說于桑田，教民稼穡，務農急也。塞，
充實也。淵，深也。（同上）

朱熹釋〈定之方中〉三章云：

靈，善。零，落也。倌人，主駕者也。星，見星也。說，舍止也。
秉，操。塞，實。淵，深也。馬七尺以上為騋。（《詩集傳》卷三，
頁 31）

兩相參較，朱熹除增釋「說，舍止也。」之外，而「說，舍止也。」之訓，
乃採《毛傳》釋〈召南・甘棠〉三章「召伯所說」之文〔註2〕，其餘訓詁，也
皆本諸《毛傳》、《鄭箋》而來。

7. 〈衛風・淇奧〉

「瞻彼淇奧，綠竹青青①。有匪君子，充耳②琇瑩③，會④弁⑤如星。
瑟兮僩兮，赫兮咺兮。有匪君子，終不可諼兮。」（二章）

《毛傳》云：

〔註1〕據陳奐所説，「御」同「禦」，為古今字，云：「御、禦，古今字。〈秦・黃鳥・
傳〉：『禦，當也。』」（《詩毛氏傳疏》卷三，頁 103）《毛傳》釋〈秦風・黃鳥〉
三章：「維此鍼虎，百夫之禦。」云：「禦，當也。」即為朱熹釋《詩》所取，
朱熹釋「百夫之禦」亦云：「禦猶當也。」（《詩集傳》卷六，頁 78）。

〔註2〕《毛傳》釋〈召南・甘棠〉三章：「蔽芾甘棠，勿翦勿拜，召伯所說。」云：
「說，舍也。」（《詩疏》一之四，頁 9）為朱熹釋《詩》之所本。

青青，茂盛貌。充耳，謂之瑱。琇瑩，美石也。天子玉瑱，諸侯以石。弁，皮弁，所以會髮。（《詩疏》卷三之二，頁127）

《鄭箋》云：

會，謂弁之縫中，飾之以玉，皪皪而處，狀似星也。天子之朝服，皮弁以日視朝。（同上）

朱熹云：

青青，堅剛茂盛之貌。充耳，瑱也。琇瑩，美石也。天子玉瑱，諸侯以石。會，縫也。弁，皮弁也。以玉飾皮弁之縫中，如星之明也。

（《詩集傳》卷三，頁34）

兩相參較，除「青青」本《毛傳》，增釋「堅剛」二字，釋「弁」融會《毛傳》、《鄭箋》，其餘訓詁，皆本於《毛傳》。

8. 〈衛風・碩人〉

「碩①人其頎②，衣錦③褧④衣。齊侯之子，衛侯之妻，東宮⑤之妹⑥，邢侯之姨⑦，譚公維私⑧。」（一章）

《毛傳》云：

頎，長貌。錦，文衣也。夫人德盛而尊，嫁則錦衣加褧襜。東宮，齊大子也。女子後生曰妹。妻之姊妹曰姨。姊妹之夫曰私。（《詩疏》卷三之二，頁129）

《鄭箋》云：

碩，大也。言莊姜儀表長麗佼好，頎頎然。褧，禪也。國君夫人翟衣而嫁，今衣錦者，在途之所服也。尚之以禪衣，爲其文之大著。陳此者，言莊姜容貌既美，兄弟皆正大。（同上）

《毛詩正義》疏釋《毛傳》、「東宮，齊大子也。」至「姊妹之夫曰私」之意，云：

太子居東宮，因以東宮表太子，故《左傳》曰「娶于東宮得臣之妹」服虔云：「得臣，齊太子名，居東宮」是也。繫太子言之，明與同母，見夫人所生之貴，故《箋》云「兄弟皆正大」。……〈釋親〉云：「男子謂女子先生爲姊，後生爲妹。妻之姊妹同出爲姨。女子謂姊妹之夫爲私。」孫炎曰：「同出，俱已嫁也。私，無正親之言。」然則謂吾姨者，我謂之私。邢侯、譚公皆莊姜姊妹之夫，互言之耳。（同上）

朱熹釋〈碩人〉首章云：

> 碩人，指莊姜也。頎，長貌。錦，大衣也。褧，禪也。錦衣而加褧
> 焉，爲其文之太著也。東宮，太子所居之宮，齊太子得臣也。繫太
> 子言之者，明與同母，言所生之貴也。女子後生曰妹。妻之姊妹曰
> 姨。姊妹之夫曰私。邢侯、譚公，皆莊姜姊妹之夫，互言之也。諸
> 侯之女嫁於諸侯則尊同，故歷言之。（《詩集傳》卷三，頁36）

兩相參較，《朱傳》的訓詁皆本《毛傳》、《鄭箋》、《毛詩正義》而來。其中釋
「東宮」、「邢侯、譚公」，皆援據《毛詩正義》之說。又〈碩人〉三章：「碩
人敖敖①，說②于農郊③。四牡有驕④，朱幩⑤鑣鑣⑥，翟⑦茀⑧以朝，大
夫夙退，無使君勞。」

《毛傳》云：

> 敖敖，長貌。農郊，近郊。驕，壯貌。幩，飾也。人君以朱纏鑣扇
> 汗，且以爲飾。鑣鑣，盛貌。翟，翟車也。夫人以翟羽飾車。茀，
> 蔽也。大夫未退，君聽朝於路寢，夫人聽內事於正寢。大夫退，然
> 後罷。（《詩疏》卷三之二，頁130）

《鄭箋》云：

> 「敖敖」猶「頎頎」也。「說」當作「禭」。《禮》、《春秋》之禭，讀
> 皆宜同。衣服曰禭，今俗語然。此言莊姜始來，更正衣服於衛近郊。
> 莊姜始來時，衛諸大夫朝夕者皆早退，無使之勞倦者，以君夫人新
> 爲妃耦，宜親親之故也。（同上）

《毛詩正義》疏釋《毛傳》「夫人以翟羽飾車」、「茀，蔽也」之意，云：

> 車之所以有翟者，夫人以翟羽飾車。茀，車蔽也。婦人乘車不露見，
> 車之前後設障以自隱蔽，謂之茀，因以翟羽爲之飾。（同上）

又疏釋《毛傳》「大夫未退，君聽朝於路寢，……然後罷。」之意云：

> 釋大夫所以早退之意，而兼言夫人者，以君聽外治，夫人聽內職，
> 事與君皆同。……〈玉藻〉云：「君日出而視朝，退適路寢聽政，使
> 人視大夫，大夫退，然後適小寢，釋服。」適小寢，即是罷也。（同
> 上）

朱熹釋〈碩人〉三章云：

> 敖敖，長貌。說，舍也。農郊，近郊也。田牡，車之四馬。驕，壯
> 貌。幩，鑣飾也。鑣者馬銜外鐵，人君以朱纏之也。鑣鑣，盛也。

翟，翟車也。夫人以翟羽飾車。茀，蔽也。婦人之車，前後設蔽。
夙，早也。〈玉藻〉曰：「君日出而視朝，退適路寢聽政，使人視大
夫，大夫退，然後適小寢，釋服。」（《詩集傳》卷三，頁 36）

兩相參較，朱熹除增釋「四牡，車之四馬。」、「夙，早也。」；釋「說」舍《鄭
箋》另取《毛傳》，釋「鑣」兼取《經典釋文‧毛詩音義》之說〔註3〕；釋「茀」
兼取《毛詩正義》之說；釋「大夫夙退，無使君勞。」引《禮記‧玉藻》，與
《毛詩正義》相同之外，其餘訓詁，皆本於《毛傳》。

9. 〈齊風‧還〉

「子之還①兮，遭我乎猺②之閒兮。並驅從③兩肩④兮，揖我謂我儇
⑤兮。」（一章）

《毛傳》云：

還，便捷之貌。猺，山名。從，逐也。獸三歲曰肩。儇，利也。（《詩
疏》卷五之一，頁 189）

朱熹云：

還，使捷之貌。猺，山名也。從，逐也。獸三歲曰肩。儇，利也。（《詩
集傳》卷五，頁 58）

兩相參較，〈還〉首章，《毛傳》的訓詁計有五處，悉爲《朱傳》所本。

10. 〈曹風‧候人〉

「彼候人①兮，何②戈與祋③。彼④其之子⑤，三百赤芾⑥。」（一章）

《毛傳》云：

候人，道路送迎賓迎客者。何，揭。祋，殳也。言賢者之官，不過
候人。彼，彼曹朝也。芾，韠也。一命縕芾黝、珩，再命赤芾黝珩，
三命赤芾蔥珩。大夫以上赤芾乘軒。（《詩疏》卷七之三，頁 269）

《鄭箋》云：

是謂遠君子也。之子，是子也。佩赤芾者三百人。（同上）

《毛詩正義》疏釋〈候人〉首章之意云：

言共公疏遠君子。曹之君子正爲彼候迎賓送客之人兮，荷揭戈與祋

〔註3〕〈召南‧甘棠〉：「召伯所說」，《毛傳》：「說，舍也。」（《詩疏》卷一之四，
頁 55）爲朱熹釋《詩》之所本，《詩集傳‧召南‧甘棠》：「說，舍也。」（卷
一，頁 10）又《經典釋文‧毛詩音義上》：「鑣鑣：表驕反。馬銜外鐵也。一
名扇汗，又曰排沫。」（卷三，頁 239）

在於道路之上。言賢者之官，不過候人，是遠君子也。又親近小人，
彼曹朝上之子三百人皆服赤芾，是其近小人也。諸侯之制大夫五人。
今有三百赤芾，愛小人過度也。（同上）

又云：

桓二年《左傳》云：「袞、冕、黻、珽」，則芾是配冕之服。（同上，
頁 270）

朱熹釋〈候人〉首章云：

候人，道路迎送賓客之官。何，揭。殳，兵也。之子，指小人。芾，
冕服之韠也。一命縕芾黝珩。再命赤芾黝珩。三命赤芾蔥珩。大夫
以上，赤芾乘軒。（《詩集傳》卷七，頁 87）

兩相參較，〈候人〉首章，朱熹除「芾，冕服之韠也。」兼取《毛詩正義》所
引《左傳》之說外，其餘訓詁，悉本《毛傳》、《鄭箋》、《毛詩正義》而來。

11.〈曹風・下泉〉

「冽①彼下泉②，浸彼苞③稂④。愾⑤我寤⑥嘆，念彼周京。」（一章）

《毛傳》云：

冽，寒也。下泉，泉下流也。苞，本也。稂，童梁，非溉草，得水
而病也。（《詩疏》卷七之三，頁 272）

《鄭箋》云：

稂，當作涼。涼草，蕭蓍之屬。愾，嘆息之意。寤，覺也。念周京
者，思其先王之明者。（同上）

《毛詩正義》疏釋《毛傳》「稂，童梁。」之意云：

「稂，童梁」，〈釋草〉文。舍人曰：「稂，一名童梁。」郭璞曰：「莠
類也。」陸機《疏》云：「禾秀爲穗而不成，崱嶷然，謂之童梁。」
（同上）

又疏釋《鄭箋》「念周京者，思其先王之明者。」之意云：

《序》云「思明王」，故知念周京是思先王之明者。周京與京師，一
也，因異章而變文耳。周京者，周室所居之京師也。京周者，京師
所治之周室也。桓九年《公羊傳》云：「京師者何？天子之居也。京
者何？大也。師者何？眾也。天子之居，必以大、眾言之。」是說
天子之都名爲京師也。（同上）

朱熹釋〈下泉〉首章云：

冽，寒也。下泉，泉下流者也。苞，草叢生也。稂，童梁，莠屬也。

愾，歎息之聲也。周京，天子所居也。(《詩集傳》卷七，頁 89)

兩相參較，除「苞，草叢生也。」另取孫炎說〔註4〕，釋「稂」舍《鄭箋》而取《毛傳》，並兼取《毛詩正義》所引郭璞說；釋「周京」本《毛詩正義》所援引的《公羊傳》說外，其餘訓詁皆本《毛傳》而來。

12. 〈豳風・東山〉

「我徂東山，慆慆不歸。我來自東，零雨其濛。倉庚于飛①，燿燿② 其羽。之子于歸，皇③駁④其馬。親結其縭⑤，九十其儀⑥。其新孔 嘉，其舊如之何？」(四章)

《毛傳》云：

黃白曰皇。駵白曰駁。縭，婦人之褘也。母戒女，施衿結帨。九十 其儀，言多儀也。言久長之道也。(《詩疏》卷八之二，頁 296)

《鄭箋》云：

凡先著此四句者（按：指「我徂東山，慆慆不歸。我來自東，零雨 其濛。」），皆爲序歸士之情。倉庚仲春而鳴，嫁取之候也。燿燿其 羽，羽鮮明也。歸士始行之時，新合昏禮，今還，故極序其情以樂 之。嘉，善也。其新來時甚善，至今則久矣。(同上)

朱熹云：

倉庚飛，婚姻時也。燿燿，鮮明也。黃白曰皇。駵白曰駁。縭，婦 人之褘也。母戒女而爲之施衿結帨也。九其儀，十其儀，言其儀之 多也。(《詩集傳》卷八，頁 94～9)

兩相參較，〈東山〉四章，《朱傳》的訓詁悉本《毛傳》、《鄭箋》。

13. 〈小雅・鹿鳴〉

「呦呦鹿鳴，食野之蒿①。我有嘉賓，德音②孔③昭④。視⑤民不恌 ⑥，君子是則是傚⑦。我有旨酒，嘉賓式燕以敖⑧。」(二章)

《毛傳》云：

〔註4〕 〈唐風・鴇羽〉首章：「肅肅鴇羽，集于苞栩。」《毛傳》：「苞，稹。」《鄭箋》： 「稹者，根相迫迮稇致也。」(以上《詩疏》卷六之二，頁225)《毛詩正義》 疏釋《傳》、《箋》之意云：「『苞，稹』，〈釋言〉文。孫炎曰：『物叢生曰苞， 齊人名曰稹。』郭璞曰：『今人呼物叢緻者爲稹。』《箋》云：『稹者，根相迫 迮稇緻貌，亦謂叢生也。』」(同上)

蒿，菣也。恌，愉也。是則是傚，言可法傚也。敖，遊也。(《詩疏》
卷九之二，頁 316)

《鄭箋》云：

德音，先王道德之教也。孔，甚。昭，明也。視，古示字也。飲酒
之禮，於旅也語。嘉賓之語先王德教甚明，可以示天下之民，使之
不愉於禮義。是乃君子所法傚，言其賢也。(同上)

《毛詩正義》疏釋《毛傳》「蒿，菣也。」云：

〈釋草〉文。孫炎曰：「荊楚之間謂蒿為菣。」郭璞曰：「今人呼青
蒿香中炙啖者為菣。」陸機云：「蒿，青蒿也。荊、豫之間，汝南、
汝陽皆云菣也。」(同上)

又疏釋《鄭箋》「飲酒之禮，於旅也語。……使之不愉於禮義。」云：

言嘉賓於旅之節，語先王之德教甚明，可以示天下之民，使不愉薄
禮義。愉音臾，《說文》訓為薄也。昭十年《左傳》引此詩，服虔亦
云「示民不愉薄」是也。(同上)

朱熹釋〈鹿鳴〉二章云：

蒿，菣也，即青蒿也。孔，甚。昭，明也。視，與示同。恌，偷薄
也。敖，游也。(《詩集傳》卷九，頁 99)

兩相參較，除釋「蒿」兼取《毛詩正義》所引陸機之說，釋「恌，偷薄也。」
本《毛詩正義》所引服虔之說，釋「德音」不取《鄭箋》「先王道德之教也」
以外，其餘訓詁皆承自《毛傳》、《鄭箋》。

14. 〈小雅・采薇〉

「采薇①采薇，薇亦作②止。曰歸曰歸，歲亦莫③止。靡④室靡家，
玁狁⑤之故；不遑⑥啟⑦居，玁狁之故。」(一章)

《毛傳》云：

薇，菜。作，生也。玁狁，北狄也。(《詩疏》卷九之三，頁 332)

《鄭箋》云：

西伯將遣戍役，先與之期以采薇之時。今薇生矣，先輩可以行也。
重言采薇者，丁寧行期也。莫，晚也。曰女何時歸乎？亦歲晚之時
乃得歸也。又丁寧歸期，定其心也。北狄，今匈奴也。靡，無。遑，
暇。啟，跪也。古者師出不踰時，今薇菜生而行，歲晚乃得歸，使
女無室家夫婦之道。不暇跪居者，有玁狁之難，故曉之也。(同上)

朱熹云：

> 薇，菜名。作，生出地也。莫，晚。靡，無。玁狁，北狄也。遑，
> 暇。啓，跪也。（《詩集傳》卷九，頁 105）

兩相參較，〈采薇〉首章，《毛傳》、《鄭箋》就字義、詞義、名物所作的訓詁計有七處，其中《鄭箋》並多涉及句意、章旨的點明與串解，朱熹釋〈采薇〉首章，除《鄭箋》在句意，章旨的點明、說解不取之外，其餘的訓詁，亦悉本《毛傳》、《鄭箋》。又〈采薇〉二章：「采薇采薇，薇亦柔止。曰歸曰歸，心亦憂止。憂心烈烈，載飢載渴。我戍未定，靡使歸聘。」《毛傳》云：

> 柔，始生也。聘，問也。（同上，頁 333）

《鄭箋》云：

> 柔謂脆脕之時。烈烈，憂貌。則飢則渴，言其苦也。定，止也。我
> 方守於北狄，未得止息，無所使歸間，言所以憂。（同上）

朱熹云：

> 柔，始生而弱也。烈烈，憂貌。載，則也。定，止。聘，問也。（同
> 上）

兩相參較，除「柔，始生而弱也。」本《毛傳》而略加增釋外，其餘訓詁，亦本《毛傳》、《鄭箋》。

15. 〈小雅・南山有臺〉

> 「南山有枸①，北山有楰②。樂只君子，遐不黃③耉④；樂只君子，
> 保⑤艾⑥爾後。」（五章）

《毛傳》云：

> 枸，枳枸。楰，鼠梓。黃，黃髮也。耉，老。艾，養。保，安也。（《詩
> 疏》卷十之一，頁 347）

《毛詩正義》疏釋《毛傳》「枸，枳枸。」、「楰，鼠梓。」之意云：

> 枸，〈釋木〉無文。宋玉賦曰：「枳枸來巢」，則枸木多枝而曲，所以
> 來巢也。陸機《疏》云：「枸樹高大似白楊，有子著枝端，大如指，
> 長數寸，噉之甘美如飴。八月熟。今宮園種之。謂之木蜜。」「楰，
> 鼠梓」，〈釋木〉文。李巡曰：「鼠梓，一名楰。」郭璞曰：「楸屬也。」
> 陸機《疏》曰：「其樹葉木理如楸，山楸之異者，今人謂之苦楸是也。」
> （同上）

又疏釋《毛傳》「黃，黃髮也。」、「耉，老。」之意云：

〈釋詁〉云：「黃髮、耇老，壽也。」舍人曰：「黃髮，老人髮白復
黃也。」孫炎曰：「耇，面凍梨色如浮垢。」（同上）

朱熹釋〈南山有臺〉五章云：

枸，枳枸，樹高大似白楊。有子著枝端，大如指，長數寸，噉之甘
美如飴。八月熟，亦名木蜜。楰，鼠梓，樹葉木理如楸，亦名苦楸。
黃，老人髮白復黃也。耇，老人面凍梨色，如浮垢也。保，安。艾，
養也。（《詩集傳》卷九，頁 111）

兩相參較，朱熹除釋「枸」、「楰」兼取《毛詩正義》所引陸璣說；釋「黃」
兼取《毛詩正義》所引舍人說、釋「耇」兼取《毛詩正義》所引孫炎說，其
餘訓詁，也皆本《毛傳》。

16. 〈小雅・車攻〉

「我車既<u>攻</u>①，我馬既<u>同</u>②。四牡<u>龐龐</u>③，駕言徂<u>東</u>④。」（一章）

《毛傳》云：

攻，堅。同，齊也。宗廟齊豪，尚純也。戎事齊力，尚強也。田獵
齊足，尚疾也。龐龐，充實也。東，洛邑也。（《詩疏》卷十之三，
頁 366）

朱熹云：

攻，堅。同，齊也。《傳》曰：「宗廟齊豪，尚純也。戎事齊力，尚
強也。田獵齊足，尚疾也。」龐龐，充實也。東，東都洛邑也。（《詩
集傳》卷九，頁 117）

兩相參較，《朱傳》的訓詁，悉本《毛傳》而來，其中《傳》曰：「宗廟齊豪……」
云云，並直接標明援引《毛傳》之說。

17. 〈小雅・小旻〉

「不敢<u>暴虎</u>①，不敢<u>馮河</u>②。人知其<u>一</u>③，莫知其<u>他</u>④。<u>戰戰</u>⑤<u>兢兢</u>
⑥，<u>如臨深淵</u>⑦，<u>如履薄冰</u>⑧。」（六章）

《毛傳》云：

馮，陵也。徒涉曰馮河，徒搏曰暴虎。一、非也。他，不敬小人之
危殆也。戰戰，恐也。兢兢，戒也。恐墜也。恐陷也。（《詩疏》卷
十二之二，頁 414）

朱熹云：

徒搏曰暴。徒涉曰馮，如馮几然也。戰戰，恐也。兢兢，戒也。如

臨深淵，恐墜也。如履薄冰，恐陷也。（《詩集傳》卷十二，頁138）

兩相參較，朱熹除「馮河」略加增釋，其餘訓詁，悉本《毛傳》。

18. 〈大雅·棫樸〉

　　「淠①彼涇②舟，烝③徒楫④之。周王于⑤邁⑥，六師⑦及之。」（三
　　章）

　　《毛傳》云：

　　　　淠，舟行貌。楫，櫂也。天子六軍。（《詩疏》卷十六之三，頁557）

　　《鄭箋》云：

　　　　烝，眾也。淠淠然涇水中之舟，順流而行者，乃眾徒船人以楫櫂之
　　　　故也。興眾臣之賢者，行君政令。于，往。邁，行。周王往行，謂
　　　　出兵征伐也。二千五百人為師。今王興師行者，殷末之制，未有《周
　　　　禮》。《周禮》王師為軍，軍萬二千五百人。（同上）

　　朱熹云：

　　　　淠，舟行貌。涇，水名。烝，眾。楫，櫂。于，往。邁，行也。六
　　　　師，六軍也。（《詩集傳》卷十六，頁181）

兩相參較，《朱傳》的訓詁，皆本《毛傳》、《鄭箋》。唯其中《鄭箋》涉及句
意的串解、詩旨的點明的部份，朱熹並未直接承用。又〈棫樸〉五章：「追①
琢②其章，金玉其相③。勉勉我王，綱紀④四方。」《毛傳》云：

　　　　追，雕也。金曰雕，玉曰琢。相，質也。（《詩疏》卷十六之三，頁
　　　　558）

　　《鄭箋》云：

　　　　〈周禮·追師〉：「掌追衡笄」，則追亦治玉也。相，視也。猶觀視也。
　　　　追琢玉使成文章，喻文王為政，先以心研精，合於禮義，然後施之。
　　　　萬民視而觀之，其好而樂之，如觀金玉然。言其政可樂也。我王，
　　　　謂文王也。以罟喻為政，張之為綱，理之為紀。（同上）

　　朱熹云：

　　　　追，雕也。金曰雕，玉曰琢。相，質也。勉勉，猶言不已也。凡網
　　　　罟張之為綱，理之為紀。（《詩集傳》卷十六，頁181）

兩相參較，朱熹除增釋「勉勉，猶言不已也。」，釋「相」捨《鄭箋》取《毛
傳》以外，其餘訓詁也本於《毛傳》、《鄭箋》。唯《鄭箋》涉及句意、詩旨點
明的部份，朱熹並未承用。

綜上，可見朱熹釋《詩》，在字義、詞義、名物等的訓詁上，有不少取資《毛傳》、《鄭箋》之處。欲觀察朱熹釋《詩》在訓詁上取資《毛傳》、《鄭箋》之處不少的現象，除了透過上述所舉諸詩的核對參照可以得知以外，吾人若從朱熹、《詩序》在詩旨詮釋有明顯異同的詩篇來作對較、參照，則更可以理解此一事實，以下試舉數例來說明。

1. 〈召南・殷其靁〉

〈殷其靁〉一詩，《詩序》的詮釋是：

> 勸以義也。召南之大夫遠行從政，不遑寧處，其室家能閔其勤勞，
> 勸以義也。（《詩疏》卷一之四，頁 58）

據《序》說，〈殷其靁〉一詩，是召南大夫的妻子勸其夫以為臣之義。所謂召南大夫的妻子勸其夫以為臣之義，是說召南的大夫奉行王命，遠行從政，至不得遑暇安處的地步，但其妻能閔念其勤勞，並勸勉他扮演好人臣的角色，在奉君命出使邦畿而功仍未成之時，不應思歸〔註 5〕。朱熹詮釋〈殷其靁〉，和《詩序》有所不同，他說：

> 南國被文王之化，婦人以其君子從役在外而思念，故作此詩。（《詩集傳》卷一，頁 11）

> 按此詩無「勸以義」之意。（《詩序辨說・殷其靁》，卷上，頁 8）

視〈殷其靁〉為婦人思念從役在外的丈夫之詩，並認為詩中並無《詩序》所謂的「勸以義」之意。就詩旨的詮釋而言，朱熹和《詩序》有所不同，唯就詩文的字義、詞義、名物的訓詁而言，朱熹仍多取資《毛傳》、《鄭箋》。〈殷其靁〉首章：「殷①其靁，在南山之陽②。何斯③違④斯⑤，莫敢或遑⑥。振振⑦君子，歸哉！歸哉！」《毛傳》云：

> 殷，靁聲也。山南曰陽，靁出地奮，震驚百里；山出雲雨，以潤天下。何此君子也。斯，此。違，去。遑，暇也。振振，信厚也。（《詩疏》卷一之四，頁 59）

《鄭箋》云：

〔註 5〕 鄭玄箋釋〈殷其靁・序〉云：「召南大夫，召伯之屬。遠行，謂使出邦畿。」（《詩疏》卷一之四，頁 58）」《毛詩正義》疏釋《殷其靁・序》云：「作〈殷其靁〉詩者，言大夫之妻勸夫以為臣之義。召南之大夫遠行從政，施王命於天下，不得遑暇而安處，其室家見其如此，能閔念其夫之勤勞，而勸以為臣之義。言雖勞而未可得歸，是勸以義之事也。」（同上）

> 何乎此君子，適居此，復去此，轉行遠，從事於王所命之方，無敢
> 或閒暇時，閔其勸勞。（同上）

朱熹云：

> 殷，靁聲也。山南曰陽。何斯，斯此人也。違斯，斯此所也。遑，
> 暇也。振振，信厚也。（《詩集傳》卷一，頁 11）

兩相參較，朱熹除進一步辨明「何斯」、「違斯」之義，其餘字義、詞義、名
物的訓詁也本《毛傳》、《鄭箋》而來。

2.〈邶風・柏舟〉

　　〈柏舟〉一詩，《詩序》的詮釋是：

> 言仁而不遇也。衛頃公之時，仁人不遇，小人在側。（《詩疏》卷二
> 之一，頁 74）

以為〈柏舟〉是描寫仁者不遇之詩。由於衛頃公之時，有仁者以小人在君側，
致使其不得於君，遂作〈柏舟〉以抒懷〔註6〕。朱熹詮釋〈柏舟〉，與《詩序》
不同，云：

> 婦人不得於其夫，故以柏舟為比。言以柏為舟，堅緻牢實，而不以
> 乘載，無所依薄，但汎然於水中而已。故其隱憂之深如此，非為無
> 酒可以敖遊而解之也。（《詩集傳》卷二，頁 15）

視〈柏舟〉為一首怨婦之詩。婦人透過漂浮在水流之中的柏舟，來比擬自己
的不得夫心，致無所依靠的處境。朱熹詮釋〈柏舟〉一詩的意旨，與《詩序》
有別，但就詩文字義、詞義、名物的訓詁上，則仍多採《毛傳》、《鄭箋》之
說。〈柏舟〉首章：「汎①彼柏②舟，亦汎其流③。耿耿④不寐，如有隱⑤憂。
微我無酒，以敖以遊⑥。」《毛傳》云：

> 汎，流貌。柏，木，所以宜為舟也。亦汎汎其流，不以濟渡也。耿
> 耿，猶儆儆也。隱，痛也。非我無酒，可以敖遊忘憂也。（《詩疏》
> 卷二之一，頁 74）

《鄭箋》云：

> 舟載渡物者，今不用而與眾物汎汎然俱流水中，興者，喻仁人之不
> 見用，而與羣小人並列，亦猶是也。仁人既不遇，憂在見侵害。（同
> 上）

〔註6〕鄭玄箋釋《柏舟・序》云：「不遇者，君不受己之志也。君近小人，則賢者見
　　　侵害。」（《詩疏》卷二之一，頁 74）

朱熹云：

> 汎，流貌。柏，木名。耿耿，小明，憂之貌也。隱，痛也。微，猶
> 非也。（《詩集傳》卷二，頁 15）

兩相參較，除章旨的詮說，不取《鄭箋》，釋「耿耿」未取《毛傳》以外，其
餘字義、詞義、名物等訓詁，皆就《毛傳》文加以攝取、刪汰。又〈柏舟〉
四章：「憂心悄悄①，慍②于群小③。覯閔④既多，受侮不少。靜⑤言⑥思之，
寤辟⑦有摽⑧。」《毛傳》云：

> 慍，怒也。悄悄，憂貌。閔，病也。靜，安也。辟，拊心也。摽，
> 拊心貌。（《詩疏》卷二之一，頁 75）

《鄭箋》云：

> 羣小，眾小人在君側者。言，我也。（同上）

朱熹云：

> 悄悄，憂貌。慍，怒意。羣小，眾妾也。言見怒於眾妾也。覯，見。
> 閔，病也。辟，拊心也。摽，拊心貌。（《詩集傳》卷二，頁 15）

兩相參較，除釋「羣小」異於《鄭箋》、不取《鄭箋》「言，我也。」之訓；
釋「覯」另取《大雅·抑》「無曰不顯，莫予云覯。」《毛傳》文外〔註7〕，其
餘訓詁，也本《毛傳》而來。

3. 〈王風·大車〉

〈大車〉一詩，《詩序》的詮釋是：

> 刺周大夫也。禮義陵遲，男女淫奔，故陳古以刺今大夫不能聽男女
> 之訟焉。（《詩疏》卷四之一，頁 153）

《毛詩正義》疏釋《詩序》之意云：

> 經三章皆陳古者大夫善於聽訟之事也。（同上）

據此，《詩序》謂〈大車〉是一首陳古以刺今之作。詩人藉者陳述古代大夫的
善於聽訟，來反刺當今（周）大夫的不能聽訟，致使禮義陵遲，男女淫奔。
朱熹詮釋〈大車〉，與《詩序》不同，謂：

> 淫奔者相命之辭也。……周衰，大夫猶有能以刑政治其私邑者，故
> 淫奔者畏而歌之如此。（《詩集傳》卷四，頁 46）

〔註 7〕〈大雅·抑〉七章：「無曰不顯，莫予云覯。」《毛傳》：「覯，見也。」（《詩
疏》卷十八之一，頁 647）朱熹釋「覯」，亦云：「覯，見。」（《詩集傳》卷十
八，頁 206）

非刺大夫之詩，乃畏大夫之詩。(《詩序辨説，大車》，卷上，頁 17)

視〈大車〉爲淫奔的男女之歌，詩中抒露了淫奔的男女，心中仍有所畏懼周大夫刑政的心理，並非刺大夫之詩。詩旨的詮釋，顯有不同，但就詩文的字義、詞義、名物的訓詁上，朱熹仍多取資《毛傳》、《鄭箋》。〈大車〉首章：「大車①檻檻②，毳衣③如菼④。豈不爾思？畏子不敢⑤。」《毛傳》云：

> 大車，大夫之車。檻檻，車行聲也。毳衣，大夫之服。菼，騅也，蘆之初生者也。天子大夫四命，其出封五命，如子男之服。乘其大車檻檻然，服毳冕以決訟。畏子大夫之政，終不敢。(《詩疏》卷四之一，頁 153)

《鄭箋》云：

> 菼，薍也。古者天子大夫服毳冕以巡行邦國，而決男女之訟，則是子男入爲大夫者。毳衣之屬，衣繢而裳繡，皆有五色焉，其青者如騅。(同上)
>
> 此二句者(按：指「豈不爾思，畏子不敢。」)，古之欲淫奔者之辭。我豈不思與女以爲無禮與？畏子大夫來聽訟，將罪我，故不敢也。子者，稱所尊敬之辭。(同上)

朱熹云：

> 大車，大夫車。檻檻，車行聲也。毳衣，天子大夫之服。菼，蘆之始生也。毳衣之屬，衣繪而裳繡，五色皆備，其青者如菼爾。淫奔者相命之辭也。子，大夫也。不敢，不敢奔也。(《詩集傳》卷四，頁 47)

兩相參較，朱熹除釋「菼」取《毛傳》捨《鄭箋》外，其餘諸訓詁，皆本《毛傳》、《鄭箋》而來。

4. 〈鄭風‧溱洧〉

〈溱洧〉一詩，《詩序》的詮釋是：

> 刺亂也。兵革不息，男女相棄，淫風大行，莫之能救焉。(《詩疏》卷四之四，頁 182)

據《序》說，〈溱洧〉一詩是「刺亂」之詩。所謂「刺亂」，即是刺淫〔註8〕。朱熹詮釋〈溱洧〉，與《詩序》不同，謂：

〔註 8〕鄭玄箋釋〈溱洧‧序〉云：「救猶止也。亂者，士與女合會溱洧之上。」(《詩疏》卷四之四，頁 182)

此詩淫奔者自敘之詞。(《詩集傳》卷四,頁 56)

視〈溱洧〉爲淫奔者自敘的淫詩。二者在詩旨的詮釋,顯有不同,但就詩文字義、詞義、名物等的訓詁上,朱熹仍多取資《毛傳》、《鄭箋》。〈溱洧〉首章:「溱①與洧②,方渙渙③兮。士與女,方秉蕑④兮。女曰:『觀乎』?士曰:『既且』。『且往觀乎!洧之外,洵⑤訏⑥且樂』。維士與女,伊其相謔。贈之以勺藥⑦。」《毛傳》云:

溱、洧,鄭兩水名。渙渙,春水盛也。蕑,蘭也。訏,大也。勺藥。香草。(《詩疏》卷四之四,頁 182)

《鄭箋》云:

仲春之時,冰以釋,水則渙渙然。洵,信也。(同上)

《毛詩正義》疏釋《毛傳》「蕑,蘭也。」云:

陸機《疏》云:「蕑即蘭,香草也。……其莖葉似藥草澤蘭,廣而長節,節中赤,高四五尺。漢諸池苑及許昌宮中皆種之。可著粉中,藏衣著書中,辟白魚。」(同上,頁 183)

朱熹釋〈溱洧〉首章云:

渙渙,春水盛貌。蓋冰解而水散之時也。蕑,蘭也,其莖葉似澤蘭,廣而長節,節中赤,高四五尺。且,語詞。洵,信。訏,大也。勺藥,亦香草也。三月開華,芳色可愛。(《詩集傳》卷四,頁 56)

兩相參較,除釋「且,語詞。」另取〈山有扶蘇〉「不見子都,乃見狂且。」之《毛傳》文〔註9〕,釋「蕑」,兼取陸機之說,釋「勺藥」,本《毛傳》而略加增釋外,其餘訓詁,也皆本於《毛傳》、《鄭箋》而來。

5. 〈魏風·伐檀〉

〈伐檀〉一詩,《詩序》的詮釋是:

刺貪也。在位貪鄙,無功而受祿,君子不得進仕爾。(《詩疏》卷五之三,頁 210)

以爲〈伐檀〉是「刺貪」之作。由於魏國有貪鄙、無功而受祿的官員在位,導致君子無法進入仕途,因此,詩人遂作〈伐檀〉一詩來譏刺。朱熹詮釋〈伐檀〉,與《詩序》不同,謂:

〔註9〕 〈鄭風·山有扶蘇〉首章:「不見子都,乃見狂且。」《毛傳》:「且,辭也。」(《詩疏》卷四之三,頁 171)朱熹釋「乃見狂且」,亦云:「且,辭也。」(《詩集傳》卷四,頁 52)

此詩專美君子之不素餐，《序》言刺貪，失其指矣。(《詩序辨說》卷
上，頁 22)

視〈伐檀〉爲一首「專美君子之不素餐」的詩。詩旨的詮釋雖有不同，但就
詩文的訓詁上，則仍多取資《毛傳》、《鄭箋》。〈伐檀〉首章：「坎坎①伐檀，
寘②之河之干③兮，河水清且漣④猗。不稼⑤不穡⑥，胡取禾三百廛⑦兮？
不狩⑧不獵⑨，胡⑩瞻爾庭有縣貆⑪兮？彼君子兮，不素⑫餐兮。」《毛傳》
云：

坎坎，伐檀聲。寘，置也。干，厓也。風水成文曰漣。伐檀以俟世
用，若俟河水清且漣。種之曰稼。斂之曰穡。一夫之居曰廛。貆，
獸名。素，空也。(《詩疏》卷五之三，頁 210)

《鄭箋》云：

是謂君子之人，不得進仕也。是謂在位貪鄙，無功而受祿也。冬獵
曰狩，宵田曰獵。胡，何也。貉子曰貆。彼君子者，斥伐檀之人，
仕有功，乃肯受祿。

朱熹云：

坎坎，用力之聲。檀，木可爲車者。寘與置同。干，厓也。漣，風
水成文也。猗與兮同，語詞也。《書》「斷斷猗」，《大學》作兮，莊
子亦云「而我猶爲人猗」是也。種之曰稼，斂之曰穡。胡，何也。
一夫所居曰廛。狩，亦獵也。貆，貉類。素，空。餐，食也。(《詩
集傳》卷五，頁 66)

兩相參較，朱熹除釋「坎坎」不取《毛傳》；不取《毛傳》、《鄭箋》有關句意、
章旨的詮解（如《毛傳》：「伐檀以俟世用……」、《鄭箋》：「是謂君子之人，
不得進仕也。」「彼君子者，斥伐檀之人……」云云）；增釋「猗」、「餐」之
外，其餘字義、詞義、名物的訓詁也本於《毛傳》、《鄭箋》。〈伐檀〉二章：「坎
坎伐輻①兮，寘之河之側②兮，河水清且直③猗。不稼不穡，胡取禾三百億
④兮。不狩不獵，胡瞻爾庭有縣特⑤兮？」《毛傳》云：

輻，檀輻也。側猶厓也。直，直波也。萬萬曰億。獸三歲曰特。(同
上，頁 211)

《鄭箋》云：

十萬曰億。三百億，禾秉之數。(同上)

朱熹云：

輻，車輻也。伐木以爲幅也。直，波文之直也。十萬曰億，蓋言禾

秉之數也。獸三歲曰特。(《詩集傳》卷五，頁 66)

兩相參較，《朱傳》除「十萬曰億」云云，舍《毛傳》取《鄭箋》外，其餘訓

詁皆本《毛傳》。又〈伐檀〉三章：「坎坎伐輪①兮，寘之河之漘②兮，河水

清且淪猗。不稼不穡，胡取禾三百囷③兮？不狩不獵，胡瞻爾庭有縣鶉兮？

彼君子兮，不素飧④兮。」《毛傳》云：

檀可以爲輪。漘，厓也。小風水成文，轉如輪也。圓者爲囷。鶉，

鳥也。熟食曰飧。(同上)

《鄭箋》云：

飧，讀如魚飧之飧。(同上)

其中《毛傳》所謂：「鶉，鳥也。」，《毛詩正義》引郭璞注《爾雅·釋鳥》「鶉，

鶏。其雄鶛，牝痺。」云：「鷂之屬也。」朱熹釋〈伐檀〉三章云：

輪，車輪也。伐木以爲輪也。淪，小風水成文，轉如輪也。囷，圓

倉也。鶉，鷂屬。熟食曰飧。(《詩集傳》卷五，頁 66)

兩相參較，朱熹除釋「鶉」，亦本《毛詩正義》所引郭璞注之說，釋「鷂」捨

《鄭箋》取《毛傳》說以外，其餘訓詁也本《毛傳》而來。

6. 〈小雅·鼓鐘〉

〈鼓鐘〉一詩，《詩序》以爲是「刺幽王」(《詩疏》卷十三之二，頁 452)

之詩，朱熹不以《序》說爲然，以爲「此詩之義未詳。」(《詩集傳》卷十三，

頁 152)並批評《序》說云：「此詩文不明，故《序》不敢質其事，但隨例爲

刺幽王耳，實皆未可知也。」(《詩序辨說》卷下，頁 32)詩旨的詮釋，顯有

不同，但就詩文的訓詁上，朱熹仍取資《毛傳》、《鄭箋》。〈鼓鐘〉二章：「鼓

鐘喈喈①，淮水湝湝②。憂心且悲③。淑人君子，其德不回④。」《毛傳》云：

喈喈猶將將。湝湝猶湯湯。悲猶傷也。回，邪也。(《詩疏》卷十三

之二，頁 452)

朱熹云：

喈喈猶將將。湝湝猶湯湯。悲猶傷也。回，邪也。(《詩集傳》卷十

三，頁 152)

兩相參較，《朱傳》在字義、詞義的訓詁上，悉本《毛傳》。又〈鼓鐘〉三章：

「鼓鐘伐鼛①，淮有三洲②。憂心且妯③。淑人君子，其德不猶④。」《毛傳》

云：

鼛，大鼓也。三洲，淮上地。妯，動也。猶，若也。(《詩疏》卷十三之二，頁 452)

《鄭箋》云：

妯之言悼也。猶當作瘉，瘉，病也。(同上)

《毛詩正義》疏釋《毛傳》「鼛，大鼓也。」云：

鼛即臯也。〈韗人〉云：「臯鼓尋有四尺」長丈二，是大鼓也。(同上)

朱熹釋〈鼓鐘〉三章云：

鼛，大鼓也。《周禮》作「臯」，云「臯鼓尋有四尺。」三洲，淮上地。蘇氏曰：「始言湯湯，水盛也。中言湝湝，水流也。終言三洲，水落而洲見也。言幽王之久於淮上也。」妯，動。猶，若也，言不若今王之荒亂也。(《詩集傳》卷十三，頁 152)

兩相參較，朱熹除在詩旨的說明上，姑採蘇轍說；釋「妯」、「猶」舍《鄭箋》取《毛傳》，釋「鼛」兼採《毛詩正義》所引的《周禮》說，其餘訓詁，也本《毛傳》而來。

7. **〈小雅‧大田〉**

〈大田〉一詩，《詩序》的詮釋是：

刺幽王也。言矜寡不能自存焉。(《詩疏》卷十四之一，頁 472)

鄭玄箋釋《詩序》之意云：

幽王之時，政煩賦重，而不務農事，蟲災害穀，風雨不時，萬民饑饉，矜寡無所取活，故時臣思古以刺今。(同上)

據此，《詩序》以爲〈大田〉是譏刺幽王之詩。由於幽王時，政煩賦重，不務農事；蟲災害穀，風雨不時，導致萬民饑饉，矜寡之人無所取活，因此，詩人作〈大田〉之詩，藉陳古代盛世，來反刺當今的幽王。朱熹詮釋〈大田〉，不取《序》說，謂：

此詩爲農夫之詞，以頌美其上，若以答前篇之意也。(《詩集傳》卷十三，頁 157)

視〈大田〉爲應答前篇〈甫田〉之詩。朱熹以爲〈甫田〉一詩是公卿歸美農夫之詞，而〈大田〉則是農夫頌美其上，以爲應答之詩。詩旨的詮釋，顯有不同，但就詩文的訓詁上，朱熹仍多取資《毛傳》、《鄭箋》。〈大田〉二章：「既方①既皁②，既堅既好，不稂③不莠④。去其螟⑤螣⑥，及其蟊⑦賊⑧，無害我田穉。田祖有神，秉畀炎火⑨。」《毛傳》云：

> 實未堅者曰皁。穰，童梁也。莠，似苗也。食心曰螟。食葉曰螣。
> 食根曰蟊。食節曰賊。炎火，盛陽也。（《詩疏》卷十四之一，頁473）

《鄭箋》云：

> 方，房也。謂孚甲始生而未合時也。盡生房矣，盡成實矣，盡堅熟
> 矣，盡齊好矣而無稂莠，擇種之善，民力之專，時氣之和所致之。
> 此四蟲者，恒害我田中之稺禾，故明君以正己而去之。螟螣之屬，
> 盛陽氣羸則生之。今明君爲政，田祖之神不受此害，持之付與炎火。
> 使自消亡。（同上）

朱熹云：

> 方，房也。謂孚甲始生而未合時也。實未堅者曰皁。穰，童梁。莠，
> 似苗。皆害苗之草也。食心曰螟。食葉曰螣。食根曰蟊。食節曰賊。
> 皆害苗之蟲也。稺，幼禾也。（《詩集傳》卷十三，頁157）

兩相參較，朱熹除「稺，幼禾也。」另本《說文》〔註10〕，不取《鄭箋》有關句意的串解外，其餘字義、名物諸訓詁皆本《毛傳》、《鄭箋》。

透過上述所舉諸例，吾人可以瞭解，在詩文的字義、詞義、名物等訓詁上，朱熹確實有不少取資《毛傳》、《鄭箋》之處，即使在《詩》旨所見乖隔的詩篇亦然。這當然顯示朱熹《詩經》學在《詩》文的訓詁上，承用漢學傳統的一面。《四庫提要》謂：「朱子從鄭樵之說，不過攻《小序》耳，至於詩中訓詁，用毛、鄭者居多。」（《四庫全書總目。毛詩正義提要》，卷十五，頁333）若《四庫提要》所謂「詩中訓詁」，其意乃專指詩文的字義、詞義、名物等而言（不包含句意的串解、章旨的點明等），則《四庫提要》所言，大抵屬實、可信。就朱熹釋《詩》承用《毛傳》、《鄭箋》不少的情形看來，它大體顯示了朱熹《詩》學承續、立基於漢學傳統的一面，也符合朱熹所標舉的治經須本於訓詁的理念。

第二節　朱熹釋《詩》和《毛傳》、《鄭箋》訓詁相異處

就《詩》文的字義、詞義、名物等訓詁上，朱熹固然承用《毛傳》、《鄭

〔註10〕《說文解字》釋「稺」云：「幼禾也。」（《說文解字注》卷十三，頁321）臺
北：天工書局，1992年10月。

箋》之處不少，然而有部份字義、詞義、名物等訓詁，朱熹並不採用《傳》、《箋》之說，以下試續述之：

1. 〈周南・葛覃〉：「言告師氏，言告言歸。」（三章）

《毛傳》釋「言」云：

　　言，我也。（《詩疏》卷一之二，頁 31）

《鄭箋》亦本《毛傳》而爲說，云：

　　我告師氏者，我見教告于女師也。教告我以適人之道。重言我者，
　　尊重師教也。（同上）

朱熹釋「言」不取《傳》、《箋》之說，謂：

　　言，辭也。（《詩集傳》卷一，頁 3）

以「言」爲語助詞。按：《毛傳》釋「言」爲「我」，與《爾雅・釋詁下》：「卬，吾，台，予，朕，身，甫，余，言，我也。」（《爾雅疏》卷二，頁 20）同。唯〈葛覃〉「言告師氏，言告言歸」之「言」，其義當爲語助詞，與「云」字義同。王力先生以「言」字爲詞頭，置於動詞之前〔註11〕。《詩經》中凡〈周南・茉莒〉之「薄言采之」，〈漢廣〉之「言刈其楚」，〈召南・草蟲〉之「言采其蕨」，〈邶風・柏舟〉之「靜言思之」，〈終風〉之「寤言不寐，願言則嚏」，〈簡兮〉之「公言錫爵」，〈泉水〉之「還車言邁」、「駕言出遊」等等之「言」字，其義皆是語助詞，與「云」字同義，清儒王引之在《經傳釋詞》中，也曾有詳細的說明：

　　言，云也；語詞也。話言之「言」謂之「云」；語詞之「云」見「云」
　　字下亦謂之「言」。若《詩・葛覃》之「言告師氏，言告言歸」；〈茉
　　莒〉之「薄言采之」；薄言，皆語詞，後凡稱「薄言」者放此。〈草
　　蟲〉之「言采其蕨」；後凡稱「言采」者放此。〈柏舟〉之「靜言思
　　之」；〈終風〉之「寤言不寐，願言則嚏」；〈簡兮〉之「公言錫爵」；
　　〈泉水〉之「還車言邁」、「駕言出遊」；後凡稱「駕言」者放此。……
　　及《左傳》僖九年之「既盟之後，言歸于好」；〈易・繫辭傳〉之「德

〔註11〕 所謂「詞頭」，王力先生云：「詞頭、詞尾不是一個詞，它們只是詞的構成部
　　　　分，其本身沒有詞彙意義，只表示詞性。有些詞頭也不專門表示一種詞性。
　　　　在那種情況下，就眞正是有音無義了。」（《古代漢語》（修訂本）第二冊，頁
　　　　463，臺北：藍燈文化事業公司，1989 年 1 月），又王力先生以「言」字爲詞
　　　　頭，置於動詞之前，云：「『言』字用作詞頭，放在動詞的前面。例如：言告
　　　　師氏，言告言歸。（詩經・周南・葛覃）（同上，頁 465）」

言盛，禮言恭」……皆與語詞之「云」同義。而毛、鄭釋《詩》，悉
用《爾雅》「言，我也。」之訓；或解爲言語之言。揆之文義，多所
未安，則施之不得其當也。（卷五，頁107～108）

據此，《毛傳》釋「言」爲我，《鄭箋》從之，顯然並不妥當。朱熹因取他說
〔註12〕，斷以己意，不從《傳》、《箋》之訓。

2. 〈周南・卷耳〉：「嗟我懷人，寘彼周行。」（一章）

《毛傳》釋「周行」爲「周之列位」，云：

懷，思。寘，置。行，列也。思君子，官賢人，置周之列位。（《詩
疏》卷一之二，頁33）

鄭玄箋釋《毛傳》「周之列位」云：

周之列位，謂朝廷臣也。（同上）

朱熹釋「周行」，不取《傳》、《箋》之說，謂：

周行，大道也。（《詩集傳》卷一，頁3）

視「周行」爲「大道（路）」之意。按：《毛傳》釋「周行」爲「周之列位」，
《鄭箋》釋「周行」爲「朝廷臣也」，蓋本《左傳》襄公十五年而爲說：

楚公子午爲令尹，公子罷戎爲右尹，蔿子馮爲大司馬，公子橐師爲
右司馬，公子成爲左司馬，屈到爲莫敖，公子追舒爲箴尹，屈蕩爲
連尹，養由基爲宮廄尹，以靖國人。君子謂：「楚於是乎能官人。官
人，國之急也。能官人，則民無覦心。《詩》云「嗟我懷人，寘彼周
行。」能官人也。王及公、侯、伯、子、男、甸、采、衛大夫，各
居其列，所謂周行也。」（《左傳疏》卷三十二，頁565～566）

唯《左傳》之說，蓋是斷章取義。《詩經》之中謂「周行」者，凡三見，除〈卷
耳〉「嗟我懷人，寘彼周行。」以外，又見〈小雅・鹿鳴〉之「人之好我，示
我周行。」、〈小雅・大東〉之「佻佻公子，行彼周行。」，《毛傳》釋〈鹿鳴〉
之「周行」，爲「至道」，云：「周，至。行，道也。」（《詩疏》卷九之二，頁
315），於〈大東〉之「周行」無釋，鄭玄釋〈鹿鳴〉、〈大東〉之「周行」皆
謂「周之列位也。」（分見《詩疏》卷九之二，頁315、《詩疏》卷十三之一，

〔註12〕 朱熹釋「言」爲「辭也。」此說可能參考蘇轍《詩集傳》（北京：書目文獻出
版社影印南宋淳熙七年蘇詡筠州公使庫刻本，1990年6月）而來。蘇轍《詩
集傳》釋〈葛覃〉「言告師氏」，云：「言，辭也。《春秋傳》曰：『言歸于好』。」
（卷一）

頁 438）朱熹除釋〈鹿鳴〉之「周行」，爲「大道也。」（《詩集傳》卷九，頁
99）與《毛傳》之「至道」同義外〔註13〕，釋〈大東〉之「周行」爲「大路
也」（《詩集傳》卷十二，頁 147），與鄭玄「周之列位」之訓釋皆不同。據屈
萬里先生之說，《詩經》中「周行」之「行」，甲骨文作卅，象四達的通衢，
就本義上來說，爲道路之意。引申其義則爲道術，轉作動詞則爲行走。且「周
行」與「周道」同義，《詩經》中凡〈檜風·匪風〉之「顧瞻周道，中心怛兮。」，
〈小雅·四牡〉之「四牡騑騑，周道倭遲。」，〈小弁〉之「踧踧周道，鞫爲
茂草。」，〈大東〉之「周道如砥，其直如矢。」，〈何草不黃〉之「有棧之車，
行彼周道」，其中「周道」之義，皆與「周行」同，「道」即「行」，皆是道路
之意。因此，「周行」之義，若依《毛傳》、《鄭箋》「周之列位」之訓解，置
於詩文「嗟我懷人，寘彼周行」、「人之好我，示我周行（示我周之列位）」、「佻
佻公子，行彼周行」（行於周之列位）之中，其義便顯得牽強費解，朱熹見《傳》、
《箋》之說難通，因釋〈卷耳〉「寘彼周行」之「周行」爲「大道也」（按：
朱熹釋「寘彼周行」整句爲「寘之大道之旁也」，《詩集傳》卷一，頁 3），屈
先生以爲「其說是已。」〔註14〕

3. 〈周南·螽斯〉「宜爾子孫，振振兮。」（一章）

　　《毛傳》釋「振振」爲：

　　　　仁厚也。（《詩疏》卷一之二，頁 36）

　　《鄭箋》本《毛傳》之訓，謂：

　　　　后妃之德，寬容不嫉妬，則宜女之子孫，使其無不仁厚。（同上）

　　朱熹釋「振振」，不取《毛傳》、《鄭箋》之說，云：

　　　　振振，盛貌。（《詩集傳》卷一，頁 4）

　　　　所謂「盛貌」，即多之意。朱熹釋〈螽斯〉二章：「宜爾子孫，繩繩兮。」
之「繩繩」云：

〔註13〕呂祖謙《呂氏家塾讀詩記》卷二釋〈周南·卷耳〉引朱氏（熹）曰：「詩有三
　　　　周行，此及〈大東〉者，皆道路之道，〈鹿鳴〉乃道義之道。」（頁346）臺北：
　　　　臺灣商務印書館影印文淵閣四庫全書本第七三冊。又《毛傳》釋〈鹿鳴〉之
　　　　「周行」爲「至道」，據《毛詩正義》引王肅述毛之義是：「至美之道」（《詩
　　　　疏》卷九之二，頁316）。
〔註14〕屈先生之說，見《書傭論學集·詩三百篇成語零釋·周行》，頁166～168，臺
　　　　北：臺灣開明書店，1980年1月。唯「周行」之義，屈先生以爲更精確地說，
　　　　應是指「周室之官道，所以行達官，輸粟賦者」，一般民眾並不能行經其上，
　　　　同上，頁168。

不絕貌。（同上）

釋〈螽斯〉三章：「宜爾子孫，蟄蟄兮。」之「蟄蟄」云：

　　亦多意。（同上）

皆從眾多之意來訓釋，與《毛傳》之釋「繩繩」為：

　　戒愼也。（《詩疏》卷一之二，頁 36）

釋「蟄蟄」為：

　　和集也。（同上）

有所不同。按：朱熹釋〈螽斯〉之「振振」、「繩繩」、「蟄蟄」，不取《毛傳》、《鄭箋》之說，主要是來自對於詩義理解的不同。朱熹以為〈螽斯〉一詩，乃是眾妾祝福后妃子孫眾多之詩，由於后妃不妬忌而子孫眾多，因此眾妾即以一生多子的螽斯為喻，來歌詠、祝福后妃的子孫眾多，朱熹說：

　　螽斯，蝗屬，長而青，長角長股，能以股相切作聲，一生九十九子。……
　　比者，以彼物比此物也。后妃不妬忌而子孫眾多，故眾妾以螽斯之
　　羣處和集而子孫眾多比之。言其有是德而宜有是福也。（《詩集傳》
　　卷一，頁 4）

　　螽斯聚處和一而卵育蕃多，故以為不妬忌則子孫眾多之比，《序》者
　　不達此詩之體，故遂以不妬忌者歸之螽斯，其亦誤矣。（《詩序辨說・
　　螽斯》，卷上，頁 7）

朱熹認為〈螽斯〉全詩都透過比體的手法來抒寫，以螽斯的聚處和一、卵育蕃多（多子），來比擬后妃的不妬忌而子孫眾多，並獻上祝福之意。《毛傳》釋「振振」為「仁厚」，釋「繩繩」為「戒愼」，釋「蟄蟄」為「和集」，與朱熹對於詩義、寫作手法的理解不同，故不為朱熹所取〔註15〕。據馬瑞辰之說，〈螽斯〉中

───────────────

〔註15〕朱熹釋〈螽斯〉之「振振」、「繩繩」、「蟄蟄」皆從眾多之意的角度來訓釋，此點蓋承自歐陽脩之說。歐陽脩在《詩本義・螽斯・論》中，曾針對《螽斯・序》及《毛傳》之訓釋，提出批駁，云：「〈螽斯〉，大義甚明而易得，惟其〈序〉文顛倒，遂使毛、鄭從而解之失也。蟄螽，蝗類，微蟲爾，詩人安能知其心不妬忌，此尤不近人情者。蟄螽，多子之蟲也。大率蟲子皆多，詩人偶取其一以為比爾。所比者，但取其多子似螽斯也。今其文倒，故毛、鄭遂謂〈螽斯〉有不妬忌之性者，失也。『振振』，群行貌。『繩繩』，齊一貌。『蟄蟄』，眾聚貌，皆謂子孫之多，而毛訓『仁厚』、『戒愼』、『和集』，皆非詩意。」（《詩本義》卷一，頁 185，臺北：臺灣商務印書館影印文淵閣四庫全書本第七〇冊。又朱熹釋「振振，盛貌。」蓋據《左傳》僖公五年「均服振振」之杜預注，見《春秋疏》卷十二，頁 208。釋「繩繩」為「不絕貌」，蓋本蘇轍《詩集傳》

之「振振」、「繩繩」、「蟄蟄」，其義皆爲眾盛，即有眾多之意。「振振」一詞本爲眾盛，又引申爲「信厚」之義，如〈召南・殷其雷〉之「振振君子」及〈周南・麟之趾〉之「振振公子」即是，但就〈螽斯〉「振振兮」而言，衡文按義，則當從眾盛之義，即謂子孫眾多是也。他認爲《毛傳》釋「振振」爲「仁厚」，是「失之」。並指出《毛傳》釋「繩繩」爲「戒愼也」，是本《爾雅》「繩繩，戒也」爲訓。但以詩義求之，「繩繩」也爲「眾盛」之意〔註16〕。

4. 〈邶風・燕燕〉「燕燕于飛，差池其羽。」（一章）

《毛傳》釋「燕燕于飛，差池其羽。」云：

　　燕之于飛，必差池其羽。（《詩疏》卷二之一，頁77）

鄭玄箋釋「差池其羽」云：

　　差池其羽，謂張舒其尾翼，興戴嬀將歸，顧視其衣服。（同上）

朱熹釋「差池」，不取《鄭箋》之說，謂：

　　差池，不齊之貌。（《詩集傳》卷二，頁16）

按：「差池」其義猶「參差」，即不齊之意。《左傳》襄公二十二年：「譬諸草木，吾臭味也，而何敢差池？」（《春秋疏》卷三十五，頁598）杜預注：「差池，不齊一。」（同上）即是其義。清儒馬瑞辰、焦循對此俱有說。馬瑞辰云：

　　差池二字疊韻，義與參差同，皆不齊之貌，《左氏》襄二十二年《傳》
　　云「譬諸草木，吾臭味也，而何敢差池」杜《注》「差池，不齊一」
　　是也。《說文》無池字，古通作沱，故《左傳・釋文》云：「池，徐本
　　作沱。」而差池又轉爲蹉跎，《廣雅》：「蹉跎，失足也。」失足亦爲
　　不齊，因而凡失志者通言蹉跎，而與人不相合者亦通言差池矣。差池
　　不齊，以喻莊姜送戴嬀，一去一留。下章頡頏、上下，取興正同。《箋》
　　言以喻顧視其衣服，失之。（《毛詩傳箋通釋》卷四，頁113）

焦循云：

　　《左氏》襄二十二年《傳》云「譬諸草木，吾臭味也，而何敢差池」，
　　杜預注云：「差池，不齊一。」《左傳》之「差池」即此詩之「差池」。
　　下章《傳》云「飛而上曰頡，飛而下曰頏」，「飛而上曰上音，飛而

　　釋〈大雅・抑〉「子孫繩繩」：「子孫繩繩而不絕矣」之說，見卷十八，釋「蟄
　　蟄」爲「亦多意」，則蓋亦本諸歐陽脩之說解。

〔註16〕 參《毛詩傳箋通釋》卷二釋〈螽斯〉，頁52～53，北京，新華書店，1992年2月。

下曰下音」，即差池之不齊也。蓋莊姜送歸妾，一去一留，有似燕燕
之差池上下者。《箋》言「顧視衣服」，其說已迂。至解「下上其音」
謂「戴媯將歸，言語感激，聲有大小」，則益迂矣。（《清人詩說四種·
毛詩補疏》，頁 264）

鄭玄箋釋「差池其羽」既有所失，朱熹因另取他說，斷以己意，釋為「不齊
之貌。」〔註17〕

5. 〈邶風·日月〉「乃如之人兮，逝不古處。」（一章）

《毛傳》釋「逝」為「逮」（《詩疏》卷二之一，頁 78）鄭玄釋「逝」為
「及」，云：

之人，是人也，謂莊公也。其所以接及我者，不以故處，甚違其初
時。（同上）

朱熹釋「逝」，不取《毛傳》、《鄭箋》之說，謂：

逝，發語詞。（《詩集傳》卷二，頁 17）

按：《毛傳》釋「逝」（一作噬）為「逮」，《鄭箋》釋「逝」為「及」，與《爾
雅·釋言》「遾，逮也。」（《爾雅疏》卷三，頁 38）、「逮，及也。」（同上，
頁 41）同訓〔註18〕。朱熹則以「逝」為句首的發語詞，並無實際的意義。在
〈唐風·有杕之杜〉「彼君子兮，噬肯適我？」中，《毛傳》亦釋「噬」為「逮
也。」（《詩疏》卷六之二，頁 227）鄭玄則釋「噬」為「至」，云：

彼君子之人，至於此國，皆可來之我君所。（同上）

〔註17〕 朱熹釋「差池」為「不齊之貌」，蓋有取宋人李樗之說。李樗嘗撰《毛詩詳解》
三十六卷，對於「差池」之義，有所辨明，謂：「『差池其羽』，毛氏云『燕之
于飛，必差池其羽』，鄭氏釋之以謂『張舒其尾翼也』，觀左氏所載晉人徵朝
于鄭，鄭人使公孫僑對曰：『謂我敝邑，邇在晉國，譬諸草木，吾臭味也，而
何敢差池？』見襄公二十二年。詳觀左氏此義，則是差池蓋有異同之論，故
杜元凱以為不齊也。惟差池為不齊貌，則『差池其羽』，乃是羽翼不齊也。言
戴媯之歸國也，莊姜送之，相別之時，故取燕之羽翼不齊以為譬，故下文曰
『頡之頏之』，『飛而上曰頡，飛而下曰頏。』；『下上其音』，『飛而上曰上音，
飛而下曰下音。』其飛上下其音，上下者，是不齊也，則差池當以為不齊也。
將別之時，亦如燕翼之不齊，所以取以為喻也。鄭氏以頡頏為興戴媯將歸，
出入前卻，下上其音，言其感激聲有小大，其說誤也。」（《毛詩李黃集解》
卷四，頁 102）臺北：臺灣商務印書館影印文淵閣四庫全書本第七一冊，1983
年。

〔註18〕 陳奐云：「《爾雅》『遾，逮也。』『逮，及也。』『逝』與『遾』通。逝謂之逮，
逮又謂之及，故下章《傳》直以及字代逝字。」（《毛詩傳疏》卷三，頁 84）
臺北：臺灣學生書局，1986 年 10 月。

朱熹仍不取《傳》、《箋》之說，謂：

> 韓詩作逝。噬，發語詞也。（《詩集傳》卷六，頁72）

據馬瑞辰之說，〈唐風・有杕之杜〉「噬肯適我」，《毛傳》釋「噬」為「逮」，而韓詩「噬」作「逝」，依《爾雅・釋言》云：「遾，逮也。」則是逝、噬、遾古並通用。他認為〈日月〉「逝不古處」之「逝」、「逝不相好」（二章）之「逝」，其義皆是語助詞，「當從朱子《集傳》訓為發語詞」。此外，〈魏風・碩鼠〉之「逝將去女」，〈大雅・桑柔〉之「逝不以濯」，其「逝」也都是語助詞，《毛傳》、《鄭箋》或訓為及，或訓為往，都是「失之」〔註19〕。又王引之也有同樣的見解，他說：

> 逝，發聲也。字或作「噬」。《詩・日月》曰：「乃如之人兮，逝不古處」言不古處也。〈碩鼠〉曰：「逝將去女，適彼樂土。」言將去女也。〈有杕之杜〉曰：「彼君子兮，噬肯適我。」言肯適我也。〈桑柔〉曰：「誰能執熱，逝不以濯。」言不以濯也。「逝」皆發聲，不為義也。《傳》、《箋》或訓為「逮」，或訓為「往」，或訓為「去」，皆於義未安。（《經傳釋詞》卷九，頁213）

據此，「逝不古處」之「逝」當為不為義的發語詞，《傳》、《箋》之說於義未安，朱熹因而不取《傳》、《箋》之訓。

6. 〈邶風・式微〉「微君之故，胡為乎中露？」（一章）、「微君之躬，胡為乎泥中？」（二章）

《毛傳》釋「中露」、「泥中」，皆以為是「衛邑」，云：

> 中露，衛邑也。（《詩疏》卷二之二，頁92）

> 泥中，衛邑也。（同上）

鄭玄釋〈式微・序〉：「黎侯寓于衛，其臣勸以歸也。」云：

> 寓，寄也。黎侯為狄人所逐，棄其國而寄於衛。衛處之以二邑，因安之，可以歸而不歸，故其臣勸之。（同上）

亦以「中露」、「泥中」為衛國二邑之名。朱熹釋「中露」、「泥中」，不取《傳》、《箋》之訓，謂：

> 中露，露中也。言有霑濡之辱，而無所芘覆也。（《詩集傳》卷二，頁22）

〔註19〕 參《毛詩傳箋通釋》卷四，頁115，同註6。

泥中，言有陷溺之難而不見拯救也。（同上）

以「中露」為「露中」，以「泥中」擬喻「有陷溺之難而不見拯救也」，和《傳》、《箋》之訓不同。朱熹所以不取《傳》、《箋》之說，可能是認爲《傳》、《箋》之說並無根據，乃另取他說〔註20〕。

7. 〈邶風・靜女〉：「靜女其姝，俟我於城隅。」（一章）

《毛傳》云：

靜，貞靜也。女德貞靜而有法度，乃可說也。姝，美色也。俟，待也。城隅，以言高而不可逾。（《詩疏》卷二之三，頁104）

鄭玄云：

女德貞靜，然後可畜；美色，然後可安。又能服從，待禮而動，自防如城隅，故可愛之。（同上）

朱熹釋「靜」、釋「城隅」，不取《傳》、《箋》之訓，云：

靜者，閑雅之意。……城隅，幽僻之處。（《詩集傳》卷二，頁26）

又「靜女其孌，貽我彤管。」（二章）《毛傳》云：

既有靜德，又有美色，又能遺我以古人之法，可以配人君也。古者后夫人必有女史彤管之法，史不記過，其罪殺之。后妃群妾以禮御於君所，女史書其日月，授之以環，以進退之。生子月辰，則以金環退之。當御者，以銀環進之，著于左手，既御，著于右手。事無大小，記以成法。（《詩疏》卷二之三，頁105）

《鄭箋》云：

彤管，筆赤管也。（同上）

又「彤管有煒，說懌女美」（二章），《毛傳》云：

〔註20〕 朱熹釋「中露」、「泥中」，不取《毛傳》、《鄭箋》之說，而以爲是：「中露，露中也。言有霑濡之辱，而無所庇覆也。」、「泥中，言有陷溺之難而不見拯救也。」蓋本王安石之說而來。《呂氏家塾詩記》卷四釋〈邶風・式微〉引王氏曰：「中露，露中也。露中言有霑濡之辱而無所庇覆。」、「泥中，言有陷溺之難而不見拯救也。」（以上並見頁377）又宋人如蘇轍、李樗等，也不取《毛傳》、《鄭箋》以「露中」、「泥中」爲「衛邑」之說，《毛詩李黃集解》卷五釋〈式微〉云：「『胡爲乎中露』、『胡爲乎泥中』，鄭氏曰：『泥中、中露皆衛地也。』其說無所據。王氏曰：『中露，言有沾濡之辱，而不見庇覆。泥中，言有陷溺之憂而不見拯救也。』蘇氏曰：『言其暴露而無覆藉之者也。』其說皆通。故凡人之失國者，多曰越在草莽，又曰卑賤者，辱在泥塗，其類多如此。」（頁121）

煒，亦貌。彤管，以赤心正人也。（同上）

《鄭箋》云：

「說懌」當作「說釋」。赤管煒煒然，女史以之說釋妃妾之德美之。
（同上）

朱熹釋此章，亦與毛、鄭有所差異，云：

彤管，未詳何物，蓋相贈以結慇懃之意耳。……言既得此物，而又
悦懌此女之美也。（《詩集傳》卷二，頁 26）

按：《毛傳》、《鄭箋》釋「靜女」之「靜」爲「貞靜」；釋「城隅」爲「以言
高而不可逾」、「待禮而動，自防如城隅」；釋「彤管」爲古代女史記錄、書寫
后妃群妾言行功過之筆、筆赤管，皆不爲朱熹所取，而釋「靜」爲「閒雅之
意」，釋「城隅」爲「幽僻之處」，釋「彤管」爲「未詳何物，蓋相贈以結慇
懃之意耳。」此外，鄭玄對「靜女其姝，俟我於城隅。」的詮解，《毛傳》對
「靜女其孌，貽我彤管。」的詮解，包含對於古代后夫人有女史彤管之法的
說明，也皆不爲朱熹所取。朱熹對〈靜女〉一詩的諸多訓詁，所以不取《傳》、
《箋》之說，主要即來自對詩義理解的不同。〈靜女‧序〉以爲〈靜女〉一詩
的意旨是：「刺時也。衛君無道，夫人無德。」（《詩疏》卷二之三，頁 104）
即是說：由於衛君無道，夫人無德，因此詩人藉者敘寫貞靜有德、能遺以彤
管之法的女子，希望能夠讓這位貞靜有德之女，來取代無德的夫人，以輔正
國君，使其導之於善〔註 21〕。《毛傳》、《鄭箋》詮說〈靜女〉，即和〈靜女‧
序〉相表裡，而朱熹釋〈靜女〉，不以《序》說爲然，以爲《詩序》之說「全
然不似詩意」（《詩序辨說‧靜女》，卷上，頁 12），因謂〈靜女〉是「淫奔期
會之詩」（《詩集傳》卷二，頁 26），即描述男女期會的淫詩。詩旨所見，既有
差異，朱熹釋〈靜女〉諸訓詁，遂和《毛傳》、《鄭箋》之說有所不同〔註 22〕。

〔註 21〕〈靜女‧序〉之意，鄭玄箋釋云：「以君及夫人無道德，故陳靜女遺我以彤管
之法，德如是，可以易之爲人君之配。」（《詩疏》卷二之三，頁 104）《毛詩
正義》疏釋之云：「道、德，一也，異其文耳。經三章皆是陳靜女之美，欲以
易今夫人也，庶輔贊於君，使之有道也。」（同上）

〔註 22〕朱熹視〈靜女〉爲「淫奔期會之詩」，釋「靜」爲「閒雅之意」，釋「城隅」
爲「幽僻之處」，釋「彤管」爲「未詳何物，蓋相贈以結慇懃之意耳」，凡此，
蓋本歐陽修之說而來。《詩本義》卷三釋〈靜女〉，批駁《毛傳》、《鄭箋》釋
《詩》之失云：「〈靜女〉詩所以爲刺也，毛鄭之說皆以爲美，既非陳古以刺
今，又非思得賢女以配君，直言衛國有正靜之女，其德可以配人君。考《序》
及詩，皆無此義。然則既失其大旨，而一篇之內隨事爲說，訓解不通者，不

8.〈王風·丘中有麻〉:「丘中有麻,彼留子嗟。」(一章)

《毛傳》云:

> 留,大夫氏。子嗟,字也。丘中墝角之處,盡有麻麥草木,乃彼子
> 嗟之所治。(《詩疏》卷四之一,頁155)

《鄭箋》云:

> 子嗟放逐於朝,去治卑賤之職而有功,所在則治理,所以爲賢。(同
> 上)

又「丘中有麻,彼留子國。」(二章)《毛傳》云:

> 子國,子嗟父。(同上)

《鄭箋》云:

> 言子國使丘中有麥,著其世賢。(同上)

朱熹釋「丘中有麻,彼留子嗟。」、「丘中有麥,彼留子國。」,不取《傳》、《箋》
之說,謂:

> 子嗟,男子之字也。……婦人望其所與私者而不來,故疑丘中有麻
> 之處,復有與之私而留之者,今安得其施施然而來乎。(《詩集傳》
> 卷四,頁47)子國,亦男子字也。(同上)

按:《毛傳》、《鄭箋》的訓釋,和〈丘中有麻·序〉:「思賢也。莊王不明,賢
人放逐,國人思之而作是詩也。」(《詩疏》卷四之一,頁155)互爲表裡。依
《詩序》,〈丘中有麻〉是「思賢」之詩。由於莊王昏昧,闇於知人,使得賢
人遭受放逐,因此國人乃作〈丘中有麻〉一詩,來表達對這位賢人思念不已
之情。《毛傳》釋「留子嗟」爲大夫姓字,釋「丘中有麻,彼留子嗟。」爲「丘
中墝角之處,盡有麻麥草木」,皆是子嗟之所治;鄭玄箋釋「丘中有麻,彼留

> 足怪也。詩曰:『靜女其姝,俟我於城隅。愛而不見,搔首踟躕。』據文求義,
> 是言靜女有所待於城隅,不見而徬徨爾,其文顯而易明,灼然易見,而毛鄭
> 乃謂正靜之女,自防如城隅,則是舍其一章,但取『城』、『隅』二字以自申
> 其臆說爾。彤管不知爲何物,如毛鄭之說,則是女史所執,以書后妃群妾功
> 過之筆之赤管也。以謂女史所書是婦人之典法,彤管是書典法之筆,故云遺
> 以古人之法,何其迂也!……據《序》言:『〈靜女〉,刺時也。衛君無道,夫
> 人無德。』,謂宣公與二姜淫亂,國人化之,淫風大行,君臣上下、舉國之人
> 皆可刺而難於指名以遍舉,故曰:刺時者,謂時人皆可刺也。據此,乃是述
> 衛風俗男女淫奔之詩爾,以此求詩,則本義得矣。古者,鍼筆皆有管,樂器
> 亦有管,不知此彤管是何物也。但彤是色之美者,蓋男女相悅,用此美色之
> 管相遺以通情結好爾。」(頁197~198),同註15。

子嗟。」爲「子嗟放逐於朝，去治卑賤之職而有功」，以此謂子嗟爲賢人，又《毛傳》釋「子國」爲子嗟之父，《鄭箋》因謂「子國使丘中有麥，著其世賢。」都和《詩序》「思賢」之說相爲表裡。朱熹不取《傳》、《箋》之說，原因即在於對於詩義理解的不同。〈丘中有麻〉一詩，朱熹不以《詩序》「思賢」之說爲然，謂：

> 婦人望其所與私者而不來，故疑丘中有麻之處，復有與之私而留之者，今安得其施施然而乎？（《詩集傳》卷四，頁 47）

> 此亦淫奔者之詞，其篇上屬〈大車〉，而語意不莊，非望賢之意，《序》亦誤矣！（《詩序辨說》卷上，頁 17）

以爲〈丘中有麻〉語意不莊，是敘寫婦人思望所與私者的淫奔之詩。詩義所見，既有捍閡，在詩文字義、詞義和句意詮解的訓詁上，遂不取《傳》、《箋》之說，而皆從婦人思望其所與私者的角度來訓釋；視「子嗟」、「子國」皆是婦人所期待與其淫私的男子之字。

9. 〈鄭風‧將仲子〉：「將仲子兮，無踰我里，無折我樹杞。」（一章）

《毛傳》云：

> 將，請也。仲子，祭仲也。（《詩疏》卷四之二，頁 162）

《鄭箋》云：

> 祭仲驟諫，莊公不能用其言，故言請，固距之。「無踰我里」，喻言無干我親戚也。「無折我樹杞」，喻言無傷害我兄弟也。仲初諫曰：「君將與之，臣請事之。君若不與，臣請除之。」（同上）

又「豈敢愛之，畏我父母。」（一章）二句，《鄭箋》云：

> 段將爲害，我豈敢愛之而不誅與？以父母之故，故不爲也。（同上）

「仲可懷也。父母之言，亦可畏也。」（一章）三句，《鄭箋》云：

> 懷私曰懷。言仲子之言可私懷也。我迫於父母有言，不得從也。（同上）

以上《毛傳》、《鄭箋》之訓釋，皆不爲朱熹所取，朱熹釋〈將仲子〉首章云：

> 仲子，男子之字也。我，女子自我也。……莆田鄭氏曰：「此淫奔者之辭。」（《詩集傳》卷四，頁 48）

又謂：

> 事見《春秋傳》，然莆田鄭氏謂「此實淫奔之詩，無與於莊公、叔段之事，《序》蓋失之。而說者又從而巧爲之說以實其事，誤亦甚矣！」

今從其說。(《詩序辨說·將仲子》卷上，頁 17～188)

按：《毛傳》釋「仲子」為祭仲，《鄭箋》同之，二者的訓釋，皆和〈將仲子·序〉「刺莊公也。不勝其母，以害其弟，弟叔失道而公弗制，祭仲諫而公弗聽，小不忍，以致大亂焉。」(《詩疏》卷四之二，頁 161) 相為表裡。而〈將仲子·序〉所言的詩之意旨與本事，又俱見於《左傳》隱公元年所述「鄭伯克段于鄢」一節之中〔註 23〕。據《序》言，以為〈將仲子〉是譏刺鄭莊公之詩。由於莊公受圍於其母武姜，乃封弟共叔段於京城大都，共叔段日益驕慢，有叛國之心，而莊公都未加禁制，其間並有大臣祭仲勸諫莊公早為之圖，以防患於未然，莊公亦不聽，致引起日後共叔段驕慢亂國之事，因此，詩人遂作〈將仲子〉一詩，來譏刺莊公。鄭玄箋釋〈將仲子〉首章，皆本《詩序》及《左傳》隱公元年所載「鄭伯克段于鄢」之事，將全詩視為莊公自陳拒諫之辭（拒祭仲之勸諫），因此，才有「『無踰我里』，喻言無干我親戚也。『無折我樹杞』，喻言無傷害我兄弟也。」云云的詮釋。朱熹詮釋〈將仲子〉，不以《詩序》說為然，而援引鄭樵之說，以為〈將仲子〉是「淫奔者之辭」、「淫奔之詩」；和《左傳》所載莊公、共叔段之事，並無關涉。詩旨所見，既有不同，朱熹釋「仲子」為「男子之字也」，釋「我」為「女子自我也」，視〈將仲子〉全詩為女子的自陳之辭，遂皆與《毛傳》、《鄭箋》的訓釋相異。

10. 〈鄭風·羔裘〉：「羔裘如濡，洵直且侯。」(一章)

《毛傳》云：

> 如濡，潤澤也。洵，均。侯，君也。(《詩疏》卷四之三，頁 168)

《鄭箋》云：

> 緇衣羔裘，諸侯之朝服也。言古朝廷之臣，皆忠直且君也。君者，言正其衣冠，尊其瞻視，儼然人望而畏之。(同上)

朱熹釋「洵直且侯」，不取《傳》、《箋》之說，謂：

> 洵，信。直，順。侯，美也。……言此羔裘潤澤，毛順而美……，蓋美其大夫之詞，然不知其所指矣。(《詩集傳》卷四，頁 50)

又「羔裘晏兮，三英粲兮。」(三章)《毛傳》云：

> 三英，三德也。(《詩疏》卷四之三，頁 168)

《鄭箋》云：

〔註 23〕參《春秋疏》卷二，頁 35～37。

三德，剛克，柔克，正直也。粲，眾也。（同上）

朱熹釋「三英粲兮」，亦不取《傳》、《箋》之說，謂：

三英，裘飾也。未詳其制。粲，光明也。（《詩集傳》卷四，頁 50）

按：《毛傳》釋「洵」爲「均」，與《爾雅・釋言》「洵，均也。」（《爾雅疏》卷三，頁 41）同。釋「侯」爲「君」，與《爾雅・釋詁》「林、烝、天、帝、皇、王、后、辟、公、侯，君也。」（同上，卷一，頁 6）同。鄭玄箋釋「洵直且侯」，以爲是在說明古代朝廷之臣，其性行皆忠直，且有人君之度，使人望而畏之〔註24〕。朱熹釋「洵」爲「信」，釋「直」爲「順」，釋「侯」爲「美」，釋「洵直且侯」，以爲是指大夫所穿的羔裘毛順而美，皆與《傳》、《箋》的訓詁不同。又《毛傳》釋「三英」爲「三德」（三種英俊之德），《鄭箋》則以《尚書・洪範》中所言的三德來坐實，二者釋「三英粲兮」，皆從古代朝廷之臣所具有的德性來立說，朱熹釋「三英」爲「裘飾也。未詳其制。」，釋「粲」爲「光明也。」，則仍是就大夫所穿的羔裘上說，也與《傳》、《箋》之說不同〔註25〕。據清儒馬瑞辰之說，「三英粲兮」之「三英」，其義「當指

〔註24〕《毛詩正義》疏釋「羔裘如濡，洵直且侯。」云：「言古之君子，在朝廷之上服羔皮爲裘，其色潤澤，如濡濕之。然身服此服，德能稱之，其性行均直，且有人君之度也。」（《詩疏》卷四之三，頁 168）又疏釋《鄭箋》之意云：「〈玉藻〉云：『諸侯朝服，以日視朝』，故知緇衣羔裘是諸侯之朝服也。以臣在朝廷服此羔裘，故舉以言，是皆均直且君，言其有人君之度。」（同上）

〔註25〕朱熹釋「洵」爲「信」，釋「洵直且侯」爲羔裘之毛順而美，釋「三英」爲「裘飾也。未詳其制。」凡此，蓋有取於歐陽脩、程頤之說。歐陽脩論〈羔裘〉之義云：『羔裘晏兮，三英粲兮。』毛、鄭皆以『三英』爲『三德』者，本無所據，蓋旁取《書》之『三德』，曲爲附麗爾。六經所在，三數甚多，苟可以附麗，則何說不可據？《詩》三章皆上兩言述羔裘之美，下兩言稱其人之善。其一章曰『羔裘如濡，洵直且侯』者，言此裘潤澤，信可以爲君朝服。洵，信也。至其下言，則稱其人曰：彼其之子，守命不變也。……其三章曰：『羔裘晏兮，三英粲兮。』亦當是述羔裘之美，其下言始云彼其之子，邦之彥兮者，謂稱其服也。英，美也。粲，衣服鮮明貌。但三英失其義，不知其爲何物爾，故闕其所未詳。」（《詩本義》卷四，頁 205～206）《呂氏家塾讀詩記》卷八釋〈羔裘〉引程氏曰：「三英者，若素絲五紽之類，蓋衣服制度之節然，亦未詳其制也。」（頁 423）又朱熹釋「侯」爲「美」，蓋本《韓詩》說，《經典釋文・毛詩音義上》：「侯，君也。」《韓詩》：『侯，美也。』（卷五，頁 250）此外，《毛傳》釋「三英」爲「三德」，《鄭箋》謂「三德」爲「剛克，柔克，正直也。」《毛詩正義》疏「羔裘晏兮，三英粲兮。」云：「言古之君子，服羔皮爲裘，其色晏然而鮮盛兮，其人有三種英俊之德，粲然而眾多兮。」、「英，俊秀之名。言有三種之英，故《傳》以爲三德。〈洪範〉云：『三德，一曰正直，二曰剛克，三曰柔克。』」（以上並見《詩疏》卷四之三，頁 168）

裘飾」，云：

> 〈羔裘〉詩《傳》：「素絲以英裘。」三英當指裘飾。《初學記》二十
> 六引郭璞《毛詩拾遺》曰：「英謂古者以素絲英飾裘，即上『素絲五
> 紽』也。」《田間詩學》引范氏說，謂五紽、五緎、五總即此詩三英，
> 是也。（《毛詩傳箋通釋》卷八，頁265）

如此，朱熹「三英」之訓亦諦。

11.〈鄭風·山有扶蘇〉：「山有扶蘇，隰有荷華。」（一章）

《毛傳》云：

> 興也。扶蘇，扶胥，小木也。荷華，扶渠也，其華菡萏。言高下大
> 小各得其宜也。（《詩疏》卷四之三，頁171）

《鄭箋》云：

> 興者，扶胥之木生于山，喻忽置不正之人于上位也。荷華生于隰，
> 喻忽置有美德者于下位，此言其用臣顛倒，失其所也。（同上）

又「不見子都，乃見狂且。」（一章）《鄭箋》云：

> 人之好美色，不往觀子都，乃反往觀狂醜之人，以興忽好善，不任
> 用賢者，反任用小人，其意同。（同上）

朱熹釋〈山有扶蘇〉首章，不取《傳》、《箋》之訓，謂：

> 淫女戲其所私者曰：「山則有扶蘇矣，隰則有荷華矣，今乃不見子都，
> 而見此狂人，何哉！」（《詩集傳》卷四，頁52）

又「山有橋松，隰有游龍。」（二章）《鄭箋》云：

> 游龍猶放縱也。橋松在山上，喻忽無恩澤於大臣也。紅草放縱支葉
> 於隰中，喻忽聽恣小臣，此又言養臣顛倒，失其所也。（《詩疏》卷
> 四之三，頁172）

「不見子充，乃見狡童。」（二章）《毛傳》云：

> 狡童，昭公也。（同上）

《鄭箋》云：

> 人之好忠良之人，不往觀子充，乃反往觀狡童。狡童，有貌而無實。
> （同上）

朱熹釋「山有扶蘇」二章，亦不取《傳》、《箋》之訓，謂：

> 子充，猶子都也。狡童，狡獪之小兒也。（《詩集傳》卷四，頁52）

按：《毛傳》、《鄭箋》釋〈山有扶蘇〉諸訓，皆與〈山有扶蘇·序〉：「刺忽也。

所美非美然。」（《詩疏》卷四之三，頁 171）相表裡。依《詩序》之說，〈山有扶蘇〉是譏刺忽（鄭昭公）之詩。由於忽用人失當，「置小人於上位，置君子於下位」；「置不正之人於上位，置有美德之人於下位」，用臣顛倒失所，因此詩人作〈山有扶蘇〉一詩來譏刺他。《毛傳》、《鄭箋》的訓釋，皆本此而發。朱熹詮釋〈山有扶蘇〉，不以《序》說為然，而以「淫詩」、男女間的戲謔之詞視之，云：

> 淫女戲其所私者曰：山則有扶蘇矣，隰則有荷華矣，今乃不見子都，
> 而見此狂人，何哉？（《詩集傳》卷四，頁 52）

> 此下四詩（按：即〈山有扶蘇〉、〈蘀兮〉、〈狡童〉、〈褰裳〉四詩）
> 及〈揚之水〉皆男女戲謔之詞，《序》之者不得其說，而例以為刺忽，
> 殊無情理。（《詩序辨說》卷上，頁 19）

詩旨所見，既有巨大差異，因此，朱熹釋〈山有扶蘇〉一詩，皆從情思不正的男女間的戲謔之詞的角度來訓釋，並不以「山有扶蘇，隰有荷華。」、「山有橋松，隰有游龍。」云云，有所謂忽用人失當之意，亦不以「狡童」為「昭公」，如《毛傳》之所云。

12. 〈鄭風・蘀兮〉：「蘀兮蘀兮，風其吹女。」（一章）

《毛傳》云：

> 興也。蘀，槁也。人臣待君倡而後和。（《詩疏》卷四之三，頁 172）

《鄭箋》云：

> 槁，謂木葉也。木葉槁，待風乃落。興者，風喻號令也，喻君有政
> 教，臣乃行之，言此者，刺今不然。（同上）

又「叔兮伯兮，倡予和女。」（一章）《毛傳》云：

> 叔、伯，言羣臣長幼也。君倡臣和也。（同上）

《鄭箋》云：

> 叔、伯，羣臣相謂也。羣臣無其君而行，自以強弱相服，女倡矣，
> 我則將和之。言此者，刺其自專也。叔、伯，兄弟之稱。（同上）

朱熹釋〈蘀兮〉首章，不取《傳》、《箋》之訓，謂：

> 叔、伯，男子之字也。予，女子自予也。女，叔伯也。此淫女之詞，
> 言蘀兮蘀兮，則風將吹女矣。叔兮伯兮，則盍倡予，而予將和女矣。
> （《詩集傳》卷四，頁 52）

按：《毛傳》、《鄭箋》釋〈蘀兮〉首章，皆與〈蘀兮・序〉：「刺忽也。君弱臣

強，不倡而和也。」（《詩疏》卷四之三，頁 172）相表裡。據《序》言，〈蘀兮〉是「刺忽」之詩。由於君弱臣強，使得許多政令無法由國君：忽，來率先倡導，然後群臣再來相應和，反而是群臣自恃強力，自作主張，不待君倡而後和，因此，詩人乃作〈蘀兮〉一詩來加以譏刺〔註26〕。朱熹詮釋〈蘀兮〉，不以《序》說爲然，而以爲是淫女所作的淫詩，是男女之間的戲謔之詞，詩旨所見，既有差異，朱熹釋「叔、伯」爲「男子之字也」，釋「予」爲「女子自予也」（作詩之女子），釋「女」爲「叔、伯也」，乃至句意的串解，皆不取《毛傳》釋「叔、伯」爲「羣臣長幼也」、《鄭箋》釋「叔、伯」爲「羣臣相謂也」及《毛傳》、《鄭箋》所謂「人臣待君倡而後和」云云諸訓，而全從淫女自作、男女戲謔之詞的角度來詮說。

13. 〈鄭風・狡童〉：「彼狡童兮，不與我言兮。」（一章）

《毛傳》云：

> 昭公有壯狡之志。（《詩疏》卷四之三，頁 173）

《鄭箋》云：

> 不與我言者，賢者欲與忽圖國之政事，而忽不能受之，故云然。（同上）

又「維子之故，使我不能餐兮。」（一章）《鄭箋》云：

> 憂懼不遑餐也。（同上）

朱熹釋〈狡童〉，不取《傳》、《箋》之訓，謂：

> 此亦淫女見絕而戲其人之詞。言悅己者眾，子雖見絕，未至於使我
> 不能餐也。（《詩集傳》卷四，頁 53）

按：《毛傳》、《鄭箋》釋〈狡童〉，仍與〈狡童・序〉「刺忽也。不能與賢人圖事，權臣擅命也。」（《詩疏》卷四之三，頁 173）相爲表裡。依《詩序》說，〈狡童〉仍是「刺忽（昭公）」之詩。由於忽不能和賢人共謀國之政事，致使權臣祭仲得以專恣行事，因此詩人作〈狡童〉一詩來譏刺他〔註27〕。朱熹釋〈狡童〉，甚不

〔註26〕鄭玄箋釋〈蘀兮・序〉云：「不倡而和，君臣各失其禮，不相倡和。」（《詩疏》卷四之三，頁 172）又釋〈蘀兮〉首章：「蘀兮蘀兮，風其吹女。」云：「槁謂木葉也。木葉槁，待風乃落。興者，風喻號令也。喻君有政教，臣乃行之。言此者，刺今不然。」；釋「叔兮伯兮，倡予和女。」云：「叔、伯，羣臣相謂也。羣臣無其君而行，自以強弱相服，女倡矣，我則將和之。言此者，刺其自專也。」（同上）

〔註27〕鄭玄箋釋〈狡童・序〉云：「權臣擅命，祭仲專也。」（《詩疏》卷四之三，頁

以《序》說爲然，而以爲是「亦淫女見絕而戲其人之詞」，視〈狡童〉爲「淫詩」、男女間的戲謔之詞；在《詩序辨說》中更針對〈狡童・序〉「刺忽」之說，提出嚴正的批判〔註28〕，詩旨所見，既有巨大差異，朱熹釋〈狡童〉，遂皆不取《毛傳》、《鄭箋》的訓釋。

14.　〈鄭風・風雨〉：「風雨淒淒，雞鳴喈喈。」（一章）

　　　《毛傳》云：

　　　　興也。風且雨，淒淒然，雞猶守時而鳴喈喈然。（《詩疏》卷四之四，頁 179）

《鄭箋》云：

　　　　興者，喻君子雖居亂世，不變改其節度。（同上）

又「既見君子，云胡不夷。」（一章）《鄭箋》云：

　　　　思而見之，云何而心不說。（同上）

朱熹釋〈風雨〉，不取《傳》、《箋》之訓，謂：

　　　　風雨晦冥，蓋淫奔之時。君子，指所期之男子也。……淫奔之女言
　　　　當此之時，見其所期之人而心悅也。（《詩集傳》卷四，頁 54）

按：《毛傳》、《鄭箋》釋〈風雨〉，仍和〈風雨・序〉：「思君子也。亂世則思君子不改其度焉。」（《詩疏》卷四之四，頁 179）相表裡。依《詩序》說，〈風雨〉一詩，乃是表達對處在亂世之中而不變改節操的君子的懷想，《毛傳》釋「風雨淒淒，雞鳴喈喈。」爲「風且雨，淒淒然，雞猶守時而鳴。」《鄭箋》謂「君子雖居亂世，不變改其節度。」皆本此而發。朱熹釋〈風雨〉，不以《序》說爲然，而以爲是淫女所作的淫詩〔註29〕。〈風雨〉既爲淫詩，則「風雨淒淒，雞鳴喈喈。」即指風雨晦冥，男女淫奔之時；「既見君子」之「君子」，也指淫女所期待的男子，諸句皆無毛、鄭所謂有擬喻君子雖居亂世，不變改其節度；「君子」即指處亂世而不變改其節度的君子之意，詩旨所見的迥異，使得朱熹不取《傳》、《箋》之訓。

15.　〈齊風・東方之日〉：「東方之日兮，彼姝者子，在我室兮。」（一章）

　　　《毛傳》云：

173）

〔註28〕　參《詩序辨說》卷上，頁 19～20。

〔註29〕　朱熹視〈風雨〉爲淫詩，在《詩序辨說・風雨》中說明他的理由是：「《序》意甚美，然考詩之詞輕佻狎暱，非思賢之意也。」（卷上，頁 20）

興也。日出東方，人君明盛，無不照察也。妹者，初昏之貌。（《詩疏》卷五之一，頁191）

《鄭箋》云：

言東方之日者，愬之乎耳。有妹然美好之子，來在我室，欲與我爲室家，我無如之何也。日在東方，其明未融。興者，喻君不明。（同上）

又「在我室兮，履我即兮。」《毛傳》云：

履，禮也。（同上）

《鄭箋》云：

即，就也。在我室者，以禮來，我則就之，與之去也。言今者之子，不以禮來也。（同上）

朱熹釋〈東方之日〉，不取《傳》、《箋》之訓，謂：

履，躡。即，就也。言此女躡我之跡而相就也。（《詩集傳》卷五，頁59）

按：《毛傳》、《鄭箋》釋〈東方之日〉皆和〈東方之日·序〉「刺衰也。君臣失道，男女淫奔，不能以禮化也。」（《詩疏》卷五之一，頁191）相表裡。依《詩序》，〈東方之日〉是譏刺時政之衰之詩。由於哀公之時，君臣失道，導致男女淫奔。時政之衰如此，而哀公君臣卻無法以禮來感化人民、導正此一現象，因此詩人作〈東方之日〉來譏刺〔註30〕。《毛傳》、《鄭箋》皆以「東方之日」有擬喻國君之意，又釋「履」爲「禮」（《毛傳》釋「履」爲「禮」，蓋視「履」爲「禮」之假借，《商頌·長發》：「率履不越」，《毛傳》亦云：「履，禮也。」，《詩疏》卷二十之四，頁801，又「履」爲「禮」，與《爾雅·釋言》「履，禮也。」，《爾雅疏》卷三，頁39，同訓。），以男女相從不以禮的角度來訓釋詩文，凡此，皆不爲朱熹所取。而朱熹所以不取《傳》、《箋》之說，主要也來自對詩義理解的不同。朱熹釋〈東方之日〉，不以《序》說爲然，而以爲是男女淫奔者所自作的淫詩，云：

此男女淫者所自作，非有刺也。其曰：「君臣失道」者，尤無所謂。（《詩序辨說·東方之日》，卷上，頁21）

〔註30〕《毛詩正義》疏釋〈東方之日·序〉之意云：「作〈東方之日〉詩者，刺衰也。哀公君臣失道，至使男女淫奔，謂男女不待以禮配合，君臣皆失其道，不能以禮化之，是其時政之衰，故刺之也。」（《詩疏》卷五之一，頁191）

詩旨所見，既有異同，朱熹釋〈東方之日〉即不從「刺衰」、「君臣失道，不能以禮化」的角度來訓釋，而釋「履」爲「躡」，釋「履我即兮」爲「此女躡我之跡而相就」，與《傳》、《箋》的訓釋，皆有不同。依《鄭箋》，「履我即兮」是女子拒男子之辭，言在我室裡的男子若能以禮來相求，則我願意隨從他而去，但今天男子不能以禮相求，所以不能從他而去〔註31〕。依《朱傳》，則「履我即兮」是男子之辭，言此女子躡我之跡而相從，二者的訓釋，顯有不同。據馬瑞辰之說，以爲「履我即兮」，當以朱熹「此女躡我之跡而相就也」爲諦，《毛傳》、《鄭箋》釋「履」爲「禮」是「失之」，他說：

> 「履我即兮」，《傳》：「履，禮也。」《箋》：「即，就也。」瑞辰按：二章「履我發兮」，《傳》訓發爲行，則此章即亦爲行。即，就也，謂所就止之處。即，行也。即爲就亦爲行，猶從爲就亦爲行也。《廣雅》：「從，就也。」「從，行也。」《廣雅》：「行，迹也。」《說文》：「迹，步處也。」履當如朱子《集傳》讀爲踐履之履。履我行者，謂女子從我行，猶云踐我迹也。詩刺男女淫奔，相隨而行，謂男倡而女隨，非謂禮也。《傳》、《箋》並訓履爲禮，失之。（《毛詩傳箋通釋》卷九，頁300）

據此，朱熹更易《傳》、《箋》的訓釋，要不爲無見〔註32〕。

16. 〈魏風·十畝之閒〉：「十畝之閒兮，桑者閑閑兮。」（一章）

《毛傳》云：

> 閑閑然，男女無別，往來之貌。（《詩疏》卷五之三，頁209）

《鄭箋》云：

> 古者一夫百畝，今十畝之間，往來者閑閑然，削小之甚。（同上）

又「十畝之外兮，桑者泄泄兮。」（二章）《毛傳》云：

> 泄泄，多人之貌。（同上，頁210）

〔註31〕《毛詩正義》疏釋《鄭箋》釋〈東方之日〉首章之意云：「鄭以爲，當時男女淫奔，假爲女拒男之辭，以刺時之衰亂。有女以男逼己，乃訴之言：……今有彼姝然美好之子，來在我之室兮，欲與我爲室家，我無奈之何。又言己不從之意，此子在我室兮，若以禮而來，我則欲就之兮。今不以禮來，故不得從之。」（《詩疏》卷五之一，頁191）

〔註32〕近人楊樹達以〈東方之日〉「履我即兮」之「即」字，爲䣁（膝）字的假借，「履我即兮」，謂「古人席地而坐，安坐則席在身前，故行者得踐坐者之䣁也。」；「履我發兮」之「發」字有足義，「履我發兮」，謂「踐我足也。」可備一說，楊說參《積微居小學述林》，頁227。

朱熹釋「閑閑」、「泄泄」，與《傳》、《箋》之說不同，云：

閑閑，往來者自得之貌。（《詩集傳》卷五，頁65）泄泄，猶閑閑也。
（同上）

按：《毛傳》、《鄭箋》釋「閑閑」、「泄泄」為「男女無別，往來之貌。」、「多人之貌」，蓋皆本〈十畝之閒·序〉「刺時也。言其國削小，民無所居焉。」（《詩疏》卷五之三，頁209）而為說。據《序》說，由於魏國土地狹隘，一夫僅分得十畝之地（古者一夫可分百畝），導致人民無法透過耕墾來維持生活，因此詩人作〈十畝之閒〉，來譏刺魏國土地削小的時局〔註33〕。《毛傳》釋「桑者閑閑兮」為「男女無別，往來之貌。」釋「泄泄」為「多人之貌」，正顯示出魏國耕地狹隘、人口眾多，無所相避之狀。朱熹釋「閑閑」、「泄泄」，不取《傳》、《箋》之說，主要是來自詩義理解的不同。朱熹詮釋〈十畝之閒〉，不以《序》說為然，謂：

政亂國危，賢者不樂仕於其朝，而思與其友歸於農圃，故其詞如此。
（《詩集傳》卷五，頁65）

國削則其民隨之，《序》文殊無理，其說已見本篇矣。（《詩序辨說》
卷上，頁22）

視〈十畝之閒〉為政亂國危，賢者不樂仕於其朝，而想要與其友歸返農圃之詩。〈十畝之間〉既是傳達「賢者不樂仕於其朝」、欲有所歸隱於農圃之情，朱熹因採他說，釋「閑閑」、「泄泄」為「往來者自得之貌」，和《傳》、《箋》之說不同〔註34〕。

〔註33〕《毛詩正義》疏釋〈十畝之閒·序〉云：「經二章皆言十畝一夫之分，不能百畝，是為削小。無所居，謂土田狹隘，不足耕墾以居生，非謂無居宅也。」（《詩疏》卷五之三，頁209）

〔註34〕朱熹釋〈十畝之閒〉為「政亂國危，賢者不樂仕於其朝，而思與其友歸於農圃。」之詩，又釋「閑閑」、「泄泄」為「往來者自得之貌」，此說蓋皆本蘇轍而來。蘇轍嘗駁〈十畝之閒·序〉云：「《毛詩》之《序》曰：『其國削小，民無所居』夫國削則民逃矣，未有地亡而民存者也。且雖小國，豈有一夫十畝而尚可以為民者哉？」（《詩集傳》卷五）又詮釋〈十畝之閒〉的詩旨為：「此君子不樂仕於其朝之詩也。曰雖有十畝之田，桑者閑閑其可樂也，行與子歸居之。夫有十畝之田，其所以為樂者亦鮮矣。而可以易仕之樂，則仕之不可樂也甚矣！」（同上）又釋「泄泄」為「閑貌也。」（同上）凡此，皆為朱熹所採用。清·朱齡撰《詩經通義》即曾拈出此點：「『閑閑』、『泄泄』，毛氏訓『往來多人』，以見國之削小，此解未安。朱子謂『政亂國危，賢者不樂仕於其朝，思相率歸于農圃』，語意豁然，蓋本之潁濱。」（卷四，頁96）

17. 〈唐風・羔裘〉:「羔裘豹袪,自我人居居。」(一章)

《毛傳》云:

袪,袂也。本末不同,在位與民異心自用也。居居,懷惡不相親比之貌。(《詩疏》卷六之二,頁224)

《鄭箋》云:

羔裘豹袪,在位卿大夫之服也。其役使我之民人,其意居居然有悖惡之心,不恤我之困苦。(同上)

又「羔裘豹褎,自我人究究。」《毛傳》云:

究究,猶居居也。(同上)

朱熹釋「居居」、「究究」,不取《毛傳》、《鄭箋》之訓,謂:

居居,未詳。(《詩集傳》卷六,頁71)

究究,亦未詳。(同上)

按:《毛傳》釋「居居」為「懷惡不相親比之貌」,釋「究究,猶居居也。」;《鄭箋》釋「居居」為「其意居居然有悖惡之心,不恤我之困苦。」,大抵是據〈羔裘・序〉「刺時也。晉人刺其在位,不恤其民也。」(《詩疏》卷六之二,頁224)所作的訓釋。而《毛傳》、《鄭箋》所釋「居居」、「究究」之意,也與《爾雅・釋訓》所云:「居居,究究,惡也。」(《爾雅疏》卷四,頁56)同意。《毛詩正義》謂:

〈釋訓〉云:「居居、究究,惡也。」李巡曰:「居居,不狎習之惡。」孫炎曰:「究究,窮極人之惡。」此言懷惡而不與民相親,是不狎習也。用民力而不憂其困,是窮極人也[註35]。(《詩疏》卷六之二,

---

〔註35〕關於《毛傳》釋「居居」、「究究」,與《爾雅・釋訓》同意,清儒胡承珙、郝懿行亦有說。胡承珙云:「《正義》引李巡注《爾雅》云:『居居,不狎習之惡。』與毛義合。案:《說文》居處字作『凥』,蹲踞字作『居』。曹憲《廣雅音》云『今『居』字乃箕居字,故『居』又與『倨』通。《說文》:『倨,不遜也。』倨敖無禮,故為惡也。」(《毛詩後箋》卷十,頁534)、「『自我人究究』,《傳》:『究究,猶居居也。』《正義》引孫炎注《爾雅》云:『究究,窮極人之惡。』承珙案:王逸《楚辭・九嘆・章句》曰:『究究,不止貌也。』其訓與孫炎『窮極』義相通。《傳》以『究』亦為惡,故云『究究,猶居居』,是於雙聲取義。」(同上,頁535)郝懿行釋『居居、究究,惡也。』云:「居與踞同。此居居,猶倨倨,不遜之意。故《詩・羔裘・傳》『居居,懷惡不相親比之貌。』《正義》引李巡曰:『居居,不狎習之惡。』《釋文》居又音據,即倨字之音矣。『究』者,〈釋言〉云『窮也。』究、居聲轉為義,故〈羔裘・傳〉『究究,猶居居也。』《正義》引孫炎曰:『究究,窮極人之惡。』本〈釋言〉而為說也。」(《爾

頁 224）

唯朱熹以爲「居居」、「究究」之義未詳，不取《傳》、《箋》之說，也不以《爾雅》之訓爲諦，原因即在於朱熹以爲《爾雅》一書，是「集諸儒訓詁以成書，其間蓋亦不能無誤者。」由於朱熹認爲《爾雅》的訓釋，乃是匯集諸儒、傳注的訓詁而成，其中不能說沒有錯誤的地方，因此，有關《爾雅》的訓詁，也就不能完全據信〔註 36〕。《爾雅》的訓詁，既不能完全據信，且〈羔裘〉一詩，亦看不出有「晉人刺其在位，不恤其民也。」之意，因此，朱熹釋「居居」、「究究」，逕以「未詳」說之，也不取《傳》、《箋》之訓，對於〈羔裘〉一詩的意旨，也存闕疑、不知之意，云：

此詩不知所謂，不敢強解。（《詩集傳》卷六，頁 71）

詩中未見此意。（《詩序辨說‧羔裘》卷上，頁 23）

18.〈小雅‧小旻〉：「潝潝訿訿，亦孔之哀。」（二章）

《毛傳》云：

潝潝然患其上，訿訿然思不稱乎上。（《詩疏》卷十二之二，頁 412）

《鄭箋》云：

臣不事君，亂之階也，甚可哀也。（同上）

朱熹釋「潝潝訿訿」，不取《傳》、《箋》之說，謂：

潝潝，相和也。訿訿，相詆也。……言小人同而不和，其慮深矣。（《詩集傳》卷十二，頁 137）

按：「潝潝訿訿」，《爾雅》謂：「潝潝、訿訿，莫供職也。」（《爾雅疏》卷四，頁 58）郭璞釋此義云：「賢者陵替，姦黨熾，背公恤私，曠職事。」（同上，頁 59）《毛傳》「潝潝然患其上……」云云，蓋與《爾雅》之訓同義。《毛詩正

雅義疏》上之三，頁 565）臺北：漢京文化公司，1985 年 9 月。

〔註 36〕關於朱熹釋「居居」、「究究」不取《毛傳》、《鄭箋》之說，而以爲未詳，此意輔廣有所說明：「先生但以『居居』、『究究』四字不可曉，故以爲未有在位不恤其民之意。又曰『此詩不知所謂，不敢強解。』此正得闕疑之意。……近世諸儒，皆據《爾雅》有『居居、究究，惡也。』之訓，故多從毛、鄭之說，然先生嘗謂《爾雅》乃是集諸儒訓詁以成書，其間蓋亦不能無誤者，如此，則『居居』、『究究』之訓，亦未可據也。」（《詩童子問》卷三，頁 340）又關於朱熹對《爾雅》一書的看法，《朱子語類》中亦有提及，云：「《爾雅》是取傳注以作，後人卻以《爾雅》證傳注。」（卷一三八，頁 3277）、「《爾雅》非是，只是據諸處訓釋所作。趙岐說《孟子》、《爾雅》皆置博士，在《漢書》亦無可考。」（同上）

義》云：

> 〈釋訓〉云：「瀸瀸，訿訿，莫供職也。」李巡曰：「君闇蔽，臣子
> 莫親其職。」郭璞曰：「賢者陵替，姦黨熾盛，背公恤私，曠職事也。」
> 皆言其大旨耳。彼不解瀸瀸、訿訿之文。瀸瀸爲小人之勢，是作威
> 福也。訿訿者，自營之狀，是求私利也。自作威福，競營私利，是
> 不供君職也。此《傳》亦準《爾雅》文徑解其意，患其上者，專權
> 爭勢，與上爲患。不思稱上者，背公營私，不思欲稱上之意，亦是
> 不供職之事〔註37〕。（《詩疏》卷十二之二，頁 412）

據《毛詩正義》的疏解，則《毛傳》所謂「瀸瀸」即有自作威福、專權爭勢
之意；「訿訿」即有競營私利，背公營利之意。朱熹釋「瀸瀸訿訿」，不取《傳》、
《箋》之訓，而轉採蘇轍之說，蘇轍釋「瀸瀸訿訿」云：

> 瀸瀸，言相和也。訿訿，言相詆也。（《詩集傳》卷十二）

而蘇轍之訓釋，又可能本於劉向之說而來。據漢書所載劉向〈上封事〉云：

> 眾小在位而從邪議，歙歙相是而背君子，故其《詩》曰：「歙歙訿訿，
> 亦孔之哀！謀之其臧，則具是違；謀之不臧，則具是依。」……（《漢
> 書》卷三十六〈楚元王傳〉，頁 1934～1935）

據劉向說，則「歙歙」有小人相是、苟相合同之意，「訿訿」有小人背君子，
苟相詆毀之意〔註38〕。

19. 〈小雅・信南山〉：「信彼南山，維禹甸之。畇畇原隰，曾孫田之。」

〔註37〕謂《毛傳》釋「瀸瀸訿訿」，與《爾雅》「瀸瀸，訿訿，莫供職也。」同義者，
除《毛詩正義》外，清儒陳奐、馬瑞辰亦皆有說。陳奐云：「《爾雅》：『瀸瀸
訿訿』，莫供職也。」《雅》、《傳》辭異而義同。『瀸瀸』有強禦之義，《史記・
貨殖傳》：『呰窳偷生』，晉灼注：『呰，病也。』應劭注《漢書・地理志》：『呰，
弱也。呰與訿同。』《傳》云『不思稱乎上者』，言不思報稱乎上意也，皆謂
臣下不供職之事。〈召旻・傳〉：『訿訿，窳不供事也。』（《詩毛氏傳疏》卷十
九，頁 516～517）馬瑞辰云：『《毛傳》義本《爾雅》。《方言》：『翕，熾也。』
《廣雅》同。又曰：『翕，熱也。』《說文》：『翕，起也。』義並相近。揚雄
〈甘泉賦〉『翕赫曶霍』，李善注：『翕赫，盛貌。』《傳》云『瀸瀸然患其上』，
蓋讀瀸瀸如翕赫之翕。郭注《爾雅》『姦黨熾』，正釋翕翕二字，與《詩正義》
云『瀸瀸爲小人之勢，是作威福也。』詞異而義同。訿或作訾。《說文》：『訾，
不思稱意也。』義本《毛傳》。據〈召旻〉詩『臯臯訿訿』，《傳》『訿，窳不
供事也。』《說文》：『訾，窳也』，『窳，嬾也。』則《毛傳》蓋讀訿如窳呰之
呰。」（《毛詩傳箋通釋》卷二十，頁 629）

〔註38〕關於「歙歙」、「訿訿」之義，可參清儒胡承珙、馬瑞辰之說，胡說見《毛詩
後箋》卷十九，頁 987～988；馬說見《毛詩傳箋通釋》卷二十，頁 629～630。

（一章）

《毛傳》云：

> 甸，治也。畇畇，墾闢貌。曾孫，成王也。（《詩疏》卷十二之二，
> 頁 460）

《鄭箋》云：

> 信乎彼南山之野，禹治而丘甸之。今原隰墾闢，則又成王之所佃。
> 言成王乃遠修禹之功，今王反不修其業乎？（同上）

《傳》、《箋》皆謂「曾孫」爲成王，朱熹釋「曾孫」，不取《傳》、《箋》之說，
謂：

> 曾孫，主祭者之稱。曾，重也。自曾祖以至無窮，皆得稱之也。（《詩
> 集傳》卷十三，頁 155）

按：《毛傳》、《鄭箋》以「曾孫」爲成王，蓋據〈信南山·序〉「刺幽王也。
不能修成王之業，疆理天下，以奉禹功，故君子思古焉。」（《詩疏》卷十三
之二，頁 459）而爲說。據《序》說，〈信南山〉是一首陳古以刺今之詩。由
於幽王不能承繼成王疆界天下的事業，因此詩人藉陳古代成王能遵奉大禹的
功業，疆界天下的田畝，使人民勤於耕稼之事，來反諷當今幽王的不能。成
王既能遵奉大禹的功業，來疆界天下，因此，「信彼南山，維禹甸之。畇畇原
隰，曾孫田之。」云云，《傳》、《箋》即以成王釋「曾孫」。又〈信南山〉三
章：「疆場翼翼，黍稷彧彧。曾孫之穡，以爲酒食。畀我尸賓，壽考萬年。」
《鄭箋》云：

> 成王以黍稷之稅爲酒食，至祭祀齊戒則以賜尸與賓。（《詩疏》卷十
> 三之二，頁 461）

也以「成王」釋「曾孫」。除此之外，〈小雅·甫田〉「曾孫來止，以其婦子，
饁彼南畝。」（三章）《鄭箋》云：

> 曾孫，謂成王也。（《詩疏》卷十四之一，頁 470）

〈大田〉「播厥百穀，既庭且碩，曾孫是若。」（一章）《鄭箋》云：

> 民既熾菑，則種其眾穀。眾穀生，盡條直茂大。成王於是則止力役，
> 以順民事，不奪其時。（《詩疏》卷十四之一，頁 472）

〈大雅·行葦〉「曾孫維主，酒醴維醹。酌以大斗，以祈黃耇。」（四章）《毛
傳》云：

> 曾孫，成王也。（《詩疏》卷十七之二，頁 603）

《鄭箋》云：

> 今我成王承先王之法度，爲主人，亦旣爲賓矣，有醇厚之酒醴，以
> 大斗酌而嘗之而美……（同上）

《傳》、《箋》也皆以「成王」釋「曾孫」。朱熹釋「曾孫」，不取《傳》、《箋》
之訓，而以「主祭者之稱」、「自曾祖以至無窮，皆得稱之也。」釋之，原因
即在於詩義理解的不同。朱熹釋〈信南山〉，不以《詩序》陳古以刺今之說爲
然，也不以《詩序》「刺幽王也。不能脩成王之業，疆理天下，以奉禹功，故
君子思古焉。」云云爲然，而視〈信南山〉是一首「述公卿有田祿者力於農
事，以奉其宗廟之祭。」（《詩集傳》卷十三，頁 153），其大旨與〈楚茨〉一
詩略同；即視〈信南山〉是一首祭祀之詩。詩意的理解既有不同，朱熹除對
〈信南山·序〉有所批駁、辨正外〔註39〕，在有關「曾孫田之」一詞的訓詁
上，也不採《傳》、《箋》「成王」之說，而逕以主祭者的自稱：「自曾祖以至
無窮，皆得稱之」來訓釋。換言之，朱熹以爲「曾孫」是主祭者面對所祭祀
先祖的自稱，凡曾孫以下之子孫，對於先祖皆可以「曾孫」自稱，朱熹釋〈甫
田〉「曾孫來止，以其婦子……」、「曾孫不怒，農夫克敏。」（三章）云：

> 曾孫，主祭者之稱。（《詩集傳》卷十三，頁 156）

釋〈大雅·行葦〉「曾孫維主，酒醴維醹。」（四章）云：

> 曾孫，主祭者之稱，今祭畢而燕，故因而稱之也。（《詩集傳》卷十
> 七，頁 193）

也均不採《傳》、《箋》以成王釋「曾孫」之釋。〈信南山〉「曾孫田之」之「曾
孫」，近人于省吾據〈儔兒顒鐘〉：「曾孫儔兒，余迭斯于之孫，余茲俗之元子。」，
以爲「曾孫乃孫之通稱」、「孫對先祖言，皆可稱曾孫」〔註40〕，如此，朱熹
以「主祭者之稱」、「自曾祖以至無窮，皆得稱之也。」來釋「曾孫」，要不爲
無理。

〔註39〕朱熹說：「自此篇至〈車舝〉，凡十篇（按：指〈楚茨〉、〈信南山〉、〈甫田〉、
〈大田〉、〈瞻彼洛矣〉、〈裳裳者華〉、〈桑扈〉、〈鴛鴦〉、〈頍弁〉、〈車舝〉十
篇），似出一手，詞氣和平，稱述詳雅，無風刺之意，《序》以其在變雅中，
故皆以爲傷今思古之作。詩固有如此者，然不應十篇相屬而絕無一言以見其
爲衰世之意，竊恐正雅之篇有錯脫在此者耳，《序》皆失之。（《詩序辨說·楚
茨》，卷下，頁 32）」又批駁〈信南山·序〉云：「曾孫，古者事神之稱，《序》
專以爲成王，則陋矣！（《詩序辨說·信南山》，同上）

〔註40〕見《澤螺居詩經新證》（臺北：木鐸出版社，1982 年 11 月）卷上，頁 43。

20. 〈大雅・文王有聲〉：「文王有聲，遹駿有聲。遹求厥寧，遹觀厥成。」（一章）

《鄭箋》云：

> 遹，述。求，終。觀，多也。文王有令聞之聲者，乃述行有令聞之聲之道所致也。所述者，謂大王、王季也。又述行終其安民之道，又述行多其成民之德，言周德之世益盛。（《詩疏》卷十六之五，頁583）

釋「遹」爲「述」。朱熹釋「遹」，不取《鄭箋》之訓，謂：

> 遹，義未詳，疑與聿同，發語辭。……此詩言文王遷豐，武王遷鎬之事。而首章推本之曰：文王之有聲也，甚大乎其有聲也。蓋以求天下之安寧，而觀其成功耳。（《詩集傳》卷十六，頁188）

以爲「遹」疑與「聿」同，是發語詞。按：《鄭箋》釋「遹」爲「述」，乃據《爾雅・釋言》：「律、遹，述也。」（《爾雅疏》卷三，頁37）而爲說。所謂「遹」爲「述」，郭璞注曰：「皆敘述也。方俗語耳。」（同上），則「遹」即爲敘述之意。唯據清儒的研究，「遹」、「聿」、「曰」三字，皆同爲「欥」字的假借，其義皆爲語助詞，王引之《經傳釋詞》卷二釋「欥音聿遹曰」云：

> 《說文》曰：「欥，詮詞也。」字或作「聿」，或作「遹」，或作「曰」，其實一字也。《毛鄭詩考正》曰：「《文選注・江賦》引《韓詩・薛君章句》云：『聿，辭也。』《春秋傳》引《詩》『聿懷多福』《左傳》昭二十六年《杜注》云：『聿，惟也。』皆以爲辭助。《詩》中『聿』、『曰』、『遹』三字互用。《禮記》引《詩》『聿追來孝』，《禮器》。今《詩》作『遹』，〈七月〉篇：『曰爲改歲』，《釋文》云：『《漢書》作聿。』〈角弓〉篇：『見晛曰消』，《釋文》云：『《韓詩》作聿，劉向同。』《傳》於『歲聿其莫』，釋之爲『遂』；於『聿脩厥德』，釋之爲『述』。《箋》於『聿來胥宇』，釋之爲『自』；於『我征聿至』、『聿懷多福』、『遹駿有聲』、『遹求厥寧』、『遹觀厥成』、『遹追來孝』，竝釋之爲『述』。今考之，皆承明上文之辭耳。非空爲辭助，亦非發語辭。而爲『遂』爲『述』爲『自』，緣辭生訓，皆非也。《說文》：『欥，詮詞也。從欠，從曰，曰亦聲。』引《詩》『欥求厥寧』。然則『欥』蓋本文，同聲假借，用『曰』『聿』『遹』三字。」引之案：《考正》說是也。……（頁43～44）

據王引之及其援引的戴震說，則「遹」與「聿」、「曰」相通，皆爲「欥」字的假借，其義爲語助詞，如此，朱熹之訓釋，亦較《鄭箋》爲諦〔註41〕。

21. 〈周頌・昊天有成命〉：「昊天有成命，二后受之。成王不敢康，夙夜
    基命宥密。」

《毛傳》云：

> 二后，文、武也。基，始。命，信。宥，寬。密，寧也。（《詩疏》
> 卷十九之二，頁716）

《鄭箋》云：

> 昊天，天大號也。有成命者，言周自后稷之生而已有王命也。文王、
> 武王受其業，施行道德，成此王功，不敢自安逸，早夜始信順天命，
> 不敢解倦，行寬仁安靜之政以定天下。（同上）

朱熹釋「成王不敢康」，不取鄭箋「成此王功」之訓，謂：

> 成王，名誦，武王之子也。……此詩多道成王之德，疑祀成王之詩
> 也。言天祚周以天下，既有定命，而文武受之矣。成王繼之，又能
> 不敢康寧……（《詩集傳》卷十九，頁225）

按：鄭玄釋「成王」爲「成此王功」，蓋與他認知的〈周頌〉時世觀有功。依鄭玄說，〈周頌〉諸詩是「周室成功致太平德洽之詩」（〈周頌譜〉，《詩疏》卷十九之一，頁703），其撰作的年代「在周公攝政、成王即位之初。」（同上）換言之，周頌諸詩制作的年代是在周公攝政和成王即位的期間，而其內容主要即以歌詠先王、父祖的功業爲主〔註42〕，既如此，鄭玄釋「昊天有成命，

〔註41〕清儒主「遹」、「聿」、「曰」相通，爲「欥」字之假借，其意爲語詞者，除戴震、王引之外，陳奐、馬瑞辰亦有相同的觀點。陳奐釋〈大雅・文王有聲〉云：「全《詩》多言『曰』『聿』，唯此篇四言『遹』，『遹』即『曰』『聿』，爲發語之詞。《說文》『欥，詮詞也。』引《詩》『欥求厥寧』，欥字從欠曰，會意，是發聲，當以『欥』爲正，『曰』、『聿』、『遹』三字皆假借字，《箋》訓『遹』爲『述』，義本〈釋言〉，不作語詞。」（《詩毛氏傳疏》卷二十三，頁694）馬瑞辰釋〈大雅・文王有聲〉「遹駿有聲」云：「遹、聿、欥、曰，古通用。《說文》：『欥，詮詞也。從欠，從曰，曰亦聲。』引《詩》『欥求厥寧』。《漢書・幽通賦》『欥中和爲庶幾兮』，《文選》本作聿。蓋作欥爲正字，曰即欥之省，聿、遹皆同聲假借。戴氏震曰：『凡《詩》中言遹，言聿，言曰，皆欥之通借，爲承明上文之詞。《說文》曰『詮詞』者，承上文所發端，詮而釋之也。」（《毛詩傳箋通釋》卷二十四，頁865）

〔註42〕《毛詩正義》疏釋鄭玄〈周頌・譜〉「〈周頌〉者，周室成功致太平德洽之詩。其作在周公攝政、成王即位之初。」云：「史傳群書稱『成、康之間，四十餘

二后受之。成王不敢康……」爲「有成命者，言周自后稷之生而已有王命也。
文王、武王受其業，施行道德，成此王功……」也是此一認知的體現。〈周頌·
執競〉「執競武王，無競維烈。不顯成康，上帝是皇。」《毛傳》云：

> 無競，競也。烈，顯也。不顯乎其成大功而安之也。（《詩疏》卷十
> 九之二，頁 720）

《鄭箋》云：

> 競，強也。能持強道者，維有武王耳。不強乎其克商之功業，言其
> 強也。不顯乎其成安祖考之道，言其又顯也。（同上）

又「自彼成康，奄有四方，斤斤其明。」（〈執競〉）《毛傳》云：

> 自彼成康，用彼成安之道也。……（同上）

《鄭箋》云：

> 武王用成安祖考之道，故受命伐紂，定天下，爲周明察之君斤斤如
> 也。（同上）

《毛傳》以「不顯乎其成大功而安之也」釋「不顯成康」，以「用彼成安之道
也」釋「自彼成康」；《鄭箋》以「不顯乎其成安祖考之道」釋「不顯成康」，
以「用成安祖考之道」釋「自彼成康」，也都是本於〈周頌〉作於周公攝政、
成王即位之初；〈周頌〉製作的年限在成王即位之初以前，所作的訓釋。此外，
《毛傳》釋〈周頌·噫嘻〉：「噫嘻成王，既昭假爾。」云：

> 意，歎也。嘻，和也。成王，成是王事也。（《詩疏》卷十九之二，
> 頁 724）

《鄭箋》釋之云：

> 噫嘻，有所多大之聲也。……噫嘻乎能成周王之功，其德已著矣。
> 謂光被四表，格于上下也。（同上）

毛釋「成王」爲「成是王事」，鄭釋「成王」爲「能成周王之功」，其理亦同。
唯毛、鄭「成此王功」、「成大功而安之」、「用彼成安之道」、「武王用成安祖
考之道」云云，衡諸詩文，不免迂曲，宋儒歐陽脩即對毛、鄭釋〈昊天有成
命〉「成王不敢康」、〈執競〉「不顯成康」、「自彼成康」、〈噫嘻〉「噫嘻成王」
諸訓，提出訾議，謂：

> 年，形措不用』，則成王終世太平。正言即位之初者，以即位之初，禮樂新定，
> 其詠父祖之功業，述時世之和樂，宏勳盛事已盡之矣，以後無以過此，採者
> 不爲復錄。」（《詩疏》卷十九之一，頁 703）

〈周頌・昊天有成命〉曰：「二后受之，成王不敢康。」所謂二后者，
文、武也。則成王者，成王也。猶文王之爲文王，武王之爲武王也。
然則〈昊天有成命〉當是康王已後之詩，而毛、鄭之説，以頌皆
是成王時作，遂以「成王」爲「成此王功，不敢康寧」。〈執競〉曰：
「執競武王，無競維烈。不顯成康，上帝是皇。自彼成康，奄有四
方。」所謂「成、康」者，成王、康王也，猶文王、武王，謂之文
武爾。然則〈執競〉者，當是昭王已後之詩，而毛以爲「成大功而
安之」，鄭以爲「成安祖考之道」，皆以爲武王也。據詩文，但云成
康爾，而毛鄭自出其意，各以增就其己説，而意又不同，使後也何
所適從哉！〈噫嘻〉曰：「噫嘻成王」者，亦成王也，而毛鄭亦皆以
爲武王，由信其己説，以頌皆成王時作也。《詩》所謂「成王」者，
成王也。「成康」者，成王、康王也，豈不簡且直哉！而毛鄭之説，
豈不迂而曲也。以爲成王、康王，則於詩文理易通，如毛、鄭之説，
則文義不完而難通，然學者捨簡而從迂，捨直而從曲，捨易通而從
難通……（《詩本義・時世論》卷十四，頁 289）

歐陽脩之立説，皆爲朱熹所承繼。朱熹除釋〈昊天有成命〉「成王不敢康」爲
「成王繼之，又能不敢康寧」，以「成王」爲武王之子姬誦成王，視〈昊天有
成命〉爲「康王以後之詩」（《詩集傳》卷十九，頁 225）以外，釋〈執競〉「執
競武王，無競維烈。不顯成康，上帝是皇。」云：

此祭武王、成王、康王之詩。……言武王持其自強不息之心，故其
功烈之盛，天下莫得而競，豈不顯哉！成王、康王之德，亦上帝之
所君也。（《詩集傳》卷十九，頁 227）

釋〈執競〉「自彼成康，奄有四方，斤斤其明。」云：

斤斤，明之察也。言成康之德明著如此也。（同上）

以「成康」爲成王、康王，並以「執競」爲「昭王以後之詩」（同上），又釋
〈噫嘻〉「噫嘻成王，既昭假爾。」爲「蓋成王始置田官，而嘗戒命之也。」
（同上，頁 228）以「成王」即爲姬誦成王，凡此，皆採歐説之觀點。就〈昊
天有成命〉一詩的訓釋而言，朱熹除採歐説之外，《國語・周語下》載叔向引
〈昊天有成命〉一詩之言，也成爲朱熹釋《詩》的佐證，朱熹云：

此詩多道成王之德，疑祀成王之詩也。……《國語》叔向引此詩而
言曰：「是道成王之德也。成王能明文昭、定武烈者也。」以此證之，

則其爲祀成王之詩無疑矣。(《詩集傳》卷十九，頁 225)

此詩詳考經文，而以《國語》證之，其爲康王以後祀成王之詩無疑。而毛鄭舊說，定以頌爲成王之時、周公所作，故凡頌中有「成王」及「成康」字者，例皆曲爲之說，以附己意，其汙滯僻澀，不成文理，甚不難見。而古今諸儒無有覺其謬者，獨歐陽公著〈時世論〉以斥之，其辨明矣，然讀者狃於舊聞，亦未遽肯深信也。〈小序〉又以此詩篇首有「昊天」二字，遂定以爲郊祀天地之詩。諸儒往往亦襲其誤，殊不知其首言天命者，止於一句，次言文武受之者，亦止一句，至於成王以下，然後詳說不敢康寧緝熙安靜之意，乃至五句而後已，則其不爲祀天地，而爲祀成王，無可疑者。……《序》說之云，反覆推之，皆有不通，其謬無可疑者。故今特上據《國語》，旁採歐陽，以定其說，庶幾有以不失此詩之本指耳。(《詩序辨説·昊天有成命》，卷下，頁 39)

朱熹上據《國語》所載叔向之言﹝註 43﹞，旁採歐陽脩之說，又以詩文爲斷，定〈昊天有成命〉爲康王以後之詩；「成王不敢康」之「成王」即是姬誦成王，凡此，都與《毛傳》、《鄭箋》之訓不同。其他〈執競〉「不顯成康」、「自彼成康」；〈噫嘻〉「噫嘻文王」之訓，也都與《毛傳》、《鄭箋》不同。據清儒馬瑞辰及近人于省吾之說，〈昊天有成命〉「成王不敢康」之「成王」，即是姬誦成王，《鄭箋》訓「成此王功」，是失之﹝註 44﹞。若然，朱熹改易《鄭箋》「成此

﹝註 43﹞ 《國語·周語下》載叔向之言曰：「且其語説〈昊天有成命〉，頌之盛德也。其《詩》曰：『昊天有成命，二后受之，成王不敢康。夙夜基命宥密。於，緝熙！亶厥心肆其靖之。』是道成王之德也。成王能明文昭，能定武烈者也。夫道成命者，而稱昊天，翼其上也。二后受之，讓於德也。成王不敢康，敬百姓也。夙夜，恭也。基，始也。命，信也。宥，寬也。密，寧也。緝，明也。熙，廣也。亶，厚也。肆，固也。靖，龢也。其始也，翼上德讓，而敬百姓。其中也，恭儉信寬，終於固和，故曰成。……」(卷三，頁 116) 臺北：漢京文化公司，1983 年 12 月。

﹝註 44﹞ 馬瑞辰釋〈昊天有成命〉云：「『二后受之，成王不敢康』，《箋》：『文王、武王受其業，施行道德，成此王功，不敢自安逸。』瑞辰按：《晉語》引此詩，韋昭注：『謂文、武脩己自勤，成其王功，非謂周成王身也。』說與《箋》同。但考叔向説是詩曰：『是道成王之德也。成王，能明昭，能定武烈者也。』二后指文、武，則『成王』自指周成王無疑。頌作於成王之時，成王猶〈召南〉詩稱平王，象其德而稱頌之，非諡也。叔向曰：『夫道成命而稱昊天，翼其上也。』『二后受之』，讓於德也。』蓋謂成王不自謂能受王命，而曰文武受之，故以爲讓於德。若不指周成王，則『二后受之』何謂讓於德乎？賈子〈禮容

王功」之訓，要非無因。

22.〈周頌・思文〉：「思文后稷，克配彼天。」

《鄭箋》云：

> 周公思先祖有文德者，后稷之功能配天。（《詩疏》卷十九之二，頁
> 721）

朱熹云：

> 思，語辭。……言后稷之德，眞可配天。（《詩集傳》卷十九，頁 227）

按：鄭玄釋「思」爲思念之思，朱熹不採鄭說，而釋「思」爲發語詞。〈大雅・思齊〉：「思齊大任，文王之母。思媚周姜，京室之婦。」（一章）《鄭箋》云：

> 常思莊敬者，大任也，乃爲文王之母。又常思愛大姜之配大王之禮，
> 故能爲京室之婦。（《詩疏》卷十六之三，頁 561）

〈周頌・載見〉：「永言保之，思皇多祜。」《鄭箋》云：

> 長我安行此道，思使成王之多福。（同上，卷十九之三，頁 735）

〈魯頌・泮水〉：「思樂泮水，薄采其芹。」（一章）《鄭箋》云：

> 言己思樂僖公之修泮宮之水，復伯禽之法，而往觀之，采其芹也。（同
> 上，卷二十之一，頁 767）

以上諸句，鄭玄皆也釋「思」爲思念之思，朱熹訓釋以上諸句之「思」，也皆不採鄭玄之說，而以發語詞釋之，如〈大雅・思齊〉：「思齊大任，文王之母。思媚周姜，京室之婦。」（一章）朱熹云：

> 思，語辭。……曰：此莊敬之大任，乃文王之母，實能媚於周姜，

篇釋此詩曰：『二后，文王、武王。成王者，文王之孫，武王之子也。文王有大德而功未就，武王有大功而治未成，及成王承嗣，仁以臨民，故稱昊天焉。蚤興夜寐，以繼文王之業，懿然葆德，各遵其道，故曰有成。』是貫子亦以詩『成王』指周成王身矣。呂氏愼〈大覽〉曰：『文王造之而未遂，武王遂之而未成，周公旦抱少主而成之，故曰成王。』《史記》周公謂伯禽曰：『我文王之子，武王之弟，成王之叔父。』成王蓋時臣美其德，生有此號。〈酒誥・釋文〉載馬融注引或曰：『以成王爲少成二聖之功，生號曰成王。沒，因爲諡。』其說是也。《尚書大傳》：『奄君蒲姑謂祿文曰：『武王已死矣，成王尚幼矣。』』成王惟生有此號，故〈周頌〉作於成王在位時，得稱成王耳。此《箋》及章注《國語》竝以『成王』指文、武，失之。」（卷二十八，頁 1050～1051）于省吾云：「按：『成王不敢康』，承二后受之而言，自係專指成王誦。非如《箋》之所謂『成此王功』也。金文如獻侯鼎『唯成王大本在宗周』，遹敦『穆二王葬京』，省譽鼎：『龏王在周新宮』，是皆生稱諡號之證。」（〈澤螺居詩經新證〉卷上，頁 77），收入《詩經楚辭新證》，臺北：本鐸出版社，1982 年 11 月。

而稱其爲周室之婦。(《詩集傳》卷十六，頁 183)

〈周頌・載見〉:「永言保之，思皇多祜。」朱熹云:

> 思，語辭。……又言孝享以介眉壽，而受多福，……(同上，卷十
> 九，頁 231)

〈魯頌・泮水〉:「思樂泮水，薄采其芹。」(一章)朱熹云:

> 思，發語辭也。(同上，卷二十，頁 238)

按:《詩經》中的「思」字，據王引之之說，有當發語詞之用者，如〈小雅・車舝〉:「思孌季女逝兮」、〈大雅・文王〉:「思皇多士」、〈思齊〉:「思齊大任」、「思媚周姜」、〈公劉〉:「思輯用光」、〈周頌・思文〉:「思文后稷」、〈載見〉:「思皇多祜」、〈良耜〉:「思媚其婦」、〈泮水〉:「思樂泮水」等，有當句中的語助詞之用，如〈周南・關雎〉:「寤寐思服」、〈小雅・桑扈〉:「旨酒思柔」、〈大雅・文王有聲〉:「自西自東，自南自北，無思不服。」、〈周頌・閔予小子〉:「於乎皇王!繼序思不忘。」等。即以〈思文〉篇「思文后稷，克配彼天。」句，陳奐亦以發語詞視之;〈泮水〉篇「思樂泮水」句，胡承珙也以「語詞」視之，並謂《鄭箋》以思念之思釋之，是「失之」〔註45〕，如此，朱熹釋「思」，捨鄭玄之說，而謂之發語辭，在訓釋上，顯然較鄭說正確。

綜上，可知就詩文的字義、詞義、名物等訓詁而言，朱熹固然取資《毛傳》、《鄭箋》不少，但有部份的訓詁，朱熹並不苟從、承用。這些改易《傳》、《箋》的訓詁，或自出己意，或旁採他說，或源自對《詩》義理解的不同。而所改易的訓詁，有不少地方均較《傳》、《箋》的訓釋爲諦;也有爲清儒及後人所採用、肯定者。這樣的現象，當然也符合朱熹所標舉的治經須本於訓詁，但又須在前儒的訓詁之上，參稽眾說，深思熟辨，以定其文義的態度。

第三節　朱熹釋《詩》和《毛傳》、《鄭箋》在句意串解的異同

由本章前述二節的探討，吾人大概可以探知朱熹《詩》學，一方面立基於漢學傳統之上，一方面又有異於漢學傳統之處者。朱熹釋《詩》，在《詩》文字義、詞義、名物、制度等訓詁上，取資《毛傳》、《鄭箋》不少，這當然

〔註45〕王引之之說參《經傳釋詞》卷八，頁 175～176;陳奐之說見《詩毛氏傳疏》卷二十六，頁 837;胡承珙之說見《毛詩後箋》卷二十九，頁 1608。

說明朱熹《詩》學的建立，是奠基在漢學傳統的訓詁之上，同時，也顯示了
《毛傳》、《鄭箋》在《詩》文訓詁上的成就。唯就《詩》文字義、詞義、名
物等訓詁上，朱熹固然承用《毛傳》、《鄭箋》不少，但有部分訓詁，如前節
所述，朱熹也並不苟從，而另出己意。除此之外，在詩文串解的這一部分訓
詁〔註46〕，朱熹的詮釋，則顯然和《毛傳》、《鄭箋》取徑殊異，多所異同，
本節略就句意串解（含章旨的點明）的這一部份，稍加舉例較論，以進一步
探析、說明朱熹釋《詩》在訓詁上和《毛傳》、《鄭箋》的異同。

1. 〈周南·卷耳〉：「采采卷耳，不盈頃筐。嗟我懷人，寘彼周行。」（一
　章）

　　《毛傳》云：

　　　　憂者之興也。采采，事采之也。卷耳，苓耳也。頃筐，畚屬，易盈
　　　　之器也。懷，思。寘，置。行，列也。思君子，官賢人，置周之列
　　　　位。（《詩疏》卷一之二，頁33）

　　《鄭箋》云：

　　　　器之易盈而不盈者，志在輔佐君子，憂思深也。周之列位，謂朝廷
　　　　臣也。（同上）

　　朱熹云：

　　　　賦也。采采，非一采也。卷耳，枲耳，葉如鼠耳，叢生如盤。頃，
　　　　欹也。筐，竹器。懷，思也。人，蓋謂文王也。寘，舍也。周行，
　　　　大道也。后妃以君子不在而思念之，故賦此詩。託言方采卷耳，未
　　　　滿頃筐，而心適念其君子，故不能復采，而寘之大道之旁也。（《詩
　　　　集傳》卷一，頁3）

　　按：朱熹釋〈卷耳〉首章，就詩文字義的訓詁上，仍有取資於《毛傳》者，如
　　釋「懷」爲「思」。唯就「嗟我懷人，寘彼周行。」句意的串解上，則明顯不取

〔註46〕章太炎《國故論衡，明解故上》以爲就訓詁的體制和形式上來說，有通論、
　　　　駙經、序錄、略例四類。所謂「駙經」，即是依附於經，隨文釋義的注疏。《毛
　　　　傳》、《鄭箋》之釋《詩》，都屬於依附於經，隨文釋義的注疏。就此類注疏的
　　　　內容而言，凡解釋字義、詞義、句意、章意的串解，敘事考史、闡述語法、
　　　　說明修辭手段、校勘文字等都屬之，參周大璞主編之《訓詁學初稿》（武昌：
　　　　新華書店，1999年5月）第二章訓詁體式（上），頁14～42，又關於「訓詁」
　　　　的意義，岑溢成以爲是：「以解說文獻詞語之意義爲起點或基礎，由此推及句
　　　　義、章義，最後達致全篇大義、全書義理之詮釋活動。」（《訓詁學與清儒訓
　　　　詁方法》），頁148），香港：新亞書院中文所博士論文，1984年。

《毛傳》、《鄭箋》之說。依《毛傳》,「嗟我懷人,寘彼周行。」其意是「思君子,官賢人,置周之列位。」所謂「周之列位」,《鄭箋》以爲是:「謂朝廷臣也。」則「嗟我懷人」二句,其意毛、鄭即謂:后妃憂思其君子,希望他能使賢人任官,置賢人於朝臣之列中〔註47〕。依朱熹之說,則「嗟我懷人,寘彼周行。」乃是后妃因君子不在而思念之詩。后妃爲呈顯自己思念君子的心情,遂設言方采卷耳,頃筐未滿,即以心適念君子之故,又不能再採,乃置頃筐於大路之旁,朱熹和《傳》、《箋》的詮說,顯然不同。而朱熹和《傳》、《箋》詮說所以不同,蓋即因《傳》、《箋》皆緣〈卷耳・續序〉:「(后妃)又當輔佐君子,求賢審官,知臣下之勤勞,內有進賢之志,而無險詖私謁之心,朝夕思念,至於憂勤也。」(《詩疏》卷一之二,頁33)而爲說,或與《續序》之說相爲表裡;同時又有取於《左傳》襄公十五年「君子謂」之說之故〔註48〕。但朱熹並不以〈卷耳・續序〉之說爲然,斥之爲「傅會之鑿說」〔註49〕。《詩》旨所見既異,朱熹遂不取《傳》、《箋》之說。

2. 〈周南・葛覃〉:「葛之覃兮,施于中谷,維葉萋萋。黃鳥于飛,集于灌木,其鳴喈喈。」(一章)

　　《毛傳》云:

　　　興也。覃,延也。葛所以爲絺綌,女功之事煩辱者。施,移也。中谷,谷中也。萋萋,茂盛貌。黃鳥,搏黍也。灌木,叢木也。喈喈,和聲之遠聞也。(《詩疏》卷一之二,頁30)

〔註47〕《毛詩正義》疏釋「采采卷耳,不盈頃筐。嗟我懷人,寘彼周行。」云:「言有人事采此卷耳之菜,不能滿此頃筐。頃筐,易盈之器,而不能滿者,由此人志有所念,憂思不在於此故也。此采菜之人憂念之深矣,以興后妃志在輔佐君子,欲其官賢賞勞,朝夕思念,至於憂勤。其憂思深遠,亦如采菜之人也。此后妃之憂爲何事,言后妃嗟吁而歎,我思君子官賢人,欲令君子置此賢人於彼周之列位,以爲朝廷臣也。」(《詩疏》卷一之二,頁33)

〔註48〕《左傳》襄公十五年:「楚公子午爲令尹,公子罷戎爲右尹,蒍子馮爲大司馬,公子橐師爲右師馬,公子成爲左司馬,屈到爲莫敖,屈蕩爲連尹,養由基爲宮廄尹,以靖國人。君子謂:『楚於是乎能官人。官人,國之急也。能官人,則民無覬心。《詩》云『嗟我懷人,寘彼周行。』王及公、侯、伯、子、男、甸、采、衛大夫,各居其列,所謂周行也。』」(《春秋疏》卷三十二,頁565～566)

〔註49〕《詩序辨說・周南・卷耳》:「此詩之〈序〉首句得之,餘皆傅會之鑿說。后妃雖知臣下之勤勞而憂之,然曰:『嗟我懷人』,則其言親暱,非后妃之所得施於使臣者矣。且首章之『我』獨爲后妃,而後章之『我』皆爲使臣,首尾衡決,不相承應,亦非文字之體也。」(卷上,頁7)

《鄭箋》云：

> 葛者，婦人之所有事也。此因葛之性以興焉。興者，葛延蔓于谷中，
> 喻女在父母之家，形體浸浸日長大也。葉萋萋然，喻其容色美盛。
> 葛延蔓之時，則摶黍飛鳴，亦因以興焉。飛集藂木，興女有嫁于君
> 子之道。和聲之遠聞，興女有才美之稱，達於遠方。（同上）

朱熹云：

> 賦也。葛，草名，蔓生，可爲絺綌者。覃，延也。施，移也。中谷，
> 谷中也。萋萋，盛貌。黃鳥，鸝也。灌木，叢木也。喈喈，和聲之
> 遠聞也。賦者，敷陳其事而直言之者也。蓋后妃既成絺綌而賦其事，
> 追敘初夏之時，葛葉方盛，而有黃鳥鳴於其上也。（《詩集傳》卷一，
> 頁3）

按：朱熹釋〈葛覃〉首章，就詩文字義、詞義、名物的訓詁上，承用《毛傳》
之說不少，此可由朱《傳》的詮解文字和《毛傳》的詁訓文字，相互參較得
知。唯就《鄭箋》有關句意的串解、點明之處，則朱熹顯未承用。依鄭玄的
《箋》釋，「葛之覃兮，施于中谷，維葉萋萋。」三句，皆有擬喻之意，「葛
之覃兮，施于中谷」，擬喻「女在父母之家，形體浸浸日長大。」；「維葉萋萋」，
則擬喻未嫁的后妃，其容色的美盛。而「黃鳥于飛，集于灌木，其鳴喈喈。」
三句，也有擬喻之意；黃鳥飛集於灌木，擬喻「女有嫁于君子之道」，「其鳥
喈喈」，則擬喻未嫁的后妃，一旦出嫁，其才美之稱，也必達於遠方。鄭玄的
箋釋，顯係以《毛傳》所標之「興」爲有取義之意，視「葛之覃兮，施于中
谷……」諸句，爲非單純的物象描寫，而是具有擬喻后妃的種種深義。朱熹
詮解「葛之覃兮，施于中谷……」諸句，並不以其中有擬喻后妃諸義，而僅
視其爲單純的物象摹寫，「葛之覃兮，施于中谷，維葉萋萋。黃鳥于飛，集于
灌木，其鳴喈喈。」云云正是初夏時節的景緻，而爲后妃在既成絺綌之後，
所敷陳直敘的詩句，朱、鄭有關「葛之覃兮，施于中谷，維葉萋萋。」、「黃
鳥于飛，集于灌木，其鳴喈喈。」句意串解的不同，由此可見。

3. 〈召南·草蟲〉：「喓喓草蟲，趯趯阜螽。未見君子，憂心忡忡。」（一
章）

　《毛傳》云：

> 興也。喓喓，聲也。草蟲，常羊也。趯趯，躍也。阜螽，蠜也。卿
> 大夫之妻，待禮而行，隨從君子。……（《詩疏》卷一之四，頁51）

《鄭箋》云：

> 草蟲鳴，阜螽躍而從之。異種同類，猶男女嘉時，以禮相求呼。（同
> 上）

朱熹云：

> 賦也。喓喓，聲也。草蟲，蝗屬，奇音青色。趯趯，躍貌。阜螽，
> 蠜也。……南國被文王之化，諸侯大夫行役在外，其妻獨居，感時
> 物之變，而思其君子如此。（《詩集傳》卷一，頁 9）

按：朱熹釋〈草蟲〉「喓喓草蟲，趯趯阜螽。」二句，就《詩》文詞義、名物
的訓詁上來說，仍多取《毛傳》，唯就句意的串解上，則《傳》、《箋》的詮說，
皆不爲朱熹所取。依《毛傳》，「喓喓草蟲，趯趯阜螽。」有「卿大夫之妻，
待禮而行，隨從君子」之意，依《鄭箋》，也有「男女嘉時，以禮相求呼」之
意。詩人正是藉由草蟲的喓喓鳴叫，而後阜螽跳躍從之的景象摹寫，來擬喻
大夫之妻，也必得等待大夫的以禮相求呼，然後才能相隨、相從之意[註50]。
朱熹的詮說則不然，他並不以「喓喓草蟲，趯趯阜螽。」有擬喻「卿大夫之
妻，待禮而行。」之意，而僅視爲一種物象的直接敘寫，詩人透過「喓喓草
蟲，趯趯阜螽。」，所謂「時物之變」[註51]的敘寫，來呈顯、抒露諸侯、大
夫之妻思念行役在外丈夫的感情。朱熹的詮說，和毛、鄭之說取徑相異，顯
然可見。而朱熹所以不取《傳》、《箋》對於「喓喓草蟲，趯趯阜螽。」二句
的訓解，蓋即由於《傳》、《箋》皆緣〈草蟲·序〉：「大夫妻能以禮自防也。」
（《詩疏》卷一之四，頁 51）而爲說，但朱熹以爲「喓喓草蟲，趯趯阜螽。」
二句，乃純粹是「賦」的敘述手法，其中並無〈草蟲·序〉所謂的以禮自防
之意，朱熹謂：「此恐亦是夫人之詩，而未見以禮自防之意。」（《詩序辨說》
卷上，頁 8）詩旨所見既與《序》別，而《傳》、《箋》卻援《序》而爲說，則

[註50] 《毛詩正義》疏釋「喓喓草蟲，趯趯阜螽。未見君子，憂心忡忡。」云：「言
喓喓然鳴而相呼者，草蟲也。趯趯然躍而從之者，阜螽也。以興以禮求女者，
大夫；隨從君子者，其妻也。此阜螽乃待草蟲鳴，而後從之，而與相隨也。
以興大夫之妻必待大夫呼己而後從之，與俱去也。」（《詩疏》卷一之四，頁
51）

[註51] 梁寅釋〈草蟲〉云：「三章皆賦也。草蟲、阜螽二物相似，皆蝗屬。喓喓，聲
也。趯趯，躍之狀也。蟲鳴於秋，寒氣將至，故因之傷感，詩蓋未見時作，
言思之而憂，必待既見而後喜。……」（《詩演義》卷一，頁 12）所謂「蟲鳴
於秋，寒氣將至，故因之傷感」云云，正可爲朱熹所云之「感時物之變」，作
一注解。

《傳》、《箋》依《序》的訓解，自不爲朱熹所取。

4.〈召南‧殷其靁〉：「殷其靁，在南山之陽。何斯違斯，莫敢或遑。」（一章）

《毛傳》云：

> 殷，靁聲也。山南曰陽。靁出地奮，震驚百里。山出雲雨，以潤天下。何此君子也。斯，此。違，去。遑，暇也。（《詩疏》卷一之四，頁59）

《鄭箋》云：

> 靁以喻號令，於南山之陽，又喻其在外也。召南大夫以王命施號令於四方，猶靁殷殷然發聲於山之陽。（同上）

朱熹云：

> 興也。殷，雷聲也。山南曰陽。何斯，斯，此人也。違斯，斯，此所也。遑，暇也。……南國被文王之化，婦人以其君子從役在外而思念之，故作此詩。言殷殷然雷聲則在南山之陽矣，何此君子獨去此而不敢少暇乎。（《詩集傳》卷一，頁11）

按：朱熹釋〈殷其靁〉，就《詩》文字義的訓詁，仍多取資《毛傳》，唯就「殷其靁，在南山之陽。」二句詩旨的詮解上，則明顯不取《鄭箋》之說。依《鄭箋》，「殷其靁，在南山之陽。」並不是單純的物象描寫，而是具有擬喻之意。詩人藉殷殷然發聲於南山之陽的雷聲，來擬喻召南的大夫承受王命而施號令於四方。依朱熹，則「殷其靁，在南山之陽。」僅是一種物象的描寫，其間並無鄭玄所謂的擬喻王命施號令於四方之意。在敘述的手法上，「殷其靁，在南山之陽。」即是無取義的興句，其作用乃在引起下文：「何斯違斯，莫敢或遑。振振君子，歸哉歸哉。」而已，與全詩所欲呈顯的主題：婦人思念從役在外的丈夫，並無內在義理上的關聯。朱、鄭的詮解，顯然有異。而朱熹釋「殷其靁，在南山之陽。」所以異於《鄭箋》，這自然關涉到對於「興」義理解的不同。依《鄭箋》，《詩經》中之興句，皆爲有取義，其意等同擬喻之比，依朱熹，則「興」句並非全有取義，在大多數的情況下，乃是無取義，其作用僅在引起下文，或與下文在音聲上有相叶的關係而已〔註52〕。朱、鄭對於「興」義內涵理解的不同，使得朱熹在「殷其靁，在南山之陽。」的訓解上，

〔註52〕有關朱熹論興之意涵，參本論文第五章賦、比、興的釋義與說解。

不取《鄭箋》之說。

5. 〈召南‧小星〉：「嘒彼小星，三五在東。肅肅宵征，夙夜在公，寔命不
同。」（一章）

《毛傳》云：

嘒，微貌。小星，眾無名者。三，心。五，噣，四時更見。肅肅，
疾貌。宵，夜。征，行。寔，是也。（《詩疏》卷一之五，頁63）

《鄭箋》云：

眾無名之星，隨心、噣在天，猶諸妾隨夫人以次序進御於君也。心
在東方，三月時也。噣在東方，正月時也。如是終歲列宿更見。……
（同上）

朱熹云：

興也。嘒，微貌。三五，言其稀，蓋初昏或將旦時也。肅肅，齊遬
貌。宵，夜。征，行也。寔與實同。命，謂天所賦之分也。南國夫
人承后妃之化，能不妒忌以惠其下，故其眾妾美之如此。蓋眾妾進
御於君，不敢當夕，見星而往，見星而還，故因所見以起興。其於
義無所取，特取在東，在公兩字之相應耳。（《詩集傳》卷一，頁12）

按：朱熹釋〈小星〉首章，就字義的訓詁上，亦有取資《毛傳》者，如釋「嘒」、
「宵征」等，唯就「嘒彼小星，三五在東。」二句之意，則不取《鄭箋》之
說。依《鄭箋》，「嘒彼小星，三五在東。」其意是眾無名之星，隨心星、噣
星散佈在天際，詩人藉此景象的摹寫，來擬喻諸妾隨夫人依序進御於國君。
朱熹釋「嘒彼小星，三五在東。」並不以為有鄭玄所謂「猶諸妾隨夫人以次
序進御於君」之意，而僅視其為「因所見以起興」、無所取義的興句敘寫，其
作用僅在引起下文，並與下文「肅肅宵征，夙夜在公。」在音聲上有相應、
叶韻的關係而已。朱、鄭對於「興」義內涵所見有所歧異，朱熹因不取《鄭
箋》之說。

6. 〈邶風‧柏舟〉：「汎彼柏舟，亦汎其流。耿耿不寐，如有隱憂。微我無
酒，以敖以游。」（一章）

《毛傳》云：

興也。汎，流貌。柏，木，所以宜為舟也。亦汎汎其流，不以濟度
也。耿耿，猶儆儆也。隱，痛也。（《詩疏》卷二之一，頁74）

《鄭箋》云：

舟，載渡物者，今不用而與物汎汎然俱流水中。興者，喻仁人之不見用，而與羣小人並列，亦猶是也。非我無酒，以敖游忘憂也。（同上）

朱熹云：

比也。汎，流貌。柏，木名。耿耿，小明，憂之貌也。隱，痛也。微，猶非也。婦人不得於其夫，故以柏舟自比。言以柏爲舟，堅緻牢實，而不以乘載，無所依薄，但汎然於水中而已，故其隱憂之深如此，非爲無酒可以遨遊而解之也。《列女傳》以此爲婦人之詩。今考其辭氣卑順柔弱，且居變風之首，而與下篇相類，豈亦莊姜之詩也歟？（《詩集傳》卷二，頁15）

按：朱熹釋〈柏舟〉首章，就字義、名物的訓詁，雖亦取資《毛傳》，如釋「汎」、「柏」、「隱」等，唯就「汎彼柏舟，亦汎其流。」二句句意的詮解上，則朱熹之說明顯不取《鄭箋》。依《鄭箋》，「汎彼柏舟，亦汎其流。」，是詩人藉由宜於濟渡載物的柏舟，卻和眾物一樣皆泛流飄蕩於水中的景象摹寫，來擬喻宜用以輔佐朝廷的仁人，卻不受朝廷之用，僅能和小人同列於朝而已〔註53〕。依朱熹的詮說，則「汎彼柏舟，亦汎其流。」並無鄭玄所謂仁人不受朝廷之用，因以擬喻之意，而僅是「婦人不得於其夫」的擬況。而朱熹所以不取《鄭箋》說，這自然是關涉到對於詩義的理解。依鄭玄之見，〈柏舟〉一詩即是「仁而不遇」之詩，其全詩大旨，即是〈柏舟·序〉所云的：「言仁而不遇也。衛頃公之時，仁人不遇，小人在側。」（《詩疏》二之一，頁74）但朱熹對於〈柏舟·序〉所謂的「言仁而不遇也。衛頃公之時……」云云，甚不以爲然，斥之爲「傅會書史」、「依託名諡」、「鑿空妄語」〔註54〕，詩旨所見，既有異同，朱熹因不取《鄭箋》之說。

7. 〈邶風·日月〉：「日居月諸，照臨下土。乃如之人兮，逝不古處。」（一章）

《毛傳》云：

日乎月乎，照臨之也。逝，逮。古，故也。（《詩疏》卷二之一，頁

〔註53〕《毛詩正義》疏釋「汎彼柏舟，亦汎其流。」云：「言汎然而流者，是彼柏木之舟。此柏木之舟，宜用濟渡，今而不用，亦汎汎其與眾物俱流水中而已。以興在列位者是彼仁德之人，此仁德之人，此仁德之人宜用輔佐，今乃不用，亦與眾小人並列於朝而已。」（《詩疏》卷二之一，頁74）

〔註54〕有關朱熹對於〈邶風·柏舟〉的駁詆，詳參《詩序辨說》卷上，頁10。

78）

《鄭箋》云：

> 日、月，喻國君與夫人也，當同德齊意以治國者，常道也。之人，
> 是人也，謂莊公也。……（同上）

朱熹云：

> 賦也。日居月諸，呼而訴之也。之人，指莊公也。逝，發語辭。古
> 處，未詳。或云，以古道相處也。……莊姜不見答於莊公，故呼日
> 月而訴之。言日月之照臨下土久矣，今乃有如是之人，而不以古道
> 相處，是其心志回惑，亦何能有定哉……（《詩集傳》卷二，頁16）

按：朱熹釋〈日月〉首章，就詞義的訓詁上，亦有取資《鄭箋》者，如釋「之
人」一詞，唯就「日居月諸，照臨下土。」二句之意，則朱熹的訓解，明顯
不取《鄭箋》說。依《鄭箋》，「日居月諸，照臨下土。」，乃是擬喻國君與夫
人應當同德齊意來治國，「日」即代指國君；「月」則代指夫人，「日以照晝」
即謂「國君視外治」，「月以照夜」即謂「夫人視內政」，國君、夫人分治內外，
同德齊意來治國，才是應當遵循的常道〔註55〕。詩人敘寫「日居月諸，照臨
下土。」並非只是單純的日月照臨下土景象的摹寫，其中乃有所喻意。依朱
熹之說，則僅視為呼告之詞〔註56〕，其中並無鄭玄所說的擬喻之意。由於莊
姜失寵於莊公，遂借呼告日月之詞，來傾訴自己見棄於莊公的心情，朱、鄭
二者對於「日居月諸，照臨下土。」的詮說不同，明顯可見。

8.〈邶風・雄雉〉：「雄雉于飛，泄泄其羽。我之懷矣，自詒伊阻。」（一
章）

《毛傳》云：

> 興也。雄雉見雌雉飛，而鼓其翼泄泄然。詒，遺。伊，維。阻，難
> 也。（《詩疏》卷二之二，頁86）

〔註55〕《毛詩正義》疏釋「日居月諸，照臨下土。乃如之人兮，逝不古處。」云：「言
日乎，日以照晝，月乎，月以照夜，故得同曜齊明，而照臨下土。以興國君
也，夫人也，國君視外治，夫人視內政，當亦同德齊意以治理國事，如此是
其常道。今乃如是人莊公，其所接及我夫人，不以古時恩意處遇之，是不與
之同德齊意，失月配日之義也。」（《詩疏》卷二之一，頁78）

〔註56〕所謂「呼告」，其意是：「說話或作文中，先呼叫對方，以引起對方注意，再
告訴他要說的事情；甚至突然撇開聽眾或讀者，直接對所敘的人或事物，呼
名傾訴，以表達更為強烈的情感。」參黃慶萱先生《修辭學》，頁513，臺北：
三民書局，2002年10月。

《鄭箋》云：

> 興者，喻宣公整其衣服而起，奮訊其形貌，志在婦人而已，不恤國
> 之政事。（同上）

朱熹云：

> 興也。雉，野雞。雄者有冠，長尾，身有文采，善鬥。泄泄，飛之
> 緩也。懷，思。詒，遺。阻，隔也。婦人以其君子從役于外，故言
> 雄雉之飛舒緩自得如此，而我之所思者，乃從役於外，而自遺阻隔
> 也。（《詩集傳》卷二，頁20）

按：朱熹釋「雄雉于飛，泄泄其羽。」二句，與《毛傳》、《鄭箋》不同。依
《毛傳》，「雄雉于飛，泄泄其羽。」是說雄雉見到雌雉飛翔，便鼓動其翼，
欲飛向雌雉，依《鄭箋》，則「雄雉于飛，泄泄其羽。」正是擬喻宣公奮訊其
形貌，志在婦人而已，而不恤國之政事。依朱熹，則「雄雉于飛」二句，其
意皆非如《傳》、《箋》之訓，而是婦人藉由所見的雄雉飛翔舒緩自得的景象，
所謂「因所見以起興」的興句，來抒露己心對於從役在外，不能悠然自得的
丈夫的思念之情，朱熹的詮說與《傳》、《箋》不同，顯然可見。而朱熹的詮
解，所以異於《傳》、《箋》，其故大概是《毛傳》、《鄭箋》皆援〈雄雉·序〉：
「刺衛宣公也。淫亂不恤國事，軍旅數起，大夫久役，男女怨曠，國人怨之
而作是詩。」（《詩疏》卷二之二，頁86）而爲說，或與〈雄雉·序〉相爲表
裡，而朱熹卻對〈雄雉·序〉所謂譏刺衛宣公淫亂不恤國事，不以爲然，謂：
「未有以見其爲宣公之時與淫亂不恤國事之耳。兼此詩亦婦人作，非國人之
所爲也。」（《詩序辨說》卷上，頁12），詩旨所見既異，朱熹因不取《傳》、《箋》
援依《詩序》所作的詮釋。

9. 〈衛風·木瓜〉：「投我以木瓜，報之以瓊琚。匪報也，永以為好也。」
（一章）

《毛傳》云：

> 木瓜，楙木也，可食之木。瓊，玉之美者。琚，佩玉名。（《詩疏》
> 卷二之三，頁141）

《鄭箋》云：

> 匪，非也。我非敢以瓊琚爲報木瓜之惠，欲令齊長以爲玩好，結己
> 國之恩也。（同上）

朱熹云：

比也。木瓜，楙木也，實如小瓜，酢可食。瓊，玉之美者。琚，佩玉名。言人有贈我以微物，我當報之以重寶，而猶未足以爲報也，但欲其長以爲好而不忘耳。疑亦男女相贈答之詞，如〈靜女〉之類。（《詩集傳》卷三，頁 41）

按：朱熹釋〈木瓜〉，就名物的訓解上，如釋「木瓜」、「瓊琚」等，仍有取於《毛傳》之說。唯就〈木瓜〉首章章旨的訓釋，則明顯未取《鄭箋》之說。依《鄭箋》，「投我以木瓜，報之以瓊琚」云云，乃是詩人站在衛國的角度，對於齊國嘗救封衛國，並給予車馬器服之舉，所作的想欲厚報之情的抒露。詩人透過設想齊國若投我以木瓜的小善，我（衛國）則要回報以瓊琚之重的歌詠，來呈顯衛人想要和齊國永結情好之意〔註 57〕。依朱熹的詮解，則〈木瓜〉首章，其意僅謂人若有贈我以微物，我則應當以重寶來回報他，但這樣的重寶回報，真正的意思乃在想要傳達一種永結情好之意。朱熹懷疑此章是男女相贈答之詞，就如〈邶風・靜女〉一類。其中並無鄭玄黏滯於齊嘗救封於衛一事，因謂衛人想欲厚報之意。而朱熹所以不取《鄭箋》之說，蓋即《箋》依〈木瓜・序〉；「美齊桓公也。衛國有狄人之敗，出處於漕。齊桓公救而封之，遺之車馬器服焉，衛人思之，欲厚報之而作是詩也。」（《詩疏》卷二之三，頁 141）而爲說，但朱熹並不以〈序〉說爲然之故〔註 58〕。

10.〈王風・揚之水〉：「揚之水，不流束薪。彼其之子，不與我戍申。」（一章）

《毛傳》云：

興也。揚，激揚也。戍，守也。申，姜姓之國，平王之舅。（《詩疏》卷四之一，頁 150）

《鄭箋》云：

〔註 57〕《毛詩正義》疏釋「投我以木瓜，報之以瓊琚。匪報也，永以爲好也。」云：「以衛人得齊桓之大功，思厚報之而不能，乃假小事以言。設使齊投我以木瓜，我則報之而不能，乃假以瓊琚。我猶非敢以此瓊琚報齊之木瓜，欲令齊長以爲玩好，結我以恩情而已。今國家敗滅，出處於漕，齊桓救而封我，如此大功，知何以報之。」（《詩疏》卷三之三，頁 141）

〔註 58〕關於朱熹不以〈木瓜・序〉所說爲然，輔廣謂：「有學者請於先生曰：『某於〈木瓜〉詩反覆諷詠，但見其有忠厚之意，而不見其有褻慢之情，〈小序〉以爲美齊桓，恐非居後而揣度者所能及，或者其有所傳也。』……先生以爲不然曰：『若以此詩爲衛人欲報齊桓之詩，則齊桓之惠，何止於木瓜，而衛人實未嘗有一物報之也。』……」（《詩童子問》卷二，頁 329）

激揚之水至湍迅，而不能流移束薪。興者，喻平王政教煩急，而恩
澤之令不行於下民。（同上）

朱熹云：

興也。揚，悠揚也。水緩流之貌。彼其之子，戍人指其室家而言也。
戍，屯兵以守也。申，姜姓之國，平王之母家也，在今鄧州信陽之
境。……平王以申國近楚，數被侵伐，故遣畿內之民戍之。而戍者
怨思，作此詩也。興取「之」、「不」二字，如〈小星〉之例。（《詩
集傳》卷四，頁 44）

按：朱熹釋「揚之水，不流束薪。」二句，不取《鄭箋》之說。依《鄭箋》，「揚
之水，不流束薪。」其意乃是詩人藉著激揚之水的不能流移束薪，來擬喻平王
的政教煩急，但恩澤卻不能施行於下民。依朱熹之說，則「揚之水，不流束薪。」
僅是不取義的興句，其作用僅在引起下文「彼其之子，不與我戍申。」而已，「揚
之水，不流束薪。」與下文「彼其之子，不與我戍申。」的關係，就在於二者
的句型相應，都同為「○之○，不○○○」的句式，「揚之水」云云，並無深義。
鄭玄釋「興」，皆以為有擬喻之意，朱熹釋「興」，則大都以不取義視之，朱、
鄭對於「興」體的看法有異，故《鄭箋》之說，不為朱熹所取。

11. 〈王風・葛藟〉：「綿綿葛藟，在河之滸。終遠兄弟，謂他人父。」（一
章）

《毛傳》云：

興也。綿綿，長不絕之貌。水厓曰滸。兄弟之道，已相遠矣。（《詩
疏》卷四之一，頁 152）

《鄭箋》云：

葛也，藟也，生於河之厓，得其潤澤，以長大而不絕。興者，喻王
之同姓，得王之恩施，以生長其子孫。（同上）

朱熹云：

興也。綿綿，長而不絕之貌。岸上曰滸。世衰民散，有去其鄉里家
族，而流離失所者，作此詩以自歎。言綿綿葛藟，則在河之滸矣。
今乃終遠兄弟，而謂他人為己父。己雖謂彼為父，而彼亦不我顧，
則其窮也甚矣。（《詩集傳》卷四，頁 46）

按：朱熹釋「綿綿葛藟，在河之滸。」二句，在詩文詞義、名物的訓詁上，
亦有取資《毛傳》之處，如釋「綿綿」、「滸」之類，唯就句意的串解、點明

上，則明顯不取《鄭箋》之說。依《鄭箋》,「緜緜葛藟，在河之滸。」乃是詩人藉著生於河厓的葛藟，得到河水的潤澤，以致枝葉緜緜然長而不絕的景象敘寫，來擬喻周王的同姓族人，也應得到周王的恩施照顧，使其也能夠像葛藟一般的緜長不絕，來生長其子孫。鄭玄的箋釋，顯係以「緜緜葛藟，在河之滸。」來擬喻「王之同姓，得王之恩施，以生長其子孫。」，依朱熹的訓解，則「緜緜葛藟」二句，僅是詩人借物或因所見以起情的興句，其中並無鄭玄所謂的擬喻王族，應得到王的恩施之意。朱、鄭詮說的不同，由此可見。而朱熹所以不取《鄭箋》之說，蓋《箋》依〈葛藟‧序〉:「王族刺平王也。周室道衰，棄其九族焉。」（《詩疏》卷四之一，頁 152）為訓，但朱熹卻不以《序》說為然，謂:「《序》說未有據，詩意亦不類。」（《詩序辨說》卷上，頁 17）,有以致之。

12. 〈王風‧采葛〉:「彼采葛兮，一日不見，如三月兮。」（一章）

《毛傳》云:

> 興也。所以為絺綌也。事雖小，一日不見於君，憂懼於讒矣。（《詩疏》卷四之一，頁 153）

《鄭箋》云:

> 興者，以采葛喻臣以小事使出。（同上）

朱熹云:

> 賦也。采葛所以為絺綌，蓋淫奔者託以行也。故因以指其人，而言思念之深，未久而似久也。（《詩集傳》卷四，頁 46）

按:朱熹釋〈采葛〉,就句意的訓解、章旨的詮說上，皆不取《毛傳》、《鄭箋》。依《毛傳》、《鄭箋》之說，「彼采葛兮」是擬喻人臣以小事出使;「一日不見，如三月兮。」則是擬況小臣憂懼於讒言的心情，依朱熹之說，「彼采葛兮」是淫奔者的託詞;「一日不見，如三月兮。」則是淫奔男子對女子的思念之情，朱熹的詮說，與毛、鄭不同，顯然可見。而朱熹所以不取《傳》、《箋》之說，蓋《傳》、《箋》皆援據〈采葛‧序〉:「懼讒也。」而為說，但朱熹並不以〈采葛‧序〉說為然之故，謂:「此淫奔之詩。其篇與〈大車〉相屬，其事與「采唐」、「采封」、「采麥」相似，其詞與〈子衿〉正同，〈序〉說誤矣。」（《詩序辨說》卷上，頁 17）

13. 〈鄭風‧子衿〉:「挑兮達兮，在城闕兮。一日不見，如三月兮。」（三章）

《毛傳》云：

　　挑達，往來相見貌。乘城而見闕。言禮樂不可一日而廢。（《詩疏》
　　卷四之四，頁 179）

《鄭箋》云：

　　國亂，人廢學業，但好登高，見於城闕，以候望爲樂。君子之學，
　　以文會友，以友輔仁，獨學而無友，則孤陋而寡聞，故思之甚。（同
　　上）

朱熹云：

　　挑，輕儇跳躍之貌。達，放恣也。（《詩集傳》卷四，頁 55）

按：朱熹釋〈子衿〉第三章，在詩文詞義、句意的串解上，皆不取《毛傳》、
《鄭箋》之說。就「一日不見，如三月兮。」的訓解來看，《毛傳》謂其意是
「言禮樂不可一日而廢」，《鄭箋》則謂：「君子之學，以文會友，以友輔仁。
獨學而無友，則孤陋而寡聞，故思之甚。」《傳》、《箋》之訓，皆與〈子衿·
序〉：「刺學校廢也。亂世則學校不修焉。」（《詩疏》卷四之四，頁 179）相爲
表裡。朱熹釋〈子衿〉，不以〈序〉說爲然，謂：「其詞意儇薄，施之學校，
尤不相似也。」（《詩序辨說·子衿》，卷上，頁 20），因以爲是「淫奔之詩」
（《詩集傳》卷四，頁 54），詩旨所見，既有乖隔，在詩文字義、句意的訓詁
上，遂皆不取《傳》、《箋》之說。

14. 〈唐風·山有樞〉：「山有樞，隰有榆。子有衣裳，弗曳弗婁。子有車
　　馬，弗馳弗驅。宛其死矣。他人是愉。」（一章）

　　《毛傳》云：

　　　興也。樞，荎也。國君有財貨而不能用，如山、隰不能自用其財。
　　　婁，亦曳也。宛，死貌。愉，樂也。（《詩疏》卷六之一，頁 217）

　　《鄭箋》云：

　　　愉讀曰偷。（同上）

朱熹云：

　　興也。樞，荎也，今刺榆也。榆，白枌也。婁，亦曳也。馳，走。
　　驅，策也。宛，坐見貌。愉，樂也。此詩蓋以答前篇之意而解其憂。
　　故言山則有樞矣，隰則有榆矣，子有衣裳車馬而不服不乘，則一旦
　　宛然以死，而它人取之以爲己樂矣。蓋言不可不及時爲樂，然其憂
　　愈深而意愈蹙矣。（《詩集傳》卷六，頁 69）

按：朱熹釋〈山有樞〉首章，就《詩》文名物、字義的訓詁上，仍有取於《毛傳》，如釋「樞」、「婁」、「愉」等，唯就句意的點明上，如釋「山有樞，隰有榆」二句，則明顯不取《毛傳》之說。依《毛傳》說，「山有樞，隰有榆。」二句，有「國君有財貨而不能用」之意，即詩人藉由山之有樞，隰之有榆，但山、隰都不能自用其財的敘寫，來擬喻國君（或指昭公）有財貨而不能自用，並寄寓其刺譏之意。依朱熹之說，則「山有樞，隰有榆。」二句，並無《毛傳》所謂擬喻「國君有財貨而不能用」之意，而純是用以引領下文，並無取義的興句，朱熹說：

> 詩所以能興起人處，全在興。如「山有樞，隰有榆」，別無意義，只是興起下面「子有車馬」、「子有衣裳」耳。（《朱子語類》卷八十，頁 2084）

> 興只是興起，謂下句直說不起，故將上句帶起來說，如何去上討義理。（同上，頁 2085）

朱熹釋「興」，與〈毛傳〉不同，故就「山有樞，隰有榆。」二句之意，兩者所見亦不同，朱熹因不取《毛傳》對於「山有樞，隰有榆。」二句的詮解。

15. 〈唐風・有杕之杜〉：「有杕之杜，生于道左。彼君子兮，噬肯適我。」（一章）

《毛傳》云：

> 興也。道左之陽，人所宜休息也。（《詩疏》卷六之一，頁 227）

《鄭箋》云：

> 道左，道東也。日之熱恒在日中之後，道東之杜，人所宜休息也。今人不休息者，以其特生陰寡也。興者，喻武公初兼其宗族，不求賢者與之在位，君子不歸，似乎特生之杜然。（同上）

朱熹云：

> 比也。左，東也。……此人好賢而恐不足以致之，故言此杕然之杜生于道左，其陰不足以休息，如己之寡弱不足恃賴，則彼君子者亦安肯顧而適我哉？（《詩集傳》卷六，頁 72）

按：朱熹釋「有杕之杜，生於道左。」二句，不取《鄭箋》之說。依《鄭箋》，「有杕之杜，生于道左。」其意是詩人藉著生於道左，宜令人休息的孤特棠樹的描寫，來擬喻晉武公以一國之君，本適合君子之所歸往，但由於武公不求賢者，致使其有如生於道左、孤特的棠樹。依朱熹，則「有杕之杜，生於

道左。」是詩人藉由生於道左，孤特而其蔭不足以令人休息的棠樹描寫，來
比擬好賢者的自謙之詞；以為生於道左，其蔭不足以休息的棠樹，正是好賢
者的自擬己之寡弱、不足特賴之意，朱、鄭的詮解，顯然不同。而朱熹所以
不取《鄭箋》之說，即由於《箋》依〈有杕之杜・序〉：「刺晉武公也。武公
寡特，兼其宗族，而不求賢以自輔焉。」（《詩疏》卷六之二，頁 226）而為說，
但朱熹卻不以〈序〉說為然之故，斥之為「全非詩意。」（《詩序辨說・杕杜》
卷上，頁 24）

16. 〈秦風・蒹葭〉：「蒹葭蒼蒼，白露為霜。所謂伊人，在水一方。」（一
章）

　　《毛傳》云：

　　　興也。蒹葭，蘆也。蒼蒼，盛也。白露凝戾為霜，然後歲事成，國
　　　家待禮，然後興。（《詩疏》卷六之四，頁 241）

《鄭箋》云：

　　　蒹葭在眾草之中，蒼蒼然彊，至白露凝戾為霜，則成而黃。興者，
　　　喻眾民之不從襄公政令者，得周禮以教之則服。（同上）

朱熹云：

　　　賦也。蒹，似萑而細，高數尺，又謂之薕。葭，蘆也。蒹葭未敗，
　　　而露始為霜，秋水時至，百川灌河之時也。……言秋水方盛之時，
　　　所謂彼人者，乃在水之一方，上下求之而皆不可得，然不知其何所
　　　指也。（《詩集傳》卷六，頁 76）

按：朱熹釋「蒹葭蒼蒼，白露為霜。」二句，在名物的訓詁上，雖有取於《毛
傳》，如釋「蒹」、釋「葭」，唯就「蒹葭蒼蒼，白露為霜。」二句句意的詮解
上，則明顯不取《毛傳》、《鄭箋》之說。依《毛傳》，「蒹葭蒼蒼，白露為霜。」
並不是單純的物象描寫，而是具有「國家待禮然後興」之意；依《鄭箋》，則
「蒹葭蒼蒼，白露為霜。」也具有擬喻「眾民之不從襄公政令者，得周禮以
教之則服。」之意。毛、鄭的訓解，顯與〈蒹葭・序〉「刺襄公也。未能用周
禮，將無以固其國焉。」（《詩疏》卷六之四，頁 240）相為表裡。朱熹釋〈蒹
葭〉一詩，不以〈序〉說為然，謂：「此詩未詳所謂。然《序》說之鑿，則必
不然矣。」（《詩序辨說》卷上，頁 24）朱熹既以《序》說為穿鑿，而毛、鄭
依《序》詮說，或與《序》說相表裡，宜乎朱子不取毛、鄭沾滯「用周禮」
之說，因僅視「蒹葭蒼蒼，白露為霜。」為單純的物象描寫，即是秋水時至，

百川灌河的景象敘寫，其中並無深意。朱熹與《毛傳》、《鄭箋》詮說「蒹葭蒼蒼，白露爲霜。」二句不同，由此可見。

17. 〈秦風・晨風〉：「鴥彼晨風，鬱彼北林。未見君子，憂心欽欽。如何如何，忘我實多。」（一章）

《毛傳》云：

> 興也。鴥，疾飛貌。晨風，鸇也。鬱，積也。北林，林名也。先君招賢人，賢人往之駛疾，如晨風之飛入北林。思望之，心中欽欽然。今則忘之矣。（《詩疏》卷六之四，頁244）

《鄭箋》云：

> 先君謂穆公。言穆公始未見賢者之時，思望而憂之。此以穆公之意責康公。如何如何乎？女忘我之事實多。（同上）

朱熹云：

> 興也。鴥，疾飛貌。晨風，鸇也。鬱，茂盛貌。君子，指其夫也。欽欽，憂而不忘之貌。婦人以夫不在，而言鴥彼晨風，則歸于鬱然之北林矣，故我未見君子，而憂心欽欽也。彼君子者，如之何而忘我之多乎？此與屬厭廖之歌同意，蓋秦俗也。（《詩集傳》卷六，頁78）

按：朱熹釋〈晨風〉首章，就《詩》文名物的訓詁上，亦有取資《毛傳》者，如釋「鴥」、「晨風」等，唯就句意的串解、點明上，則明顯不取《傳》、《箋》之說。依《毛傳》，「鴥彼晨風，鬱彼北林。」二句，並非單純的物象描寫；僅謂鸇鳥疾飛，飛入鬱茂盛的北林之中，而是在擬喻先君（依《鄭箋》說，是指秦穆公）招攬賢人，賢人迅疾而歸往的情形。依《鄭箋》，「未見君子，憂心欽欽。」則是抒露穆公思賢之意，在未見賢者之時，思望殷深。《傳》、《箋》之訓，顯係援依〈晨風・序〉：「刺康公也。忘穆公之業，始棄其賢臣焉。」（《詩疏》卷六之四，頁244）所作的訓解。依朱熹，則「鴥彼晨風，鬱彼北林。」，乃是詩人藉著疾馳入茂盛北林的鴥鳥的景象敘寫，來引起婦人未見其夫，憂念殷殷之情；「未見君子，憂心欽欽」，正是婦人以夫不在，而憂念深殷的情感摹寫。朱熹釋〈晨風〉首章，與《傳》、《箋》不同，由此可見。而朱熹的詮解，所以異於《傳》、《箋》，這自然是《傳》、《箋》援依〈晨風・序〉而爲訓，但朱熹並不以〈晨風・序〉爲然之故，謂〈晨風〉是「婦人念其君子之詞，《序》說誤矣！」（《詩序辨說》卷上，頁24）

18. 〈陳風・東門之池〉:「東門之池。可以漚麻。彼美淑姬,可與晤歌。」
（一章）

《毛傳》云:

> 興也。池,城池也。漚,柔也。晤,遇也。(《詩疏》卷七之一,頁
> 252)

《鄭箋》云:

> 於池中柔麻,使可緝績作衣服。興者,喻賢女能柔順君子,成其德
> 教。晤猶對也,言淑姬賢女,君子宜與對歌相切化也。(同上)

朱熹云:

> 興也。池,城池也。漚,漬也。治麻者必先以水漬之。晤猶解也。
> 此亦男女會遇之詞。蓋因其會遇之地,所見之物,以起興也。(《詩
> 集傳》卷七,頁82)

按:朱熹釋〈東門之池〉首章,就句意的串解、點明上,皆不取《鄭箋》之
說。依《鄭箋》,「東門之池,可以漚麻」,有擬喻賢女柔順君子(人君),成
其德教之意。而「彼美淑姬,可與晤歌。」則謂彼美賢姬淑女,實在是適合
人君與其相對而歌,俾使淫昏之君,能有所感化而向善成德〔註59〕。依朱熹
之說,〈東門之池〉乃是男女的淫奔之詩,淫奔的男子,以會遇之地、所見之
物,即「東門之池,可以漚麻。」二句,來引起對所迷戀女子的惓惓情思,
詩中皆無擬喻賢女柔順人君,或與賢女對歌,相以切化之意。朱熹所以不取
《鄭箋》之說,蓋即由於《箋》依〈東門之池・序〉:「刺時也。疾其君之淫
昏而思賢女以配君子也。」(《詩疏》卷七之一,頁252)而詮說,但朱熹並不
以〈序〉說為然之故,謂:「此淫奔之詩,《序》說蓋誤。」(《詩序辨說》卷
上,頁25)

19. 〈小雅・菁菁者莪〉:「菁菁者莪,在彼中阿。既見君子,樂且有儀。」
（一章）

《毛傳》云:

> 興也。菁菁,盛貌。莪,蘿蒿也。中阿,阿中也。大陵曰阿。君子

〔註59〕 《毛詩正義》疏釋「東門之池,可以漚麻。彼美淑姬,可與晤歌。」云:「東
門之外有池水,此水可以漚柔麻草,使可緝績以作衣服,以興貞賢之善女,
此女可以柔順君子,使可修政以成德教。既已思得賢女,又述彼之賢女。言
彼美善之賢姬,實可與君對偶而歌也。以君淫昏,故思得賢女配之,與之對
偶而歌,冀其切化,使君為善。」(《詩疏》卷七之一,頁252)

能長育人材，如阿之長莪菁菁然。(《詩疏》卷十之一，頁 353)

《鄭箋》云：

> 既見君子者，官爵之而得見也。見則心既喜樂，又以禮儀見接。(同
> 上)

朱熹云：

> 興也。菁菁，盛貌。莪，蘿蒿也。中阿，阿中也。大陵曰阿。君子，
> 指賓客也。此亦燕飲賓客之詩。言菁菁者莪，則在彼中阿矣。既見
> 君子，則我心喜樂而有禮儀矣。(《詩集傳》卷十，頁 114)

按：朱熹釋〈菁菁者莪〉首章，就詩文詞義、名物的訓詁上，仍有所取資於
《毛傳》，唯就句意的串解上，則明顯不取《毛傳》、《鄭箋》之說。依《毛
傳》，「菁菁者莪，在彼中阿。」並非單純的物象描寫，而是詩人藉著生長於
大陵之中，茂盛的蘿蒿的景象，來比擬學士所以能濟濟盛德，也是由於人君
能夠長育人材之故〔註60〕。依朱熹之說，則「菁菁者莪，在彼中阿。」並無
《毛傳》所謂比擬人君長育人材，使學士致盛德之意，而是作為引起下文：
「既見君子，樂且有儀。」的興句。朱熹所以不取《毛傳》說，自然是關涉
到對於〈菁菁者莪〉一詩詩旨的理解。《毛傳》之訓解，顯與〈菁菁者莪‧
序〉：「樂育材也。君子能長育人材，則天下喜樂之矣。」(《詩疏》卷十之一，
頁 353)相為表裡，但朱熹並不以其說為然，謂其「全失詩意」(《詩序辨說‧
菁菁者莪》，卷下，頁 30)，認為〈菁菁者莪〉一詩的詩旨，應是：「燕飲賓
客之詩」，詩中傳達了喜見賓客之情，詩旨所見既異，使得朱熹不取《毛傳》
的訓解。

20. 〈小雅‧裳裳者華〉：「裳裳者華，其葉湑兮。我覯之子，我心寫兮。
    我心寫兮，是以有譽處兮。」(一章)

   《毛傳》云：

> 興也。裳裳，猶堂堂也。湑，盛貌。(《詩疏》卷十四之二，頁 479)

   《鄭箋》云：

> 興者，華堂堂於上，喻君也。葉湑然於下，喻臣也。明王賢臣，以

〔註60〕《毛詩正義》疏釋「菁菁者莪，在彼中阿。既見君子，樂且有儀。」云：「言
菁菁然茂盛者，蘿蒿也。此蘿蒿所以得茂盛者，由生在阿中，得阿之長養，
故茂盛。以興德盛者，是學士也。此學士所以致德盛者，由在彼學中，得君
之長育，故使德盛。……」(《詩疏》卷十之一，頁 352)

德相承而治道興，則讒諂遠矣。覯，見也。之子，是子也，謂古之明王也。言我得見古之明王，則我心所憂，寫而去矣。我心所憂既寫，是則君臣相與，聲譽常處也。憂者，憂讒諂並進。（同上）

朱熹云：

興也。裳裳，猶堂堂。董氏云：「古本作常，常棣也。」湑，盛貌。覯，見。處，安也。此天子美諸侯之辭，蓋以答〈瞻彼洛矣〉也」。言裳裳者華，則其葉湑然而美盛矣，我覯之子，則其心傾寫而悅樂之矣。夫能使見者悅樂之如此，則其有譽處宜矣。此章與〈蓼蕭〉首章文勢全相似。（《詩集傳》卷十三，頁 159）

按：朱熹釋〈裳裳者華〉首章，就字義、詞義、名物的訓詁，亦有取於《毛傳》、《鄭箋》，唯就句意的串解上，則明顯不取《鄭箋》之說。依《鄭箋》，「裳裳者華，其葉湑兮。」並非單純的物象描寫，而是詩人以堂堂然光明在上之花來擬喻人君，以湑湑然茂盛的在下之葉來擬喻人臣，以花葉相承，共成榮茂的景象，來擬喻君臣若能以德相承，則治國之道興理而讒諂之事俱會遠離〔註 61〕。「我覯之子，我心寫兮。我心寫兮，是以有譽處兮。」則是以人臣的角度，謂我若能得見古時的明王，則心中所憂的讒諂並進之事，都會消除不見，心中憂讒之事既已解消不見，則君臣相得，必致同獲美譽。鄭玄的箋釋，顯係依〈裳裳者華·序〉：「刺幽王也。古之仕者世祿。小人在位則讒諂並進，棄賢者之類，絕功臣之世焉。」（《詩疏》卷十四之二，頁 479）所作的詮說。依朱熹，則「裳裳者華，其葉湑兮。」，「我覯之子，我心寫兮。我心寫兮，是以有譽除兮。」俱無鄭玄所箋釋的君臣以德相承而治道興、我得見明王，則心中所憂之事俱去云云之意，而是「裳裳者華，其葉湑兮。」即是作為引領下文的興句，「我覯之子，我心寫兮。」也是指天子見到諸侯的喜樂之情。朱熹所以不取《鄭箋》說，這自然是《箋》依〈裳裳者華·序〉而為說，但朱熹並不以〈序〉說為然，謂：「此〈序〉只用『似之』二字生說。」（《詩序辨說·裳裳者華》，卷下，頁 33），並以〈裳裳者華〉是天子讚美諸侯之辭之故。

〔註 61〕　《毛詩正義》疏釋「裳裳者華，其葉湑兮。我覯之子，我心寫兮。」云：「詩人遇讒絕世，傷今思古。言彼堂堂然光明者華也在於上，又葉湑然而茂盛兮在於下。華葉相與，共成榮茂。以興顯著者，君也，在於上；美德者，臣也，佐於下。君臣相承，共興國治。古之明王，政治如此，我得見古之是子之明王，則我心所憂讒諂之事，寫除而去兮。」（《詩疏》卷十四之二，頁 479～480）

21. 〈小雅・桑扈〉:「交交桑扈,有鶯其羽。君子樂胥,受天之祜。」(一
    章)《毛傳》云:

> 興也。鶯然有文章。胥,皆也。(《詩疏》卷十四之二,頁 480)

《鄭箋》云:

> 交交猶佼佼,飛往來貌。桑扈,竊脂也。興者,竊脂飛而往來有文
> 章,人觀視而愛之。喻君臣以禮法威儀升降於朝廷,則天下亦觀視
> 而仰樂之。胥,有才知之名。祜,福也。王者樂臣下有才知文章,
> 則賢人在位,庶官不曠,政和而民安,天予之以福祿。(同上)

朱熹云:

> 興也。交交,飛往來之貌。桑扈,竊脂也。鶯然,有文章也。君子,
> 指諸侯。胥,語詞。祜,福也。此亦天子燕諸侯之詩。言交交桑扈,
> 則有鶯其羽矣。君子樂胥,則受天之祜矣。頌禱之詞也。(《詩集傳》
> 卷十四,頁 160)

按:朱熹釋〈桑扈〉首章,就詞義、名物的訓詁,亦有取資《毛傳》、《鄭箋》
者,唯就「交交桑扈,有鶯其羽。」句意的串解上,則明顯不取《鄭箋》說。
依《鄭箋》,「交交桑扈,有鶯其羽。」並非單純的物象描寫,而是詩人藉著
來往飛翔、羽毛爛然,使人觀視而喜愛的竊脂鳥的敘寫,來擬喻君臣若以威
儀禮法,升降進退於朝廷之中,則天下之民也將觀視而仰樂之。依朱熹之意,
則〈桑扈〉一詩,為天子燕諸侯、祝福諸侯受天之福之詩,「交交桑扈,有鶯
其羽。」純是作為引起下文「君子樂胥,受天之祜。」的興句,並無鄭玄所
謂擬喻君臣以禮法威儀升降於朝廷之意。而朱熹所以不取《鄭箋》說,蓋即
《箋》依〈桑扈・序〉:「刺幽王也。君臣上下,動無禮文焉。」(《詩疏》卷
十四之二,頁 480)而為說,但朱熹並不以〈序〉說為然之故,朱熹評〈桑扈〉
之〈序〉云:「此《序》只用『似之』二字生說。」(《詩序辨說》卷下,頁 33)

22. 〈小雅・隰桑〉:「隰桑有阿,其葉有難。既見君子,其樂如何。」(一
    章)《毛傳》云:

> 興也。阿然,美貌。難然,盛貌。有以利人也。(《詩疏》卷十五之
> 二,頁 515)

《鄭箋》云:

> 隰中之桑,枝條阿阿然長美,其葉又茂盛,可以庇陰人。興者,喻
> 時賢人君子不用而野處,有覆養之德也,正以隰桑興者,反求此義,

則原上之桑，枝葉不能然，以刺時小人在位，無德於民。思在野之
君子，而得見其在位，喜樂無度。（同上）

朱熹云：

此喜見君子之詩。言隰桑有阿，則其葉有那矣。既見君子，則其樂
如何哉。詞意大槩與〈菁莪〉相類。然所謂君子，則不知其何所指
矣。（《詩集傳》卷十五，頁171）

按：朱熹釋〈隰桑〉首章，不取《鄭箋》有關「隰桑有阿，其葉有難。」、「既
見君子，其樂如何。」句意的串解。依《鄭箋》，「隰桑有阿，其葉有難。」
並非單純的物象描寫，而是詩人藉著隰中之桑的枝條長美、葉子的茂盛，可
以使人在其下乘涼，有庇蔭之功的敘寫，來比擬野處的時賢、君子也身有美
德，具有覆養之功。隰中之桑枝葉長美茂盛，可以庇蔭人，同時也即反襯了
原上桑樹枝葉的不能茂盛，沒有覆養之功，這種情形，正如小人在位，卻無
德於民，而賢人野處，反而有覆養之德，詩人敘寫「隰桑有阿，其葉有難。」，
其實蘊含譏刺「小人在位，無德於民。」之意〔註62〕。又「既見君子，其樂
如何。」二句，依《鄭箋》，其意即謂：若能得見在野有德的君子，則心中必
定喜樂至極。鄭玄的箋釋，顯係據依〈隰桑・序〉：「刺幽王也。小人在位，
君子在野，思見君子，盡心以事之。」（《詩疏》卷十五之二，頁515）所作的
訓解。依朱熹，則〈隰桑〉一詩，爲詩人喜見君子之詩，詞意大概與〈菁菁
者莪〉相類。（按：朱熹釋〈菁菁者莪〉，以爲是燕飲賓客之詩）「隰桑有阿，
其葉有難。」二句，乃是作爲引起下文「既見君子，其樂如何。」的興句，
其中並無鄭玄所謂擬喻時賢有德，卻退處野中，不爲所用之意；而「既見君
子，其樂如何。」，也即是詩人喜見君子之意，君子爲誰，朱熹以爲不知其所
指，和鄭玄專指在野有德之君子，亦有所不同。朱熹所以不取《鄭箋》的訓
解，這自然是《箋》依《序》詮說，但朱熹並不以《序》說爲然之故，辨〈隰
桑・序〉爲：「此亦非刺詩。疑與上篇（按：指〈黍苗〉）皆脫簡在此也。」（《詩
序辨》卷下，頁34）

〔註62〕《毛詩正義》疏釋「隰桑有阿，其葉有難。既見君子，其樂如何。」云：「言
隰中之桑，枝條甚阿然而長美，其葉則甚難然而茂盛，其下可以庇蔭。人往
息者，得其涼也。以興野中君子，其身有美德，可以覆養，人事之者，蒙其
利也。既隰中之桑盛如此，則原上之桑不能然，是不可以庇蔭也。猶野中君
子德如是，則在位小人不能然，爲不能覆養也。……」（《詩疏》卷十五之二，
頁515）

　　透過上述所舉諸例，吾人可以了解，就句意串解、點明的這一部分訓詁，朱熹的詮說，和《毛傳》、《鄭箋》之訓，顯然多所相異，換言之，就句意的訓詁上來說，朱熹對於《傳》、《箋》之說並未加以承用，而朱熹所以不取《傳》、《箋》有關句意的串解與訓詁，這大概即因《傳》、《箋》皆援《詩序》而爲說，或與《詩序》相爲表裡之故。此外，在有關「興」義內涵的理解上，朱熹與《傳》、《箋》所見又有出入，有以致之。另一方面，朱熹以較高的詩文修養，標舉以《詩》言《詩》的詮釋進路，並重視詩文前後脈絡所呈顯的意涵〔註63〕，這種視《詩》爲詩，回歸詩文，重視文本的態度，也使得在句意串解的訓詁上，朱熹和毛、鄭取徑多殊。《四庫提要》謂朱熹釋《詩》「詩中訓詁，用毛、鄭者居多。」，顯然也有修正、釐清的必要。那即是就詩文字義、詞義、名物等訓詁上，朱熹固然承用《傳》、《箋》之處不少，但若就詩文串解的訓詁上，則朱熹多舍《傳》、《箋》之訓，而自出機杼。

〔註63〕　朱熹說：「凡說《詩》者，固當句爲之釋，然亦但能見其句中之訓故字義而已。至於一章之內，上下相承，首尾相應之大指，自當通全章而論之，乃得其意。」（《楚辭辯證上》，頁174）臺北：文津出版社，1987年10月，又說：「某所著《詩傳》，蓋皆推尋其脈理，以平易求之，不敢用一毫私意。大抵古人道言語，自是不泥著。」（《朱子語類》卷八十一，頁2098）此外，朱熹在《詩序辨說》中批駁〈行葦·序〉碎讀詩意、逐句生意，云：「此詩章句本甚分明，但以說者不知比興之體、音韻之節，遂不復得全詩之本意，而碎讀之，逐句自生意義。不暇尋繹血脈，照管前後，但見『勿踐行葦』，便謂『仁及草木』；但見『戚戚兄弟』，便謂『親睦九族』；但見『黃耇台背』，便謂『養老』；但見以『以祈黃耇』，便謂『乞言』；但見『介爾景福』，便謂『成其福祿』，無復倫理。諸《序》之中，此失尤甚，覽者詳之。」（《詩序辨說·大雅·行葦》，卷下，頁36）都可看出朱熹注重、關照詩文前後脈絡所呈顯的意涵，而非孤立的說解句意，泥於句中的訓詁字義而已。

第五章　賦、比、興的釋義與說解

第一節　《毛傳》、《鄭箋》、朱熹之釋興

　　《詩經》學史上有所謂的「六義」之名，所謂「六義」，即風、雅、頌、賦、比、興。根據一般的理解，風、雅、頌是《詩經》的三種不同內容、性質和分類，賦、比、興則是《詩經》三種不同的寫作技巧與表達方法 〔註1〕。「六義」之名，雖見諸於《詩大序》，唯《詩大序》僅對風、雅、頌之名義，略有說解，對於賦、比、興，則未有片言隻字的詮說。毛公作《詁訓傳》，獨標興體，但對於「興」詩的技巧與內涵，也同樣未作說明。鄭玄作《箋》，雖對《毛傳》所標之興，略有補釋，但依鄭玄的解釋，興和比作為二種不同的寫作技巧，實際上並無不同。朱熹釋《詩》，除主張以詩言詩，涵泳詩文，以求得詩義外，他認為對於「六義」內涵的掌握，也是「讀《詩》之要法」。朱熹說：

　　　　此一條（按：指《詩大序》所云：「故詩有六義焉。一曰風，二曰賦，

〔註1〕　有關「六義」的名義，參屈萬里《詩經註釋・敘論》（臺北：聯經出版公司，1989年10月）頁3～11、裴師普賢《詩經研讀指導・詩經幾個基本問題的簡述》（臺北：東大圖書公司，1987年9月）頁10～20、余培林《詩經正詁・緒論》（臺北：三民書局，1993年10月）頁10～19、王靜芝《詩經通釋・緒論》（新莊：輔仁大學文學院，1985年8月）頁6～17、葉嘉瑩《迦陵談詩二集・中國古典詩歌中形象與情意之關係例說──從形象與情意之關係看「賦、比、興」之說》（臺北：東大圖書公司，1985年2月）頁115～148、胡念貽〈關於風雅頌的問題〉，收入江磯編之《詩經學論叢》（臺北：崧高書社，1985年6月）頁215～242等。

三曰比，四曰興，五曰雅，六曰頌。」）本出於《周禮・大師》之官，蓋三百篇之綱領管轄也。……蓋眾作雖多，而其聲音之節，製作之體，不外乎此。故大師之教國子，必使之以是六者，三經而三緯之，則凡詩之節奏指歸，皆不待講說而直可吟咏以得之矣。（《欽定詩經傳說彙纂》卷首下所引朱注，頁48）

上蔡曰：「學《詩》，須先識得六義體面，而諷味以得之。」此是讀《詩》之要法。（《朱子語類》卷八十，頁2086）

或問《詩》六義，注「三經、三緯」之說。曰：「『三經』是賦、比、興，是做詩底骨子，無詩不有，才無，則不成詩。蓋不是賦，便是比；不是比，便是興。如風雅頌卻是裡面橫串底，都有賦、比、興，故謂之『三緯』」。（《朱子語類》卷八十，頁2070）

朱熹一方面指出「六義」為《詩經》的「綱領管轄」；稱「六義」為三經、三緯，尤其是賦、比、興，更是詩之所以成詩的基本骨幹，「無詩不有，才無，則不成詩。」，因此，他認為對於「六義」內涵的確實掌握，將大有助於詩義的理解。朱熹在《詩集傳》及《朱子語類》中，對於「賦」、「比」、「興」的界義與內涵，多所指陳、辨析；在《詩集傳》中，更將《詩經》三百零五篇，逐章標示其寫作技巧、表達方法，說明了朱熹對於《詩經》寫作技巧的重視。而朱熹對於《詩經》寫作技巧的探究與辨析，亦與《詩經》漢學傳統疏略於寫作技巧的辨析、認識，有了很大的差異，茲就《毛傳》、《鄭箋》朱熹對於賦、比、興的界義、辨析與說明，略述如下，以見朱熹《詩經》學與《詩經》漢學傳統的異同。

一、《毛傳》、《鄭箋》之釋興

作為詩經三種基本而重要的寫作技巧與表達方法的賦、比、興，雖首見於《詩大序》，然並未獲得毛、鄭釋《詩》體系的足夠重視。《詩大序》中雖有「六義」、「賦、比、興」之名，但《詩大序》僅對風、雅、頌的名義略加說解，對於賦、比、興，則付之闕如〔註2〕。依據《毛詩正義》所援引的鄭玄

〔註2〕 《詩大序》：「風，風也，教也。風以動之，教以化之。……故詩有六義焉：一曰風，二曰賦，三曰比，四曰興，五曰雅，六曰頌。上以風化下，下以風刺上，主文而譎諫，言之者無罪，聞之者足以戒，故曰風。至于王道衰，禮義廢，政教失，國異政，家殊俗，而變風、變雅作矣！國史明乎得失之迹，

注《周禮・春官・太師》中的「六詩」，其名義是：

> 賦之言鋪，直鋪陳今之政教善惡；比，見今之失，不敢斥言，取比
> 類以言之；興，見今之美，嫌於媚諛，取善事以喻勸之。（《詩疏》
> 卷一之一，頁 15）

根據鄭玄的訓釋，賦是將政教的善惡直接鋪寫陳述出來，比是見到政教失序、有所違失，但不敢直接表述，遂透過譬喻的手法來陳述，興則是看到政教之美，爲了避免流於媚諛，乃採取善事來加以譬喻摹寫〔註3〕。鄭玄的說解，實際上皆從政教風化的角度來訓釋，並未觸及賦、比、興作爲詩歌三種不同表現手法、技巧的內涵。而他對於比、興的說明，實際上都說成了譬喻，僅以比斥興美，一美一刺來作分別，使得比，興的界義更形混淆。毛公作《詁訓傳》雖「獨標興體」但對於興的內涵，也並無片言隻字的說明，唯就其在「興也」以下的詮《詩》文字及鄭玄的補充說明看來，毛公所標舉的「興」，實際上也與比並無不同。毛鄭混同比興，致使比、興莫辨，這在朱熹的詮詩體系中，都有進一步的釐清與發展。茲先述毛鄭釋「興」的意涵如下：

（一）毛、鄭之釋「興」

　　《詩經》三百零五篇中，《毛傳》在各詩首章的次句底下，標示「興也」之詩，計有一一五篇。一一五篇中，《毛傳》在「興也」以下除了詩文詞義的基本訓詁之外，尚有詮解說明詩旨的文字，使吾人可以據以測知《毛傳》所謂「興也」的內涵與特點的，大約有三十篇〔註4〕。就《毛傳》所標示「興也」

傷人倫之廢，哀刑政之苛，吟詠情性，以風其上，達於事變而懷其舊俗者也。故變風發乎情，止乎禮義。發乎情，民之性也；止乎禮義，先王之澤也。是以一國之事，繫一人之本，謂之風；言天下之事，形四方之風，謂之雅。雅者，正也，言王政之所由廢興也。政有大小，故有〈小雅〉焉，有〈大雅〉焉。頌者，美盛德之形容，以其成功，告於神明者也。」（《詩疏》卷一之一，頁 12～19）

〔註3〕《詩大序》中有「六義」之名，《周禮・春官・太師》中載太師的職掌亦有「六詩」之名：「教六詩，曰風，曰賦，曰比，曰興，曰雅，曰頌。」所謂「六詩」、「六義」，據《毛詩正義》的說明是：「各自爲文，其實一也。」（《詩疏》卷一之一，頁 15）亦即二者名異而實同。

〔註4〕《詩經》三百零五篇中《毛傳》標「興也」之詩，絕大多數在首章次句之下，只有極少數是標在首章首句或三句、四句之下的。有關《毛傳》所標「興也」之詩，計一一五篇的情形及《毛傳》在標「興也」以下有所詮解，涉及詩意，使吾人可以據以測知其所謂「興也」之內涵與特點的三十篇（即：〈周南・關雎〉、〈邶風・谷風〉、〈旄丘〉、〈衛風・淇奧〉、〈竹竿〉、〈芄蘭〉、〈王風・兔

及其涉及詩旨的詮解文字看來，《毛傳》所謂的「興」詩，大約有二點可說，其一，凡《毛傳》標示「興也」之詩，它的興句（即「興也」之上的一兩句，一詩中的起興之句）必在篇首或章首，其二，興句與下文或全詩的意旨，皆有比擬和意義上的關聯，興句的描寫，並非只是單純的、無意的、客觀的物象描寫。茲擇錄《毛傳》所標「興也」之詩數首，說明如下：

1. 〈周南・關雎〉首章：「關關雎鳩，在河之洲。窈窕淑女，君子好逑」。

《毛傳》在「關關雎鳩，在河之洲。」二句之下云：

> 興也。關關，和聲也。雎鳩，王雎也。鳥摯而有別，水中可居者曰洲。后妃說樂君子之德，無不和諧，又不淫其色，慎固幽深，若雎鳩之有別焉。然後可以風化天下，夫婦有別，則父子親，父子親，則君臣敬，君臣敬，則朝廷正，朝廷正，則王化成。（《詩疏》卷一之一，頁 20）

《毛傳》之意，《毛詩正義》為之闡釋云：

> 毛以為關關然聲音和美者，是雎鳩也。此雎鳩之鳥，雖雌雄情至，猶能自別，退在河中之洲，不乘匹而相隨也。以興情至性行和諧者，是后妃也。后妃雖說樂君子，猶能不淫其色，退在深宮之中，不褻瀆而相慢也。后妃既有是德，又不妒忌，思得淑女以配君子，故窈窕然，處幽閒貞專之善女，宜為君子之好匹也。以后妃不妒忌，可共以事夫，故言宜也。（同上）

據此，《毛傳》以為〈關雎〉的「興句」：「關關雎鳩，在河之洲。」並非只是單純的、無意的、客觀的物象描寫，而是此一興句與下文或全詩所欲呈顯的主題，所謂后妃之德，有著緊密的、意義上的關聯。詩人摹寫「關關雎鳩，在河之洲。」並非只是單純的、客觀的、無意的物象描寫，而是借著雎鳩鳥有「雌雄情至，猶能自別，退在河中之洲，不乘匹而相隨也」的特點來呈顯、說明與比擬「后妃雖說樂君子，猶能不淫其色，退在深宮之中，不褻瀆而相慢也。」，所謂「后妃之德」的主題。

2. 〈邶風・谷風〉首章：「習習谷風，以陰以雨。黽勉同心，不宜有怒。」

蕑〉、〈采葛〉、〈鄭風・山有扶蘇〉、〈蘀兮〉、〈齊風・東方之日〉、〈南山〉、〈唐風・山有樞〉、〈葛生〉、〈采苓〉、〈秦風・蒹葭〉、〈黃鳥〉、〈晨風〉、〈陳風・東門之楊〉、〈小雅・鹿鳴〉、〈杕杜〉、〈菁菁者莪〉、〈鶴鳴〉、〈黃鳥〉、〈小宛〉、〈谷風〉、〈鴛鴦〉、〈縣蠻〉、〈大雅・棫樸〉、〈卷阿〉），詳參本論文附錄一。

《毛傳》在「習習谷風，以陰以雨。」二句下云：

> 興也。習習，和舒貌。東風謂之谷風。陰陽和而谷風至，夫婦和則
> 室家成，室家成而繼嗣生。（《詩疏》卷二之二，頁89）

《毛詩正義》疏釋《毛傳》之意云：

> 習習然和舒之谷風，以陰以雨而潤澤行，百物生矣，以興夫婦和而
> 室家成，即繼嗣生矣。……「東風謂之谷風」，〈釋天〉文也。孫炎
> 曰：「谷之言穀，穀，生也。谷風者，生長之風。」陰陽不和，即風
> 雨無節，故陰陽和乃谷風至。此喻夫婦，故取於生物。（同上，頁
> 89～90）

據此，《毛傳》以為「習習谷風，以陰以雨。」二興句，並非是單純的、無意
的、客觀的和舒東風吹拂，帶來陰雨，因而潤澤萬物的物象描寫，而是詩人
藉著天地之間陰陽之氣的協和，以至有和舒谷風的產生；有和舒的谷風，因
有陰雨的潤澤，使得萬物得以化成，來說明、比擬夫婦之間，也須協和，才
得以家庭完滿，蘊育子嗣，今〈谷風〉一詩「夫婦失道」、「夫婦離絕，國俗
傷敗焉。」（《谷風·序》，《詩疏》卷二之二，頁89），正是夫婦（陰陽）不能
協和所致。

3. 〈邶風·旄丘〉首章：「旄丘之葛兮，何誕之節兮。叔兮伯兮，何多日
   也。」

   《毛傳》在「旄丘之葛兮，何誕之節兮。」二句下云：

   > 興也。前高後下曰旄丘。諸侯以國相連屬，憂患相及，如葛之蔓延
   > 相連及也。（《詩疏》卷二之二，頁93）

據此，《毛傳》以為〈旄丘〉的興句：「旄丘之葛兮，何誕之節兮。」（據裴師
普賢的譯文是：「斜坡上面有葛藤呀，枝枝節節蔓延生呀！」，《詩經欣賞與研
究》（一），頁185）並非只是單純的、客觀的、無意的物象描寫，而是詩人藉
著旄丘之上的葛藤蔓延相連的景象摹寫，來擬喻諸侯之間，國與國相連屬，
憂患相及的關係。與全詩的主題：「責衛伯也。狄人迫逐黎侯，黎侯寓于衛，
衛不能脩方伯連率之職，黎之臣子，以責於衛也。」（《旄丘·序》），在意義
上有所關聯。

4. 〈衛風·淇奧〉首章：「瞻彼淇奧，綠竹猗猗。有匪君子，如切如磋，
   如琢如磨。瑟兮僴兮，赫兮咺兮。」

   《毛傳》在「瞻彼淇澳，綠竹猗猗。」二句下云：

興也。奧，隈也。綠，王芻也。竹，萹竹也。猗猗，美盛貌。武公
質美德盛，有康叔之餘烈。（《詩疏》卷三之二，頁 127）

《毛詩正義》本《毛傳》疏釋首章之意云：

視彼淇水隈曲之內，則有王芻與萹竹猗猗然美盛，以興視彼衛朝之
上，則有武公質美德盛，然則王芻、萹竹所以美盛者，由得淇水浸
潤之故。武公所以德盛者，由得康叔之餘烈故。……又云「有康叔
之餘烈」者，烈，業也。美武公之質美德盛，有康叔之餘業，即謂
以淇水比康叔，以隩內比衛朝，以綠竹美盛比武公質美德盛。（同上）

據此，《毛傳》以爲「瞻彼淇奧，綠竹猗猗。」二興句並非是單純的、無意的、
客觀的物象描寫，而是詩人借著淇水水岸深曲之處，有王芻、萹竹的生長茂
盛的景象，來比擬衛武公的承續康叔的功業，質美而德盛〔註5〕；「瞻彼淇奧，
綠竹猗猗。」二興句既非是單純的物象描寫，而是與下文及全詩的意旨：「美
武公之德也。有文章，又能聽其規諫，以禮自防，故能入相于周，美而作是
詩也。」（《淇奧‧序》，《詩疏》卷三之二，頁 126）都有內在、意義上的關聯。

5.〈衛風‧芄蘭〉首章：「芄蘭之支，童子佩觽。雖則佩觽，能不我知。」

《毛傳》在「芄蘭之支」一句下云：

興也。芄蘭，草也。君子之德當柔潤溫良。（《詩疏》卷三之三，頁
137）

《毛詩正義》本《毛傳》疏釋首章之意云：

毛以爲，言芄蘭之支性柔弱阿儺，以興君子之德當柔潤溫良。今君
之德何以不溫柔而爲驕慢？以君今雖童子，而佩成人之觽，則當治
成人之事，當須溫柔。何爲今雖則佩觽，而才能不自謂我無知以驕
慢人也？（同上，頁 138）

又疏釋《毛傳》之意云：

〈釋草〉云：「萑，芄蘭。」郭璞曰：「蔓生，斷之有白汁，可啖。」
陸機《疏》云：「一名蘿摩，幽州人謂之雀瓢。」以此草支葉柔弱，
《序》刺君驕慢，故以喻君子之德當柔潤溫良。（同上）

〔註 5〕 衛武公承續康叔的餘烈，《史記‧衛康叔世家》云：「武公即位，修康叔之政，
百姓和集。四十二年，犬戎殺周幽王，武公將兵佐周平戎，甚有功，周平王命
武公爲公。」（《史記會注考證》卷三十七，頁 601）又武公質美德盛之事，參
《國語‧楚語上》左史倚相之言，卷十七，頁 551。

據此，《毛傳》以爲「芄蘭之支」作爲起興之句，並非是單純的、無意的、客觀的物象描寫，而是詩人以芄蘭枝葉的柔弱阿儺，來擬喻、說明君子之德也當柔潤溫良，作爲起興之句的「芄蘭之支」，和全詩的主旨：「刺惠公也。驕而無禮，大夫刺之。」（〈芄蘭・序〉，同上，頁137）也有內在、意蘊上的關聯。

6. 〈齊風・南山〉首章：「南山崔崔，雄狐綏綏。魯道有蕩，齊子由歸。既曰歸止，曷又懷止？」

《毛傳》在「南山崔崔，雄狐綏綏。」二句下云：

> 興也。南山，齊南山也。崔崔，高大也。國君尊嚴，如南山崔崔然。雄狐相隨，綏綏然無別，失陰陽之匹。（《詩疏》卷五之二，頁195）

《毛詩正義》本《毛傳》疏釋首章之意云：

> 毛以爲：南山、雄狐，各自爲喻。言南山高大崔崔然，以喻國君之位尊高如山也。雄狐相隨綏綏然，雄當配雌，理亦當然也。今二雄無別，失陰陽之匹，以喻夫當配妻。今襄公兄與妹淫，亦失陰陽之匹。以襄公居尊位，而失匹配，故舉淫事以責之。（同上，頁195～196）

據此，《毛傳》以爲「南山崔崔，雄狐綏綏。」二興句，並非是單純的、無意的、客觀的物象描寫，而是詩人以「南山崔崔」來擬喻國君（襄公）地位的崇高，以「雄狐綏綏」來擬喻襄公的淫乎其妹文姜〔註6〕，失陰陽之匹，「南山崔崔，雄狐綏綏。」不僅和下文：「魯道有蕩，齊子由歸。……」有關，也和全詩的意旨：「刺襄公也。鳥獸之行，淫乎其妹，大夫遇是惡，作詩而去之。」（〈南山・序〉，《詩疏》卷五之二，頁195）有內在、意義上的關聯。

7. 〈唐風・山有樞〉首章：「山有樞，隰有榆。子有衣裳，弗曳弗婁。子有車馬，弗馳弗驅。」

《毛傳》在「山有樞，隰有榆。」二句下云：

> 興也。樞，荎也。國君有財貨而不能用，如山隰不能自用其財。（《詩疏》卷六之一，頁217）

〔註6〕關於齊襄公淫乎其妹文姜一事，《鄭箋》謂：「襄公之妹，魯桓公夫人文姜也。襄公素與淫通。及嫁，公讁之。公與夫人如齊，夫人愬之襄公。襄公使公子彭生乘公而搤殺之，夫人久留於齊。莊公即位後乃來，猶復會齊侯于禚，于祝丘，又如齊師。齊州大夫見襄公行惡如是，作詩以刺之。」（《詩疏》卷五之二，頁195）又參《春秋》及《左傳》桓公十八年，莊公二、四、五年等。

據此，《毛傳》以爲〈山有樞〉的「興句」：「山有樞，隰有榆。」，並非只是單純的、無意的、客觀的物象描寫，而是詩人藉著山中有樞，隰中有榆的描寫；山中雖然有樞，隰中雖然有榆，但山隰都「不能自用其財」，來擬喻、說明國君雖然擁有財貨，但卻不能用的情形。

8. 〈唐風·葛生〉首章：「葛生蒙楚，蘞蔓于野。予美亡此，誰與獨處。」

　　《毛傳》在「葛生蒙楚，蘞蔓于野。」二句下云：

　　　　興也，葛生延而蒙楚，蘞生蔓於野，喻婦人外成於他家。（《詩疏》

　　　　卷六之二，頁 227）

《毛傳》之意，《毛詩正義》爲之疏釋云：

　　　　言葛生於此，延蔓而蒙於楚木，蘞亦生於此，延蔓而蒙於野中，以

　　　　興婦人生於父母，當外成於夫家。（同上）

據此，《毛傳》以爲〈葛生〉的「興句」：「葛生蒙楚，蘞蔓于野。」，並非只是單純的、無意的、客觀的物象描寫，而是詩人藉著葛、蘞這兩種須攀附他物才能生長蔓延的植物，所謂覆蓋於荆木之上、蔓生的葛藤，與蔓延生長於郊野之上的蘞草，來擬喻婦人也須依恃夫家，才得以完滿。

9. 〈小雅·菁菁者莪〉首章：「菁菁者莪，在彼中阿。既見君子，樂且有儀。」

　　《毛傳》在「菁菁者莪，在彼中阿。」二句下云：

　　　　興也。菁菁，盛貌。莪，蘿蒿也。中阿，阿中也。大陵曰阿。君子

　　　　能長育人材，如阿之長莪菁菁然。（《詩疏》卷十之一，頁 353）

《毛傳》之意，《毛詩正義》爲之疏釋云：

　　　　言菁菁然茂盛者蘿蒿也。此蘿蒿所以得茂盛者，由生在阿中，得阿

　　　　之長養，故茂盛。以興德盛者，是學士也。此學士所以致德盛者，

　　　　由升在彼學中，得君之長育，故使德盛。（同上）

據此，《毛傳》以爲「菁菁者莪，在彼中阿。」二句（據滕志賢先生的譯文是：「茂盛的蘿蒿，長在那大山之中。」，《新譯詩經讀本》下冊，頁 494）並非只是單純的、無意的、客觀的物象描寫，而是詩人藉著生長在大山之中、茂盛的蘿蒿的景象摹寫，來擬喻德盛的學士，乃肇因於人君的長育。生長在大山之中的蘿蒿所以能夠茂盛，是由於「得阿之長養，故茂盛」，這種情形，正如德盛的學士，乃源自人君的培育長養，有以致之。

　　由上述所舉諸例，吾人可以了解《毛傳》所標舉「興也」的內涵，那即

是「興句」都非單純的、無意的、客觀的物象描寫，而是與下文或全詩所欲呈顯的主題，有著比擬、擬喻上的關聯，就這點來看，興其實等同於比。鄭玄釋「興」，其意亦與《毛傳》所見者同。鄭玄作《箋》，往往會就《毛傳》所標示「興也」而未說解之詩，加以補釋、說明，吾人從中也可以進一步了解《毛傳》、鄭玄對於「興」的看法。以〈周南·葛覃〉首章：「葛之覃兮，施于中谷，維葉萋萋。黃鳥于飛，集于灌木，其鳴喈喈。」為例，《毛傳》在「葛之覃兮，施于中谷，維葉萋萋。」之句下云：「興也。」（《詩疏》卷一之二，頁 30）鄭玄《箋》釋《毛傳》「興也」云：

> 葛者，婦人之所有事也。此因葛之性以興焉。興者，葛延蔓於谷中，喻女在父母之家，形體浸浸日長大也，葉淒淒然，喻其容色美盛也。
> （同上）

鄭玄之意，《毛詩正義》疏釋之云：

> 言葛之漸長，稍稍延蔓兮而移於谷中，非直枝幹漸長，維葉則萋萋然茂盛，以興后妃之生浸浸日大，而長於父母之家，非直形體日大，其容色又美盛。（《詩疏》卷一之二，頁 30）

據此，鄭玄以為《毛傳》標示〈葛覃〉：「葛之覃兮，施于中谷，維葉萋萋。」為「興也」，其意即是作為〈葛覃〉之「興句」：「葛之覃兮，施于中谷，維葉萋萋。」並非只是單純的、無意的、客觀的物象描寫，而是詩人透過稍稍蔓生於山谷之中的葛藤，來比擬未婚的后妃，其形體日漸長大；透過葛藤茂盛的葉子，來比擬未婚的后妃，其容色的美盛。又如〈周南·樛木〉首章：「南有樛木，葛藟纍之。樂只君子，福履綏之。」《毛傳》在「南有樛木，葛藟纍之。」二句下云：

> 興也。南，南土也。木下曲曰樛。南土之葛藟茂盛。（《詩疏》卷一之二，頁 35）

鄭玄箋釋《毛傳》之意云：

> 木枝以下垂之故，故葛也藟也得纍而蔓之，而上下俱盛。興者，喻后妃能以意下逮眾妾，使得其次序，則眾妾上附事之，而禮義亦俱盛。（同上）

據此，鄭玄以為《毛傳》標示「南有樛木，葛藟纍之。」二句為「興也」，即視此二興句非單純、無意、客觀的物象描寫，而是以葛藟攀附下垂的木枝的物象，來擬喻眾妾的附事后妃，而眾妾所以能附事后妃，這是因為后妃能以

恩義接及其下的眾妾的緣故〔註7〕。此外，如〈召南‧鵲巢〉首章：「維鵲有巢，維鳩居之。之子于歸，百兩御之。」《毛傳》在「維鵲有巢，維鳩居之。」二句下云：「興也。」（《詩疏》卷一之三，頁 46）鄭玄《箋》釋《毛傳》「興也」云：

> 鵲之作巢，冬至架之，至春乃成，猶國君積行累功，故以興焉。興者，鳲鳩因鵲成巢而居有之，而有均壹之德，猶國君夫人來嫁，居君子之室，德亦然。（《詩疏》卷一之三，頁46）

鄭玄之意，《毛詩正義》疏釋之云：

> 言維鵲自冬歷春功著，乃有此巢窠。鳲鳩往居之，以興國君積行累功勤勞，乃有此爵位，維夫人往處之。今鳲鳩居鵲之巢，有均壹之德，以興夫人亦有均一之德，故可以配國君。（同上）

據此，鄭玄以為《毛傳》標示〈鵲巢〉：「維鵲有巢，維鳩居之。」為「興也」，其意即是以為〈鵲巢〉的「興句」：「維鵲有巢，維鳩居之。」並非單純的、無意的、客觀的物象描寫，而是詩人透過自冬歷春勤勉築巢的鵲鳥，在巢成之後，鳲鳩鳥因而居有之的描寫，來比擬國君在積行累功之後，才擁有此爵位，其後並有均壹之德的后妃來嫁。「維鵲有巢」之句，比擬「國君積行累功勤勞，乃有此爵位」；「維鳩居之」之句，則比擬有均壹之德的后妃來嫁，都不是單純的物象描寫。又如〈召南‧摽有梅〉首章：「摽有梅，其實七兮。求我庶士，迨其吉兮。」《毛傳》在「摽有梅，其實七兮。」二句下云：

> 興也。摽，落也。盛極則隋落者，梅也。尚在樹者七。（《詩疏》卷一之五，頁63）

鄭玄箋釋《毛傳》「興也。」之意云：

> 興者，梅實尚餘七未落，喻始衰也。謂女二十，春盛而不嫁，至夏則衰。（同上）

據此，鄭玄以為《毛傳》視「摽有梅，其實七兮。」二句為興句，其意也並非是單純、無意、客觀的梅落，其實尚有七分的景象描寫，而是詩人以梅落三分，尚有七分的景象，來擬喻女子的年色始衰，而此一梅落三分，尚有七

〔註7〕〈周南‧樛木‧序〉：「后妃逮下也。言能逮下，而無嫉妬之心焉。」鄭玄箋釋其意云：「后妃能和諧眾妾，不嫉妬其容貌，恒以善言逮下而安之。」《毛詩正義》疏釋《樛木‧序》之意云：「作〈樛木〉詩者，言后妃能以恩義接及其下眾妾，使俱以進御於王也。后妃所以能恩意逮下者，而無嫉妬之心焉。」以上並見《詩疏》卷一之二，頁 35。

分的景象，和全詩的主旨：「男女及時也。召南之國，被文王之化，男女得以及時也。」（〈摽有梅·序〉，《詩疏》卷一之五，頁 62）也有意義上的關聯。又如〈召南·何彼襛矣〉首章：「何彼襛矣，唐棣之華。曷不肅雝，王姬之車。」《毛傳》在「何彼襛矣，唐棣之華。」二句下云：

　　　　興也。襛，猶戎戎也。唐棣，栘也。（《詩疏》卷一之五，頁 67）

鄭玄箋釋《毛傳》「興也」之意云：

　　　　何乎彼戎戎者乃棣之華。興者，喻王姬顏色之美盛。（同上）

據此，《毛傳》以為「何彼襛矣，唐棣之華。」二興句，也並非是單純、無意、客觀的唐棣之花花開繁茂美盛的描寫，而是詩人以花開繁茂美盛的唐棣之花的景象，來擬喻周王之女顏色的美盛，「何彼襛矣，唐棣之華。」二興句和下文「曷不肅雝，王姬之車。」及全詩的意旨：「美王姬也。雖則王姬，亦下嫁於諸侯，車服不繫其夫，下王后一等，猶持婦道，以成肅雝之德也。」（《詩疏》卷一之五，頁 66）都有內在、意義上的關聯。又如〈邶風·柏舟〉首章：「汎彼柏舟，亦汎其流。耿耿不寐，如有隱憂。微我無酒，以敖以遊。」《毛傳》在「汎彼柏舟，亦汎其流。」二句下云：

　　　　興也。汎，流貌。柏，木所以宜為舟也。亦汎汎其流，不以濟渡也。
　　　（《詩疏》卷二之一，頁 74）

鄭玄箋釋《毛傳》之意云：

　　　　舟，載渡物者，今不用，而與物汎汎然俱流水中。興者，喻仁人之
　　　　不見用，而與羣小人並列，亦猶是也。（同上）

《毛詩正義》疏釋毛、鄭之意云：

　　　　言汎然而流者，是柏木之舟。此柏木之舟宜用濟渡，今而不用，亦
　　　　汎汎然其與眾物俱流水中而已。以興在列位者是彼仁德之人，此仁
　　　　德之人宜用輔佐，今乃不用，亦與眾小人並列於朝而已。（同上）

據此，鄭玄以為《毛傳》視「汎彼柏舟，亦汎其流。」二句為興句，其意並非是單純、無意、客觀的柏舟晃漾於水流之上的景象描寫，而是詩人透過宜於載物濟渡的柏舟，卻無所見用，徒然浮漾晃流於水流之上的景象描寫，來擬喻宜受重用、宜用輔佐的仁德之人，卻未見用，徒與眾小人並列朝中而已之事，就作為〈柏舟〉一詩的起興之句：「汎彼柏舟，亦汎其流。」而言，其與「耿耿不寐，如有隱憂。……」云云的下文，及全詩的意旨：「言仁而不遇也。衛頃公之時，仁人不遇，小人在側。」（《詩疏》卷二之一，頁 74）顯然

都有意義上的關聯。又如〈邶風・北風〉首章:「北風其涼,雨雪其雱。惠而好我,攜手同行。其虛其邪,亟只且。」《毛傳》在「北風其涼,雨雪其雱。」二句下云:「興也」(《詩疏》卷二之三,頁104)鄭玄《箋》釋《毛傳》之「興也」云:「寒涼之風,病害萬物,興者,喻君政教酷暴,使民散亂。」(同上)鄭玄之意,《毛詩正義》謂:

> 言天既為其寒涼矣,又加之雨雪其雱然而盛。由涼風盛雪,病害萬
> 物,以興君政酷暴,病害百姓也。百姓既見病害,莫不散亂,故皆
> 云:彼有性仁愛而又好我者,我與此人攜手同道而去。(同上)

據此,鄭玄以為《毛傳》所標示的〈北風〉的「興句」:「北風其涼,雨雪其雱。」也不是單純的、無意的、客觀的物象描寫,而是詩人透過「涼風盛雪,病害萬物」的景象,來比擬國君在政教上殘酷暴虐、殘害百姓,致使百姓散亂逃去〔註8〕。綜合上述,吾人可知,對於作為興詩的興句,毛、鄭都以為並非只是一種單純的、無意的、客觀的物象描寫,而是與下文或全詩所欲呈顯的主題,在意旨上有著相當密切的關聯,就這點而言,興有比擬、擬喻之意。

(二)朱熹之釋「興」

朱熹釋「興」,無論在對於「興」的定義與界定上,或在「興句」與下文、全詩的主旨上,究竟有無關係上,都較毛、鄭的詮說有了更進一步的發展。何謂「興」?朱熹有如下的定義與說解:

> 興者,先言他物以引起所詠之詞也。《詩集傳》卷一,頁1)
>
> 興,起也,引物以起吾意。(《朱子語類》卷八十一,頁2096)
>
> 興之為言,起也。言興物而起其意。(《朱子語類》卷八十一,頁2095)
>
> 興是借彼一物以引起此事,而其事常在下句。(《朱子語類》卷八十,頁2069)
>
> 本要言其事,而虛用兩句鉤起,因而接續去者,興也。(《朱子語類》卷八十,頁2067)

據此,朱熹以為「興」的意思即是引起,詩人先透過、假託外在物事、物象的描寫,來引發、引起內心真正想要表達的情意,這樣的寫作技巧即是興。

〔註8〕 鄭玄釋《毛傳》之「興」,以為「興句」皆有取義,在形式上,往往以「興者喻」來作說明;在意涵上,則等同比擬、擬喻之意。有關鄭玄箋釋《毛傳》「興也」之詩,參見本論文附錄二。

按照朱熹的界定，當詩人運用興的寫作技巧來呈顯、表達他內心的情意時，從詩的外在形式上，可分為二截，即「他物」與「所詠之詞」；「物、事」與「意」。而上截「他物」與下截「所詠之詞」關係究竟為何？朱熹認為絕大部份並無內在意蘊上的關係，而僅是一種引起下文、引起主題的作用。相關的言論，除「本要言其事，而虛用兩句鉤起，因而接續去者，興也。」已指陳此意外，其他的言說傳達此種「他物」（興句）與「所詠之詞」（應句）〔註9〕之間並無實際的、內在義理上的關係甚多，如：

> 詩之興，全無巴鼻。振錄云：「多是假他物舉起，全不取其義。」後人詩猶有此體。如「青青陵上柏，磊磊澗中石，人生天地間，忽如遠行客」！又如「高山有涯，林木有枝，憂來無端，人莫之知」！「青青河畔草，綿綿思遠道」！皆是此體。（《朱子語類》卷八十，頁2070）

> 問：「《詩傳》說六義，以『託物興辭』為興，與舊說不同。」曰：「覺舊說費力，失本指。如興體不一，或借眼前物事說將起，或別自將一物說起，大抵只是將三四句引起，如唐時尚有此等詩體。如『青青河畔草』，『青青水中蒲』，皆是別借此物，興起其辭，非必有感有見於此物也。有將物之無，興起自家之所有；將物之有，興起自家之所無。前輩都理會這箇不分明，如何說得詩本指！只伊川也自未見得。看所說有甚廣大處，仔細看，本指卻不如此。若上蔡怕曉得《詩》，如云『讀《詩》，須先要識得六義體面』，這是他識得要領處。」（《朱子語類》卷八十，頁2071）

> 詩所以能興起人處，全在興。如『山有樞，隰有榆』，別無意義，只是興起下面『子有車馬』、『子有衣裳』耳。（《朱子語類》卷八十，頁2084）

> 興只是興起，謂下句直說不起，故將上句帶起來說，如何去上討義理。（《朱子語類》卷八十，頁2085）

「詩之興，全無巴鼻」、「多是假他物舉起，全不取其義。」、「別借此物，興起

〔註9〕 所謂「興句」、「應句」，裴師普賢謂：「『興也』之上的一兩句，即詩中發興之句，我們稱之為『興句』，其下相應之句，我們稱之為『應句』。」見所撰《詩經研讀指導・詩經興義的歷史發展》，頁177，臺北：東大圖書公司，1987年9月。

其辭，非必有感有見於此物」、「興只是興起」，非常清楚地說明朱熹對於所謂「興體」詩的看法。當詩人運用所謂的「興」的寫作技巧，來呈顯、傳達內心的情意時，往往借著外在物事、物象的摹寫，來引起、引發心中的情意，而詩人所描寫的外在物事、物象，大抵僅是虛寫，未必是真正有所感懷或親見的物事，因此，詩人所描寫的物象與全詩所要表達的主旨、情意，實際上並不相關，其作用大抵僅在引起下文及全詩的意旨而已。以〈唐風・山有樞〉為例，朱熹指出此詩運用興的寫作技巧，但篇首的物象描寫：「山有樞，隰有榆。」所謂興句，與全詩所欲呈顯的勸人當及時行樂的主旨，並不相關，「山有樞，隰有榆。」二句也並無深義，它的作用只是在引起下文——「子有衣裳，弗曳弗婁。」、「子有車馬，弗馳弗驅。」而已。此外，如〈召南・小星〉首章：「嘒彼小星，三五在東。肅肅宵征，夙夜在公，寔命不同。」朱熹云：

> 興也。……南國夫人承后妃之化，能不妒忌以惠其下，故其眾妾美之如此。蓋眾妾進御於君，不敢當夕，見星而往，見星而還，故因所見以起興。其於義無所取，特取在東、在公兩字之相應耳。（《詩集傳》卷一，頁12）

朱熹以為〈召南・小星〉的「興句」：「嘒彼小星，三五在東。」並無深義，其與全詩的意旨，也無內在義理的關聯，其作用僅在引起下文，與下文「肅肅宵征，夙夜在公。」在音聲上有相應叶韻的關係而已。又如〈小星〉二章：「嘒彼小星，維參與昴。肅肅宵征，抱衾與裯，寔命不猶。」朱熹云：

> 興也。……興亦取昴與裯二字相應。（《詩集傳》卷一，頁12）

其理亦同。「嘒彼小星，維參與昴。」二句並無深義，與全文的意旨也無所關聯，其作用也在與下文「肅肅宵征，抱衾與裯。」有音韻上相應的關係而已。其他如〈王風・揚之水〉首章：「揚之水，不流束薪。彼其之子，不與我戍申。懷哉懷哉，曷月予還歸哉。」朱熹云：

> 平王以申國近楚，數被侵伐，故遣畿內之民戍之。而戍者怨思，作此詩也。興取「之」、「不」二字，如〈小星〉之例。（《詩集傳》卷四，頁44）

朱熹指出〈王風・揚之水〉的「興句」：「揚之水，不流束薪。」並無深義，與下文「彼其之子，不與我戍申。」也不具內在意義上的關聯。詩人僅僅是透過「揚之水，不流束薪。」來引起下文：「彼其之子，不與我戍申。」而已。就興句與下文的關係看來，就在於二者的句型相應，都同為「○之○，不○○

○」的句式。此外，如〈召南・殷其靁〉首章：「殷其靁，在南山之陽。何斯
違斯，莫敢或遑。振振君子，歸哉歸哉！」朱熹云：

> 興也。…南國被文王之化，婦人以其君子從役在外而思念之，故作
> 此詩。言殷殷然雷聲則在南山之陽矣，何此君子獨去此而不敢少暇
> 乎。於是又美其德，且冀其早畢事而還歸也。（《詩集傳》卷一，頁
> 11）

以為〈召南・殷其靁〉的「興句」：「殷其靁，在南山之陽」並無深義，其作用
僅在於引起下文：「何斯違斯，莫敢或遑。振振君子，歸哉歸哉！」而已，與全
詩所欲呈顯的意旨：婦人懷思征役在外的丈夫，並無內在義理上的關聯〔註10〕。
又如〈周南・桃夭〉首章：「桃之夭夭，灼灼其華。之子于歸，宜其室家。」朱
熹云：

> 興也。……文王之化，自家而國，男女以正，婚姻以時，故詩人因
> 所見以起興，而歎其女子之賢，知其必有以宜其室家也。（《詩集傳》
> 卷一，頁5）

以為〈桃夭〉的興句：「桃之夭夭，灼灼其華。」也並無深義，而僅是詩人所
見的景象，另一方面，詩人也以此所見的春日景象，來引起「之子于歸，宜
其室家。」的下文，所謂周南人民受文王教化，因得男女以正，婚姻以時；
女子賢良，必能宜其室家的主題。又如〈邶風・旄丘〉首章：「旄丘之葛兮，
何誕之節兮。叔兮伯兮，何多日也。」朱熹云：

〔註10〕 朱熹釋〈召南・殷其靁〉為「興」，又以為〈殷其靁〉的「興句」：「殷其靁，
　　　　在南山之陽。」並無深義，其與下文及婦人懷思征役在外的丈夫的主旨，也
　　　　並無內在義理上的關聯，此一觀點，蓋本諸蘇轍而來。蘇轍在《詩論》中，
　　　　嘗批評《毛傳》之釋「興」云：「其意以為興者，有所取象乎天下之物，以自
　　　　見其事。故凡詩之為此事而作，而其言有及於是物者，則必彊為是物之説，
　　　　以求合其事，蓋其為學亦以勞矣！且彼不知夫《詩》之體固有比也，而皆合
　　　　之以為興。夫興之為體，猶曰其意云爾，意有所觸乎當時，時已去而不可知，
　　　　故其類可以意推，而不可以言解也。〈殷其靁〉曰：『殷其靁，在南山之陽』，
　　　　此非有所取乎靁也，蓋必其當時之所見而有動乎其意，故後之人不可以求得
　　　　其説，此其所以為興也」（《欒城集》下冊，上海：上海古籍出版社，1987年
　　　　3月，頁1614）蘇轍以「意有所觸乎當時，時已去而不可知，故其類可以意
　　　　推，而不可以言解」釋「興」，此意即為朱熹釋〈召南・殷其靁〉之所本。陳
　　　　啓源謂：「案：蘇子由謂興者，是當時所見而動乎意，非後人可得而知，如〈關
　　　　雎〉之類乃比而非興，噫！誤矣！朱子雖不純用其語，而所云全不取義者，
　　　　實蘇語為之屬階。」（《毛詩稽古編》卷二十五，頁1056）語雖批評，但也指
　　　　出二人的相承關係。

興也。前高後下曰旄丘。誕，闊也。叔、伯、衛之諸臣也。舊説黎
之臣子自言久寓於衛，時物變矣，故登旄丘之上，見其葛長大而節
疎闊，因託以起興曰：「旄丘之葛，何其節之闊也，衛之諸臣，何其
多日而不見救也。」（《詩集傳》卷二，頁23）

以爲〈旄丘〉的興句：「旄丘之葛兮，何誕之節兮。」也並無深義，而是黎國
的臣子透過所見的旄丘之上，葛藤枝節長大疎闊的景象描寫，來引起「叔兮
伯兮，何多日也。」的下文，所謂對黎侯久寓於衛，但衛之諸臣卻未相救援，
襄助黎侯返國的責難。綜上，朱熹論興，以爲興句絕大部份不取義，與全文
的意旨亦大多無義理上的關聯，這與毛、鄭將興詩、興句和下文或全詩的意
旨，做緊密相連的詮釋，顯然有很大的不同。當然，朱熹並非主張全部的興
體詩，就興句而言，只有引起下文或主旨的作用，而與下文或全詩的意旨都
毫無關係，有部份詩篇，朱熹指出興句與下文或全詩的意旨，實際上也有某
種程度的關聯，如〈周南·關雎〉首章：「關關雎鳩，在河之洲。窈窕淑女，
君子好逑。」朱熹云：

興也。……周之文王有聖德，又得聖女姒氏以爲之配。宮中之人，於
其始至，見其有幽閒貞靜之德，故作是詩。言彼關關然之雎鳩，則相
與和鳴於河洲之上矣。此窈窕之淑女，則豈非君子之善匹乎。言其相
與和樂而恭敬，亦若雎鳩之情摯而有別也。（《詩集傳》卷一，頁1～
2）

朱熹以爲〈周南·關雎〉的興句：「關關雎鳩，在河之洲。」並非只是單純的、
客觀的物象描寫，而是與下文「窈窕淑女，君子好逑。」有某種意義上的關
聯。詩人選取在黃河的沙洲上，雌雄相鳴的雎鳩鳥的物象來摹寫，並引起主
題，主要的著眼點，即在於雎鳩鳥具有「摯而有別」的特點，詩人以此物象，
來引起、比擬文王與太姒「相與和樂而恭敬」之意，此種興句與下文或全詩
的意旨具有某種程度上的關聯者，朱熹稱爲「興而兼比〔註11〕」。又如〈周南·
麟之趾〉首章：「麟之趾，振振公子。于嗟麟兮。」朱熹云：

興也。麟，麕身，牛尾，馬蹄，毛蟲之長也。趾，足也。麟之足不踐
生草，不履生蟲。振振，仁厚貌。于嗟，嘆辭。文王后妃德修於身，
而子孫宗族皆化於善，故詩人以麟之趾興公之子。言麟性仁厚，故其

〔註11〕「問：《詩》中說興處，多近比。曰：然。如〈關雎〉、〈麟趾〉相似，皆是興
而兼比。然雖近比，其體卻只是興。」（《朱子語類》卷八十，頁2069）

趾亦仁厚。文王、后妃仁厚，故其子亦仁厚。(《詩集傳》卷一，頁 7)
朱熹以為〈麟之趾〉的起興之句「麟之趾」，與下文「振振公子」及全詩的意旨
也有所關聯。即詩人以麟之趾作為全詩的起興之句，乃是著眼於麟這種動物具
有「不踐生草，不履生蟲」的仁厚之性，遂以此物事來引起、比擬下文的文王、
太姒之子，其性亦仁厚。「麟之趾」作為全詩一開端的物象描寫，並非只是單純
客觀的描寫，而與下文完全沒有意義上的關聯。縱觀《詩集傳》中朱熹對於所
標一一五首「興也」之詩的說解，其論興之義，不出「興無取義」與「興有取
義」二大類。作為不取義之興，其作用僅在引起下文，與全詩所欲呈顯的主題、
意旨，並無意義上的關聯；作為有取義之興，其作用則不僅在引起下文或全詩
所欲呈顯的主題，其與下文或全詩的意旨，也有若干意義上的關聯。唯就朱熹
所認知「興」的意涵的總體傾向上，朱熹實際上認為當詩人運用「興」的寫作
技巧－借用外在物象的摹寫，來引起下文或所欲呈顯的主題時，作為開端的興
句大都無深義，其與下文或全詩的意旨也大都沒有意義上的關聯。這樣的認知，
主要是承繼、綜合、融會了蘇轍論興為觸動而無取義，及鄭樵的興詩不可以理
義求之，又酌採了毛鄭的興喻說而成的〔註12〕。而由於朱熹執持興詩、起興之

〔註12〕蘇轍在《欒城應詔集‧詩論》中，曾對《毛傳》所標之興有所訾議，他說：「今
　　　詩之《傳》曰：『殷其靁，在南山之陽』，『出自北門，憂心殷殷』，『揚之水，
　　　白石鑿鑿』，『終朝采綠，不盈一掬』，『瞻彼洛矣，維水決決』，若此者皆興也。
　　　而至於『關關雎鳩，在河之洲』，『南有樛木，葛藟纍之』，『南有喬木，不可
　　　休息』，『維鵲有巢，維鳩居之』，『喓喓草蟲，趯趯阜螽』，若此者又皆興也。
　　　其意以為興者，有所取象乎天下之物，以自見其事。故凡詩之為此事而作，
　　　而其言有及於是物者，則必彊為是物之說，以求合其事，蓋其為學亦以勞矣！
　　　且彼不知夫詩之體固有比也，而皆合之以為興。夫興之為體，猶曰其意云爾，
　　　意有所觸乎當時，時已去而不可知，故其類可以意推，而不可以言解也。〈殷
　　　其靁〉曰：『殷其靁，在南山之陽』，此非有所取乎靁也，蓋必其當時之所見
　　　而有動乎其意，故後之人不可以求得其說，此其所以為興也。若夫『關關雎
　　　鳩，在河之洲』，是誠有取於其摯而有別，是以謂之此，而非興也。嗟夫，天
　　　下之人欲觀於詩，其必先知夫興之不可以與比同，而無彊為之說，以求合其
　　　作時之事，則夫《詩》之義庶幾乎可以意曉而無勞矣。」(《欒城集》下冊，
　　　頁 1613～1614)。鄭樵在《六經奧論》中論「興」詩不可以理義求，謂「凡興
　　　者，所見在此，所得在彼，不可以事類推，不可以理義求也。興在鴛鴦，則
　　　鴛鴦在梁，可以美后妃也。興在鳲鳩，則鳲鳩在桑，可以美后妃也。興在黃
　　　鳥，在桑扈，則緜蠻黃鳥，交交桑扈，皆可以美后妃也。如必曰：關雎，然
　　　後可以美后妃，他無預焉，不可以語詩也。」(《六經奧論‧總文》，頁十四。
　　　臺北，漢京文化公司影印通志堂經解本，1980 年) 又提出「詩在於聲，不在
　　　於義。」的主張，云：「夫《詩》之本在聲，而聲之本在興，鳥獸草木乃發興

句大都不取義，遂使得朱熹在釋「興」上，與毛鄭的詮解與認知，有了相當大的分野。

第二節　朱熹釋賦、比、「比興」及其它

一、論　賦

《詩經》三百篇中，《毛傳》「獨標興體」，但對於賦、比，均未有著墨，何以如此？《毛詩正義》說：

> 比之與興，雖同是附託外物，比顯而興隱，當先顯後隱，故比居興先也。《毛傳》特言「興也」，爲其理隱故也。(《詩疏》卷一之一，頁 10)

陳奐也說：

> 賦顯而興隱，比直而興曲，《傳》言「興」凡百十有六篇，而賦、比不及之，賦、比易識耳。(《詩毛氏傳疏》卷一，頁 13)

據《毛詩正義》及陳奐的解釋，那即是說：賦詩、比詩在題旨上都易於辨識、理解，因此《毛傳》並不爲此二種詩加以標誌、說明，而興詩的意旨流於隱晦，較難辨明，因此《毛傳》就針對興詩，加以標示。《毛傳》對於賦、比既未說明，鄭玄釋「賦」、「比」又以「賦之言鋪，直鋪陳今之政教善惡」、「比，見今之失，不敢斥言，取比類以言之」(《詩疏》卷一之一，頁 15)將賦的定義，狹隘地界定在鋪陳政教的善惡之事上；將比的定義，也侷限在譏刺政教之失，不敢直言，遂運用比擬之法來說明上。朱熹詮釋「賦」、「比」，不凝滯

之本，漢儒之言《詩》者，既不論聲，又不知興，故鳥獸草木之學廢矣。」(《通志二十略‧昆蟲草木略第一》，頁 1980，北京：新華書店，1995 年 11 月)、「詩者，樂章也。或形之歌詠，或散之律呂，各隨所主而命。主於人之聲者，則有行，有曲。散歌謂之行，入樂謂之曲。主於絲竹之音者，則有引，有操，有吟，有弄，各有調以主之，攝其音謂之調，總其調亦謂之曲。凡歌、行雖主人聲，其中調者皆可以被之絲竹。凡引、操、吟、弄雖主絲竹，其有辭者皆可以形之歌詠。蓋主於人者，有聲必有辭，主於絲竹者，取音而已，不必有辭，通可歌也。近世論歌行者，求名以義，彊生分別，正猶漢儒不識風雅頌之聲，而以義誦詩也。……嗚呼！詩在於聲，不在於義，猶今都邑有新聲，巷陌競歌之，豈爲其辭義之美哉，直爲其聲新耳。」(《通志二十略‧樂略第一》，頁 887)。蘇、鄭論興的主張，皆爲朱熹所承繼、吸收，此意裴師普賢亦嘗提及，見《詩經研讀指導‧詩經興義的歷史發展》，頁 210～211。

於鋪陳政教之善惡或比擬政教之失上，而是將「賦」、「比」還原到作為《詩經》基本的寫作技巧上來說明，何謂「賦」？朱熹有言簡意賅的定義：

　　賦者，敷陳其事而直言之者也。（《詩集傳・葛覃首章》，頁 3）

　　直指其名，直敘其事者，賦也。（《朱子語類》卷八十，頁 2067）

依據朱熹的定義，則賦作為《詩經》的一種基本寫作技巧，它的特點即是將所欲表達的主題，透過事物的敘述、陳述，直接傳達出來。在事物的敘述、陳述之中，主題、意旨也清楚地顯示出來，這樣的寫作技巧就是「賦」。如〈鄘風・定之方中〉首章：「定之方中，作于楚宮。揆之以日，作于楚室。樹之榛栗，椅桐梓漆，爰伐琴瑟。」朱熹說：

　　賦也。……衛為狄所滅，文公徙居楚丘，營立宮室，國人悅之而作
　　是詩以美之。（《詩集傳》卷三，頁 31）

〈定之方中〉二章：「升彼虛矣，以望楚矣。望楚與堂，景山與京，降觀于桑。卜云其吉，終然允臧。」朱熹說：

　　賦也。……此章本其始之望景觀卜而言，以至於終，而果獲其善也。
　　（同上）

〈定之方中〉三章：「零雨既零，命彼倌人，星言夙駕，說于桑田。匪直也人，秉心塞焉，騋牝三千。」朱熹說：

　　賦也。……言方春時雨既降，而農桑之務作。文公於是命主駕者晨
　　起駕車，亟往而勞勸之。然非獨此人所以操其心者誠實而淵深也，
　　蓋其所蓄之馬，七尺而牝者，亦已至於三千之眾矣。蓋人操心誠實
　　而淵深，則無所為而不成，其致此富盛，宜矣。《記》曰：「問國君
　　之富，數馬以對。」今言騋牝之眾如此，則生息之蕃可見，而衛國
　　之富亦可知矣。此章又要其終而言也。（同上）

〈定之方中〉一詩的主旨，乃是衛人歌詠衛文公遷往楚丘（今河南省淇縣東），營建宮室，興復衛國之事。朱熹以為全詩三章都是透過「賦」的寫作技巧來呈現主題，首章敘寫夜觀星象，晝測日影，然後營建楚丘宮室之事；二章補寫營建楚丘宮室地點的選定。先登高察看地勢，再下來檢視土宜，最後卜吉而定案；三章敘寫文公親臨桑田，勞民勸農，馴致良馬滋息，到達三千之數。全詩的主旨，都在營建楚丘、察勘地勢及文公秉心塞淵、勞民勸農的敘寫中直接傳達出來，故謂之「賦」。又如〈衛風・碩人〉首章：「碩人其頎，衣錦褧衣。齊侯之子，衛侯之妻，東宮之妹，邢侯之姨，譚公維私。」朱熹云：

賦也。碩人,指莊姜也。頎,長貌。錦,文衣也。褧,禪也。錦衣
而加褧焉,爲其文之太著也。東宮,太子所居之宮,齊太子得臣也。
繫太子言之者,明興同母,言所生之貴也。……邢侯、譚公皆莊姜
姐妹之夫,互言之也。諸侯之女嫁於諸侯則尊同,故歷言之。莊姜
事見〈邶風‧綠衣〉等篇。《春秋傳》曰:「莊姜美而無子,衛人爲
之賦〈碩人〉」,即謂此詩。而其首章極稱其族類之貴,以見其爲正
嫡小君,所宜親厚,而重歎莊公之昏惑也。(《詩集傳》卷三,頁 36)

朱熹以爲〈碩人〉首章也是運用了「賦」的寫作手法,在「碩人其頎,衣錦
褧衣。」的敘寫中,已可見莊姜頎長修美的形象,而在「齊侯之子,衛侯之
妻,東宮之妹,邢侯之姨,譚公維私。」的歷述舖寫之中,莊姜族類尊貴的
事實也直接地呈顯出來,莊姜族類、身分既如此尊貴,宜受親厚,但衛莊公
卻寵愛嬖妾,致使莊妻失位、幽微,由此,亦可見莊公的昏惑闇昧。此外,
如〈衛風‧氓〉首章:「氓之蚩蚩,抱布貿絲。匪來貿絲,來即我謀。送子涉
淇,至于頓丘。匪我愆期,子無良媒。將子無怒,秋以爲期。」朱熹云:

賦也。……此淫婦爲人所棄,而自敘其事以道其悔恨之意也。(《詩
集傳》卷三,頁 37)

朱熹以爲〈氓〉之首章,也是運用了「賦」的寫作手法,淫婦在追憶與背棄
他的男子的相識相戀的敘寫中,直接傳達了她遭受遺棄及心中悔恨之意。又
如〈王風‧君子于役〉首章:「君子于役,不知其期,曷至哉?雞棲于塒,日
之夕矣,羊牛下來。君子于役,如之何勿思?」朱熹說:

賦也。……大夫久役于外,其室家思而賦之曰:君子行役,不知其
還反之期,且今亦何所至哉。雞則棲于塒矣,日則夕矣,羊牛則下
來矣。是則畜產出入,尚有旦暮之節,而行役之君子乃無休息之時,
使我如何不思也哉?(《詩集傳》卷四,頁 43)

朱熹以爲〈君子于役〉首章也是運用了「賦」的寫作手法,在「君子于役,
不知其期,曷至哉?雞棲于塒。日之夕矣,羊牛下來。君子于役,如之何勿
思?」明白如話、即景敘寫的語辭中,清楚地傳達出婦人對久役在外的丈夫
的思念之情。又如〈唐風‧蟋蟀〉首章:「蟋蟀在堂,歲聿其莫。今我不樂,
日月其除。無已太康,職思其居。好樂無荒,良士瞿瞿。」朱熹云:

賦也。……唐俗勤儉,故其民間終歲勞苦,不敢少休,及其歲晚務
閒之時,乃敢相與燕飲爲樂。而言今蟋蟀在堂,而歲忽已晚矣。當

此之時而不爲樂，則日月將舍我而去矣。然其憂深而思遠也，故方
燕樂而又遽相戒曰：「今雖不可以不爲樂，然不已過於樂乎？盍亦顧
念其職之所居者，使其雖好樂而無荒，若彼良士之長慮卻顧焉，則
可以不至於危亡也。」蓋其民俗之厚，而前聖遺風之遠如此。（《詩
集傳》卷六，頁68）

朱熹以爲〈蟋蟀〉首章也是運用了「賦」的寫作手法，詩人透過平舖直述的敘
寫，將唐俗勤儉，民間終歲勞苦，不敢少休，至歲晚務閒的時刻，才敢相互燕
飲爲樂，但在相互燕飲爲樂之時，又心存警懼，相互誡勸，謂樂可享，卻不可
過甚，如此，庶乎不至於危亡的憂深思遠的狀態，眞實而貼切的抒佈出來。

二、釋　比

何謂「比」？朱熹說：

以彼物比此物也。（《詩集傳》卷一，頁4）

引物爲況者，比也。（《朱子語類》卷八十，頁2067）

據此，則朱熹以爲作爲寫作技巧一種的比，它的特點即是借用「彼物」來比
擬、比喻「此物」。「彼物」是設喻的事物，而「此物」則是被比喻的主題。
當詩人運用另一件外在的事物，來比擬、說明此一事物或所欲呈顯的主題時，
即爲比。如〈衛風・木瓜〉首章：「投我以木瓜，報之以瓊琚。匪報也，永以
爲好也。」朱熹云：

比也。……言人有贈我以微物，我當報之以重寶，而猶未足以爲報
也，但欲其長以爲好而不忘耳。（《詩集傳》卷一，頁41）

朱熹以爲〈木瓜〉的首章運用了「比」的寫作技巧，詩人以「投我以木瓜，
報之以瓊琚」那件事物（彼物），來比擬、說明「人有贈我以微物，我當報之
以重寶」這件事物。「投我以木瓜，報之以瓊琚。」是設喻之事；「人有贈我
以微物，我當報之以重寶。」則是被比喻的主題。蓋木瓜是輕微之物，而瓊
琚則是珍貴之物，人若是投我以木瓜，我則報之以瓊琚美玉，詩人這樣敘寫，
其意非謂人眞以木瓜投我，我則以瓊琚回報，而是在比擬、說明：「人有贈我
以微物，我當報之以重寶」這個意思。又如〈王風・兔爰〉首章：「有兔爰爰，
雉離于羅。我生之初，尚無爲。我生之後，逢此百罹，尚寐無吪。」朱熹云：

比也。……言張羅本以取兔，今兔狡得脫，而雉以耿介，反離于羅，
以比小人致亂，而以巧計幸免，君子無辜，而以忠直受禍也。（《詩

集傳》卷四，頁 45）

朱熹以爲〈兔爰〉首章，也是運用了「比」的寫作技巧。詩人以「有兔爰爰，雉離于羅。」（彼物），來比擬、說明「小人致亂，而以巧計幸免；君子無辜，而以忠直受禍。」的主題（此物）。「有兔爰爰，雉離于羅。」是設喻之事，「小人致亂，而以巧計幸免；君子無辜，而以忠直受禍。」則是被比喻的主題。蓋「兔性陰狡，而雉性耿介」（《詩集傳》卷四，頁 45），因此詩人即以兔性陰狡，得以逃脫，來比擬「巧計幸免」的小人；而用雉性耿介，深陷於羅網，來比擬以忠直而受禍的君子。又〈唐風・有杕之杜〉首章：「有杕之杜，生于道左。彼君子兮，噬肯適我。中心好之，曷飲食之。」朱熹云：

> 比也。……此人好賢而恐不足以致之，故言此杕然之杜生于道左，
> 其蔭不足以休息，如己之寡弱不足恃賴，則彼君子者亦安肯顧而適
> 我哉？然其中心好之，則不已也。但無自得而飲食之耳。夫以好賢
> 之心如此，則賢者安有不至，而何寡弱之足患哉？（《詩集傳》卷六，
> 頁 72）

朱熹以爲〈有杕之杜〉首章，也是運用了「比」的寫作技巧，詩人以「有杕之杜，生於道左。」的那件事物（彼物），來比擬「己之寡弱不足恃賴」這件事物（此物）。「有杕之杜，生于道左。」是設喻之事，「己之寡弱不足恃賴」，則是被比喻的主題。詩人以生於道左，孤獨特立，其蔭不足以休息的赤棠，來比擬自身的「寡弱不足恃賴」。又〈邶風・柏舟〉首章：「汎彼柏舟，亦泛其流。耿耿不寐，如有隱憂。微我無酒，以敖以遊。」朱熹云：

> 比也。……婦人不得於其夫，故以柏舟自比。言以柏爲舟，堅緻牢
> 實，而不以乘載，無所依薄，但泛然於水中而已。故其隱憂之深如
> 此，非爲無酒可以遨遊而解之也。（《詩集傳》卷一，頁 15）

朱熹以爲〈柏舟〉首章也是運用了「比」的寫作技巧，詩人（婦人）以「汎彼柏舟，亦泛其流。」那件事（彼物），來比擬、說明自身「不得於其夫」的痛憂（此物）。「汎彼柏舟，亦泛其流。」是設喻之事，婦人自身「不得於其夫」則是被比喻的主題。又〈衛風・伯兮〉三章：「其雨其雨，杲杲出日。願言思伯，甘心首疾。」朱熹云：

> 比也。其者，冀其將然之辭。冀其將雨而杲然日出，以比望其君子
> 之歸而不歸也。是以不堪憂思之苦，而寧甘心於首疾也。（《詩集傳》
> 卷三，頁 40）

朱熹以爲〈伯兮〉的三章也是運用「比」的寫作技巧，詩人（婦人）以「其雨其雨，杲杲出日。」那件事（彼物），來比擬、說明己心的盼望久從征役的夫君歸返，但卻夫君不歸、期待落空、事與願違的事實（此物）。「其雨其雨，杲杲出日。」是設喻之事，而「望君子之歸而不歸」則是被比喻的主題。又〈齊風・南山〉首章：「南山崔崔，雄狐綏綏。魯道有蕩，齊子由歸。既曰歸止，曷又懷止？」朱熹云：

> 比也。南山，齊南山也。崔崔，高大貌。狐，邪媚之獸。綏綏，求匹之貌。魯道，適魯之道也。蕩，平易也。齊子，襄公之妹，魯桓公夫人文姜，襄公通焉者也。……言南山有狐，以比襄公居高位而行邪行。且文姜既從此道歸乎魯矣，襄公何爲而復思之乎？（《詩集傳》卷五，頁 60）

朱熹以爲〈南山〉的首章也是運用了「比」的寫作技巧，詩人以「南山崔崔，雄狐綏綏。」那件事（彼物），來比擬、說明齊襄公的居高位而淫乎親妹文姜一事（此物）。「南山崔崔，雄狐綏綏。」是設喻之事，襄公居高位，身爲人君，而行邪行——淫乎親妹文姜，則是被比喻的主題。此外，如〈周南・螽斯〉首章：「螽斯羽，詵詵兮。宜爾子孫，振振兮。」朱熹云：

> 比也。螽斯，蝗屬，長而青，長角長股，能以股相切作聲，一生九十九子。……后妃不妒忌而子孫眾多，故眾妾以螽斯之群處和集而子孫眾多比之。言其有是德而宜有是福也。（《詩集傳》卷一，頁 44）

朱熹以爲〈螽斯〉一詩的寫作技巧也是「比」，詩人借著「一生九十九子」、「群處和集」的螽斯（彼物），來比擬后妃的「不妒忌而子孫眾多」（此物）。全詩都借著吟詠螽斯的群處和集，子孫眾多，來擬喻「后妃不妒忌而子孫眾多」的主題，這種「比」詩，即是朱熹所謂的「只是從頭比下來，不說破。」（《朱子語類》卷八十，頁 2069）亦即全詩被比喻的主題：后妃不妒忌而子孫眾多，都潛藏在詩文表面所歌詠（即設喻的彼物）的背後。《詩經》中如此種「從頭比下來，不說破」的比體詩，尚有〈豳風・鴟鴞〉、〈小雅・鶴鳴〉等。以〈豳風・鴟鴞〉爲例，〈豳風・鴟鴞〉首章：「鴟鴞鴟鴞，既取我子。無毀我室。恩斯勤斯，鬻子之閔斯。」朱熹云：

> 比也。爲鳥言以自比也。……武王克商，使弟管叔鮮、蔡叔度監于紂子武庚之國。武王崩，成王立，周公相之，而二叔以武庚叛。且流言於國曰：周公將不利於孺子。故周公東征，二年，乃得管叔、

武庚而誅之。而成王猶未知公之意也。公乃作此詩以貽王。託為鳥
之愛巢者，呼鴟鴞而謂之曰：鴟鴞鴟鴞，爾既取我之子矣，無更毀
我之室也。以我情愛之心，篤厚之意，鬻養此子，誠可憐憫。公既
取之，其毒甚矣，況又毀我室乎？以比武庚既敗管蔡，不可更毀我
王室也。（《詩集傳》卷八，頁93）

從詩文的表面看，只見敘寫一隻愛巢的母鳥，對於貓頭鷹發出陣陣告誡之語，
希望牠在奪取母鳥之子後，勿再毀壞其巢室，同時也希望貓頭鷹能夠體恤母
鳥愛憐幼子、殷殷勤苦之意，而實際上，這是運用了比的寫作技巧，作者（周
公）借由愛巢、愛子的母鳥，對於貓頭鷹所發出的陣陣告誡之語，來比擬自
身赤誠勤苦，以奉獻王室和愛護成王之意，這種「從頭比下來，不說破」的比
體詩，也是「比」的另一種類型。

三、辨析比興

作為詩歌三種不同的表達手法的「賦」、「比」、「興」，由於「賦」是一種
對於情事的直接敘寫，詩人所欲表達的情意、所欲呈顯的主題，在情事的直
接敘寫之中，可以很清楚地看出，因而在辨識上較無困難。然而「比」、「興」
的表達手法，都不是對於情事的直接敘寫，「比」是運用另一件外在的事物，
來比擬、設喻、說明此一事物及詩人所欲呈顯的主題；「興」則是透過外在物
象的摹寫，來引發、引起詩人所欲呈顯的主題，「比」、「興」的手法同樣都是
「假象寓意」，同樣透過外在的物象、形象來比擬或引起內心的情意，也可以
說同樣都是採取迂迴、間接、轉折的敘述方法，來呈現主題。尤其當「興句」
與下文或主題，有某種意蘊上的關聯時，更使得「比」、「興」的界限趨於模
糊，從而使得「比」、「興」的辨析、區分，亦趨於困難。關於比、興的辨析
與區別，朱熹亦著墨甚多：

問：「詩中說興處，多近比。」曰：「然。」如〈關雎〉、〈麟趾〉相
似，皆是興而兼比。然雖近比，其體卻只是興。且如『關關雎鳩』
本是興起，到得下面說『窈窕淑女』，此方是入題說那實事。蓋興是
以一箇物事貼一箇物事說，上文興而起，下文便接說實事。如『麟
之趾』，下文便接『振振公子』，一箇對一箇說。蓋公本是箇好底人，
子也好，孫也好，族人也好。譬如麟趾也好，定也好，角也子。及
比，則卻不入題了。如比那一物說，便是說實事。如『螽斯羽，詵

説兮，宜爾子孫振振兮』！『螽斯羽』一句，便是説那人了，下面『宜爾子孫』依舊是就『螽斯羽』上説，更不用説實事，此所以謂之比。大率詩中比、興皆類此。(《朱子語類》卷八十，頁 2069)

朱熹認爲〈周南・關雎〉、〈麟之趾〉二詩，雖然都並非只是單純的運用「興」的手法，而是起興之句與下文所欲呈顯的主題，有某種意蘊上的關聯，由於起興之句與下文所欲呈顯的主題有內在意義上的關聯，這使得這二首「興」詩，和「比」詩近似，但雖是近比詩，朱熹強調〈關雎〉、〈麟之趾〉仍是「興」詩。據此，可以看出，朱熹認爲比、興之詩，是可以清楚地辨識出來的。那麼，比興究竟如何辨識？朱熹指出：若爲興詩，則作爲開端的興句，其下必接續此詩的主題，如「關關雎鳩，在河之洲。」一起興，其下則接「窈窕淑女，君子好逑。」；「麟之趾」一起興，其下則接「振振公子」。換言之，若爲興詩，則興句之下，必點出此詩所欲呈顯的主題，所謂「上文興而起，下文便接説實事。」、「以一箇物事貼一箇物事説」，在結構上，是興句＋實事（主題）。但比詩則不然，比詩是在起首之句後，並無接續此詩的主題，而是詩人直接以起首的比擬、設喻之句來代替主題，所謂「便是説實事」、「更不用説實事」。如就〈螽斯羽〉一詩而言，「螽斯羽」並非是起興之句，其主題也不必等待下文「宜爾子孫振振兮」而後豁顯，而是詩人即以「螽斯羽」一句，來擬喻「后妃不妒忌而子孫眾多」之意，比、興的差別在此。我們可以這樣説，朱熹認爲辨析比興的關鍵與區別，就在於全詩是否一起首便點出主題。若爲興詩，則一起首之句（興句）並不點出主題，其主題必待起首之句下的續文而後點明。若爲比詩，乍看之下，起首之句似乎並不點出主題，但其實詩人在一起首，即以擬喻、設喻之句，來點出主題，其主題並不待起首之句下的詩文而後點明。《朱子語類》中論及比、興的區別，尚有數條，其意也大抵類此，如：

> 問：「『汎彼柏舟，亦汎其流。』注作比義。看來與『關關雎鳩，在河之洲』亦無異，彼何以爲興？」曰：「他下面便説淑女，見得是因彼興此。此詩纏説柏舟，下面更無貼意，見得其義是比。」(《朱子語類》卷八十一，頁 2102)

朱熹指出〈關雎〉一詩，在「關關雎鳩，在河之洲。」的興句之下，立刻接續「窈窕淑女，君子好逑。」，點出此詩的主題，在結構上，是所謂的「因彼興此」，故爲興詩。而〈柏舟〉一詩，在「汎彼柏舟，亦汎其流」二句之下，

並無主題「婦人不得於其夫」(《詩集傳》卷二,頁 15)的接續與點明,所謂「下面更無貼意」,故為比詩。又如:

> 問「比、興」。曰:「說出那物事來是興,不說出那物事是比。」如『南有喬木』,只是說箇『漢有游女』;『奕奕寢廟,君子作之』,只說箇『他人有心,予忖度之』,〈關雎〉亦然,皆是興體。比底只是從頭比下來,不說破,興比相近,卻不同。(《朱子語類》卷八十,頁 2069)

朱熹在此清楚地指出,「說出那物事來是興」,即在起首之句下點出主題的是興;「不說出那物事是比」,即在起首之句下並不點出主題是比。以〈周南‧漢廣〉、〈小雅‧巧言〉二詩為例,詩人在「南有喬木,不可休息。」的興句之下,立刻接續「漢有游女,不可求思。」點出此詩「出游之女,人望見之,而知其端莊靜一,非復前日之可求。」(《詩集傳》卷一,頁 6)的主題,故為興詩;在「奕奕寢廟,君子作之。秩秩大猷,聖人莫之。」的興句之下,立刻接續「他人有心,予忖度之。」,點出「讒人之心,我皆得之,不能隱其情也。」(《詩集傳》卷十二,頁 142)的主題,故也為興詩,其他如〈周南‧關雎〉,也是如此。但比體詩,則是在起首之句下並不點出主題,而是全詩皆以擬喻之事物,來直接代替背後所潛藏的主題,所謂「從頭比下來,不說破。」

四、賦、比、興的交迭互用

作為詩經三種基本的表達手法的賦、比、興,乃是前人透過《詩經》的研究,所作出來的大體歸納。但當詩人提筆為文,鋪采造作時,自然也不是機械地單用賦體、單用比體,或單用興體來創作,而可能是三種寫作技巧交會融合、穿插互用,成為一有機的整體。朱熹論及《詩經》的寫作技巧,除對賦、比、興有明晰的界定與說解之外,對於比興的辨析與分際,亦有清楚的說明,已如上述。縱觀《詩集傳》所標示的各篇各章的寫作技巧,除賦、比、興三種之外,尚有所謂「賦而興」、「賦而比」、「比而興」、「興而比」、「賦而興又比」等五種,茲就朱熹所標「賦而興」等五種情況略加說明,以見朱熹辨析《詩經》的寫作技巧之一般:

(一)賦而興

《詩集傳》中標示「賦而興」的,計有〈王風‧黍離〉、〈鄭風‧野有蔓

草〉、〈溱洧〉三詩全篇，及〈衛風·氓〉之第六章、〈豳風·東山〉之第四章、〈小雅·小弁〉之第七章、〈魯頌·泮水〉之第一、二、三章。茲舉〈王風·黍離〉、〈鄭風·野有蔓草〉及〈溱洧〉三篇，以見朱熹所標示之「賦而興」之義。

（1）〈王風·黍離〉首章：「彼黍離離，彼稷之苗。行邁靡靡，中心搖搖。知我者，謂我心憂，不知我者，謂我何求。悠悠蒼天，此何人哉！」朱熹云：

> 賦而興也。……周既東遷，大夫行役至于宗周，過故宗廟宮室，盡爲禾黍。閔周室之顛覆，徬徨不忍去，故賦其所見黍之離離，與稷之苗，以興行之靡靡，心之搖搖。既歎時人莫識己意，又傷所以致此者，果何人哉。追怨之深也。（《詩集傳》卷四，頁42）

朱熹以爲〈王風·黍離〉首章運用了「賦而興」的寫作技巧。所謂「賦而興」，即就〈黍離〉的起首二句：「彼黍離離，彼稷之苗」而言，是屬於情事的直接鋪陳，此一場景亦爲詩人所親見，就寫作技巧而言，是屬於「賦」，但由於此一場景，有引起下文及詩中主題，所謂：「行邁靡靡，中心搖搖」、「閔周室之顛覆，徬徨不忍去。」的作用，因此也具有「興」的性質，所以朱熹以爲〈王風·黍離〉首章運用了「賦而興」的寫作技巧。換言之，就〈王風·黍離〉一詩的寫作技巧來看，並非只是單純的「賦」的描寫，而是在「賦」的鋪陳寫作中，又帶有引起下文及詩中主題的作用，即含括「興」的寫作技巧。

（2）〈鄭風·野有蔓草〉首章：「野有蔓草，零露漙兮。有美一人，清揚婉兮。邂逅相遇，適我願兮。」朱熹云：

> 賦而興也。……男女相遇於野田草露之間，故賦其所在以起興。言野有蔓草，則零露漙矣，有美一人，則清揚婉矣，邂逅相遇，則得以適我願矣。（《詩集傳》卷四，頁56）

朱熹以爲〈野有蔓草〉首章也是運用了「賦而興」的寫作技巧。就〈野有蔓草〉的起首二句：「野有蔓草，零露漙兮。」的描寫來看，是屬於「賦」的寫作技巧，此二句點出男女相遇的處所，也是實景的描繪。但詩人也透過「野有蔓草，零露漙兮。」的敘寫，來引起下文：「有美一人，清揚婉兮。邂逅相遇，適我願兮。」則此一「賦」的寫作技巧中，又具有「興」的作用，故朱熹也謂之「賦而興」。

（3）〈鄭風·溱洧〉首章：「溱與洧，方渙渙兮。士與女，方秉蕑兮。女曰觀

乎？士曰：既且。且往觀乎？洧之外，洵訏且樂。維士與女，伊其相謔，贈之以勻藥。」朱熹云：

> 賦而興也。……鄭國之俗，三月上巳之辰，采蘭水上以祓除不祥。
> 故其女問於士曰：盍往觀乎？士曰：吾既往矣。女復要之曰：且往
> 觀乎？蓋洧水之外，其地信寬大而可樂也。於是士女相與戲謔，且
> 以勻藥相贈而結恩情之厚也。（《詩集傳》卷四，頁56）

朱熹以爲〈鄭風·溱洧〉也是運用「賦而興」的寫作技巧。即就〈溱洧〉的起首二句：「溱與洧，方渙渙兮。」的描寫而言，既是當日鄭國三月上巳之日春景的實際描寫，但此二句也同樣具有引起下文男女相謔、互贈勻藥的主題，故就寫作技巧而言，也是「賦而興」。

（二）賦而比

《詩集傳》中標示「賦而比」的，計有二處，即〈邶風·谷風〉的第二章及〈小雅·小弁〉的第八章，茲舉〈邶風·谷風〉之第二章，以見朱熹所論之「賦而比」。

〈邶風·谷風〉二章：「行道遲遲，中心有違。不遠伊邇，薄送我畿。誰謂荼苦，其甘如薺。宴爾新昏，如兄如弟。」朱熹云：

> 賦而比也。……言我之被棄，行於道路，遲遲不進。蓋其足欲前而
> 心有所不忍，如相背然。而故夫之送我，乃不遠而甚邇，亦至其門
> 內而止耳。又言荼雖甚苦，反甘如薺，以比己之見棄，其苦有甚於
> 荼，而其夫方且宴樂其新婚，如兄如弟而不見恤。蓋婦人從一而終，
> 今雖見棄，猶有望夫之情，厚之至也。（《詩集傳》卷二，頁21）

朱熹以爲〈邶風·谷風〉的第二章運用了「賦而比」的寫作技巧。所謂「賦而比」，就朱熹說解的文字來看，即朱熹以爲「行道遲遲，中心有違。不遠伊邇，薄送我畿。」四句，是屬於「賦」的寫作技巧，而「誰謂荼苦，其甘如薺。宴爾新昏，如兄如弟。」則是屬於「比」的寫作技巧，一章之中，先用「賦」，後用「比」，故謂之「賦而比」。詩人透過婦人爲丈夫所棄後，離家時的步履蹣跚、心中難捨；以及丈夫送別棄婦僅至於門檻的描寫，來顯示丈夫的無情寡義，此是運用「賦」的寫作技巧，但詩人又以「誰謂荼苦，其甘如薺。」來比擬棄婦愁苦鬱結的處境，遠大於苦荼之苦，此則是運用「比」的寫作技巧，一章之中，先賦後比，賦、比並用，故謂之「賦而比」。

（三）比而興

　　《詩集傳》中標示「比而興」的有二處，即〈衛風‧氓〉的第三章及〈曹風‧下泉〉全篇。關於「比而興」，朱熹詮釋〈衛風‧氓〉第三章：「桑之未落，其葉沃若。于嗟鳩兮，無食桑葚。于嗟女兮，無與士耽。士之耽兮，猶可說也，女之耽兮，不可說也。」云：

> 比而興也。……言桑之潤澤，以比己之容色光麗，然又念其不可恃
> 此而從欲忘反，故遂戒鳩無食桑葚，以興下句戒女無與士耽也。士
> 猶可說，而女不可說者，婦人被棄之後，深自愧悔之辭。主言婦人
> 無外事，唯以貞信爲節，一失其正，則餘無可觀爾。不可便謂士之
> 耽惑，實無所妨也。（《詩集傳》卷三，頁 37～38）

據此，朱熹以爲〈衛風‧氓〉的第三章，運用了「比而興」的寫作技巧。就「桑之未落，其葉沃若。于嗟鳩兮，無食桑葚。」四句而言，朱熹以爲這是運用「比」的寫作技巧，棄婦借著尚未凋落、葉色仍然潤澤的桑樹，來比擬自己的容色光麗，同時也以「于嗟鳩兮，無食桑葚。」來引起下文：「于嗟女兮，無與士耽。」及戒女無與士耽的主題，故謂之「比而興」。又〈曹風‧下泉〉首章：「洌彼下泉，浸彼苞稂。愾我寤嘆，念彼周京。」朱熹云：

> 比而興也。……王室陵夷，而小國困弊，故以寒泉下流而苞稂見傷
> 爲比，遂興其愾然以念周京也。（《詩集傳》卷七，頁 89）

朱熹以爲〈曹風‧下泉〉首章也是運用了「比而興」的寫作技巧。就「洌彼下泉，浸彼苞稂。」二句而言，朱熹以爲這是「比」的寫作手法，詩人透過寒洌的泉水浸泡著叢生的稂根，使它濕腐而死，來比擬由於周朝王室的陵夷，使得曹國困弊；同時也以「洌彼下泉，浸彼苞稂。」二句，來興起下文「愾我寤嘆，念彼周京」及慨然太息，眷念周京的主題，故謂之「比而興」。

（四）興而比

　　《詩集傳》中標示「興而比」的，計有〈周南‧漢廣〉、〈唐風‧椒聊〉全篇，及〈小雅‧巧言〉之第四章，關於「興而比」，朱熹詮釋〈周南‧漢廣〉首章：「南有喬木，不可休息。漢有游女，不可求思。漢之廣矣，不可泳思。江之永矣，不可方思。」云：

> 興而比也。……文王之化，自近而遠，先及於江漢之間，而有以變
> 其淫亂之俗。故其出游之女，人望見之，而知其端莊靜一，非復前
> 日之可求矣。因以喬木起興，江漢爲比，而反復詠歎之也。（《詩集

　　　　《傳》卷一，頁 6）

據此，朱熹以爲「南有喬木，不可休息。」二句，在寫作技巧上屬於「興」，其作用在引起「漢有游女，不可求思」的下文與主題。而「漢之廣矣，不可泳思。江之永矣，不可方思。」四句，則屬於「比」，以漢水、江水的廣長難渡，來比擬游女的難以追求，一章之中，先用「興」法，後用「比」法，興、比並用，故謂之「興而比」。又〈唐風·椒聊〉首章：「椒聊之實，蕃衍盈升，彼其之子，碩大無朋。椒聊且，遠條且。」朱熹云：

> 興而比也。……椒之蕃盛則采之盈升矣。彼其之子則碩大而無朋矣。
> 椒聊且，遠條且，歎其枝遠而實益蕃也。此不知其所指，《序》亦以
> 爲沃也。（《詩集傳》卷六，頁 70）

據此，〈唐風·椒聊〉首章，朱熹亦以爲「興而比」。即詩人以「椒聊之實，蕃衍盈升。」二句，來興起「彼其之子，碩大無朋。」的下文與主題，又以「椒聊且，遠條且。」來比擬「之子」的蕃衍盛大、子孫繁多，一章之中，先「興」後「比」，興比並用，故謂之「興而比」。〈小雅·巧言〉第四章：「奕奕寢廟，君子作之。秩秩大猷，聖人莫之。他人有心，予忖度之。躍躍毚兔，遇犬獲之。」朱熹云：

> 興而比也。……奕奕寢廟，則君子作之。秩秩大猷，則聖人莫之。
> 以興他人有心，則予得而忖度之。而又以躍躍毚兔，遇犬獲之比焉。
> 反覆興比，以見讒人之心，我皆得之，不能隱其情也。（《詩集傳》
> 卷十二，頁 142）

據此，朱熹以爲〈小雅·巧言〉的第四章，也是運用「興而比」的技巧。即詩人以「奕奕寢廟，君子作之。秩秩大猷，聖人莫之。」四句，來興起「他人有心，予忖度之。」的下文與主題。後又以「躍躍毚兔，遇犬獲之。」；所謂跳躍的狡兔，遇到獵犬就會被捕獲，來比擬小人之心，必定可以揣度得之。一章之中，先興後比，興比並用，故謂之「興而比」。

（五）賦而興又比

　　《詩集傳》中標示「賦而興又比」的，唯〈小雅·頍弁〉一篇。關於「賦而興又比」，〈小雅·頍弁〉首章：「有頍者弁，實維伊何。爾酒既旨，爾殽既嘉。豈伊異人，兄弟匪他。蔦與女蘿，施于松柏。未見君子，憂心奕奕。既見君子，庶幾說懌。」朱熹云：

> 賦而興又比也。……此亦燕兄弟親戚之詩。故言有頍者弁，實維伊

何乎？爾酒既旨，爾殽既嘉，則豈伊異人乎，乃兄弟而匪他也。又
言蔦蘿施于木上，以比兄弟親戚纏縣依附之意。是以未見而憂，既
見而喜也。（《詩集傳》卷十四，一六一）

據此，朱熹以爲〈小雅·頍弁〉首章是運用了「賦而興又比」的寫作技巧。
就「有頍者弁，實維伊何。爾酒既旨，爾殽既嘉。豈伊異人，兄弟匪他。」
而言，是「賦而興」，即詩人以「有頍者弁，實維伊何。」（「圓圓皮帽戴頭上，
爲了什麼要這樣？」，《詩經欣賞與研究》頁 1113）二句情事的直接描述，來
引起「燕兄弟親戚」的下文與主題；又以「蔦與女蘿，施于松柏。」來比擬
「兄弟親戚纏縣依附」之意，一章之中，先運用「賦而興」的寫作技巧，後
運用「比」的寫作技巧，故謂之「賦而興又比」。

　　《詩經》學史上，賦、比、興之名雖首見《詩大序》，但作爲《詩經》三種
基本的寫作技巧的賦、比、興，在毛、鄭釋《詩》體系中，並未獲得足夠的重
現。毛公「獨標興體」，但對於「興」詩的內涵，並無說明，鄭玄釋「興」，則
又混同比興，致使比興莫辨。而其詮解賦、比、興，又都從政教的角度立論，
並未觸及賦、比、興作爲詩歌三種基本寫作技巧的特點。朱熹釋《詩》，以爲掌
握《詩經》的寫作技巧，將大有助於詩義的理解。因此，對於賦、比、興的理
論、界義與說明；對於比興的辨析，及對於賦、比、興在一首詩歌中穿插互用
的情形，朱熹都有較毛、鄭更爲明確、細密的說明。在《詩集傳》中，更將《詩
經》三百零五篇逐章標示其寫作技巧〔註13〕，凡此，都說明朱熹對於賦、比、
興的重視。而朱熹對於賦、比、興的辨析、探究與標示，一方面，除了源自對
於《詩序》解詩的不愜之外，另一方面，也是源自他有較高的詩歌（文）修養，
使得他可以從事《詩經》寫作技巧的各種運用情形〔註14〕。自朱熹對於賦、比、

〔註13〕有關朱熹逐章標示《詩經》的寫作技巧，參見本論文附錄三。
〔註14〕朱熹在《朱子語類》中嘗多次言及《詩》作的章法、解《詩》的原則等，已
　　　　可看出朱熹有較高的修養，如：「三百篇，也有會作底，有不會做底。如〈君
　　　　子偕老〉：『子之不淑，云如之何！』此是顯然譏刺他。到第二章已下，又全
　　　　然放寬，豈不是亂道！如〈載馳〉詩煞有首尾，委曲詳盡，非大段會底說不
　　　　得。又如〈鶴鳴〉做得極巧，更含蓄意思，全然不露。」（卷八十，頁2065）、
　　　　「《詩》，人只見他恁地重三疊四說，將謂是無倫理次序，不知他一句不胡亂
　　　　下。文蔚曰：『今日偶看〈棫樸〉，一篇凡有五章。前三章是說人歸附文王之
　　　　德，後二章乃言文王有作人之功，及紀綱四方之德，致得人歸附者在此。一
　　　　篇之意，次第甚明。』曰：然。『遐不作人』，卻是說他鼓舞作興底事。功夫
　　　　細密處，又在後一章。如曰『勉勉我王，綱紀四方』，四方便都在他線索內，
　　　　牽著都動。文蔚曰：『『勉勉』，即是『純亦不已』否？』曰：然。『追琢其章，

興的重視，並以己之所見將《詩經》各篇逐章標示其寫作技巧之後，賦、比、興的標示與探究，也儼然成爲日後《詩經》詮釋者所必須面對的一個論題，後人在朱熹論述與標示的基礎上，從事對於賦、比、興的標示、研述與反省者不少〔註15〕。此一現象，除了可視作朱熹研述賦、比、興的流風遺響之外，另一方面，朱熹對於賦、比、興的探究與標示，亦使其釋《詩》的風貌，與《詩經》漢學的傳統，呈顯了很大的差異。

金玉其相』，是那工夫到後，文章眞箇是盛美，資質眞箇是堅實。」（同上，頁 2066）、「《詩》，纔說得密，便說他不著。……他做〈小序〉，不會寬說，每篇便求一箇實事填塞了。他有尋得著底，猶自可通；不然，便與《詩》相礙。」（同上，頁 2072）、「聖人有法度之言，如《春秋》、《書》、《禮》是也，一字皆有理。如《詩》亦要逐字將理去讀，便都礙了。」（同上，頁 2082）、「看《詩》，義理外更好看他文章。且如〈谷風〉，他只是如此說出來，然而敘得事曲折先後，皆有次序。而今人費盡氣力去做後，尚做得不好。」（同上，頁 2083）等。另一方面，朱熹說：「毛、鄭，所謂山東老學究。歐陽會文章，故詩意得之亦多。」（同上，頁 2089）指出歐陽修解《詩》所以較能詮得詩意，即在於他有較高的文學修養，朱熹能夠看出歐陽修解《詩》勝過毛、鄭，而較能得詩之旨意，其實也顯示了朱熹有這一方面的詩文修養。另外有關朱熹有較高的文學修養，可參張健撰之《朱熹的文學批評研究》，臺北，臺灣商務印書館，1988年 12 月、張志誠撰之〈朱熹的文論和詩論〉，收錄於《香港地區中國文學批評研究》（臺北：臺灣學生書局，1990 年 5 月）頁 195～262、王靖獻之〈朱子九歌創意考〉、饒宗頤之〈唐宋八家朱熹宜佔一席論〉、張健之〈朱子奉同張敬夫城南二十韻析論〉、黃景進之〈朱熹的詩論〉、何寄澎之〈朱子的文論〉，上述諸文收錄於《國際朱子學會議論文集下冊》（臺北：中央研究院中國文哲研究所籌備處，1993 年 5 月，頁 1141～1479），及市村瓚次郎撰之〈中國文學與朱文公〉，收錄於連清吉、林慶彰合譯之《經學史》（臺北：萬卷樓圖書公司，1996 年 10 月），頁 271～304、莫礪鋒撰之《朱熹文學研究》（南京：南京大學出版社，2000 年 5 月）等。

〔註15〕 如嚴粲撰《詩緝》，除將《詩經》三百篇中之「興」詩標出外，在《二南》中，亦將比、賦標出；林岊撰《毛詩講義》，在〈二南〉中，也分別標示賦、比、興。元、明、清宗朱的《詩經》學者，如劉瑾之《詩傳通釋》、胡廣之《詩傳大全》、王鴻緒等之《詩經傳說彙纂》，則大都尊奉、承襲朱子之繩規，逐篇逐章標示《詩經》的寫作技巧。而明、何楷之《詩經世本古義》、清、陳啓源之《毛詩稽古編》、惠周惕之《詩說》、姚際恒之《詩經通論》、傅恒等之《欽定詩義折中》、方玉潤之《詩經原始》等，則對朱熹所論之賦、比、興有所反省，其中何楷之《詩經世本古義》、姚際恒之《詩經通論》、傅恒等之《欽定詩義折衷》三書，亦逐篇逐章標示《詩經》的寫作技巧，但與朱熹所標多所異同。

第六章　〈周南〉、〈召南〉的詮釋

第一節　朱熹《詩經》學和漢學傳統的二南觀

　　朱熹《詩經》學和漢學傳統的異同，可由《詩》旨的詮釋、詮《詩》的方法、《詩》文的訓詁，及有關賦、比、興的界義、辨析與說明諸端，看出端倪，凡此論題，已見前述。就有關《詩》旨的詮釋及所持的詮《詩》方法上，朱熹《詩經》學和漢學傳統確實呈現了頗大的差異。《詩序》例以美刺說《詩》，採取以史證《詩》的詮釋進路，將整部《詩經》的詮釋，定位在勸誡人君及輔弼政教風化的目的上，展現了相當濃厚的政教及道德上的意義。朱熹釋《詩》，對於《詩序》機械地以美刺說《詩》、以史說《詩》，馴致馳騁臆說，不顧詩文，流於穿鑿附會的說《詩》方式，深致不滿，因而主張直據詩文、以詩言《詩》、涵詠詩文的詮釋進路，俾更能貼近詩義。在直據詩文、以詩言詩、涵詠詩文的詮釋進路中，朱熹在三百篇的詩旨詮釋上，確實也和《詩序》所詮定的詩旨，有了頗大的差異。然而倘以〈二南〉的詮釋為例，朱熹在有關詩旨的詮釋上，與《詩序》的詮釋，乍看之下，似頗有雷同，二者的詮釋，都不離「后妃之德」、「夫人之德」、「文王之化」等，致使前人有就朱熹雖強烈反《序》，但在〈二南〉的詮釋上，又滿紙「文王之化」，「后妃之德」等，一如《詩序》的詮釋，深致不滿，以為朱熹僅有反《序》之名，而無反《序》之實，並謂朱熹同樣以《詩》說教，和《詩序》之說《詩》，並無二致〔註1〕。本章以朱熹及《詩序》對〈二南〉的詮說為例，略作探討，

〔註1〕執持此說者，不乏其人，如姚際恒、龔書輝、趙制陽等。姚際恒撰《詩經通

論》一書，指斥朱熹，謂：「遵《序》者莫若《集傳》」(《詩經通論・詩經論旨》，頁5)，詮釋〈周南〉，謂：「《大序》曰：『〈關雎〉、〈麟趾〉之化，王者之風，故繫之周公。〈鵲巢〉、〈騶虞〉，諸侯之風也，先王之所以教，故繫之召公。』既以〈二南〉繫之二公，遂以其詩皆爲文王之詩；見〈關雎〉、〈葛覃〉爲婦人，《詩序》以他詩亦皆爲婦人。文王一人，何以在〈周南〉則以爲王者，在〈召南〉則以爲諸侯？太姒一人，何以在〈周南〉則以爲后妃，在〈召南〉則以爲夫人？皆不可通也。《集傳》最惡《小序》，而於此等大端處皆不能出其藩籬，而又何惡而辨之之爲！故愚謂遵《序》者莫若《集傳》也。」(同上，，卷一，頁16～17)；詮釋〈周南・麟之趾〉云：「《集傳》解此詩最多謬誤，云：『麟性仁厚，故其趾亦仁厚。文王、后妃仁厚，故其子亦仁厚。』其謬有五：詩本以麟喻公子、公姓、公族，非喻文王、后妃，謬一。不以麟喻公子等，而以趾喻公子等，謬二。一麟喻文王，又喻后妃，《詩》從無此比例，謬三。趾與麟非二物，子與父母一而二矣；安得以麟與父母、趾與子分配！謬四。此以趾之仁厚喻子之仁厚，于『定』則云『未聞』，又云『或曰：不以抵也。』，于『角』則云『有肉』，何以皆無如仁厚之確解乎？謬五。其解『于嗟麟兮』云『言是乃麟也』，尤執滯不得神情語氣。又云：『何必麕身，牛尾而馬蹄，然後爲王者之瑞哉！』按『于嗟』，歎美麟之辭，若然，則爲外之之辭。首尾衝決，比興盡失，全不可通。且既以麟比文王、后妃，又以麟爲王者之瑞；麟既爲王者之瑞，文王亦王者，何以麟不出而呈瑞乎？既以麟比文王、后妃，趾比公子，則人即麟趾，古王者之瑞又何以不生人而止生麟乎？是盛世反不若衰世也。此皆徇《序》之過，故迷亂至此。予謂遵《序》莫若《集傳》，洵不誣也。」(同上，頁41～42) 又釋〈召南・鵲巢〉云：「《小序》謂『夫人之德』，旨意且無論；其謂『夫人』者，本于〈關雎・序〉，以〈周南〉爲『王者之風』，〈召南〉爲『諸侯之風』。故于〈周南〉言『后妃』，〈召南〉言『夫人』，以是爲分別；此解〈二南〉之最不通者也。孔氏曰：『〈召南〉，諸侯之風，故以夫人、國君言之。』又曰：『夫人，太姒也。』均此太姒，何以在〈周南〉則爲后妃，在〈召南〉則爲夫人，若以爲初昏，文王爲世子，太姒爲夫人，則〈關雎〉非初昏乎？《集傳》于〈召南〉諸篇，皆謂『南國諸侯被文王之化』，凜遵《序》說，寸尺不移；其何能闢《序》，而尚欲去之哉！」(同上，卷二，頁44) 龔書輝撰〈朱子攻擊毛詩序的檢討(一)〉(刊載於廈大周刊第十四卷第十一期，)、〈朱子攻擊毛詩序的檢討(二)〉(刊載於廈大周刊第十四卷第十二期) 援引鄭振鐸在〈讀毛詩序〉(收載於《古史辨》第三冊下編，頁382～401，臺北：藍燈文化公司，1987年11月) 中的話：「朱熹的《詩集傳》，雖然也是一堆很沈重，很不容易掃除，而又必須掃除的瓦礫，然而在他的許多壞處裡，最大的壞處，便是因襲《毛詩序》的地方太多了，許多人都公認朱熹是一個攻擊〈毛詩序〉最力的，而且是第一個敢把〈毛詩序〉從《詩經》裏分別出來的人，而在實際上，除了朱熹認爲國風的『風』字應作『風謠』解，認爲鄭風是淫詩，與《詩序》大相違背外，其餘的許多見解仍然都是被《詩序》所範圍而不能脫身跳出，所以我們要攻擊《詩集傳》，仍然須先攻擊《毛詩序》。」，因舉二南諸詩爲例，將朱熹在《詩集傳》中的詮釋，與《詩序》的詮釋，略作比對，遂謂：「既然知道二南同文王沒有關係，那麼《毛詩序》的連篇累牘的『文王之化』、『后妃之功』，當然

俾便進一步了解朱熹《詩經》學和漢學傳統的異同。

　　以《詩序》、《毛傳》、鄭《箋》及《毛詩正義》所形構的《詩經》漢學傳統，視二南諸詩為文王時詩，詩中體現了文王的風化與德教之美，是風化

是極端的荒謬，不足一辨，而朱子卻盲目的信從他，把許多好詩歪曲了，這是不能不辨正的。」、「僅僅二十五篇的二南中，竟然有二十篇是剿襲衛宏的《序》意或全抄《序》文；其他五篇中，又有四篇也一樣受了《序》的影響，所以全部的二南中就只有〈茉苢〉一篇，解釋得還差強人意，還算能獨抒己見。二十五篇的二南中，就有二十四篇剿襲《毛詩序》」、「顯然的，朱子受傳統的舊說的影響是太大了。」趙制陽撰〈詩經二南有關問題的討論〉，收錄於《詩經名著評介第二集》（臺北：五南圖書公司，1993 年 7 月）頁 47～111，謂朱熹雖反《詩序》，並主張國風諸詩多係民俗歌謠之作，但這樣的主張「一到二南裡，完全不起作用，不僅丟不開《詩序》，還會進一步推演，更像一位古學派的傳人。」（頁 85）趙氏並引朱熹在《詩集傳》卷一所釋〈周南〉之文：「武王崩，子成王誦立。周公相之，制作禮樂，乃采文王之世風化所及民俗之詩，被之管弦，以為房中之樂；而又推之以及於鄉黨邦國，所以著明先王風俗之盛，而使天下後世之修身、齊家、治國、平天下者，皆得以取法焉。蓋其得之國中者，雜以南國之詩，而謂之〈周南〉；言自天子之國而被於諸侯，不但國中而已也。其得之南國者，則直謂之召南。言自方伯之國被於南方，而不敢以繫於天下也。……《小序》曰：『〈關雎〉、〈麟趾〉之化，王者之風，故繫之周公。南，言化自北而南也。〈鵲巢〉、〈騶虞〉之德，諸侯之風也，先王之所以教，故繫之召公。』斯言得之矣！」因謂：「二南的詩說是『文王之世風化所及民俗之詩』，這與『詩序』王化之說何異？……又〈周南〉屬周公，王者之風；〈召南〉屬召公，諸侯之風。這全是《詩序》的話。……可見朱子對於二南，《詩序》說什麼，他就信什麼，毫無存疑的態度，相反的，他還推演其義，說這些詩都是周公採來作為房中之樂，應用到鄉黨邦國，一方面藉以顯示先王風俗之盛；一方面要使天下後世的人作為修、齊、治、平的法則。這豈不比《詩序》更附會了嗎？」（同上，頁 86）趙氏又引朱熹在〈召南〉篇末所云：「愚按：〈鵲巢〉至〈采蘋〉，言夫人、大夫妻，以見當時國君、大夫被文王之化，而能修身以正其家也。〈甘棠〉以下，又見由方伯能被文王之化，而國君能修之家以及其國也。其詞雖無及於文王者，然文王明德新民之功，至是而其所施者薄矣。抑所謂民韓韓而不知為之者與？唯〈何彼襛矣〉之詩為不可曉，當闕所疑耳！」並謂：「朱子以為〈召南〉十四首詩，除了〈何彼襛矣〉不可曉以外，其餘都可循《大學》之道以求義：先有文王明德、新民之功，然後使方伯被其德化，見之於詩文，即〈鵲巢〉至〈采蘋〉四首詩的夫人、大夫妻能修身以正其家的表現；〈甘棠〉以下的詩，是國君能修身、齊家進而治其國的表現。朱子還加以說明：詩中雖無文王，然而文王明德、新民之功實已普遍存在著的。朱子對二南有這等見解，無疑已深受《詩序》影響。」（同上，頁 87）而歸結朱熹的詮釋二南云：「朱子明言國風是『民俗歌謠』，《詩序》係『山東學究』等人作，絕不可從。可是說到二南，狃於《詩序》王化、正風之說，以致一承《序》、《箋》之言，毫無作為；甚至於輔之以大學之道，強化了政教功能，更像是一位古文學派的傳人。」（同上，頁 110）

天下的初始與根本，是所謂的「正始之道，王化之基」（《詩疏》卷一之一，頁 19）；二南並爲《詩》之正風、正經，體現著盛世的、政教的淳美，而分繫周公、召公，《詩大序》謂：

> 〈關雎〉，后妃之德也。風之始也，所以風天下而正夫婦也。故用之鄉人焉，用之邦國焉。（《詩疏》卷一之一，頁 12）

《毛詩正義》疏釋《詩大序》之意云：

> 二南之風，實文王之化，而美后妃之德者，以夫婦之性，人倫之重，故夫婦正則父子親，父子親則君臣敬，是以詩者歌其性情。陰陽爲重，所以詩之爲體，多序男女之事。……言后妃之有美德，文王風化之始也。言文王行化，始於其妻，故用此爲風教之始，所以風化天下之民，而使之皆正夫婦焉。周公制禮作樂，用之鄉人焉，令鄉大夫以之教其民也；又用之邦國焉，令天下諸侯以之教其臣也。欲使天子至於庶民，悉知此詩皆正夫婦也。（同上）

又《詩大序》云：

> 然則〈關雎〉、〈麟趾〉之化，王者之風，故繫之周公。南，言化自北而南也。〈鵲巢〉、〈騶虞〉之德，諸侯之風也，先王之所以教，故繫之召公。〈周南〉、〈召南〉，正始之道，王化之基。（同上，頁 19）

《毛詩正義》疏釋《詩大序》之意云：

> 然則〈關雎〉、〈麟趾〉之化，是王者之風，文王之所以教民也。王者必聖，周公聖人，故繫之周公。不直名爲「周」，而連言「南」者，言此文王之化，自北土而行於南方故也。〈鵲巢〉、〈騶虞〉之德，是諸侯之風，先王大王、王季所以教化民也。諸侯必賢，召公賢人，故繫之召公。不復言「南」，意與〈周南〉同也。……諸侯之風，言先王之所以教；王者之風，不言文王之所以教者，二南皆文王之化，不嫌非文王也。但文王所行，兼行先王之道，感文王之化爲〈周南〉，感先王之化爲〈召南〉，不言先王之教，無以知其然，故特著之也。此實文王之詩，而繫之二公者，《志》張逸問：「王者之風，王者當在雅，在風何？」答曰：「文王以諸侯而有王者之化，述其本宜爲風。」（同上）

> 〈周南〉、〈召南〉二十五篇之詩，皆是正其初始之大道，王業風化之基本也。高以下爲基，遠以近爲始。文王正其家而後及其國，是

正其始也。化南土以成王業，是王化之基也。（同上）

據此，可知《詩大序》以二南爲文王時詩，詩中體現了文王的風化與德教；二南並爲文王風化天下的初始與根本，而分繫之周、召二公。關於此意，鄭玄亦有所說明：

> 周、召者，《禹貢》雍州岐山之陽地名。……文王受命，作邑於豐，乃分岐邦周召之地，爲周公旦、召公奭之采地，施先公之教於己所職之國。武王伐紂，定天下，巡狩述職，陳誦諸國之詩，以觀民風俗。六州者得二公之德教尤純，故獨錄之，屬之大師，分而國之。其得聖人之化者，謂之〈周南〉，得賢人之化者，謂之〈召南〉，言二公之教，自岐而行於南國也。乃棄其餘，謂此爲風之正經。文王刑于寡妻，至于兄弟，以御于家邦。是故二國之詩以后妃夫人之德爲首，終以〈麟趾〉、〈騶虞〉，言后妃夫人有斯德，興助其君子，皆可以成功，至于獲嘉瑞。（〈周南・召南・譜〉，《詩疏》卷前，頁7～8）

至於視二南爲詩之正經、正風，體現著盛世，政教的淳美，鄭玄據《詩大序》：「至于王道衰，禮義廢，政教失，國異政，家殊俗，而變風、變雅作矣。」（《詩疏》卷一之一，頁16）而加以推闡云：

> 周自后稷，播種百穀，黎民阻飢，茲時乃粒，自傳於此名也。陶唐之末，中葉公劉，亦世脩其業，以明民共財，至於太王、王季，克堪顧天。文武之德，光熙前緒，以集大命於厥身，遂爲天下父母，使民有政有居。其時詩，風有〈周南〉、〈召南〉，雅有〈鹿鳴〉、〈文王〉之屬。及成王、周公致太平，制禮作樂，而有頌聲興焉，盛之至也。本之由此風雅而來，故皆錄之，謂之詩之正經。後王稍更凌遲，懿王始受譖，亨齊哀公，夷身失禮之後，邶不尊賢。自是而下，厲也，幽也，政教尤衰，周室大壞。〈十月之交〉、〈民勞〉、〈板〉、〈蕩〉，勃爾俱作，眾國紛然，刺怨相尋。五霸之末，上無天子，下無方伯，善者誰賞？惡者誰罰？紀綱絕矣。故孔子錄懿王、夷王時詩，訖於陳靈公淫事，謂之變風、變雅。（〈詩譜序〉，《詩疏》卷前頁5～5）

是鄭玄以二南、文王、武王、成王盛世之詩，爲《詩》之正經、正風；以懿王以後之詩，凡夷王、厲王、宣王、幽王、平王，以迄陳靈公諸衰世之詩，爲《詩》之變風、變雅。以上《詩經》漢學傳統對於二南諸詩所持諸觀點，蓋爲朱熹所接納、認同，朱熹說：

周，國名。南，南方諸侯之國也。周國本在禹貢雍州境內岐山之陽，后稷十三世孫古公亶甫始居其地。傳子王季歷，至孫文王昌，辟國寖廣。於是徙都于豐，而分岐周故地以爲周公旦、召公奭之采邑，且使周公爲政於國中，而召公宣布於諸侯。於是德化大成於內，而南方諸侯之國，江沱汝漢之間，莫不從化。蓋三分天下而有其二焉。至子武王發，又遷于鎬，遂克商而有天下。武王崩，子成王誦立。周公相之，制作禮樂，乃采文王之世風化所及民俗之詩，被之筦弦，以爲房中之樂，而又推之於鄉黨邦國，所以著明先王風俗之盛，而使天下後世之修身、齊家、治國、平天下者，皆得以取法焉。蓋其得之國中者，雜以南國之詩，而謂之〈周南〉，其得之南國者，則直謂之〈召南〉。言自方伯之國被於南方，而不敢以繫于天子也。……〈小序〉曰：「〈關雎〉、〈麟趾〉之化，王者之風，故繫之周公。南，言化自北而南也。〈鵲巢〉、〈騶虞〉之德，諸侯之風也，先王之所以教，故繫之召公。」斯言得之矣。(《詩集傳》卷一，頁1)

又說：

文王之化始於〈關雎〉，而至於〈麟趾〉，則其化之入人者深矣。形於〈鵲巢〉，而及於〈騶虞〉，則其澤之及物者廣矣。蓋意誠心正之功，不息而久，則其熏丞透徹，融液周遍，自有不能已者，非智力之私所能及也。故《序》以〈騶虞〉爲〈鵲巢〉之應，而見王道之成，其必有所傳矣！(同上，頁14)

舊說二南爲正風，所以用之閨門鄉黨邦國而化天下也。(同上，頁1)

〈周南〉、〈召南〉二國，凡二十五篇，先儒以爲正風，今姑從之。(同上，頁14)

惟〈周南〉、〈召南〉親被文王之化以成德，而人皆有以得其性情之正，故其發於言者，樂而不過於淫，哀而不及於傷，是以二篇獨爲風詩之正經。(《詩集傳·序》，《朱熹集》卷七十六，頁3966)

在二南爲文王時詩，體現了文王之世風化與德教之美，二南是王業、風化天下的初始、根本，及二南爲《詩》之正經、正風；是盛世之詩的相同觀點下，朱熹詮說二南，遂與《詩經》的漢學傳統有了相承相繼的關係。這種相承相繼的關係，主要即表現在文王的教化觀上。

第二節 《詩序》對於二南的詮釋

　　《詩經》的漢學傳統，以二南諸詩爲「正始之道，王化之基」，是風化天下的初始與根本；詩中體現了文王的風化與德教之美，但就〈周南〉、〈召南〉二十五篇的詩旨詮釋上，《詩序》並未將文王的教化、德化觀，與這二十五篇詩作緊密的結合。就〈周南〉十一篇的《序》來看，有九篇《詩序》主要在談「后妃」之事，或談「后妃之德」、「后妃之所致」、「后妃之化」等，只有二篇提及了文王之化。如：

1. 〈關雎・序〉：「后妃之德也。」（《詩疏》卷一之一，頁12）

　　《毛詩正義》疏釋《詩序》之意云：

> 此篇言后妃性行和諧，貞專化下，寤寐求賢，供奉職事，是后妃之德也。（《詩疏》卷一之一，頁12）

又《毛傳》釋〈關雎〉首章：「關關雎鳩，在河之洲。」云：

> 后妃說樂君子之德，無不和諧，又不淫其色，慎固幽深，若關雎之有別焉，然後可以風化天下。夫婦有別則父子親，父子親則君臣敬，君臣敬則朝廷正，朝廷正則王化成。（同上，頁20）

據此，〈關雎〉一詩，《詩序》以爲在談后妃的美德。這些美德包含性行和諧、貞專化下、寤寐求賢、供奉職事，及不淫其色等。由於后妃具有這些美德，能夠風化天下，使得夫婦有別，在夫婦有別的基礎上，更使得父子親、君臣敬、朝廷正，馴致達到王化之成的境地。

2. 〈葛覃・序〉：「后妃之本也。后妃在父母家，則志在於女功之事，躬儉節用，服澣濯之衣，尊敬師傅，則可以歸安父母，化天下以婦道也。」（《詩疏》卷一之二，頁30）

　　《毛詩正義》疏釋《詩序》之意云：

> 作〈葛覃〉詩者，言后妃之本性也。謂貞專節儉自有性也。〈敘〉又申說之，后妃先在父母之家，則已專志於女功之事，復能身自儉約，謹節財用，服此澣濯之衣，而尊敬師傅。在家本有此性，出嫁修而不改，婦禮無愆，當於夫氏，則可以歸問安否於父母，化天下以爲婦之道也。（同上）

據此，〈葛覃〉一詩，《詩序》以爲在談后妃的本性與美德。這些本性與美德包含：志在於女功之事、躬儉節用、服澣濯之衣、尊敬師傅、歸安父母等，

由於后妃具有上述的本性與美德，所以能夠風化天下，成爲天下婦人扮演爲婦之道的楷模。

3. 〈卷耳・序〉：「后妃之志也，又當輔佐君子，求賢審官，知臣下之勤勞。內有進賢之志，而無險詖私謁之心，朝夕思念，至於憂勤也。」（《詩疏》卷一之二，頁33）

《毛詩正義》疏釋《詩序》之意云：

> 作〈卷耳〉詩者，言后妃之志也。后妃非直憂在進賢，躬率婦道，又當輔佐君子，其志欲令君子求賢德之人，審置於官位，復知臣下出使之勤勞，欲令君子賞勞之。內有進賢人之志，唯有德是用，而無險詖不正，私請用其親戚之心，又朝夕思此，欲此君子官賢人，乃至於憂思而成勤，此是后妃之志也。（同上）

據此，〈卷耳〉一詩，《詩序》以爲是在談后妃之志。所謂后妃之志，即指后妃不但以爲國君舉薦賢才爲憂，更時存輔佐國君的心志，希望國君能確實求得賢德之人，審置於官位，又能確實了解臣下出使的勤勞，而加以賞勞。由於后妃有此種輔佐國君進賢用德的心志，朝夕念此，馴致憂思成勤的境地。

4. 〈樛木・序〉：「后妃逮下也。言能逮下而無嫉妒之心焉。」（《詩疏》卷一之二，頁35）

鄭玄箋釋《詩序》之意云：

> 后妃能和諧眾妾，不嫉妒其容貌，恒以善言逮下而安之。（同上）

《毛詩正義》疏釋《詩序》之意云：

> 作〈樛木〉詩者，言后妃能以恩義接及其下眾妾，使俱以進御於王也。后妃能以恩意逮下者，而無嫉妒之心焉。（同上）

據此，〈樛木〉一詩，《詩序》以爲在談后妃能夠逮下。所謂能夠逮下，即指后妃並無嫉妒眾妾容貌的心，而能夠以恩義接及、和諧眾妾，來共事國君。

5. 〈螽斯・序〉：「后妃子孫眾多也。言若螽斯不妒忌，則子孫眾多也。」（《詩疏》卷一之二，頁35）

《毛詩正義》疏釋《詩序》之意云：

> 此不妒忌，得子孫眾多者，以其不妒忌，則嬪妾俱進，所生亦后妃之子孫，故得眾多也。（同上）

又〈螽斯〉首章：「螽斯羽，詵詵兮。宜爾子孫，振振兮。」《毛傳》謂：「螽

斯，蚣蝑也。詵詵，眾多也。」，鄭《箋》謂：「凡物有陰陽情慾者，無不嫉
忌，維蚣蝑不耳。各得受氣而生子，故能詵詵然眾多也。后妃之德能如是，
則宜然。」（以上並見《詩疏》卷一之二，頁 35）、「后妃之德寬容不嫉妒，則
宜女之子孫，使其無不仁厚。」（同上，頁 36）據此，〈螽斯〉一詩，《詩序》
以爲在談后妃的子孫眾多。由於后妃能像螽斯之蟲的不妒忌，而與嬪妾共進
御於國君，因此得以子孫眾多。

6. 〈桃夭・序〉：「后妃之所致也。不妒忌，則男女以正，婚姻以時，國無
　　鰥民也。」（《詩疏》卷一之二，頁 36）

《毛詩正義》疏釋《詩序》之意云：

作〈桃夭〉詩者，后妃之所致也。后妃內修其化，贊助君子，致使
天下有禮，昏娶不失其時，故曰致也。由后妃不妒忌，則令天下男
女以正，年不過限，昏姻以時，行不逾月，故周南之國皆無鰥獨之
民焉，皆后妃之所致也。（同上）

據此，〈桃夭〉一詩，《詩序》以爲是在談后妃之所致。所謂后妃之所致，即
是指后妃之德風化天下的結果。由於后妃能不妒忌，又能內修其化，輔助國
君，使得天下的男女，都能在盛年之時，完成婚姻嫁娶之事，並使得周南之
國中都沒有鰥獨的人民。

7. 〈兔罝・序〉：「后妃之化也。〈關雎〉之化行，則莫不好德，賢人眾多
　　也。」（《詩疏》卷一之三，頁 40）

《毛詩正義》疏釋《詩序》之意云：

作〈兔罝〉詩者，言后妃之化也。言由后妃〈關雎〉之化行，則天
下之人莫不好德，是故賢人眾多。由賢人多，故兔罝之人猶能恭敬，
是后妃之化行也。（同上）

據此，〈兔罝〉一詩，《詩序》以爲是在談后妃之化。所謂后妃之化，即是指
由於后妃美德的風化、推行於天下，導致天下之人莫不好德，並造成賢人眾
多的局面。

8. 〈芣苢・序〉：「后妃之美也。和平則婦人樂有子矣。」（《詩疏》卷一之
　　三，頁 41）鄭玄箋釋《詩序》之意云：「天下和，政教平也。」（同上）

《毛詩正義》疏釋《詩序》之意云：

若天下亂離，兵役不息，則我躬不閱，於此之時，豈思子也？今天下

和平，於是婦人始樂有子矣。經三章，皆樂有子之事也。（同上）

又《毛詩正義》疏釋〈芣苢・序〉云：

> 〈桃夭〉言后妃之所致，此言后妃之化，〈芣苢〉言后妃之美。此三
> 章所美如一，而設文不同者，以〈桃夭〉承〈螽斯〉之後，〈螽斯〉
> 以前皆后妃身事，〈桃夭〉則論天下昏姻得時，爲自近及遠之辭，故
> 云所致也。……〈芣苢〉以后妃事終，故總言之美。其實三者義通，
> 皆是化美所以致也。（同上，頁 40）

據此，〈芣苢〉一詩，《詩序》以爲是在談后妃之美。所謂后妃之美，也是指
由於后妃美德的感化、推行，馴致天下和，政教平，及婦人樂有子之局。

9. 〈麟之趾・序〉：「〈關雎〉之應也。〈關雎〉之化行，則天下無犯非禮，
雖衰世之公子，皆信厚如麟趾之時。」（《詩疏》卷一之三，頁 44）

《毛詩正義》疏釋《詩序》之意云：

> 此〈麟趾〉處末者，有〈關雎〉之應也。由后妃〈關雎〉之化行，
> 則令天下無犯非禮。天下既不犯禮，故今雖衰世之公子，皆能信厚，
> 如古致麟之時，信厚無以過也。（同上）

據此，〈麟之趾〉一詩，《詩序》以爲是談后妃之德的呈顯與效應。由於后妃
之德的風化與推行，使得天下無犯非禮之事，即使是處商紂衰世之時的公子，
也都能信厚合禮，如古代獲麟之時。

以上九篇，《詩序》皆就「后妃之德」及「后妃之德」風化天下，造成化
行俗美的角度來詮說，並未將文王的教化、德化，與詩篇作緊密的結合。只
有〈漢廣〉、〈汝墳〉二詩，提到了「文王之道」或「文王之化」。〈漢廣・序〉：
「德廣所及也。文王之道，被于南國，美化行乎江、漢之域，無思犯禮，求
而不可得也。」（《詩疏》卷一之三，頁 41）鄭玄箋釋《詩序》之意云：「紂時
淫風遍于天下，維江漢之域，先受文王之教化。」（同上）《毛詩正義》疏釋
《詩序》之意云：

> 作〈漢廣〉詩者，言德廣所及也。言文王之道，初致〈桃夭〉、〈芣
> 苢〉之化，今被于南國，美化行于江漢之域，故男無思犯禮，女求
> 而不可得，此由德廣所及也。（同上）

據此，《詩序》以爲〈漢廣〉一詩體現了文王教化的廣被。由於文王德教的廣
被南國，使得江漢之域間的男子雖見女子出遊，也因感女子的貞潔，而不敢
做出犯禮之事。又〈汝墳・序〉：「道化行也。文王之化，行乎汝墳之國，婦

人能閔其君子，猶勉之以正也。」（《詩疏》卷一之三，頁 43）鄭玄箋釋《詩序》之意云：「言此婦人被文王之化，厚事其君子。」（同上）《毛詩正義》疏釋《詩序》之意云：

> 作〈汝墳〉詩者，言道化行也。文王之化行於汝墳之國，婦人能閔念其君子，猶復勸勉之以正義，不可逃亡，爲文王道德之化行也。……臣奉君命，不敢憚勞，雖則勤苦，無所逃避，是臣之正道，故曰勉之以正也。（同上）

據此，《詩序》以爲〈汝墳〉也是文王之化的廣布與體現。由於文王教化的廣行於汝墳之國，使得婦人能以正道勸勉其夫，雖然承奉君命，甚爲勞苦，但仍應無所逃避，不可逃亡。綜上，《詩序》詮說〈周南〉，側重在后妃之德與后妃之化上，至於后妃是誰，《詩序》並未明白指出是文王的后妃，所謂「文王之化」也並未被刻意提及。

如就〈召南〉十四篇〈序〉看來，《詩序》主要在談論三事，其一，是夫人或大夫妻之事；其二是召伯之教、召伯之事；其三則是文王之化。就夫人或大夫妻之事而言，有〈鵲巢〉、〈采蘩〉、〈草蟲〉、〈采蘋〉、〈殷其靁〉、〈小星〉諸篇。

1. 〈鵲巢・序〉：「夫人之德也。國君積行累功，以致爵位，夫人起家而居有之，德如鳲鳩，乃可以配焉。」（《詩疏》卷一之三，頁 45）

   鄭玄箋釋《詩序》之意云：

   > 起家而居有之，謂嫁于諸侯也。夫人有均壹之德，如鳲鳩然，而後可配國君。（同上）

   《毛詩正義》疏釋《詩序》之意云：

   > 作〈鵲巢〉詩者，言夫人之德也。言國君積修其行，累其功德，以致此諸侯之爵位，今夫人自父母之家而來居處其有之，由其德如鳲鳩，乃可以配國君焉，是夫人之德也。（同上，頁 46）

   據此，《詩序》以爲〈鵲巢〉是在談夫人之德。由於夫人有均壹之德，因此才足堪匹配國君。

2. 〈采蘩・序〉：「夫人不失職也。夫人可以奉祭祀，則不失職矣。」（《詩疏》卷一之三，頁 46～47）

   鄭玄箋釋《詩序》之意云：

   > 奉祭祀者，采蘩之事也。不失職者，夙夜在公也。（同上，頁 47）

又〈釆蘩〉首章：「于以釆蘩？于沼于沚。于以用之？公侯之事，《毛傳》云：

> 蘩，皤蒿也。……公侯夫人執蘩菜以助祭，神饗德與信，不求備焉，沼沚谿澗之草，猶可以荐。王后則荇菜也。（同上）

鄭《箋》云：

> 言夫人於君祭祀而薦此豆也。（同上）

據此，《詩序》以爲〈釆蘩〉一詩，在談夫人助祭公侯，不失職之事。

3. 〈草蟲·序〉：「**大夫妻能以禮自防也。**」（《詩疏》卷一之四，頁 51）

《毛詩正義》疏釋《詩序》之意云：

> 作〈草蟲〉詩者，言大夫妻能以禮自防也。經言在室則夫唱乃隨，既嫁則憂不當其禮，皆是以禮自防之事。（同上）

又〈草蟲〉首章：「喓喓草蟲，趯趯阜螽。」《毛傳》云：

> 卿大夫之妻，待禮而行，隨從君子。（同上）

鄭《箋》云：

> 草蟲鳴，阜螽躍而從之，異種同類，猶男女嘉時以禮相求呼。（同上）

據此，《詩序》以爲〈草蟲〉是在談大夫之妻能夠以禮自防、以禮相從之事。

4. 〈釆蘋·序〉：「**大夫妻能循法度也。能循法度，則可以承先祖，共祭祀矣。**」（《詩疏》卷一之四，頁 52）

鄭玄箋釋《詩序》之意云：

> 女子十年不出，姆教婉娩聽從，執麻枲，治絲繭，織紝組，學女事以共衣服。觀於祭祀，納酒漿籩豆菹醢，禮相助奠。十有五而笄，二十而嫁。此言能循法度者，今既嫁爲大夫妻，能循其爲女之時所學所觀之事以爲法度。（同上）

《毛詩正義》疏釋《詩序》之意云：

> 作〈釆蘋〉詩者，言大夫妻能循法度也。謂爲女之時所學所觀之法度，今既嫁爲大夫妻，能循之以爲法度也。言既能循法度，既可以承事夫之先祖，供奉夫家祭祀矣。此謂已嫁爲大夫妻，能循其爲女時事也。（同上）

據此，〈釆蘋〉一詩，《詩序》以爲在談大夫之妻能循守法度。所謂大夫之妻能循守法度，是指大夫之妻能循守在少女之時所學所觀之事，取之以爲法度，來承事大夫的先祖、供奉夫家祭祀之事。

5. 〈殷其靁‧序〉：「勸以義也。召南之大夫遠行從政，不遑寧處，其室家
能閔其勤勞，勸以義也。」（《詩疏》卷一之四，頁 58）

鄭玄箋釋《詩序》之意云：

召南大夫，召伯之屬。遠行，謂使出邦畿。（同上）

《毛詩正義》疏釋《詩序》之意云：

作〈殷其靁〉詩者，言大夫之妻勸夫以爲臣之義。召南之大夫遠行
從政，施王命於天下，不得遑暇而安處，其室家見其如此，能閔念
其夫之勤勞，而勸以爲臣之義。言雖勞而未可得歸，是勸以義之事
也。（同上）

據此，〈殷其靁〉一詩，《詩序》以爲是在談大夫之妻勸夫以爲臣之義。所謂
大夫之妻勸夫以爲臣之義，是說召南的大夫奉行王命，遠行從政，至不得遑
暇安處的地步，其妻能閔念其勤勞，並勸勉他扮演好人臣的角色，在奉君命
出使邦畿而功仍未成之時，不應思歸。

6. 〈小星‧序〉：「惠及下也。夫人無妒忌之行，惠及賤妾，進御於君，知
其命有貴賤，能盡其心矣。」（《詩疏》卷一之五，頁 63）

《毛詩正義》疏釋《詩序》之意云：

作〈小星〉詩者，言夫人以恩惠及其下賤妾也。由夫人無妒忌之行，
能以恩惠及賤妾，令得進御於君，故賤妾亦自知其禮命與夫人貴賤
不同，能盡其心以事夫人焉。言夫人惠及賤妾，使進御君，經二章
上二句是也。眾妾自知卑賤，故抱衾而往御，不當夕，下三句是也。
既荷恩惠，故能盡心述夫人惠下之美，於經無所當也。（同上）

據此，〈小星〉一詩，《詩序》以爲是在談夫人不妒忌、惠及賤妾之事。由於
夫人不妒忌，能以恩惠及賤妾，使賤妾得進御於君，因此賤妾也盡心以事夫
人。

就召伯之教、召伯之事而言，有〈甘棠〉、〈行露〉二篇。

1. 〈甘棠‧序〉：「美召伯也。召伯之教，明於南國。」（《詩疏》卷一之四，
頁 54）

鄭玄箋釋《詩序》之意云：

召伯，姬姓，名奭，食采於召，作上公，爲二伯，後封于燕。此美
其爲伯之功，故信『伯』云：（同上）

又釋〈甘棠〉首章：「蔽芾甘棠，勿翦勿伐，召伯所茇。」云：

召伯聽男女之訟，不重煩勞百姓，止舍小棠之下而聽斷焉，國人被
其德，說其化，思其人，敬其事。」（同上）

《毛詩正義》疏釋《詩序》之意云：

謂武王之時，召公爲西伯，行政於南土，決訟於小棠之下，其教著
明於南國，愛結於民心，故作是詩以美之。經三章皆言國人愛召伯
而敬其樹，是爲美之也。（同上）

據此，〈甘棠〉一詩，《詩序》以爲是在談召公的德教著明於南國之事。由於
召公統理南國，德教顯著，甚獲民心的愛戴，因此國人乃就召公嘗爲民聽斷
決訟於甘棠樹下一事，作詩加以歌詠，以表露心中愛召公而敬其樹之意。

2. 〈行露·序〉：「召伯聽訟也。衰亂之俗微，貞信之教興，強暴之男不能
侵陵貞女也。」（《詩疏》卷一之四，頁55）

鄭玄箋釋《詩序》之意云：

衰亂之俗微，貞信之教興者，此殷之末世，周之盛德，當文王與紂
之時。（同上）

《毛詩正義》疏釋《詩序》之意云：

作〈行露〉詩者，言召伯聽斷男女室家之訟也。由文王之時，被化
日久，衰亂之俗已微，貞信之教乃興，是故強暴之男不能侵陵貞女
也，男雖侵凌，貞女不從，是以貞女被訟，而召伯聽斷之。（同上）

據此，〈行露〉一詩，《詩序》以爲在談召伯聽斷男女室家訴訟之事。由於強
暴之男，想要脅迫貞女成婚，貞女不從，因此召伯爲之聽斷。

就文王之化這點而言，有〈羔羊〉、〈摽有梅〉、〈野有死麕〉、〈騶虞〉四
篇。

1. 〈羔羊·序〉云：「鵲巢之功致也。召南之國，化文王之政，在位皆節
儉正直，德如羔羊也。」（《詩疏》卷一之四，頁57）

《毛詩正義》疏釋《詩序》之意云：

作〈羔羊〉詩者，言〈鵲巢〉之功所致也。召南之國，化文王之政，
故在位之卿大夫皆居身節儉，爲行正直，德如羔羊。然大夫有德，
由君之功，是〈鵲巢〉之功所致也。（同上）

據此，〈羔羊〉一詩，《詩序》以爲是在談文王的德教。由於文王的風化德教，
推行於南國，使得召南之國的卿大夫都居身節儉，行爲正直。

2. 〈摽有梅・序〉云：「男女及時也。召南之國，被文王之化，得以及時也。」（《詩疏》卷一之五，頁62）

> 《毛詩正義》疏釋《詩序》之意云：
>
> 作〈摽有梅〉詩者，言男女及時也。召南之國，被文王之化，故男女皆得以及時。謂紂時俗衰政亂，男女喪其配耦，嫁娶多不以時。今被文王之化，故男女皆得以及時。（同上）

據此，〈摽有梅〉一詩，《詩序》以為在談文王之化。由於文王的德化廣被於召南之國，使得召南之國的男女都能及時成婚。

3. 〈野有死麕・序〉云：「惡無禮也。天下大亂，彊暴相陵，遂成淫風。被文王之化，雖當亂世，猶惡無禮也。」（《詩疏》卷一之五，頁65）

> 鄭玄箋釋《詩序》之意云：
>
> 無禮者，為不由媒妁，鴈帛不至，劫脅以成昏，謂紂之世。（同上）

> 《毛詩正義》疏釋《詩序》之意云：
>
> 作〈野有死麕〉詩者，言「惡無禮」，謂當紂之世，天下大亂，強暴相陵，遂成淫風之俗。被文王之化，雖當亂世，其貞女猶惡其無禮。經三章皆惡無禮之辭也。（同上）

據此，〈野有死麕〉一詩，《詩序》也以為在談文王之化。由於紂時天下大亂，強暴相陵，寖以成淫風之俗，但雖當亂世，南國的女子以被潤文王的教化，所以對於「不由媒妁，鴈帛不至，劫脅以成昏」的無禮情事，仍深感憎惡；詩中陳述的，即是深受文王之化的貞女憎惡非禮之辭。

4. 〈騶虞・序〉：「〈鵲巢〉之應也。〈鵲巢〉之化行，人倫既正，朝廷既治，天下純被文王之化，則庶類蕃殖。蒐田以時，仁如騶虞，則王道成也。」（《詩疏》卷一之五，頁68）

> 《毛詩正義》疏釋《詩序》之意云：
>
> 以〈騶虞〉處末者，見〈鵲巢〉之應也。言〈鵲巢〉之化行，則人倫夫婦既已得正，朝廷既治，天下純被文王之化，則庶類皆蕃息而殖長，故國君蒐田以時，其仁恩之心，不忍盡殺，如騶虞然，則王道成矣。（同上）

又〈騶虞〉首章：「彼茁者葭，壹發五豝。于嗟乎，騶虞!」《毛傳》釋「騶虞」云：「義獸也。白虎黑文，不食生物，有至信之德則應之。」（同上）《毛詩正義》疏釋此章之意云：

言彼茁茁然出而始生者，葭草也。國君於此草生之時出田獵，壹發
矢而射五豝。獸五豝唯壹發者，不忍盡殺。仁心如是，故于嗟乎嘆
之，嘆國君仁心如騶虞。騶虞，義獸，不食生物，有仁心，國君亦
有仁心，故比之。（同上）

據此，《詩序》以爲〈騶虞〉一詩體現了文王道德，教化的廣被，並有以見王
道之成。由於文王德教的廣被於天下，因此人倫既正，朝廷既治，庶類繁殖，
召南諸國的諸侯，也能田獵以時，並且富有仁恩之心，如不食生物的義獸：
騶虞一樣，不會盡殺獵物，詩人以爲諸侯國君仁心如騶虞，澤被於物，足以
見文王教化的深廣，與王道之成。

綜上，《詩序》詮說〈召南〉，談及夫人、大夫妻之德；談及召伯之教；
談及文王之化，同樣地，所謂「文王之化」也並未在詩篇的詮釋上刻意提及。

第三節　朱熹對於二南的詮釋

朱熹詮釋二南，一方面承繼《詩序》從后妃、夫人之德及文王之化的角度
來詮說，另一方面，更將二南諸詩，全部統攝在文王之化這一點上，視二南皆
爲感文王之化的組詩，其中體現著文王德化的儀型及力量。在二南諸詩的詮釋
上，特別強調文王之化，並將二南諸詩和文王之化緊密地結合起來。就二南諸
詩爲《詩》之正經、正風，體現著文王之化這一點來看，朱熹的詮釋，顯然和
《詩經》的漢學傳統有了相承相繼的關係。以下分就朱熹詮說〈周南〉、〈召南〉
諸詩，略加敘述，以見其強調文王之化、和漢學傳統相承相繼的關係。

一、朱熹詮釋〈周南〉的文王教化觀

1. 〈周南・關雎〉

〈關雎〉一詩，《詩序》以爲是在談「后妃之德也」，朱熹詮釋〈關雎〉，
也從后妃之德來立說，云：

周之文王生有聖德，又得聖女姒氏以爲之配。宮中之人，於其始至，
見其有幽閒貞靜之德，故作是詩。言彼關關然之雎鳩，則相與和鳴
於河洲之上矣。此窈窕之淑女，則豈非君子之善匹乎。言其相與和
樂而恭敬，亦若雎鳩之情摯而有別也。（《詩集傳》卷一，頁 1~2）

此章（按：指〈關雎〉之第二章）本其未得而言。彼參差之荇菜，
則當左右無方以流之矣。此窈窕之淑女，則當寤寐不忘以求之矣。

蓋此人此德，世不常有，求之不得，則無以配君子而成其內治之美，故其憂思之深，不能自已，至於如此也。（同上，頁 2）

此章（按：指〈關雎〉之第三章）據今始得而言。彼參差之荇菜，既得之，則當采擇而亨芼之矣。此窈窕之淑女，既得之，則當親愛而娛樂之矣。蓋此人此德，世不常有，幸而得之，則有以配君子而成內治，故其喜樂尊奉之意，不能自已，又如此云。（同上）

又說：

孔子曰：「關雎樂而不淫，哀而不傷。」愚謂此言為此詩者，得其性情之正，聲氣之和也。蓋德如雎鳩，摯而有別，則后妃性情之正，固可以見其一端矣。（同上）

全篇皆就后妃有幽閒貞靜的美德，足以匹配君子而成其內治之美來立說。所謂「后妃」，所謂「君子」，《詩序》、《毛傳》、鄭《箋》皆未指明何人，朱熹詮釋〈關雎〉「窈窕淑女，君子好逑。」，則逕指后妃是文王的后妃太姒；君子則是文王，云：「女者，未嫁之稱，蓋指文王之妃太姒為處子時而言也。君子則指文王也。」（同上，頁 1）

2. 〈周南‧葛覃〉

〈葛覃〉一詩，《詩序》以為是在談「后妃之本也。」，即是在談后妃的本性與美德。這些本性與美德，包含志在女功之事、躬儉節用、服澣濯之衣、尊敬師傅、歸安父母等，朱熹詮釋〈葛覃〉，也從「后妃之本」來立說，云：

此詩后妃所自作，故無贊美之詞。然於此可以見其已貴而能勤，已富而能儉，已長而敬不弛於師傅，已嫁而孝不衰於父母，是皆德之厚而人之所難也。《小序》以為「后妃之本」，庶幾近之。（《詩集傳》卷一，頁 3）

指出從詩篇之中，可以看出后妃具有已貴而能勤、已富而能儉，已長而敬不弛於師傅，已嫁而孝不衰於父母的種種美德。

3. 〈周南‧卷耳〉

〈卷耳〉一詩，《詩序》以為是在談「后妃之志」，即是在談后妃有輔佐國君進賢用德的心志，朱熹詮釋〈卷耳〉，也從后妃的角度來詮說，謂：「后妃以君子不在而思念之，故賦此詩。託言方采卷耳，未滿頃筐，而心適念其君子，故不能復采，而實之大道之旁也。」（《詩集傳》卷一，頁 3）、「此亦后

妃所自作，可以見其貞靜專一之至矣。豈當文王朝會征伐之時，羑里拘幽之日而作歟！」（同上）視〈卷耳〉爲太姒的閨思之詩。

4. 〈周南‧樛木〉

〈樛木〉一詩，《詩序》以爲是在談后妃能以恩義接及、和諧眾妾，以共事君王，而沒有嫉妒眾妾容貌的心。朱熹詮釋〈樛木〉，也本《詩序》而爲說，謂：

> 后妃能逮下而無嫉妒之心，故眾妾樂其德而稱願之曰：「南有樛木，
> 則葛藟纍之矣。樂只君子，則福履綏之矣。」（《詩集傳》卷一，頁4）

強調后妃具有逮下而沒有嫉妒之心的美德。

5. 〈周南‧螽斯〉

〈螽斯〉一詩，《詩序》以爲是在談后妃的子孫眾多。由於后妃能夠像螽斯之蟲的不妒忌，因此得以子孫眾多。朱熹詮釋〈螽斯〉，也謂：「后妃不妒忌而子孫眾多，故眾妾以螽斯之群處和集而子孫眾多比之。言其有是德而宜有是福也。」（《詩集傳》卷一，頁4）指出后妃具有不妒忌的美德，因而才能子孫眾多。就上述〈周南〉五首詩來看，《詩序》主要是從后妃的美德的角度來詮說，后妃的美德含括：性行和諧、貞專化下、佐君求賢、供奉職事、不淫其色、躬儉節用、尊敬師傅、歸安父母、不嫉妒等，朱熹詮釋上述五篇，也從后妃具有幽閒貞靜、已貴而能勤、已富而能儉、已長而敬不弛於師傅、已嫁而孝不衰於父、不妒嫉等美德，來加以立說，就〈周南‧關雎〉、〈葛覃〉、〈卷耳〉、〈樛木〉、〈螽斯〉五詩，皆在表現后妃之德這一點上，朱熹和《詩序》的詮說並無差異。唯朱熹進一步以爲，〈關雎〉諸詩，就詩文的表面看來，雖然都是在談后妃之德，但實際上，后妃所以具有這些美德，都本於文王的德化、感化而來，其中具有文王身修而後家齊的意義和效用。朱熹說：

> 按此篇首五詩（按：指〈關雎〉、〈葛覃〉、〈卷耳〉、〈樛木〉、〈螽斯〉）
> 皆言后妃之德，〈關雎〉，舉其全體而言也。〈葛覃〉、〈卷耳〉，言其
> 志行之在己，〈樛木〉、〈螽斯〉，美其德惠之及人，皆指其一事而言
> 也。其詞雖主於后妃，然其實則皆所以著明文王身修、家齊之效也。
> 至於〈桃夭〉、〈兔罝〉、〈芣苢〉，則家齊而國治之效。〈漢廣〉、〈汝
> 墳〉，則以南國之詩附焉，而見天下已有可平之漸矣。若〈麟之趾〉，
> 則又王者之瑞，有非人力所致而自至者，故復以是終焉，而〈序〉
> 者以爲〈關雎〉之應也。夫其所以至此，后妃之德，固不爲無所助
> 矣。然妻道無成，則亦豈得而專之哉？今言《詩》者，或乃專美后

妃而不本於文王，其亦誤矣！（《詩集傳》卷一，頁7～8）

〈周南〉諸詩，都是文王教化、德化的體現，這是朱熹本於《詩序》「后妃之德」，所作的進一步闡釋和追溯。依據朱熹的看法，〈關雎〉、〈葛覃〉、〈卷耳〉、〈樛木〉、〈螽斯〉五篇，體現了文王身修、家齊的效用，〈桃夭〉、〈兔罝〉、〈芣苢〉三篇，則體現了文王家齊、國治的效用，至於〈漢廣〉、〈汝墳〉，則可見文王的德化及於南國，已有平天下的態勢。〈周南〉諸詩，都是本於文王的德化、教化而來，其中蘊含文王由身修而後家齊，由家齊而後國治，由國治而後天下平的進程與意義。這樣的觀點，和《詩序》僅據詩文的表面，專談后妃之德，兼及文王之化，當然有了若干的差異。對於《詩序》詮說〈周南・關雎〉諸詩（含召南若干詩），皆僅就后妃之德、后妃之化、后妃之所致來立說，朱熹除在上述引文之中，提出批評、修正之外，在《詩序辨說・關雎》、〈桃夭〉之中，也有清楚地說明：

其（按：指〈關雎〉）詩雖若專美太姒，而實以深見文王之德，《序》者徒見其詞而不察其意，遂壹以后妃為主，而不復知有文王，是固已失之矣。至於化行中國，三分天下，亦皆以為后妃之所致，則是禮樂征伐皆出於婦人之手，而文王者徒擁虛器，以為寄生之君，其失甚矣。唯南豐曾氏之言曰：「先王之政，必自內始。故其閨門之治，所以施之家人者，必為之師傅保姆之助，詩書圖史之戒，珩璜琚瑀之節，威儀動作之度，其教之者有此具。然古之君子未嘗不以身化也，故〈家人〉之義歸於反身，〈二南〉之業本於文王，豈自外至哉！世皆知文王之所以興，能得內助，而不知其所以然者，蓋本於文王之躬化，故內則后妃有〈關雎〉之行，外則群臣有〈二南〉之美，與之相成。其推而及遠，則商辛之昏俗，江漢之小國，兔罝之野人，莫不好善而不自知，此所謂身修，故國家天下治者也。」竊謂此說庶幾得之。（《詩序辨說・關雎》，卷上，頁5）

《序》（按：指〈桃夭・序〉：「后妃之所致也。不妒忌則男女以正，婚姻以時，國無鰥民也。」）首句非是。其所謂「男女以正，婚姻以時，國無鰥民」者得之。蓋此以下諸詩皆言文王風化之盛，由家及國之事，而《序》者失之，皆以為「后妃之所致」，既非所以正男女之位，而於此詩又專以為不妒忌之功，則其意愈狹而說愈疎矣。（《詩序辨說・桃夭》，卷上，頁7）

據此，朱熹以為〈周南〉自〈關雎〉以下諸篇，都體現了文王德化、教化之盛，由於文王見有崇高的道德修養，躬行實踐，才能身修而後家齊，家齊而後國治，國治而後天下平。一方面化行中國，使后妃、群臣以下，以迄商紂之昏俗、江漢之小國、兔罝之野人，都咸能具有美德，好善而不自知，一方面又三分天下而有其二，所以至此，全都是文王身行躬化的結果。但《詩序》詮說〈周南〉，所見不及於此，而專就后妃立論，連化行中國，三分天下這樣的德化與事功，也都歸美后妃，朱熹以為這樣的詮說，既忽視了文王由身行躬化、整飭道德，馴至家齊、國治、天下平的功夫和意義；一方面也混淆了《易經·家人》卦所標舉的男主外、女主內的原則，有失男女正位〔註2〕。《詩序》詮說〈周南〉，既有專主后妃之失，於是朱熹詮說〈周南〉（含〈召南〉）遂都統攝在文王之化這一點上，除上述五篇：〈關雎〉、〈葛覃〉、〈卷耳〉、〈樛木〉、〈螽斯〉，朱熹已謂：「其詞雖主於后妃；然其實則皆所以著明文王身修家齊之效也。」之外，朱熹詮釋〈桃夭〉、〈兔罝〉、〈芣苢〉、〈漢廣〉、〈汝墳〉、〈麟之趾〉，也均從文王之化來立說，如釋〈桃夭〉云：

> 文王之化，自家而國，男女以正，婚姻以時，故詩人因所見以起興，而歎其女子之賢，知其必有以宜其室家也。（《詩集傳》卷一，頁5）

修正了《詩序》以「男女以正，婚姻以時，國無鰥民」，是「后妃之所致」的說法，而強調此一現象是本於文王的教化而來。又如釋〈兔罝〉云：

> 化行俗美，賢才眾多，雖罝兔之野人，而其才之可用猶如此。故詩人因其所事以起興而美之，而文王德化之盛，因而見矣。（《詩集傳》卷一，頁5）
>
> 此《序》（按：指〈兔罝·序〉：「后妃之化也。關雎之化行，則莫不好德，賢人眾多也。」）首句非是。而所謂「莫不好德，賢人眾多」者得之。（《詩序辨說：兔罝》，卷上，頁7）

強調賢才眾多，正是彰顯文王德化的隆盛，也修正了《詩序》以賢人眾多，

〔註2〕 朱熹在《詩序辨說·桃夭》中批評《詩序》「后妃之所致」之說，「非所以正男女之位」，此意乃本諸《易經·家人》卦之《象傳》：「〈象曰：家人，女正位乎內，男正位乎外。男女正，天地之大義也。家人有嚴君焉，父母之謂也。父父子子，兄兄弟弟，夫夫婦婦，而家道正。正家而天下定矣。」（《易疏》卷四，頁89）輔廣疏釋朱熹之說，也嘗指出：「『既非所以正男女之位』者，《易·家人》卦之〈象〉曰：『男正位乎外，女正位乎內，男女正，天地之大義也。』夫男主外，女主內，化理之不可易者，今乃以文王之化形於外者，為后妃之所致，則非所以正男女之位矣。」（《詩童子問》卷首，頁279）

歸美於后妃之化的說法。又如釋〈芣苢〉云：

> 化行俗美，家室和平，婦人無事，相與采此芣苢，而賦其事以相樂
> 也。（《詩集傳》卷一，頁6）

強調化行俗美，室家和平，婦人無事，乃肇因於文王德化的廣佈流行〔註3〕，
也修正了《詩序》歸美后妃之說。釋〈漢廣〉云：

> 文王之化，自近而遠，先及於江漢之間，而有以變其淫亂之俗，故
> 其出游之女，人望見之，而知其端莊靜一，非復前日之可求矣。（《詩
> 集傳》卷一，頁6）

> 此詩（按：指〈漢廣〉）以篇內有「漢之廣矣」一句得名，而《序》
> 者謬誤，乃以德廣所及爲言，失之遠矣！然其下文復得詩意，而所謂
> 文王之化者，尤可以正前篇之誤，先儒嘗謂《序》非出於一人之手
> 者，此其一驗，但首句未必是，下文未必非耳。（《詩序辨說・漢廣》，
> 卷上，頁7）

強調文王之化及於江漢之間，因而變改南國的淫亂之俗，朱熹此說，乃本〈漢
廣・序〉而略加修正而來。又如釋〈汝墳〉云：

> 汝旁之國，亦先被文王之化者，故婦人喜其君子行役而歸，因記其
> 未歸之時，思望之情如此，而追賦之也。（《詩集傳》卷一，頁7）

> 是時文王三分天下有其二，而率商之叛國以事紂，故汝墳之人，猶
> 以文王之命供紂之役。其家人見其勤苦而勞之曰：汝之勞既如此，
> 而王室之政方酷烈而未已。雖其酷烈未已，然文王之德如父母然，
> 望之甚近，亦可以忘其勞矣。此《序》所謂「婦人能閔其君子，猶
> 勉之以正」者。蓋曰：雖其別離之久，思念之深，而其所以相告語
> 者，獨有尊君親上之意，而無情愛狎昵之私，則其德澤之深，風化
> 之美，皆可見矣。（同上）

強調汝墳之國深受文王的教化，使得婦人在其丈夫因遠行行役未歸之時，仍
然能夠以正道勸勉他，不獨沒有情愛狎昵之私，反而流露尊君親上之意，婦

〔註3〕輔廣闡釋朱熹釋〈芣苢〉之意云：「據首章說：『化行俗美，室家和平』則是
文王之化行，而天下之俗美，故致夫婦和平之效如此，則此《序》首句專以
爲后妃之美者，亦恐非是。而先生無說者，豈以上兩篇（按：指〈桃夭〉、〈兔
罝〉）例自可見，而後篇（按：指〈漢廣〉）《序》下，又有可以正前篇之誤之
說，故於此直不必言之者歟？又於〈周南〉後總說中，亦自明言之矣。」（《詩
童子問》卷首，頁279）

人思望之情醇正如此，足以證驗文王德化之深，與風化之美。朱熹此說，也本〈汝墳‧序〉：「道化行也。文王之化行乎汝墳之國，婦人能閔其君子，猶勉之以正也。」而來。又如釋〈麟之趾〉云：

> 文王、后妃德修於身，而子孫宗族皆化於善，故詩人以麟之趾興公
> 之子。言麟性仁厚，故其趾亦仁厚。文王后妃仁厚，故其子亦仁厚。
> （《詩集傳》卷一，頁7）

強調文王后妃的子孫宗族皆化於善、生性仁厚，都本於文王后妃的修德、仁厚而來。此處朱熹雖以文王、后妃並舉，但實際上，仍是以文王之化爲主〔註4〕，蓋后妃之德，也自文王之化而來。

二、朱熹詮釋〈召南〉的文王教化觀

朱熹詮釋〈召南〉，一方面也本於《詩序》，談及夫人之德、之事；大夫妻之德、之事；召伯之德、之事；文王之化、之政，唯更強調文王之化、之政對於南國諸侯、夫人、大夫妻等所產生的作用，將〈召南〉諸詩，一如〈周南〉諸詩，全部都攝統在文王之化這一點上。以下分別述之：

1. 〈召南‧鵲巢〉

〈鵲巢〉一詩，《詩序》以爲在談諸侯夫人有均壹之德，才足堪匹配國君，朱熹詮釋〈鵲巢〉，也談及夫人之德，唯強調夫人之德，乃是本於文王的教化而來：

> 南國諸侯被文王之化，能正心、修身以齊其家，其女子亦被后妃之
> 化，而有專靜純一之德。故嫁於諸侯，而其家人美之曰：維鵲有巢，
> 則鳩來居之，是以之子于歸，而百兩迎之也。此詩之意，猶〈周南〉
> 之有〈關雎〉也。（《詩集傳》卷一，頁8）

> 文王之時，〈關雎〉之化行於閨門之內，而諸侯蒙化以成德者，其道
> 亦始於家人。故其夫人之德如是，而詩人美之也。不言所美之人者，
> 世遠而不可知也，後皆放此。（《詩序辨說‧鵲巢》，卷上，頁8）

南國的諸侯夫人，所以具有專靜純一的美德，乃是深受文王的教化使然。文王的教化，一方面使得南國的諸侯能夠正心、修身、齊家，同時也使得諸侯的夫

〔註4〕 朱熹在釋〈召南‧騶虞〉篇末云：「文王之化，始於〈關雎〉，而至於〈麟趾〉，則其化之入人者深矣。」（《詩集傳》卷一，頁14）也可補充說明此一觀點。

人具有美德，可見朱熹特別強調文王之化，不同於《詩序》僅談夫人之德。

2.〈召南・采蘩〉

〈采蘩〉一詩，《詩序》以爲在談夫人助祭公侯、不失職之事，朱熹詮釋〈采蘩〉，也本《詩序》而爲說，謂：

> 南國被文王之化，諸侯夫人能盡誠敬以奉祭祀，而其家人敍其事以美之也。……此詩亦猶〈周南〉之有〈葛覃〉也。(《詩集傳》卷一，頁8)

唯朱熹仍強調，諸侯夫人所以能盡誠敬以奉祭祀，也是本於文王的教化而來。

3.〈召南・草蟲〉

〈草蟲〉一詩，《詩序》以爲是在談大夫之妻能夠以禮自防、以禮相從之事，朱熹詮釋〈草蟲〉，也從諸侯、大夫之妻的角度來說明：

> 南國被文王之化，諸侯大夫行役在外，其妻獨居，感時物之變，而思其君子如此。此亦若〈周南〉之〈卷耳〉也。(《詩集傳》卷一，頁8)

> 此恐亦是夫人之詩，而未見以禮自防之意。(《詩序辨說・草蟲》，卷上，頁8)

視〈草蟲〉爲諸侯之妻閨思之詩，並強調南國被文王之化，使得諸侯之妻思君子如此。

4.〈召南・采蘋〉

〈采蘋〉一詩，《詩序》以爲在談大夫之妻能循守法度，來承事大夫的先祖、供奉夫家祭祀之事。朱熹詮釋〈采蘋〉，也從大夫之妻能供奉祭祀的角度來說明：

> 南國被文王之化，大夫妻能奉祭祀，而其家人敍其事以美之也。(《詩集傳》卷一，頁10)

唯朱熹仍同樣強調大夫之妻能奉祭祀，也是本於文王之化而來。

5.〈召南・甘棠〉

〈甘棠〉一詩，《詩序》以爲是讚美召公德教明著於南國之詩。由於召公統理南國，德教顯著，因此國人乃就召公嘗爲民聽斷決訟於甘棠樹下一事，作詩加以歌詠，以表露心中愛召公而敬其樹之意。朱熹詮釋〈甘棠〉，也就人民愛召公而敬其樹的角度來詮說，唯仍推本於文王之政，云：

> 召伯循行南國，以布文王之政，或舍甘棠之下。其後人思其德，故

> 愛其樹而不忍傷也。(《詩集傳》卷一,頁 10)

依朱熹之意,召公所以受到人民愛戴,也是因爲他在南國推行文王之政的結果。

6. 〈召南·行露〉

〈行露〉一詩,《詩序》以爲是在談召伯聽斷男女室家訴訟之事。由於南國人民蒙受文王的教化,使得紂時的衰亂之俗日微,而貞信之教日興,因此強暴之男已不能脅迫貞女成婚。朱熹詮釋〈行露〉,也在強調文王的教化:

> 南國之人遵召伯之教,服文王之化,有以革其前日淫亂之俗。故女
> 子有能以禮自守,而不爲強暴所污者,自述己志,作此詩以絕其人。
>
> (《詩集傳》卷一,頁 10)

南國的人民所以能夠革除前日的淫亂之俗,正是「遵召伯之教,服文王之化」的結果,其中「服文王之化」,尤其是主要的原因。

7. 〈召南·羔羊〉

〈羔羊〉一詩,《詩序》以爲在談文王的德教。由於文王的政教、德化,推行於召南之國,使得召南之國的卿大夫都居身節儉,行爲正直。由於〈羔羊·序〉已明白說出「召南之國,化文王之政」,因此朱熹詮釋〈羔羊〉便順著《詩序》的說法來敷衍,謂:

> 南國化文王之政,在位皆節儉正值,故詩人美其衣服有常,而從容
> 自得如此也。(《詩集傳》卷一,頁 11)
>
> 此《序》得之。但「德如羔羊」一句爲衍說耳。(《詩序辨說·羔羊》,
> 卷上,頁 8)

仍強調召南之國的卿大夫居身節儉、行爲正直,也都是本於文王的政教、德化而來。

8. 〈召南·殷其靁〉

〈殷其靁〉一詩,《詩序》以爲是在談大夫之妻勸其夫以爲臣之義。由於召南的大夫奉行王命,遠行從政,至不得遑暇安處的地步,其妻一方面憫念大夫的勤勞,一方面也勸勉他善盡人臣之職,在奉君命出使邦畿而功未竟之時,不應思歸。《詩序》的詮釋,並未提及文王之化,但朱熹詮釋〈殷其靁〉,則仍強調文王之化,謂:

> 南國被文王之化,婦人以見君子從役在外而思念之,故作此詩。言

殷殷然雷聲則在南山之陽矣，何此君子獨去此而不敢少暇乎？於是
又美其德，且冀其早畢事而還歸也。（《詩集傳》卷一，頁 11）

以爲婦人思念從役在外的君子，也是南國被文王之化的緣故。

9. 〈召南・摽有梅〉

〈摽有梅〉一詩，《詩序》以爲在談文王之化。由於文王的教化，廣被於
召南之國，使得召南之國的男女都能及時成婚。《詩序》既已談及文王之化，
朱熹詮釋〈摽有梅〉，也順著這個理路來詮說：

南國被文王之化，女子知以貞信自守，懼其嫁不及時，而有強暴之
辱也，故言梅落而在樹者少，以見時過而太晚矣。求我之眾士，其
必有及此吉日而來者乎。（《詩集傳》卷一，頁 11）

此《序》末句未安。（《詩序辨說・摽有梅》，卷上，頁 8）

強調南國的女子所以能夠貞信自守，是因爲受到文王教化的緣故，但認爲《序》
說「男女得以及時也」一句不妥。

10. 〈召南・小星〉

〈小星〉一詩，《詩序》以爲是在談夫人不妒忌、惠及賤妾之事。朱熹詮
釋〈小星〉，也從夫人不妒忌、惠及賤妾的角度來詮說，謂：

南國夫人承后妃之化，能不妒忌以惠其下，故其眾妾美之如此。蓋
眾妾進御於君，不敢當夕，見星而往，見星而還，故因所見以起
興。……遂言其所以如此者，由其所賦之分不同於貴者，是以深以
得御於君爲夫人之惠，而不敢致怨於來往之勤也。（《詩集傳》卷一，
頁 12）

唯強調南國夫人所以能不妒忌、惠及賤妾，是因爲受到后妃之化的緣故，受
到后妃之化，推本溯源，也即是受到文王之化。

11. 〈召南・野有死麕〉

〈野有死麕〉一詩，《詩序》以爲在談文王之化。由於文王的教化，使得
南國的女子對於「不由媒妁，鴈帛不至，劫脅以成昏」的無禮情事，深感憎
惡，朱熹詮釋〈野有死麕〉，也本《序》說，而強調文王之化：

南國被文王之化，女子有貞潔自守，不爲強暴所污者。故詩人因所
見以興其事而美之。（《詩集傳》卷一，頁 12）

此《序》得之。但所謂「無禮」者，言淫亂之非禮耳，不謂無聘幣

之禮也。(《詩序辨說・野有死麕》，卷上，頁9)

唯修正鄭玄所說的「惡無禮」，是惡「淫亂之非禮」，並非指惡「不由媒妁，鴈帛不至，劫脅以成昏」的無禮情事。

12. 〈召南・騶虞〉

〈騶虞〉一詩，《詩序》以爲在談文王教化的廣被天下。由於文王教化的廣被，使得人倫端正，朝廷既治，庶類繁殖，召南諸國諸侯也都能富有仁心，澤及於物，足以見王道之成。朱熹詮釋〈騶虞〉，也本《詩序》「天下純被文王之化」而爲說：

> 南國諸侯承文王之化，修身、齊家以治其國，而其仁民之餘恩，又有以及於庶類。故其春田之際，草木之茂，禽獸之多，至於如此。
> 而詩人述其事以美之，且歎之曰：此其仁心自然，不由勉強，是即眞所謂騶虞矣！(《詩集傳》卷一，頁14)

事實上，〈召南〉諸詩和〈周南〉諸詩一樣，都是文王德化、教化力量的體現，這是朱熹詮釋二南的一貫觀點，就〈召南〉諸篇的個別詮釋上來看，朱熹往往以「南國諸侯被文王之化」、「南國被文王之化」、「召伯循行南國，以布文王之政」、「南國之人，遵召伯之教，服文王之化」、「南國化文王之政」等字眼來詮說詩旨，已顯露此意外，朱熹在釋〈騶虞〉的篇末及〈召南〉卷末的二段話，也清楚地傳達出此一觀點：

> 文王之化，始於〈關雎〉，而至於〈麟趾〉，則其化之入人者深矣。形於〈鵲巢〉，而及於〈騶虞〉，則其澤之及物者廣矣。蓋意誠、心正之功，不息而久，則其熏烝透徹，融液周徧，自有不能已者，非智力之私所能及也。故《序》以〈騶虞〉爲〈鵲巢〉之應，而見王道之成，其必有所傳矣！(《詩集傳》卷一，頁14)

> 愚按：〈鵲巢〉至〈采蘋〉，言夫人大夫妻，以見當時國君大夫被文王之化，而能修身以正其家也。〈甘棠〉以下，又見由方伯能布文王之化，而國君能修之家以及其國也。其詞雖無及於文王者，然文王明德新民之功，至是而其所施者溥矣，抑所謂其民皡皡而不知爲之者與？(同上)

朱熹以爲從〈周南〉的〈關雎〉，以迄〈麟趾〉；從〈召南〉的〈鵲巢〉，以迄〈騶虞〉，都可見文王教化力量的既深且廣，文王的教化力量所以入人、及物如此深廣，這是因爲文王不斷在誠意、正心的修養功夫上，持續鍛鍊、精進，

有以致之。就〈召南〉諸篇來看，從〈鵲巢〉以迄〈采蘋〉，說夫人、大夫妻之德，這其實是在說明南國的諸侯、大夫深受文王的教化，而能修身、齊家；〈甘棠〉以下諸篇，則可見召伯推行文王的教化，使得南國的諸侯能夠齊家、治國，南國的諸侯、大夫等，都能修身、齊家，以迄治國，這正足以說明文王明德新民、教化力量的廣佈和深遠。朱熹凸顯了文王教化的力量，並以文王之化爲詮釋的主體，這和《詩序》或談后妃、夫人之德，或談召伯之教，當然有了修正和差異。

就二南諸詩看來，《詩序》及《詩經》的漢學傳統，視其爲文王時詩，是「正始之道，王化之基」；二南諸詩並爲詩之正經、正風，體現了文王的風化與德教之美，而具有極大的詩教意義。唯就二南詩篇的具體詮釋上，《詩序》並未刻意凸顯文王的教化，及文王的教化在詩教上的意義。或談后妃之德、后妃之化；或談夫人、大夫妻之德；或談召伯之教，間及文王之化，在相當的程度上，可說反而以后妃、夫人爲主軸，屢屢談及后妃、夫人之德。朱熹詮釋二南，一方面本於《詩序》及《詩經》漢學傳統的觀點，也視其爲文王時詩，是「正始之道，王化之基」，是詩之正經、正風，其中寓含了極大的詩教意義；一方面又援據《詩序》及《詩經》漢學傳統所引而未發的文王之化，來有系統地貫穿在詩篇的詮釋上，既修正了《詩序》以后妃之德、之化及夫人之德爲詮釋的主軸，同時也凸顯了文王教化的力量及意義。在朱熹的詮釋下，二南諸詩成了文王教化詩的總彙，一方面，將文王由身修、齊家，以迄治國、平天下的意義和進程，展示出來，一方面也將文王的風化與德教之美，透過詩篇具體而完整的體現出來，而二南所具有的詩教意義，也更加豁顯與確立。朱熹的《詩經》詮釋，和《詩序》、《詩經》的漢學傳統，在《詩經》學史上，分屬於一般人所說互不相容的漢、宋學範疇，不論在詩旨的詮釋上、釋《詩》的方法上，及其他對於《詩經》的諸多觀點上，確實有頗大的差異，唯就二南諸詩是文王時詩、可見文王的教化，及二南是詩之正經、正風，體現著政教的淳美並具有深刻的詩教意義上，則二者顯然並無不同。《詩序》詮釋二南，敘及后妃之德、之化、夫人之德，間及文王之化，朱熹詮釋二南，則將二南諸詩全部統攝在文王的教化之中，使二南諸詩，成爲一有系統的、體現文王教化的組詩，既修正了《詩序》以后妃、夫人之德爲主體，及稍嫌凌亂的詮釋方式，也使得《詩序》所謂的「文王之化」，更完整的展示出來。如此，也使得二南更具有深刻的詩教意義。就這一點來看，朱熹詮釋二南，

可以說是修正、補足、發展了《詩序》的文王教化觀。由二南詩篇的詮釋，
吾人確實可見朱熹《詩經》學和漢學傳統相承相繼的一面〔註5〕。

〔註 5〕林師慶彰曾撰朱子《詩集傳‧二南》的教化觀一文，指出朱子的《詩集傳》
　　　　雖然反對《詩序》，但對於《詩序》在〈二南〉的詮解上所顯露的文王教化觀
　　　　並未反對，同時，朱子詮解〈二南〉，將〈詩序〉所謂的后妃、夫人之德，全
　　　　部統攝在文王的教化；將《詩序》稍嫌凌亂的詮說方式，給予系統化，使文
　　　　王的教化意義，在〈二南〉的詩篇中，更加完整的展現出來，本章「〈周南〉、
　　　　〈召南〉的詮釋」，在論說的觀點上，有取資於林師此文並和林師此文相符
　　　　契者，唯筆者在林文的基礎上，尚有作較為細密的爬梳、整理與探討，讀者
　　　　可並列參看，林文收錄在《朱子學的開展－學術篇》（臺北：漢學研究中心，
　　　　2002 年 6 月），頁 53～66。

第七章　淫詩和刺淫

第一節　「淫詩」說的提出

一、從反《序》到淫詩

　　朱熹的《詩經》詮釋和漢學傳統的異同，其大端自在有關《詩》旨詮定的方法與詩旨詮釋的差異上，《詩序》例以美刺時君國政說詩，採取以史證詩、以史說詩的詮釋進路；《詩》的本文並未獲得應有的尊重，朱熹則對於《詩序》這套悖離詩文、穿鑿附會的說《詩》方式，深致不滿與否定，因而標舉以詩言詩、回歸《詩》文；從《詩》文的直接涵詠誦讀之中，去求得詩意的詮《詩》方法，凡此種種，已見前述。除對《詩序》的質疑、否定與揚棄，因而造成朱熹釋《詩》和漢學傳統有很大的差異外，「淫詩說」的提出，亦標誌著朱熹《詩》學和漢學傳統在有關《詩經》詮釋上的歧異。歷來批評朱熹《詩》學者，要不出針對朱熹的詆譙、揚棄《詩序》與「淫詩說」的提出，力作駁辨和批判，自南宋呂祖謙以降，元代之馬端臨、明代之郝敬、何楷、清代之陳啓源、胡承珙、姚際恒、方玉潤等等〔註1〕，莫不如此，其中所透露出來的消

〔註 1〕呂祖謙爲朱熹的摯友，嘗撰《呂氏家塾讀詩記》一書，爲南宋詮《詩》的大家。其《詩》學大抵奉守《詩序》以言《詩》，執持孔子「思無邪」之說，以爲《詩經》之中並無淫詩，凡朱熹所判定爲淫人自作的淫詩，他皆以爲是他人所作以刺淫之詩。而孔子所嘗詆斥、欲放絕的「鄭聲」，及《禮記・樂記》中所說的「鄭衛之音，亂世之音也。」他也認爲都非指《詩經》中的〈鄭風〉、〈衛風〉，與朱熹所執持的「淫詩」的觀點多所角力。有關呂祖謙執持《詩經》

之中並無淫詩,而爲刺淫之詩的觀點,見《呂氏家塾讀詩記》卷五之釋〈桑中〉文,又參洪春音撰:《朱熹與呂祖謙說詩異同考》(臺中:東海大學中國文學研究所碩士論文,1995 年 5 月)。元代馬端臨對於朱熹反《序》以言《詩》及《詩經》的變風中有淫詩的觀點多所質疑,詳參《文獻通考‧經籍考》(上)(臺北:新文豐出版公司,1986 年 9 月)卷五,頁 134~148,以對朱熹淫詩說的不認同爲例,馬氏說:「……何獨於鄭、衛諸篇而必以爲淫奔者所自作,而使正經爲錄淫辭之具乎?且夫子嘗刪《詩》矣,其所取於〈關雎〉者,謂其樂而不淫耳。則夫《詩》之可刪,孰有大於淫者?今以文公《詩傳》考之:其指以爲男女淫泆奔誘而自作詩以敘其事者,凡二十有四。如〈桑中〉、〈東門之墠〉、〈溱洧〉、〈東方之日〉、〈東門之池〉、〈東門之楊〉、〈月出〉,則《序》以爲刺淫,而文公以爲淫者所自作也;如〈靜女〉、〈木瓜〉、〈采葛〉、〈丘中有麻〉、〈將仲子〉、〈遵大路〉、〈有女同車〉、〈山有扶蘇〉、〈蘀兮〉、〈狡童〉、〈褰裳〉、〈豐〉、〈風雨〉、〈子衿〉、〈揚之水〉、〈出其東門〉、〈野有蔓草〉,則《序》本別指他事,而文公亦以爲淫者所自作也。夫以淫昏不檢之人,發而爲放蕩無恥之辭,而其詩篇之繁多如此,夫子猶存之,則不知所刪何等一篇也?文公謂《序》者之於《詩》,不得其說則一舉而歸之刺其君。愚亦謂文公之於《詩》,不得其說則一舉而歸之淫讟。如〈靜女〉、〈木瓜〉以下諸篇是也。文公又以爲《序》者之意,必以爲《詩》無一篇不爲刺時君國政而作,輕浮險薄,有害於溫柔敦厚之教。愚謂古者庶人謗,商旅議,亦王政之所許,況變風、變雅之世實無可美者,而禮義消亡,淫風大行,亦不可謂非其君之過。縱使譏訕之辭太過,如〈狡童〉諸篇之刺忽,亦不害其爲愛君憂國,不能自已之意。今必欲使其避諷訕之名而自處於淫讟之地,則夫身爲淫亂而復自作詩以贊之,正孟子所謂無羞惡之心者,不可以人類目之,其罪浮於訕上矣,反得爲溫柔敦厚乎?」(同上,頁 139~140)明、郝敬撰《毛詩原解》三十六卷,對於朱熹反《序》以言《詩》及所提「淫詩」說,亦多所詆譙,云:「讀《詩》本《古序》,義理周匝完備,雅、頌各得其所。聖人刪《詩》,手澤如新。朱子謂《序》不可信,須併三百篇亦不信始得。如以三百篇爲古而《序》爲非古,改從今說,則其錯亂不可勝道矣!」(《毛詩原解‧序》,臺北:新文豐出版公司,1984 年)、「朱子謂《序》無據而揣摩也。夫君子善善長而惡惡短,就使無據,寧揣摩古人之似入于善,無寧揣摩不似而入于惡。入于善者,成人美;入于不善者,成人惡。故曰過疑從輕,況本無疑乎?〈木瓜〉爲感齊桓公作,何疑也,〈青青子衿〉爲學校不脩作,又何疑也。今不擬以報德之辭,學校之詠,而改從淫奔,豈惟瀆亂聖經,亦好成古人之惡矣,餘難枚舉,附見各篇。」(同上)明、何楷撰《詩經世本古義》二十八卷,以爲國風諸詩具有勸戒、諷諫的作用,且經孔子刪削,故今存之《詩經》不可能有淫詩,對於朱熹所提之「淫詩」說並不採信,參林師慶彰撰〈何楷詩經世本古義析論〉,中國文哲研究集刊第四期,1994 年 3 月。陳啓源撰《毛詩稽古編》三十卷,詮《詩》依準《詩序》,謂讀《詩》「必不可以無《敘》」、「舍《小敘》奚由入哉?」(《毛詩稽古編》卷二十五〈總詁〉,頁 1,臺北:藝文印書館影印皇清經解本,1965 年)對於朱熹以淫詩爲淫人所作及拈據孔子「鄭聲淫」之說,因謂「鄭風淫」的觀點,皆有所駁辨,云:「里巷猥事,足爲勸戒者,文人墨士往往歌述爲詩,以示後世,如〈陌上桑〉、〈雉朝飛〉、〈秋胡妻〉、〈焦

仲卿〉、〈木蘭詩〉之類，皆非其人自作也，特代爲其人之言耳。國風美刺諸篇，大率此類。《集傳》概指爲其人自作，決無是理也。」（卷四，釋〈衛風・氓〉條，頁 15）、「其本是刺淫之詩，而指爲淫人之自述者，〈東門之枌〉、〈東門之楊〉、〈月出〉、〈澤陂〉四詩也。天下雖至無恥之人，發其淫私之事，則赧然面赤，決無將己身淫污之行，編爲詩歌，以示人者。即後世玉臺香奩之詠，及近今淫詞艷曲，皆是文人墨士寓興而爲之，未有淫者之自述也！朱子何弗思乎？」（卷七，釋〈陳風〉，頁 10）、「朱子《辯說》謂孔子『鄭聲淫』一語，可斷盡〈鄭風〉二十一篇，此誤矣！夫子言鄭聲淫耳，曷嘗言鄭詩淫乎！聲者，樂音也，非詩詞也；淫者，過也，非專指男女之欲也。古之言淫多矣，於星言淫，於雨言淫，於水言淫，於刑言淫，於游觀田獵言淫，皆言過其常度耳。樂之五音十二律，長短高下皆有節焉，鄭聲靡曼幼眇，無中正和平之致，使聞之者導欲增悲，沈溺而忘返，故曰淫也。朱子以鄭聲爲〈鄭風〉，以淫過之淫爲男女淫欲之淫，遂舉〈鄭風〉二十一篇盡爲淫奔者所作，幸免者惟〈緇衣〉、〈大叔于田〉、〈清人〉、〈羔裘〉、〈女曰雞鳴〉五篇而已。其餘雖『思君子』如〈風雨〉，『刺學校廢』如〈子衿〉，亦排眾論而指爲淫女之詞。夫孔子刪詩，以垂世立訓，何反廣收淫詞艷語，傳示來學乎？陶靖節〈閑情賦〉，昭明歎爲白璧微瑕，故不入《文選》，豈孔子之見，反出昭明下哉！」（同上，卷五，釋〈鄭風〉，頁 10）姚際恒撰《詩經通論》十八卷，對於朱熹所倡之「淫詩」說，也多所詆讁、駁辨，如云：「特以陋儒誤讀《魯論》『放鄭聲』一語，于是堅執成見，曲解經文，謂之『淫詩』；且謂之『女惑男』。直是失其本心，于以犯大不韙，爲名教罪人。此千載以下人人所共惡者，予更何贊焉！」（《詩經通論》卷五，頁 164，臺北：中央研究院中國文哲研究所，1994 年 6 月）、「《集傳》紕繆不少，其大者尤在誤讀夫子『鄭聲淫』一語，妄以鄭詩爲淫，且及于衛，且及于他國。是使三百篇爲訓淫之書，吾夫子爲導淫之人，此舉世之所切齒而歎恨者。予謂若止目爲淫詩，亦已耳；其流之弊，必將併《詩》而廢之。」（同上，〈自序〉，頁 15）、「《集傳》使世人群加指摘者，自無過淫詩一節。其謂淫詩，今亦無事多辨。夫子曰：『鄭聲淫』，聲者，音調之謂，詩者、篇章之謂，迥不相合。世多發明之，意夫人知之矣。且春秋諸大夫燕享，賦詩贈答，多《集傳》所目爲淫詩者，受者善之，不聞不樂，豈其甘居于淫佚也！季札觀樂，于〈鄭〉、〈衛〉皆曰『美哉』，無一淫字。此皆足證人亦盡知。然予謂第莫若證以夫子之言曰：《詩三百》，一言以蔽之，曰：『思無邪』。』如謂淫詩，則思之邪甚矣，曷爲以此一言蔽之耶？蓋其時間有淫風，詩人舉其事與其言以爲刺，此正『思無邪』之確證。何也？淫者，邪也；惡而刺之，思無邪矣。今尚以爲淫詩，得無大背聖人之訓乎！乃其作《論語集註》因是而妄爲之解，則其罪更大矣。」（同上，〈詩經論旨〉，頁 5）方玉潤撰《詩經原始》十八卷，對於朱熹所提之「淫詩」，亦不以爲然，云：「朱雖駁《序》，亦未能出《序》範圍也。唯誤讀『鄭聲淫』一語，遂謂鄭詩皆淫而盡反之，大肆其說，以玷蔑經，則其失又有甚於《序》之偏託附會而無當者。於是說《詩》門户紛然爭起……」（《詩經原始・自序》，頁 5，臺北：藝文印書館，1981 年 2 月）、「案：〈鄭風〉古目爲淫，今觀之，大抵皆君臣朋友、師弟夫婦，互相思慕之詞，其類淫詩者，僅〈將仲子〉及〈溱洧〉二篇而已。然〈將仲子〉乃寓言，非眞情也。即使其眞，亦貞女謝

息，即是「淫詩說」是朱熹《詩經》學和漢學傳統異同的一大分野。以下茲探述朱熹的「淫詩說」，以見朱熹的《詩經》詮釋和漢學傳統的異同。

謂《詩經》的國風中有淫詩，在朱熹之前，《左傳》、班固、許慎、高誘、王肅、杜預、歐陽脩、鄭樵等，皆已提及〔註2〕，唯指陳《詩經》的國風中有

男之詞。〈溱洧〉則刺淫，非淫者所自作，何得謂爲淫耶？然則聖言非歟？竊意〈鄭風〉實淫，但經刪定，淫者汰而美者存，故鄭多美詩，非復昔日之鄭矣。其〈溱洧〉一篇尚存不刪者，以其爲鄭實錄，存之篇末，用爲戒耳，此所謂『放鄭聲』也。宋儒不察，但讀『鄭聲淫』一語，遂不理會『放』字，凡屬鄭詩，悉斥爲淫，舉凡一切君臣朋友、師弟夫婦，互相思慕之詞，無不以〈桑中〉濮上之例例之，遂使一時忠臣賢士，義夫烈婦，悉含冤負屈於數千百載上，而無人昭雪之者，此豈一時一人之憾。愚故特爲標出，寧使得罪後儒，不敢冤誣前聖，世之有志風雅者，當能諒予一片苦衷也。」（《詩經原始》卷五，頁501～502）

〔註2〕 成公二年《左傳》：「……使屈巫聘于齊，且告師期，巫臣盡室以行，申叔跪從其父將適郢，遇之，曰：『異哉！夫子有三軍之懼，而又有〈桑中〉之喜，宜將竊妻以逃者也。』」（《春秋疏》卷二十五，頁428，臺北：藝文印書館，1989年1月）是申叔跪以〈鄘風·桑中〉爲淫奔之詩。班固《漢書·地理志》（臺北：鼎文書局，1991年9月）：「其子武公與平王東遷，卒定號、會之地，右雒左泲，食溱、洧焉。土陿而險，山居谷汲，男女亟聚會，故其俗淫。鄭詩曰：『出其東門，有女如雲。』又曰：『溱與洧，方渙渙兮。士與女，方秉蕳兮。』、『恂盱且樂，惟士與女，伊其相謔。』此其風也。」（卷二十八下，頁1652）是班固舉〈溱洧〉、〈出其東門〉爲鄭風淫詩。許慎《五經異義》云：「今論說：鄭國之爲俗，有溱、洧之水，男女聚會，謳歌相感，故云『鄭聲淫』。《左傳》說煩手淫聲，謂之鄭聲者，言煩手躑躅之聲，使淫過矣。許君謹案：鄭詩二十一篇，說婦人者十九矣，故鄭聲淫也。」（《禮記疏》卷三十七，頁665引，臺北：藝文印書館，1989年）是許慎以鄭風有淫詩。高誘注《呂氏春秋·本生》篇謂：「鄭國淫辟，男女私會於溱、洧之上，有詢訏之樂，芍藥之和。」（《詩三家義集疏》卷五，頁371引）是高誘以〈溱洧〉爲鄭國男女私會之淫詩。王肅謂〈衛風·氓〉「秋以爲期」句，非迎娶之時，因謂〈氓〉爲淫詩，《周禮·媒氏》「中春之月，令會男女。」賈《疏》引王肅《聖證論》云：「……凡此皆與仲春嫁娶爲候者也。〈夏小正〉曰：『二月冠子嫁女。』娶妻之時，秋以爲期，此淫奔之詩。」（《周禮疏》卷十四，頁217，臺北：藝文印書館，1989年）成公二年《左傳》：「……夫子有三軍之懼，而又有〈桑中〉之喜，宜將竊妻以逃者也。」，杜預注云：「〈桑中〉，衛風淫奔之詩。」（《春秋疏》卷二十五，頁428）是杜預以〈鄘風·桑中〉爲淫詩。歐陽脩撰《詩本義》十四卷，以〈邶風·靜女〉、〈齊風·東方之日〉爲淫詩，云：「……據《序》言：『〈靜女〉，刺時也，衛君無道，夫人無德。』謂宣公與二姜淫亂，國人化之，淫風大行，君臣上下，舉國之人皆可刺而難於指名以遍舉，故曰：刺時者，謂時人皆可刺也，據此，乃是述衛風俗男女淫奔之詩爾，以此求詩，則本義得矣。」（《詩本義》卷三，頁9221～9222，臺北：漢京文化公司，1980年）、「衛宣公既與二夫人烝淫爲鳥獸之行，衛俗化之，禮義壞而淫風大行，

大量的淫詩，並使「淫詩說」成爲《詩經》學史上一個極具爭議的論題；一方面，影響深遠，一方面，突顯了《詩經》漢宋學的分野，則是自朱熹始。朱熹「淫詩說」的提出，自與其批判、攻駁《詩序》的詮《詩》路向有關。《詩序》詮《詩》，例以美刺說《詩》，以史證《詩》，附會穿鑿，往往不得詩意，因此，朱熹主張去《序》言《詩》，以《詩》言《詩》，從詩文的反覆涵詠、誦讀中，去求得詩意。在詩文的涵詠誦讀之中，朱熹讀出了《詩經》國風中有描寫、陳述男女淫亂之詩，而《詩序》往往從別處說去：

> 舊曾有一老儒鄭漁仲更不信《小序》，只依古本疊在後面。某今亦如此，令人虛心看正文，久之其義自見。蓋所謂《序》者，類多世儒之誤，不解詩人本意處甚多。且如「止乎禮義」，果能止禮義否？〈桑中〉之詩，禮義在何處？王（德修）曰：「他要存戒。」曰：「此正文中無戒意，只是直述他淫亂事爾。若〈鶉之奔奔〉、〈相鼠〉等詩，卻是譏罵可以爲戒，此則不然。某今看得鄭詩自〈叔于田〉等詩之外，如〈狡童〉、〈子衿〉等篇，皆淫亂之詩，而說《詩》者誤以爲刺昭公、刺學校廢耳。（《朱子語類》卷八十，頁 2086）

> 「鄭聲淫」，所以鄭詩多是淫佚之辭，〈狡童〉、〈將仲子〉之類是也。今喚做忽與祭仲，與《詩》辭全不相似。（同上，頁 2072）

> 因論《詩》，歷言《小序》大無義理，皆是後人杜撰，先後增益湊合

男女務以色相誘悅，務誇自道而不知爲惡，雖幽靜難誘之女亦然，舉〈靜女〉猶如此，則其他可知。」（同上，頁 9222）、「『東方之日』，日之初升也。蓋言彼姝者子，顏色奮然美盛，如日之升也。『在我室兮，履我即兮。』者，相邀以奔之辭也。此述男女淫風，但知稱其美色，以相誇榮，而不顧禮義，所謂不能以禮化也。下章之義亦然。」（同上，卷四，頁 7）鄭樵撰《詩辨妄》，以〈鄭風·將仲子〉爲淫奔之詩，朱熹《詩序辨說·將仲子》引鄭樵之說云：「莆田鄭（樵）氏謂：『此實淫奔之詩，無與於莊公、叔段之事，《序》蓋失之，而說者又從而巧爲之說，以實其事，誤亦甚矣！』」（卷上，頁 18，臺北：臺灣商務印書館，1983 年）又《朱子語類》（臺北：文津出版社：1986 年 12 月）云：「鄭漁仲《詩辨》：『〈將仲子〉只是淫奔之詩，非刺仲子之詩也。』」（卷二十三，頁 539）另有關在朱熹之前，已謂《詩經》的國風中有男女情詩或淫奔之詩的詳細情形，可參程元敏先生《王柏之詩經學》（臺北：嘉新水泥公司文化基金會，1968 年 10 月）頁 25～26、頁 34，頁 37～38、《王柏之生平與學術下》（臺北：學海出版社，1975 年 12 月）頁 791～794，頁 802～811、〈朱子所定國風中言情諸詩研述〉，收入《詩經論文集》（臺北：黎明文化公司，1986 年 4 月）頁 271～286、〈國風私情詩宋人說探源〉，收入《中國古典文學論叢冊一·詩歌之部》（臺北：中外文學月刊社，1985 年 3 月）頁 161～185。

而成。……其他變風諸詩，未必是刺者皆以爲刺，未必是言此人，必傅會以爲此人。〈桑中〉之詩放蕩留連，止是淫者相戲之辭，豈有刺人之惡，而反自陷於流蕩之中！〈子衿〉詞意輕儇，亦豈刺學校之辭！〈有女同車〉，皆以爲刺忽而作。鄭忽不娶齊女，其初亦是好底意思，但見後來失國，便將許多詩盡爲刺忽而作。考之於忽，所謂淫昏暴虐之類，皆無其實。至遂目爲「狡童」，豈詩人愛君之意？況其所以失國，正坐柔懦闇疏，亦何狡之有！（同上，頁2075）

〈大序〉說「止乎禮義」，亦可疑，〈小序〉尤不可信，皆是後人託之，仍是不識義理，不曉事。如山東學究者，皆是取之《左傳》、《史記》中所不取之君，隨其謐之美惡，有得惡謐，及傳中載其人之事者，凡一時惡詩，盡以歸之。最是鄭忽可憐，凡〈鄭風〉中惡詩皆以爲刺之。……如〈子衿〉只是淫奔之詩，豈是學校中氣象！〈褰裳〉詩中「子惠思我，褰裳涉溱」，至「狂童之狂也且」，豈不是淫奔之辭！只緣《左傳》中韓宣子引「豈無他人」，便將做國人思大國之正己。不知古人引詩，但借其言以寓己意，初不理會上下文義，偶一時引之耳。（同上，頁2090～2091）

上引數條朱熹之說，其意都在指陳《詩序》詮《詩》的謬誤、不當與不得詩意。以〈鄘風・桑中〉及〈鄭風〉中多數的詩篇，如〈狡童〉、〈子衿〉、〈將仲子〉、〈褰裳〉、〈山有扶蘇〉等爲例，朱熹以爲都是「直述他淫亂事爾」、「皆淫亂之詩」、「多是淫佚之辭」，〈桑中〉一詩，「放蕩留連，止是淫者相戲之辭」，〈子衿〉「詞意輕儇」，〈褰裳〉從詩文「子惠思我，褰裳涉溱」至「狂童之狂也且」的描寫中，也可斷定是「淫奔之辭」，至於〈狡童〉、〈將仲子〉也都是「淫佚之辭」，而《詩序》詮釋〈桑中〉，以爲是「刺奔」之詩；詮釋〈狡童〉，以爲是「刺忽」之詩；詮釋〈子衿〉，以爲是「刺學校廢也」；詮釋〈褰裳〉，援據《左傳》，以爲是「思見正也。狂童恣行，國人思大國之正己也。」之詩，其他〈鄭風〉中明屬於淫亂之詩，除〈狡童〉之外，如〈有女同車〉、〈山有扶蘇〉、〈蘀兮〉等，《詩序》也都以爲是「刺忽」，附會穿鑿，嚴重地與詩文本來的意旨相枘鑿。由對《詩序》詮《詩》的不愜與攻駁，進而採取直接涵詠詩文的詮《詩》進路，因而讀出國風中有描述男女淫亂之詩，並藉此提出國風中的變風有所謂的「淫詩」說，此一「淫詩說」的提出，既與《詩序》所詮定的「刺奔」、「刺淫」及附會書史下的詩旨迴異外，同時也形成朱熹《詩

經》學與漢學傳統的一大差異，而由反詰、攻駁《詩序》，進而導出「淫詩」之說，此一因承內在的關係，是清楚可見的。

二、淫詩說的理論基礎：詩本情性而作

朱熹「淫詩」說的提出，固然與其反《序》的《詩》學內涵、脈絡有關，除此之外，朱熹所以認爲《詩經》的變風中有淫詩，也與他對於詩歌所以創作的認知有關：

> 或問於余曰：「詩何爲而作也？」曰：「人生而靜，天之性也。感於物而動，性之欲也。夫既有欲矣，則不能無思。既有思矣，則不能無言。既有言矣，則言之所不能盡而發於咨嗟詠嘆之餘者，必有自然之音響節奏而不能已焉，此詩之所以作也。」曰：「然則其所以教者何也？」曰：「詩者，人心之感物而形於言之餘也。心之所感有邪正，故言之所形有是非。惟聖人在上，則其所感者無不正，而其言皆足以爲教。其或感之之雜，而所發不能無可擇者，則上之人必思所以自反，而因有以勸懲之，是亦所以爲教也。惟〈周南〉、〈召南〉親被文王之化以成德，而人皆有以得其性情之正，故其發於言者，樂而不過於淫，哀而不及於傷，是以二篇獨爲風詩之正經。自〈邶〉而下，則其國之治亂不同，人之賢否亦異。其所感而發者，有邪正是非之不齊，而所謂先王之風者，於此焉變矣。」（《詩集傳·序》頁1～2）

朱熹認爲詩作的產生，源於人心的感物而動，人心感於物，即有情欲的產生，而情欲的產生，即爲詩作的起源。但由於情欲有邪正善惡，因此形之於詩，自然也有邪正善惡之分。《詩經》中有本於「性情之正」的二南諸詩，也有本於性情邪惡的淫詩，這是詩歌創作的必然現象。朱熹由詩歌創作的根源，來論斷《詩經》的變風中有淫詩，這自然有其思想的理據。依據朱熹的哲學，性即理，性是純粹至善的，而一旦人心感於物而發爲情，則有善有惡，關於此點，朱熹嘗多次言及：

> 〈樂記〉曰：「人生而靜，天之性也。感於物而動，性之欲也。」何也？曰：「此言性情之妙，人之所生而有者也。蓋人受天地之中以生，其未感也，純粹至善，萬理具焉，所謂性也。然人有是性，則即有是形，有是形，則即有是心，而不能無感於物。感於物而動，則性

之欲者出焉，而善惡於是乎分矣。性之欲，即所謂情也。」（〈樂記動靜說〉，《朱熹集》卷六十七，頁 3523）

性即理也。（《朱子語類》卷五，頁 82）

性只是此理（同上，頁 83）

性則是純善底。（同上）

伯豐論性有已發之性，有未發之性。曰：「性纔發，便是情。情有善惡，性則全善。（同上，頁 90）

性無不善。心所發為情，或有不善。說不善非是心，亦不得。卻是心之本體本無不善，其流為不善者，情之遷於物而然也。（同上，頁 92）

人心受到外物的感動觸發而成為情，至此，人不再是保有純粹至善的狀態，所謂「性」，而是善惡紛呈，詩之作本於此善惡紛呈的狀態，或善或惡，或邪或正，這當然不能保證每篇詩作皆發之於純善，如此說來，《詩經》中有邪惡不善、不合乎禮義的「淫詩」存在，這也是自然的事情。基於「詩本性情，有邪有正」（《論語集注》卷四，頁 105）、「詩本人情」（《論語集注》卷七，頁 143）而作的認知，朱熹對於《詩大序》所謂「變風發乎情，止乎禮義」（《詩疏》卷一之一，頁 17）及《詩序》例以美刺說《詩》的方式都提出了批評：

蓋所謂《序》者，類多世儒之誤，不解詩人本意處甚多。且如「止乎禮義」，果能止禮義否？〈桑中〉之詩，禮義在何處？（《朱子語類》卷八十，頁 2086）

〈大序〉亦有未盡，如「發乎情，止乎禮義」，又只是說正詩，變風何嘗止乎禮義？（同上，頁 2072）

問「止乎禮義」。曰：「變風〈柏舟〉等詩，謂之「止乎禮義」，可也。〈桑中〉諸篇曰：「止乎禮義」，則不可。（同上）

「止乎禮義」，如〈泉水〉、〈載馳〉固「止乎禮義」，如〈桑中〉有甚禮義？〈大序〉只是揀好底說，亦未盡。（同上）

《詩序》實不足信。……大率古人作詩，與今人作詩一般，其間亦自有感物道情，吟詠情性，幾時盡是譏刺他人，只緣《序》者立例，篇篇要作美刺說，將詩人意思盡穿鑿壞了！（同上，頁 2076）

《詩大序》以《詩經》中的變風，仍是「發乎情，止乎禮義」之作，朱熹則以爲《詩經》中的變風有淫詩，非全是「止乎禮義」之詩。兩者的差異，即緣自朱熹對於「詩本性情，有邪有正」的認知而來。

三、國風諸詩多述男女之情，而其作者多爲閭巷小人、婦人小夫

除從反《序》、《序》不得詩意、以詩言詩的進路，及詩作本於情性的理論，導出朱熹以爲《詩經》中的變風中有淫詩之外，淫詩說的提出也與朱熹認爲國風是里巷歌謠之作，多述男女之情，所謂「男女相與詠歌，各言其情」，而其作者多爲閭巷小人、婦人小夫有關。關於此點，朱熹嘗多次論及：

> 吾聞之，凡《詩》之所謂風者，多出於里巷歌謠之作，所謂「男女相與詠歌，各言其情」者也。惟〈周南〉、〈召南〉親被文王之化以成德，而人皆有以得其性情之正，故其發於言者，樂而不過於淫，哀而不及於傷，是以二篇獨爲風詩之正經。自〈邶〉而下，則其國之治亂不同，人之賢否亦異。其所感而發者，有邪正是非之不齊，而所謂先王之風者，於此爲變矣。若夫雅、頌之篇，則皆成周之世，朝廷郊廟樂歌之辭，其語和而莊，其義寬而密，其作者往往聖人之徒，固所以爲萬世法程而不可易者也。至於雅之變者，亦皆一時賢人君子，閔時病俗之所爲，而聖人取之，其忠厚惻怛之心，陳善閉邪之意，尤非後世能言之士所能及之。（《詩集傳，序》，頁 2）

> 大抵國風是民庶所作，雅是朝廷之詩，頌是宗廟之詩。（《朱子語類》卷八十，頁 2066～2067）

> 風多出於在下之人，雅乃士夫所作。雅雖有刺，而其辭莊重，與風異。（同上，頁 2066）

> 《詩》，有是當時朝廷作者，〈雅〉、〈頌〉是也。若國風乃採詩有採之民間，以見四方民情之美惡，二南亦是採民言而被樂章爾。………若變風，又多是淫亂之詩，故班固言「男女相與歌詠以言其傷」，是也。聖人存此，亦以見上失其教，則民欲動情勝，其弊至此，故曰：「詩可以觀」也。（同上，頁 2067）

> 「思無邪」，如正風、雅、頌等詩，可以起人善心。如變風等詩，極有不好者，可以使人知戒懼不敢做。大段好詩者，大夫作；那一等

不好詩，只是閭巷小人作。前輩多說是作詩之思，不是如此。其間多有淫奔不好底詩，不成也是無邪思。（同上，卷二十三，頁 546～547）

伊川有《詩解》數篇，說到〈小雅〉以後極好。蓋是王公大人好生地做，都是識道理人言語，故它裏面說得儘有道理，好子細看。非如國風或出於婦人小夫之口，但可觀其大概也。（同上，卷八十，頁 2083）

雅者，正也，乃王公大人所作之詩，皆有次序，而文意不苟，極可玩味。風則或出於婦人小子之口，故但可觀其大略耳。（同上，卷八十一，頁 2120，釋〈采薇〉）

風則閭巷風土男女情思之詞，雅則朝會燕享公卿大人之作，頌則鬼神宗廟祭祀歌舞之樂。（《楚辭集注》卷一，頁 2）

依據朱熹的見解，國風「多出於里巷歌謠之作」，是「閭巷風土男女情思之詞」，在內容上，除了與朝會燕享的雅詩、鬼神宗廟祭祀歌舞的頌詩有別之外，國風諸詩的作者出自民庶、在下之人、閭巷小人、婦人小子之口，也與雅頌諸詩出自聖人之徒、賢人君子、士夫、王公大人不同。國風諸詩的作者，既出自於在下的閭巷小人、婦人小子，因此在情感的感發上，「有邪正是非之不齊」，發爲詩詞，也不如雅、頌的莊重典正。進一步來說，由於風詩的內容，多述及男女情思，而其作者又都是出自在下的民庶婦人、閭巷小人，在情感上，多是「欲動情勝」，流於淫邪，在文詞上，也往往「詞意輕儇」（《朱子語類》卷八十，頁 2075）、「詞意儇薄」（《詩序辨說‧子衿》，卷上，頁 20）、「輕佻狎暱」（同上），因此，朱熹斷定國風中，除親被文王之化，而保有性情之正的〈周南〉、〈召南〉以外，其他〈邶風〉、〈鄘風〉、〈衛風〉以下的諸變風，多有述及男女淫邪之詩。而此類淫邪之詩，既非如《詩序》所云有譏刺之意；是出自於賢人君子之手，相反地，此類淫詩，即是此等閭巷小人、民庶婦人的自道之辭，詩中明顯地表露出流連放蕩、淫奔相戲之情〔註3〕，這是因爲「此

〔註3〕關於《詩經》的變風中有淫詩，淫詩之作出自於閭巷小人、民庶婦人或淫奔之人；淫詩呈顯流連放蕩、淫奔相戲之情，並非刺淫、有譏刺之意，此意朱熹嘗多次提及：「李茂欽問：『先生曾與東萊辨論淫奔之詩，東萊謂詩人所作，先生謂淫奔者之言，至今未曉其説。』」曰：『若是詩人所作譏刺淫奔，則婺州人如有淫奔，東萊何不作一詩刺之？』茂欽又引他事問難。先生曰：『未須

等之人，安於爲惡，其於此等之詩，計其平日，固已自其口出而無慚矣」（《詩序辨說·桑中》，卷上，頁 13）因此，朱熹認爲國風中的變風，有述男及女淫邪、淫奔之詩，所謂「淫詩」，是毫無疑問的。

四、孔子對「鄭聲」的指斥及《禮記·樂記》對「鄭衛之音」的批評

朱熹淫詩說的提出，除了順著反《序》的脈絡、詩緣情性，而情性有邪正善惡，以及風詩多述男女情思，而其作者爲「欲動情勝」的閭巷小人、民庶婦人，淫詩即爲其自述淫醜之事，有以致之之外，孔子嘗言「放鄭聲，遠佞人，鄭聲淫，佞人殆。」（《論語·衛靈公》）、「惡紫之奪朱也，惡鄭聲之亂雅樂也，惡利口之覆邦家者。」（《論語·陽貨》），及《禮記·樂記》中所言：「鄭、衛之音，亂世之音也，比於慢矣。桑間、濮上之音，亡國之音也，其政散，其民流，誣上行私而不可止也。」對於朱熹淫說的提出，也都是一個重要的憑據和佐證。朱熹說：

> 鄭、衛詩多是淫奔之詩。鄭詩如〈將仲子〉以下，皆鄙俚之言，只是一時男女淫奔相誘之語。如〈桑中〉之詩云：「眾散民流，而不可止。」故〈樂記〉云：「桑間濮上之音，亡國之音也。其眾散，其民流，誣上行私而不可止也。」〈鄭〉詩自〈緇衣〉以外，亦皆鄙俚，如「采蕭」、「采艾」，「青衿」之類是也。故夫子「放鄭聲」。（《語類》

別說，只爲我答此一句來。』茂欽辭窮。先生曰：『若人家有隱僻事，便作詩詁其短譏刺，此乃今之輕薄子，好作謔詞嘲鄉里之類，爲一鄉所疾害者。詩人溫醇，必不如此。』（《朱子語類》卷八十，頁 2092）、「〈溱洧〉之詩，果無邪耶？某《詩傳》去《小序》，以爲此漢儒所作。如〈桑中〉、〈溱洧〉之類，皆是淫奔之人所作，非詩人作此以譏刺其人也。」（同上，卷二十三，頁 539）、「〈桑中〉之詩，放蕩留連，止是淫奔者相戲之辭：豈有刺人之惡而反自陷於流蕩之中？」（同上，卷八十，頁 2075）、「蓋所謂《序》者，類多世儒之誤，不解詩人本意處甚多。且如『止乎禮義』，果能止禮義否？〈桑中〉之詩，禮義在何處？」王（德修）曰：『他要存戒。』曰：『此正文中無戒意，只是直述他淫亂事爾。……某今看得鄭詩自〈叔于田〉等詩之外，如〈狡童〉、〈子衿〉等篇，皆淫亂之詩，而說《詩》者誤以爲刺昭公、刺學校廢耳。』（同上，頁 2068）、「此男女淫者所自作，非有刺也。其曰君臣失道者，尤無所謂。」（《詩序辨說·東方之日》，卷上，頁 21）、「此詩乃淫奔者所自作，《序》之首句，以爲刺奔，誤矣！」（《詩序辨說·桑中》，卷上，頁 13）、「此（按：指〈衛風·氓〉）淫婦爲人所棄，而自敘其事以道其悔恨之意也。」（《詩集傳》卷三，頁 37）

卷八十，頁 2078）

許多鄭風，只是孔子一言斷了曰：「鄭聲淫」。如〈將仲子〉，自是男女相與之辭，卻干祭仲、共叔段甚事？如〈褰裳〉自是男女相咎之辭，卻干忽與突爭國甚事？（同上，頁 2107）

聖人言「鄭聲淫」者，蓋鄭人之詩，多是言當時風俗男女淫奔，故有此等語。狡童，想說當時之人，非刺其君也。（同上，頁 2108）

聖人云：「鄭聲淫」。蓋周衰，惟鄭國最爲淫俗，故諸詩多是此事。（同上）

某今看得鄭詩自〈叔于田〉等詩之外，如〈狡童〉、〈子衿〉等篇，皆淫亂之詩，而說《詩》者誤以爲刺昭公、刺學校廢耳。〈衛〉詩尚可，猶是男子戲婦人，鄭詩則不然，多是婦人戲男子，所以聖人尤惡鄭聲也。（同上，頁 2086）

鄭衛之樂，皆爲淫聲。然以詩考之，衛詩三十有九，而淫奔之詩才四之一；鄭詩二十有一，而淫奔之詩已不翅七之五。衛猶爲男悅女之詞，而鄭皆爲女惑男之語。衛人猶多刺譏懲創之意，而鄭人幾於蕩然無復羞愧悔悟之萌，是則鄭聲之淫，有甚於衛矣。故夫子論爲邦，獨以鄭聲爲戒而不及衛，蓋舉重而言，固自有次第也。（《詩集傳》卷四，頁 56～57）

問讀《詩》記中所言雅、鄭、邪、正之言，何也？曰：鄭衛之音便是今邶鄘鄭衛之詩，多道淫亂之事，故曰：「鄭聲淫」。（《詩傳遺說》卷二，頁 3～4）

在朱熹所定的變風三十首淫詩之中，鄭衛之詩，即佔了二十首，其中〈邶風〉一首、〈鄘風〉一首、〈衛風〉三首、鄭風十五首，兩者合計，即佔朱熹所定淫詩的三分之二〔註4〕。朱熹所以視鄭、衛之風多淫詩，孔子對鄭聲的指斥及

〔註4〕關於朱熹所定淫詩之數，前人所說，頗有出入，元儒馬端臨以爲朱熹所定的淫詩有二十四篇，今人何定生以爲有二十七篇，程元敏先生以爲有二十九篇，蔣勵材、王春謀先生以爲有三十篇。馬端臨之說，見《文獻通考·經籍考》頁 139～140，何定生之說，見《詩經今論》（臺北：臺灣商務印書館，1968 年 6 月）卷三，頁 225～227，程元敏先生之說，見《王柏之生平與學術》第伍編《詩經學》，頁 859～863、〈朱子所定國風中言情諸詩研述〉，收入《詩經研究論集》，頁 271～286，蔣勵材之說，見〈國風「淫詩公案」述評（上）〉，東方雜誌復刊第十卷第十一期，1977 年 5 月，王春謀之說，見《朱熹淫詩說

〈樂記〉對於鄭衛之音的批評，都提供了朱熹淫詩說一個重要的佐證和憑據。而朱熹所以拈據孔子「放鄭聲」、「鄭聲淫」、「惡鄭聲」及〈樂記〉所言「鄭衛之音，亂世之音」，因謂「鄭聲」即是《詩經》中的〈鄭風〉；「鄭衛之音」即是《詩經》中的鄭、衛二風，其實是本諸其「聲詩合一」的觀念而來。此意朱熹在〈答陳體仁書〉及回答有關「詩言志，聲依永，律和聲」之問中均有所說明：

> 以〈虞書〉考之，則《詩》之作，本爲言志而已。方其詩也，未有歌也，及其歌也，未有樂也。以聲依永，以律和聲，則樂乃爲《詩》而作，非《詩》爲樂而作也。……是以凡聖賢之言《詩》，主於聲者少而發其義者多。仲尼所謂「思無邪」，孟子所謂「以意逆志」者，誠以《詩》之所以作，本乎其志之所存，然後《詩》可得而言也。得其志而不得其聲者有矣，未有不得志而能通其聲者也。……故愚意竊以爲《詩》出乎志者也，樂出乎《詩》者也。然則志者《詩》之本，而樂者其末也。末雖亡，不害本之存，患學者不能平心和氣，從容諷詠以求情性之中耳。有得乎此，然後可得而言，顧所得之淺深如何耳。有舜之文德，則聲爲律而身爲度，〈簫韶〉、〈二南〉之聲，不患其不作。此雖未易言，然其理蓋不誣也。（〈答陳體仁書〉，《朱熹集》卷三十七，頁 1673～1674）

> 或問「詩言志，聲依永，律和聲。」曰：「古人作詩，只是說他心下所存事。說出來，人便將他詩來歌。其聲之清濁長短，各依他詩之語言，卻將律來調和其聲。今人卻先安排下腔調了，然後做語言去合腔子，豈不是倒了！卻是永依聲也。古人是以樂去就他詩，後世是以詩去就他樂，如何解興起得人。」（《朱子語類》卷七十八，頁 2005）

之研究》（臺北：政治大學中國文學研究所碩士論文，1979 年 12 月），頁 39～50。本文參酌上述諸人所定淫詩之數，並輔證以述朱學者的觀點，如輔廣、王柏、劉瑾、朱公遷、劉玉汝等，因定朱熹所標舉的淫詩之數三十篇，即〈邶風・靜女〉、〈鄘風・桑中〉、〈衛風・氓〉、〈有狐〉、〈木瓜〉、〈王風・采葛〉、〈大車〉、〈丘中有麻〉、〈鄭風・將仲子〉、〈叔于田〉、〈遵大路〉、〈有女同車〉、〈山有扶蘇〉、〈蘀兮〉、〈狡童〉、〈褰裳〉、〈丰〉、〈東門之墠〉、〈風雨〉、〈子衿〉、〈揚之水〉、〈野有蔓草〉、〈溱洧〉、〈齊風・東方之日〉、〈陳風・東門之枌〉、〈東門之池〉、〈東門之楊〉、〈陳風・防有鵲巢〉、〈月出〉、〈澤陂〉。關於朱熹所定淫詩之相關討論，及其與《詩序》詮《詩》的異同，詳參下節。

朱熹認爲詩之作，本於人的情志，而樂的產生，則是依附、配合詩作而來。先有情志，才有詩作，有了詩作，才有樂的配合，詩是本，樂是末。據此，則鄭聲既淫，而聲、樂乃依詩篇而作，由此可以推知鄭風必是淫邪之詩。本於此「聲詩合一」的觀念，朱熹因謂孔子所說的「鄭聲淫」，即是指《詩經》中的〈鄭風〉而言，而〈樂記〉所謂「鄭衛之音，亂世之音」，也即是指《詩經》中的鄭、衛二風〔註5〕，既如此，《詩經》的變風中有淫詩，也必然毫無疑問。基於上述四點理由，朱熹以爲《詩經》中的變風有淫詩，根據《詩集傳》、《詩序辨說》及《朱子語類》中諸多言說來看，朱熹所定的淫詩，計有三十首，此一淫詩說的提出，不但成爲朱熹《詩經》學的一大特色，也與《詩經》漢學傳統的「變風發乎情，止乎禮義」，及刺淫、刺奔、刺某人之說，大異其趣。然而由於朱熹執持淫詩爲淫人所作，爲其自述之詞；又以鄭衛之聲爲《詩經》中的鄭衛二風、鄭衛二風多淫詩，這些論點必然也會遭受到《詩經》之中並非有淫詩，而是刺淫；《詩》三百皆是雅樂、鄭衛之聲不等同《詩經》中的鄭衛二風；及孔子所言「詩三百，一言以蔽之，曰：思無邪。」(《論語・爲政》)，詩之作本於「論功頌德，止僻防邪，大抵皆歸於正。」(《論語疏》，卷二，頁16)，《詩經》之中當無淫詩的質疑，關於這些質疑，朱熹在《詩序辨說・桑中》中，皆有所回應，他說：

> 此詩乃淫奔者所自作，《序》之首句以爲刺奔，誤矣！其下云云者乃復得之。《樂記》之說已略見本篇矣。而或者以爲「刺詩之體，固有鋪陳其事，不加一辭，而閔惜懲創之意自見於言外者，此類是也，豈必誰讓質責然後爲刺也哉？」此說不然。夫詩之爲刺，固有不加一辭而意自見者，〈清人〉、〈狢嗟〉之屬是已。然嘗試玩之，則其賦之之人，猶在所賦之外，而詞意之間，猶有賓主之分也，豈有將欲刺人之惡，乃反自爲彼人之言，以陷其身於所刺之中而不自知也哉？其不然也明矣。又況此等之人安於爲惡，其於此等之詩，計其平日

〔註5〕 朱熹以鄭衛二風多淫詩，除孔子對鄭聲的指斥及《禮記・樂記》對於鄭衛之音的批評，提供他一個重要的佐證和憑據之外，張載曾從地理環境與人民的氣稟，來論衛聲、鄭詩何以淫靡，亦爲朱熹所認同。朱熹在《詩集傳》卷三末綜論〈衛風〉，即引張載的觀點：「張子曰：『衛國地濱大河，其地土薄，故其人氣輕浮。其地平下，故其人質柔弱。其地肥饒，不費耕耨，故其人心怠惰。其人情性如此，則其聲音亦淫靡。故聞其樂，使人懈慢而有邪僻之心也。鄭詩放此。』」(頁41)

固已自其口出而無慚矣，又何待吾之鋪陳而後始知其所爲之如此，亦豈畏我之閔惜而遂幡然遽有懲創之心耶？以是爲刺，不惟無益，殆恐不免於鼓之舞之，而反以勸其惡也。或者又曰：「詩三百篇皆雅樂也，祭祀朝聘之所用也。桑間濮上之音，鄭衛之樂也，世俗之所用也，雅鄭不同部，其來尚矣。且夫子答顏淵之問，於鄭聲亟欲放而絕之，豈其刪詩，乃錄淫奔者之詞，而使之合奏於雅樂之中乎？」亦不然也。雅者，二雅是也；鄭者，〈緇衣〉以下二十一篇是也。衛者，〈邶〉、〈鄘〉、〈衛〉三十九篇是也。〈桑間〉，衛之一篇，〈桑中〉之詩是也。〈二南〉、〈雅〉、〈頌〉，祭祀朝聘之所用也。鄭、衛、桑濮，里巷狹邪之所歌也。夫子之於鄭衛，蓋深絕其聲，於樂以爲法，而嚴立其詞；於詩以爲戒，如聖人固不語亂，而《春秋》所記，無非亂臣賊子之事，蓋不如是，無以見當時風俗事變之實，而垂鑒戒於後世，故不得已而存之，所謂道並行而不相悖者也。今不察此，乃欲爲之諱其鄭衛桑濮之實，而文之以雅樂之名，又欲從而奏之宗廟之中、朝廷之上，則未知其將以薦之何等之鬼神，用之何等之賓客，而於聖人爲邦之法，又豈不爲陽守而陰判之耶？其亦誤矣！曰：然則〈大序〉所謂「止乎禮義」，夫子所謂「思無邪」者，又何謂邪？曰：〈大序〉指〈柏舟〉、〈綠衣〉、〈泉水〉、〈竹竿〉之屬而言，以爲多出於此耳，非謂篇篇皆然，而〈桑中〉之類亦止乎禮義也。夫子之言，正爲其有邪正美惡之雜，故特言此以明其皆可以懲惡勸善，而使人得其性情之正耳。非以〈桑中〉之類，亦以無邪之思作之也。曰：荀卿所謂「詩者，中聲之所止」，太史公亦謂三百篇者，夫子皆絃歌之，以求合於韶武之音，何邪？曰：荀卿之言，固爲正經而發，若史遷之說，則恐亦未足爲據也。豈有哇淫之曲，而可以強合於韶武之音也邪？（卷上，頁13～14）

執持孔子「思無邪」的詩觀，認爲《詩經》之中並無淫詩，而是刺淫；又以爲《詩》三百都是雅樂，用於祭祀朝聘，鄭、衛之聲不等同於《詩經》中的鄭衛二風，而是俗樂者，是朱熹之友呂祖謙〔註6〕。朱熹在此段辨說的長文中指出幾點，其一，〈鄘風‧桑中〉及鄭衛諸詩都是淫邪之詩，而非刺淫之詩。

〔註6〕《詩序辨說‧桑中》所引「或者」，即指呂祖謙。關於呂祖謙所持諸觀點，詳參《呂氏家塾讀詩記》卷五之釋〈桑中〉文，頁390。

謂〈鄘風・桑中〉爲淫詩，其理由可在《禮記・樂記》：「鄭衛之音，亂世之音也，比於慢矣！桑間濮上之音，亡國之音也。其政散，其民流，誣上行私而不可止也。」這一段記載中找到答案；且從〈桑中〉一詩的文詞來看，即是作者以第一人稱自述己身淫亂的詩，並非旁人站在第三者的角度上來陳述所見的淫亂之事，而寄寓其譏刺之意。其二，《詩》三百並非都是雅樂，國風中的鄭衛二風只是「里巷狹邪之所歌」，並非如〈二南〉、〈雅〉、〈頌〉用於祭祀朝聘，孔子一方面亟欲放絕鄭衛之聲，而又存錄此「里巷狹邪之所歌」、情思不正的鄭衛二風，其目的就在垂鑒戒於後世，這種情形，正如孔子雖不語怪力亂神之事，但所作的《春秋》中多載亂臣賊子之事，其目的也在垂鑒戒於後世，以爲後世法。其三，《詩大序》所云：「變風發乎情，止乎禮義」之說，只能適用於如〈邶風・柏舟〉、〈綠衣〉、〈泉水〉、〈衛風・竹竿〉等詩，至於像〈桑中〉及其他變風中的淫詩，皆非「止於禮義」之詩，而《詩經》之中既有淫詩，孔子何以會說：「詩三百，一言以蔽之，曰：思無邪。」呢？朱熹認爲孔子之意是說《詩經》中的詩篇有邪正美惡之雜，這些邪正美惡之詩，對於讀者都具有「懲惡勸善」的意義，所謂「善者可以感發人之善心，惡者可以懲創人之逸志。」（《論語集注》卷一，頁 53）而最終的目的，則在導人性情於正〔註7〕。由於朱熹執持《詩經》的變風中有淫詩，這使得他除了

〔註7〕 關於朱熹駁辨呂祖謙所持孔子「思無邪」的詩觀，以爲《詩經》之中並無淫詩，而是刺淫；以爲詩三百都是雅樂，用於祭祀朝聘；鄭衛之聲不等同於《詩經》之中的鄭衛二風，而是俗樂的諸觀點，除見諸《詩序辨說・桑中》篇之外，朱熹在稍早作於淳熙十一年（1184）的〈讀呂氏詩記桑中篇〉中，也有清楚的說明，可與《詩序辨說・桑中》一文互參，茲引錄〈讀呂氏詩記桑中篇〉一文如下，以爲參證。「詩體不同，固有鋪陳其事，不加一詞而意自見者。然必其事之猶可言者，若〈清人〉之詩是也。至於〈桑中〉、〈溱洧〉之篇，則雅人莊士有難言之者矣。孔子之稱思無邪也，以爲詩三百篇勸善懲惡，雖其要歸無不出於正，然未有若此言之約而盡者耳，非以作詩之人所思皆無邪也。今必曰彼以無邪之思鋪陳淫亂之事，而閔惜懲創之意自見於言外，則曷若曰彼雖以有邪之思作之，而我以無邪之思讀之，則彼之自狀其醜者，乃所以爲吾警懼懲創之資耶？而況曲爲訓說而求其無邪於彼，不若反而得之於我之易也。巧爲辨數而歸其無邪於彼，不若反而責之於我之切也。若夫雅也，鄭也，衛也，求之諸篇，固各有其目矣。雅則〈大雅〉、〈小雅〉若干篇是也，鄭則〈鄭風〉若干篇是也，衛則〈邶〉、〈鄘〉、〈衛〉風若干篇是也。是則自衛反魯以來，未之有改，而風雅之篇，說者又有正、變之別焉。至於〈桑中・小序〉『政散民流而不可止』之文與〈樂記〉合，則是詩之爲桑間，又不爲無所據者。今必曰三百篇皆雅，而大、小雅不獨爲雅，鄭風不爲鄭，邶、鄘、衛之風不爲衛，〈桑中〉不爲桑間亡國之音，則其篇帙混亂，邪正錯糅，非復

必須面對「詩三百篇,大抵賢聖發憤之所爲作也。」(〈太史公自序〉,《史記
會注考證》卷一百三十,頁 1372)、《詩經》的作者皆爲賢人,所作之詩,皆
本於無邪之思,而寄寓其譏刺之意,所謂《詩經》漢學傳統的詩觀的質疑外,
也使得他必須重新詮釋孔子既說「思無邪」,而《詩經》之中又有淫詩的問題,
關於孔子存錄淫詩,而又說「思無邪」之義,朱熹除在《詩序辨說‧桑中》
提及外,在文集、《朱子語類》中也反覆地說明:

> 詩體不同,固有鋪陳其事,不加一詞而意自見者。然必其事之猶可
> 言者,若〈清人〉之詩是也。至於〈桑中〉、〈溱洧〉之篇,則雅人
> 莊士有難言之者矣。孔子之稱思無邪也,以爲《詩》三百篇勸善懲
> 惡,雖其要歸不出於正,然未有若此言之約而盡者耳,非以作詩之
> 人所思皆無邪也。今必曰彼以無邪之思鋪陳淫亂之事,而閔惜懲創
> 之意自見於言外,則曷若曰彼雖以有邪之思作之,而我以無邪之思
> 讀之,則彼之自狀其醜者,乃所以爲吾警懼懲創之資耶?而況曲爲
> 訓說而求其無邪於彼,不若反而得之於我之易也。(《朱熹集‧讀呂
> 氏詩記桑中篇》,卷七十,頁 365~3651)

> 「思無邪」,如正風、雅、頌等詩,可以起人善心。如變風等詩,極

孔子之舊矣。夫〈二南〉正風,房中之樂也,鄉樂也。二雅之正,朝廷之樂
也。商周之頌,宗廟之樂也。是或見於序義,或出於傳記,皆有可考。至於
變雅,則固已無施於事,而變風又特里巷之歌謠。其領在樂官者,以爲可以
識時變、觀土風而賢於四夷之樂耳。今必曰三百篇者皆祭祀朝聘之所用,則
未知〈桑中〉、〈溱洧〉之屬當以薦何等之鬼神,接何等之賓客耶?蓋古者天
子巡守,命太師陳詩以觀民風,固不問其美惡而悉陳以觀也。既已陳之,固
不問其美惡而悉存以訓也。然其與先王雅頌之正篇帙不同,施用亦異,如前
所陳,則固不嫌於厖雜矣。今於雅鄭之實,察之既不詳,於厖雜之名,畏之
又太甚,顧乃引夫浮放之鄙詞,而文以風刺之美說,必欲強而置諸先王雅頌
之列,是乃反爲厖雜之甚而不自知也。夫以胡部與鄭衛合奏猶曰不可,而況
強以〈桑中〉、〈溱洧〉爲雅樂,又欲合於〈鹿鳴〉、〈文王〉、〈清廟〉之什而
奏之宗廟之中、朝廷之上乎?其以二詩爲猶止於中聲者,太史公所謂孔子皆
弦歌之,以求合於韶武之音,其誤蓋亦如此。然古樂既亡,無所考正,則吾
不敢必爲之說。獨以其理與其詞推之,有以知其必不然耳。又以爲近於勸百
諷一而止乎禮義,則又信《大序》之過者。夫〈子虛〉、〈上林〉侈矣,然自
『天子芒然而思』以下,猶實有所謂諷也。〈漢廣〉知不可而不求,〈大車〉
有所畏而不敢,則猶有所謂禮義之止也。若〈桑中〉、〈溱洧〉,則吾不知其何
詞之諷而何禮義之止乎?若曰孔子嘗欲放鄭聲矣,不當於此又收之以備六籍
也,此則曾南豐於《戰國策》,劉元城於〈三不足之論〉皆嘗言之,又豈俟吾
言而後白也哉!」(《朱熹集》第六冊,頁 3650~3652)

有不好者，可以使人知戒懼不敢做。大段好詩者，大夫作；那一等不好詩，只是閭巷小人作。前輩多說是作詩之思，不是如此。其間多有淫奔不好底詩，不成也是無邪思。……夫善者可以感發得人之善心，惡者可以懲創得人之逸志，今使人讀好底詩，固是知勸；若讀不好底詩，便悚然戒懼，知得此心本不欲如此者，是此心之失。所以讀詩者，使人心無邪也，此是詩之功用如此。(《朱子語類》卷二十三，頁 546～547)

徐問「思無邪」。曰：「非言作詩之人『思無邪』也。蓋謂三百篇之詩，所美者皆可以為法，而所刺者皆可以為戒，讀之者『思無邪』耳。作之者非一人，安能『思無邪』乎？只是要正人心。(同上，頁 538)

「思無邪」，乃是要使讀《詩》人「思無邪」耳。讀三百篇詩，善為可法，惡為可戒，故使人「思無邪」也。若以為作詩者「思無邪」，則〈桑中〉、〈溱洧〉之詩，果無邪耶？某《詩傳》去《小序》，以為此漢儒所作。如〈桑中〉、〈溱洧〉之類，皆是淫奔之人所作，非詩人作此以譏刺其人也。聖人存之，以見風俗如此不好。至於做出此詩來，使讀者有所愧恥而以為戒耳。(同上，頁 539)

問：「《讀詩記‧序》中『雅、鄭、邪、正』之說未明。」曰：「向來看《詩》中〈鄭詩〉、〈邶〉、〈鄘〉、〈衛〉詩，便是鄭衛之音，其詩大段邪淫。伯恭直以謂詩皆賢人所作，皆可歌之宗廟，用之賓客，此甚不然！如國風中亦多有邪淫者。又問「思無邪」之義。……所謂「無邪」者，讀《詩》之大體，善者可以勸，而惡者可以戒。若以為皆賢人所作，賢人決不肯為此。……所謂「詩可以興」者，使人興起有所感發，有所懲創。「可以觀」者，見一時之習俗如此，所以聖人存之不盡刪去，便見當時風俗美惡，非謂皆賢人所作耳。(同上，卷八十，頁 2090)〔註8〕

〔註8〕關於孔子存錄淫詩，而又說「思無邪」之義，朱熹對此一問題再三致意，相關的言說，除正文所引數條之外，尚有：「或問『思無邪』。曰：此《詩》之立教如此，可以感發人之善心，可以懲創人之逸志。」(《朱子語類》卷二十三，頁 538)、「問『思無邪』。曰：若言作詩者『思無邪』，則其間有邪底多。蓋《詩》之功用，能使人無邪也。」(同上)、「文振問『思無邪』。曰：人言夫子刪詩，看來只是採得許多詩，夫子不曾刪去，往往只是刊定而已。聖人當來刊定，好底詩，便要吟詠，興發人之善心，不好底詩，便要起人羞惡之

從上引諸條朱熹的言論看來，朱熹所要說明、強調的意旨只有一個，那就是《詩經》的變風中確有淫詩，而淫詩的作者即是出自閭巷小人，並非賢人。《詩經》之中既有淫詩，而孔子猶存錄之，並謂「思無邪」，其主要的意義，即是讓讀者「善者可以勸，而惡者可以戒」，其中實有教化警戒的寓意在。當讀到變風以外的正風、二雅、三頌的好詩時，讀者固然要有所感發、見賢思齊、引起善心；當讀到變風中的不好、邪淫之詩，在心中也應油然興起悚然戒懼之意。《詩經》之中，不論是緣於性情之美的正風、雅、頌諸詩，抑或是緣於性情之惡的淫詩，讀者只要以無邪之思來面對，就可以達到勸善懲惡的效用，並使自我的情性導向於正。因此，孔子所謂的「思無邪」，並非指作者而言，而是從讀者來立論，以爲讀《詩》「所美者皆可以爲法，而所刺者皆可以爲戒」、「善者可以勸，而惡者可以戒」，最終可以達到性情之正、「思無邪」的效用。換言之，孔子所謂的「思無邪」，乃是就讀《詩》的效用、功用來詮說，側重在讀者而非指詩三百的作者都是「思無邪」；其所作之詩也都是「思無邪」；其中皆寄寓著「閔惜懲創」、譏刺之意。朱熹如此詮說「思無邪」，顯然和傳統側重在作者的詮說有所不同。

　　朱熹論變風中有淫詩、淫詩爲閭巷小人、婦人小夫所作，皆是不合乎禮義之詩，也並非有譏刺之意；又重新詮說孔子「思無邪」之意，諸多論點，蓋皆本於與其好友呂祖謙的辨難而來，而呂祖謙所持諸觀點：《詩經》之中並無淫詩、《詩經》的作者皆爲賢人、所作之詩皆符合孔子所說「思無邪」之意；詩三百皆是雅樂、孔子所欲放絕的鄭聲，非指《詩經》中的〈鄭風〉等，實際上又與《詩經》的漢學傳統合轍〔註9〕，所以朱熹由《詩經》的變風中有淫

心，皆要人『思無邪』」(同上，頁 542)、「只是『思無邪』一句好，不是一部《詩》皆『思無邪』。」(同上，卷八十，頁 2065)、「孔子曰：『詩三百，一言以蔽之，曰：思無邪。』蓋詩之言美惡不同，或勸或懲，皆有以使人得其情性之正。然其明白簡切，通于上下，未有若此言者。故特稱之，以爲可當三百篇之義，以其要爲不過乎此也。學者誠能深味其言，而審於念慮之間，必使無所思而不出於正，則日用云爲，莫非天理之流行矣。」(《詩集傳》卷二十，頁 238)、「『思無邪』，〈魯頌‧駧〉篇之辭。凡《詩》之言，善者可以感發人之善心，惡者可以懲創人之逸志，其用歸於使人得其情性之正而已。然其言微婉，且或各因一事而發，求其直指全體，則未有若此之明且盡者。故夫子言《詩》三百篇，而惟此一言足以盡蓋其義，其示人之意亦深切矣。」(《論語集注》卷一，頁 53～54)

〔註 9〕鄭玄、孔穎達均以子夏作《詩序》，《小雅‧常棣疏》引《鄭志》曰：「此《序》子夏所爲，親受聖人。」(《詩疏》，卷九之一，頁 12)、《詩譜序‧疏》：「三百

詩，所衍伸出來的諸觀點，既與呂祖謙所持的諸觀點相枘鑿，實際上也即是
與《詩經》漢學傳統相異處。

第二節　朱熹所定的「淫詩」和《詩序》詮《詩》的實際對較

　　《詩經》之中，被朱熹指為敘述不正當的男女之情的淫詩計有三十首，
即〈邶風‧靜女〉、〈鄘風‧桑中〉、〈衛風‧氓〉、〈有狐〉、〈木瓜〉、〈王風‧
采葛〉、〈大車〉、〈丘中有麻〉、〈鄭風‧將仲子〉、〈叔于田〉、〈遵大路〉、〈有
女同車〉、〈山有扶蘇〉、〈蘀兮〉、〈狡童〉、〈褰裳〉、〈丰〉、〈東門之墠〉、〈風
雨〉、〈子衿〉、〈揚之水〉、〈野有蔓草〉、〈溱洧〉、〈齊風‧東方之日〉、〈陳風‧
東門之枌〉、〈東門之池〉、〈東門之楊〉、〈陳風‧防有鵲巢〉、〈月出〉、〈澤陂〉，
此三十首詩，和《詩序》所詮定的「刺淫」、「刺奔」、譏刺某人某事等的意旨，
截然異趣，茲就朱熹所定的三十首淫詩，和《詩序》所詮定的詩旨作一對較，

一十一篇皆子夏為之作《序》，明是孔子舊定。」（卷首，頁 5）而《詩序》於
朱熹所詮定為淫詩之詩，皆不以為淫，或謂「刺時」、「刺奔」、「刺周大夫」、
「懼讒」等。又〈詩大序〉以為國風諸詩皆具有教化勸誡之意，所謂：「上以
風化下，下以風刺上，主文而譎諫，言之者無罪，聞之者足以戒」（《詩疏》
卷一之一，頁 16），詩人作詩，「皆為正邪防失」（同上），即使連變風諸詩也
都是「發乎情，止乎禮義」，不為淫邪之詩，《毛詩正義》疏釋《詩大序》「變
風發乎情，止乎禮義。發乎情，民之性也，止乎禮義，先王之澤也。」云：「作
詩者皆曉達於世事之變易，而私懷其舊時之風俗，見時世政事，變易舊章，
即作詩以舊法誡之，欲使之合於禮義，故變風之詩，皆發於民情，止於禮義，
言各出民之情性而皆合於禮義也。」、「詩人既見時世之事變，改舊時之俗，
故依準舊法而作詩戒之，雖俱準舊法，而詩體不同，或陳古政治，或指世淫
荒，雖復屬意不同，俱懷匡救之意，故各發情性，而皆止禮義也。」、「作詩
止於禮義，則應言皆合禮。而變風所陳，多說姦淫之狀者，男淫女奔，傷化
敗俗，詩人所陳者皆亂狀淫形，時政之疾病也。所言者皆忠規切諫，救世之
針藥也。」、「詩人救世，亦猶是矣。典刑未亡，覬可追改，則箴規之意切，〈鶴
鳴〉、〈沔水〉，殷勤而責王也。淫風大行，莫之能救、則匡諫之志微，〈溱洧〉、
〈桑中〉所以咨嗟嘆息而閔世。陳、鄭之俗，亡形已成，詩人度己箴規必不
變改，且復賦己之志，哀嘆而已，不敢望其存，是謂匡諫之志微。」（以上並
見《詩疏》卷一之一，頁 17）凡此，皆為呂祖謙《詩》觀之所本。另有關呂
祖謙奉守《詩序》以言《詩》的《詩》學，可參賴炎元〈呂祖謙的詩經學〉，
中國學術年刊第六期，1984 年 6 月、郭麗娟《呂祖謙詩經學研究》，臺北：東
吳大學中國文學研究所碩士論文，1994 年 10 月、趙制陽《呂氏家塾讀詩記》
評介，孔孟學報第七十四期，1997 年 9 月。

以見朱熹《詩經》學和漢學傳統的異同。

1.〈邶風・靜女〉

　　　　靜女其姝，俟我于城隅。愛而不見，搔首踟躕。（一章）

　　　　靜女其孌，貽我彤管；彤管有煒，說懌女美。（二章）

　　　　自牧歸荑，洵美且異。匪女之為美，美人之貽。（三章）

　　〈靜女〉一詩，《詩序》的詮釋是：

　　　　刺時也。衛君無道，夫人無德。（《詩疏》卷二之三，頁104）

鄭玄箋釋《詩序》之意云：

　　　　以君及夫人無道德，故陳靜女遺我以彤管之法，德如是，可以易之

　　　　為人君之配。（同上）

《毛詩正義》疏釋《詩序》之意云：

　　　　道、德一也，異其文耳。經三章皆是陳靜女之美，欲以易今夫人也，

　　　　庶輔贊於君，使之有道。此直思得靜女以易夫人，非謂陳古也，故

　　　　經云「俟我」、「貽我」，皆非陳古之辭也。（同上）

據此，《詩序》以為由於衛君無道、夫人無德，因此詩人敘寫貞靜有德之女，
希望能夠讓這位貞靜有德之女，來取代無德的夫人，以輔正國君，使其導之
於善。朱熹詮釋〈靜女〉，不取《序》說，認為《詩序》的詮釋「全然不似詩
意。」（《詩序辨說・靜女》，卷上，頁19），因謂〈靜女〉是：「此淫奔期會之
詩也。」（《詩集傳》卷二，頁26）〔註10〕。

〔註10〕朱熹所以視〈靜女〉為淫詩，蓋有取於歐陽脩之說，歐陽脩嘗撰《詩本義》
　　　　十四卷，針對《詩序》及毛《傳》、鄭《箋》的詮釋失當、牴牾之處有所駁正，
　　　　在〈靜女〉一詩的詮釋中，歐陽脩批評毛、鄭的釋《詩》失當，云：「靜女之
　　　　詩所以為刺也，毛鄭之說皆以為美，既非陳古以刺今，又非思得賢女以配君
　　　　子，直言衛國有正靜之女，其德可以配人君。考《序》及詩，皆無此義。然
　　　　則既失其大旨，而一篇之內隨事為說，訓解不通者，不足怪也。詩曰：『靜女
　　　　其姝，俟我於城隅。愛而不見，搔首踟躕。』據文求義，是言靜女有所待於
　　　　城隅，不見而徬徨爾，其文顯而易明，灼然易見，而毛鄭乃謂正靜之女，自
　　　　防如城隅，則是舍其一章，但取『城』、『隅』二字以自申其臆說爾。彤管不
　　　　知為何物，如毛鄭之說，則是女史所執，以書后妃群妾功過之筆之赤管也。
　　　　以謂女史所書是婦人之典法，彤管是書典法之筆，故云遺以古人之法，何其
　　　　迂也！……據《序》言：『〈靜女〉，刺時也。衛君無道，夫人無德』，謂宣公
　　　　與二姜淫亂，國人化之，淫風大行，君臣上下、舉國之人皆可刺而難於指名
　　　　以遍舉，故曰：刺者，謂時人皆可刺也。據此，乃是述衛風俗男女淫奔之
　　　　詩爾，以此求詩，則本義得矣。」（卷三，頁9221～9222）又說：「衛宣公既

2. 〈鄘風・桑中〉

> 爰采唐矣,沫之鄉矣。云誰之思?美孟姜矣。期我乎桑中,要我乎上宮,送我乎淇之上矣。(一章)
>
> 爰采麥矣,沫之北矣。云誰之思?美孟弋矣。期我乎桑中,要我乎上宮,送我乎淇之上矣。(二章)
>
> 爰采葑矣,沫之東矣。云誰之思,美孟庸矣。期我乎桑中,要我乎上宮,送我乎淇之上矣。(三章)

〈桑中〉一詩,《詩序》的詮釋是:

> 〈桑中〉,刺奔也。衛之公室淫亂,男女相奔,至于世族在位,相竊妻妾,期於幽遠,政散民流而不可止。(《詩疏》卷三之一,頁113)

鄭玄《箋》釋《詩序》之意云:

> 衛之公室淫亂,謂宣惠之世,男女相奔,不待媒氏以禮會之也。世族在位,取姜氏、弋氏、庸氏者也。竊,盜也。幽遠,謂桑中之野。(同上)

《毛詩正義》疏釋《詩序》之意云:

> 作〈桑中〉詩者,刺男女淫亂而相奔也。由衛之公室淫亂之所化,是故又使國中男女相奔,不待禮會而行之,雖至於世族在位為官者,相竊其妻妾,而期於幽遠之處,而與之行淫。時既如此,即政教荒散,世俗流移,淫亂成風而不可止,故刺之也。(同上)

據此,《詩序》以為〈桑中〉是譏刺衛俗淫亂,致男女相奔之詩。由於衛國公室淫亂,風化所及,連世族在位為官者,也有淫奔的行為,淫風如此,表示政教敗壞,所以詩人作〈桑中〉一詩來加以譏刺。朱熹詮釋〈桑中〉,與《詩序》「刺

與二夫人烝淫為鳥獸之行,衛俗化之,禮義壞而淫風大行,男女務以色相誘悅,務誇自道而不知為惡,雖幽靜難誘之女亦然,舉〈靜女〉猶如此,則其他可知。……」(同上,頁9222),歐陽脩視〈靜女〉為淫奔之詩,為朱熹所採用,此意裝師普賢嘗提及,參《歐陽脩詩本義研究》(臺北:東大圖書公司,1981年7月),頁28。又清儒陳啟源亦云:「詩人說靜女之德,與宣姜相反,『城隅』,高峻之節也,『彤管』,法度之器也,『歸荑』,有始有終之義也,是謂貞靜而有德。宣姜以伋妻而受公,要是無節矣。譖殺伋、壽,與盜同謀,是陷君於不法矣。始播於〈新臺〉,終於貽羞於中冓,是無始無終矣。故《詩》極稱女德,而《敘》反言『夫人無德』,《敘》所言者,作詩之意,非詩之詞也。橫渠、東萊皆從《敘》說,《集傳》獨祖歐陽《本義》,指為淫奔期會之詩。夫淫女而以『靜』名之,可乎哉?」(《毛詩稽古編》卷三,頁24)

奔」之說不同，云：

> 衛俗淫亂，世族在位，相竊妻妾。故此人自言將采唐於沬，而與其
> 所思之人相期會迎送如此也。(《詩集傳》卷三，頁 30)

> 此詩乃淫奔者所自作，《序》之首句以爲刺奔，誤矣！(《詩序辨說・
> 桑中》，卷上，頁 14)

視〈桑中〉爲「淫奔者所自作」的淫詩。而朱熹所以視〈桑中〉爲淫奔者所自作的淫詩，除本諸《禮記・樂記》：「鄭衛之音，亂世之音也。比於慢矣。桑間濮上之音，亡國之音也。其政散，其民流，誣上行私而不可止也。」(《禮記疏》卷三十七，頁 665) 以「鄭衛之音，亂世之音。」即爲《詩經》中的〈鄭〉、〈衛〉二風；以「桑間」即爲《詩經・鄘風・桑中》一詩而爲說外〔註11〕，朱熹從以詩言詩、涵詠詩文的詮釋進路中，讀出〈桑中〉一詩的內容呈顯出「放蕩留連」之情、「止是淫者相戲之辭」，其中並非有譏刺教戒的寓意在，其作者也不是什麼雅人莊士，而僅是淫者的自道之辭，這也是朱熹所以判定〈桑中〉爲淫詩的另一關鍵〔註12〕。根據朱熹的看法，《詩經》之中，確實有純係鋪陳、敘事，不加一辭，而其中即寄寓著作者的譏刺之意之詩，如〈鄭風・清人〉、〈齊風・猗嗟〉之類，但此類的刺詩，倘就詩文加以研析，可以發現在敘述上有主客之分，作者乃是站在第三者的角度上來鋪陳、敘事，而寄寓其譏刺之意，而非如〈桑中〉一詩，作者乃以第一人稱、以我爲主體，在自述己身的淫亂之事，豈有人要作一首刺淫之詩，反而是運用自述的方式，使自己成爲譏刺的對象？更何況，如〈桑中〉這類淫詩的作者，本即爲淫邪之人，「安於爲惡」，詩中所敘寫的詩

〔註11〕 朱熹在《詩集傳》卷三釋〈桑中〉篇末，謂：「《樂記》曰：『鄭衛之音，亂世之音也。比於慢矣。桑間濮上之音，亡國之音也。其政散，其民流，誣上行私而不可止也。』按：桑間即此篇，故《小序》亦用《樂記》之語。」(《詩集傳》卷三，頁 30) 又在《詩序辨說・桑中》謂：「此詩乃淫奔者所自作，《序》之首句以爲刺奔，誤矣！其下云云者乃復得之。《樂記》之說已略見本篇矣。」(卷上，頁 14) 是朱熹本《禮記・樂記》之文，以「桑間」爲〈鄘風・桑中〉之詩。

〔註12〕 朱熹云：「〈桑中〉之詩放蕩留連，止是淫者相戲之辭，豈有刺人之惡，而反自陷於流蕩之中！」(《朱子語類》卷八十，頁 2075)、「……且如『止乎禮義』，果能止禮義否？〈桑中〉之詩，禮義在何處？王（德修）曰：他要存戒。曰：此正文中無戒意，只是直述他淫亂事爾。」(同上，頁 2068)、「詩體不同，固有鋪陳其事，不加一詞而意自見者。然必其事之猶可言者，若〈清人〉之詩是也。至於〈桑中〉、〈溱洧〉之篇，則雅人莊士有難言之者矣。」(《朱熹集・讀呂氏詩記桑中篇》，卷七十，頁 3650)

詞,即是這些人平常的慣用語,脫口而出,也不會有絲毫的愧恥之意的,如果說〈桑中〉爲刺淫之詩,朱熹認爲反而更會助長淫奔之人爲惡,因此,〈桑中〉一詩即是淫人自述的淫奔之辭﹝註13﹞,而非作於雅人莊士的刺淫之詩。

3. 〈衛風・氓〉

氓之蚩蚩,抱布貿絲。匪來貿絲,來即我謀。送子涉淇,至于頓丘。
匪我愆期,子無良媒。將子無怒,秋以爲期。(一章)
乘彼垝垣,以望復關。不見復關,泣涕漣漣,既見復關,載笑載言。
爾卜爾筮,體無咎言。以爾車來,以我賄遷。(二章)
桑之未落,其葉沃若。于嗟鳩兮,無食桑葚。于嗟女兮,無與士耽。
士之耽兮,猶可說也:女之耽兮,不可說也。(三章)
桑之落矣,其黃而隕。自我徂爾,三歲食貧。淇水湯湯,漸車帷裳。
女也不爽,士貳其行。士也罔極,二三其德。(四章)
三歲爲婦,靡室勞矣。夙興夜寐,靡有朝矣。言既遂矣,至于暴矣。
兄弟不知,咥其笑矣。靜言思之,躬自悼矣。(五章)
及爾偕老,老使我怨。淇則有岸,隰則有泮。總角之宴,言笑晏晏,
信誓旦旦。不思其反。反是不思,亦已焉哉!(六章)

〈氓〉一詩,《詩序》的詮釋是:

〈氓〉,刺時也。宣公之時,禮義消亡,淫風大行,男女無別,遂相
奔誘。華落色衰,復相棄背。或乃困而自悔,喪其妃耦,故序其事
以風焉。美反正,刺淫泆也。(《詩疏》卷三之三,頁 134)

視〈氓〉爲一首「刺淫泆」之詩。朱熹詮釋〈氓〉,不取《序》說,而謂:「此淫婦爲人所棄,而自敘其事,以道其悔恨之意也。」(《詩集傳》卷三,頁 37)視〈氓〉爲一首淫婦自作,以述其悔恨的淫詩。在《詩序辨說》中並對《詩序》「刺時」、「刺淫泆」之說提出批評:

此非刺時,宣公未有考。「故序其事」以下亦非是。其曰:「美反正」

﹝註13﹞此意參朱熹《詩序辨說・桑中》文:「夫詩之爲刺,固有不加一辭而意自見者,
〈清人〉、〈猗嗟〉之屬是已。然嘗試玩之,則其賦之之人,猶在所賦之外,
而詞意之間,猶有賓主之分也,豈有將欲刺人之惡,乃反自爲彼人之言,以
陷其身於所刺之中而不自知也哉?其不然也明矣。又況此等之人安於爲惡,
其於此等之詩,計其平日固已自其口出而無慚矣,又何待吾之鋪陳而後始知
其所爲之如此,亦豈畏我之閒惜而遽幡然遽有懲創之心耶?以是爲刺,不惟
無益,殆恐不免於鼓之舞之,而反以勸其惡也。」(卷上,頁 14)

者，尤無理。（《詩序辨說》卷上，頁 15）

朱熹認爲《詩序》「刺時」、「刺淫佚」之說，皆非詩意，《詩序》又逕指〈氓〉詩的寫作背景，乃在宣公之時，朱熹也認爲此說沒有根據。

4. 〈衛風・有狐〉

　　有狐綏綏，在彼淇梁。心之憂矣，之子無裳。（一章）
　　有狐綏綏，在彼淇厲。心之憂矣，之子無帶。（二章）
　　有狐綏綏，在彼淇側。心之憂矣，之子無服。（三章）

　　〈有狐〉一詩，《詩序》的詮釋是：

　　刺時也。衛之男女失時，喪其妃耦焉。古者國有凶荒，則殺禮而多昏，會男女之無夫家者，所以育人民也。（《詩疏》卷三之三，頁 140）

《詩序》之意，《毛詩正義》疏釋之云：

　　作〈有狐〉詩者，刺時也。以時君不教民隨時殺禮爲昏，至使衛之男女失年盛之時爲昏，而喪失其妃耦，不得早爲室家，故刺之。以古者國有凶荒，則減殺其禮，隨時而多昏，令會男女之無夫家者，使爲夫婦，所以蕃育人民，刺今不然。男女失時，謂失男女年盛之時，不得早爲室家，至今人而無匹，是喪其妃耦，非先爲妃而相棄也。（同上）

據此，《詩序》以爲〈有狐〉是刺時之詩。由於衛君不教導人民隨時殺禮來成婚，致使衛國的男女在年盛之際，不能適時成婚，馴致孤寡無匹，所以詩人作此〈有狐〉一詩，來譏刺衛君。朱熹詮釋〈有狐〉，不取《詩序》「刺時」之說，而謂：

　　比也。狐者，妖媚之獸。綏綏，獨行求匹之貌。……國亂民散，喪其妃耦，有寡婦見鰥夫而欲嫁之，故託言有狐獨行，而憂其無裳也。
　　（《詩集傳》卷三，頁 40～41）

視〈有狐〉爲「寡婦見鰥夫而欲嫁之」的淫詩〔註14〕。

〔註14〕〈有狐〉一詩，朱熹蓋視爲淫詩。劉瑾《詩傳通釋》疏釋朱熹《詩集傳》：「比也。狐者，妖媚之獸，綏綏，獨行求匹之貌。」引嚴粲之說云：「嚴氏曰：狐性淫又多疑，綏綏然獨行而遲疑，有求匹之意，喻無妻之人也。」又謂：「《本草》曰：狐鼻尖尾大，善爲妖魅。」（以上並見《詩傳通釋》卷三，頁 379）又朱公遷釋朱熹《詩集傳》：「比也。狐者，妖媚之獸，綏綏，獨行求匹之貌。」云：「淫奔之詩，每以狐比，〈齊〉之〈南山〉亦是類也。」（《詩經疏義會通》卷三，頁 151）此外，王柏論〈衛風〉，亦以〈有狐〉爲淫詩；〈有狐〉並列在

5. 〈衛風・木瓜〉

> 投我以木瓜，報之以瓊琚。匪報也，永以爲好也。（一章）
> 投我以木桃，報之以瓊瑤。匪報也，永以爲好也。（二章）
> 投我以木李，報之以瓊玖。匪報也，永以爲好也。（三章）

〈木瓜〉一詩，《詩序》的詮釋是：

> 〈木瓜〉，美齊桓公也。衛國有狄人之敗，出處于漕，齊桓公救而封
> 之，遺之車馬器服焉。衛人思之，欲厚報之而作是詩也。（《詩疏》
> 卷三之三，頁 141）

《詩序》之意，《毛詩正義》有所疏釋：

> 有狄之敗，懿公時也。至戴公，爲宋桓公迎而立之，出處於漕，後
> 即爲齊公子無虧所救。戴公卒，文公立，齊桓公又城楚丘之以封之。
> 則戴也、文也，皆爲齊所救而封之也。下總言遺之車馬器服，則二
> 公皆爲齊所遺。《左傳》「齊侯使公子無虧帥三百乘以戌漕。歸公乘
> 馬、祭服五稱、牛羊豕雞狗皆三百，與門材。歸夫人魚軒、重錦三
> 十兩。」是遺戴公也。《外傳・齊語》曰：「衛人出廬於漕，桓公城
> 楚丘以封之，其畜散而無育，齊桓公與之繫馬三百」，是遺文公也。
> （《詩疏》卷三之三，頁 141）

據此，《詩序》以爲〈木瓜〉是衛人所作，以讚美齊桓公之詩。由於齊桓公嘗
救封衛國，並贈以車馬器服，衛人感念齊桓公之德，因作〈木瓜〉一詩，來
表露心中欲厚報齊桓公之情。《詩序》的詮釋，蓋自《左傳》閔公二年的記載
附會而來，姚際恒、崔述俱有所辨正〔註15〕。朱熹詮釋〈木瓜〉，與《詩序》

〔註15〕 王柏倡議刪汰的三十二首淫詩之中，見《詩疑》卷一，頁 11～12、26～32。
對於《木瓜・序》的質疑，可以姚際恒、崔述爲代表。姚際恒云：「《小序》
謂『美齊桓公』；《大序》謂『齊桓救而封之，遺以車馬、器服焉，衛人思欲
厚報之而作是詩』。按此說不合者有四。衛被狄難，本未嘗滅，而桓公亦不過
爲之城楚丘及贈以車馬、器服而已；乃以爲美桓公之救而封之，一也。以是
爲衛君作與？衛文乘齊五子之亂而伐其喪，實爲背德，則必不作此詩。以爲
衛人作與？衛人，民也，何以力能報齊乎？二也。既曰桓公救而封之，則爲
再造之恩；乃僅以果實喻其所投之甚微，豈可謂之美桓公乎？三也，衛人始
終毫末未報齊，而遽自儗以重寶爲報，徒以空言妄自矜詡，又不應若是喪心，
四也，或知其不通，以爲詩人追思桓公，以諷衛人之背德，益迂。且詩中皆
綢繆和好之音，絕無諷背德意。」（《詩經通論》卷四，頁 129）崔述云：「天
下有詞明意顯，無待於解，而說者患其易知，必欲紆曲牽合，以爲別有意在。

不同，謂：

> 言人有贈我以微物，我當報之以重寶，而猶未足以爲報也，但欲其
> 長以爲好而不忘耳。疑亦男女相贈答之詞，如〈靜女〉之類。（《詩
> 集傳》卷三，頁 41）

以爲〈木瓜〉抒寫人若以微物贈我，則我當以重寶來回報，希望永結情好之
意。但朱熹懷疑〈木瓜〉是男女間相互贈答之詞，就如〈靜女〉一詩所描寫
的「靜女其孌，貽我彤管。彤管有煒，說懌女美。」、「自牧歸荑，洵美且異，
匪女之爲美，美人之貽。」一樣。朱熹視〈靜女〉爲淫詩，則〈木瓜〉一詩，
朱熹蓋亦視之爲淫詩〔註16〕。

6.〈王風・采葛〉

> 彼采葛兮。一日不見，如三月兮。（一章）
>
> 彼采蕭兮。一日不見，如三秋兮。（二章）
>
> 彼采艾兮，一日不見，如三歲兮。（三章）

〈采葛〉一詩，《詩序》的詮釋是：

> 懼讒也。（《詩疏》卷四之一，頁 153）

鄭玄箋釋《詩序》之意云：

> 此釋經之通病也，而於説《詩》尤甚。〈有狐〉、〈木瓜〉二詩豈非顯明易者
> 乎！……木瓜之施輕，瓊琚之報重，猶以爲不足報而但以爲永好，其爲尋常
> 贈答之詩無疑。而《序》云『美齊桓也。衛處于漕，齊桓救而封之，遺之車
> 馬器服，衛人欲厚報之而作是詩。』夫齊桓存衛，其德厚矣，何以通篇無一
> 語及之，而但言木瓜之投？感人之德者固如是乎？且衛於齊有何報而乃自以
> 爲瓊琚也？漢周亞夫之子爲父治喪具，買甲楯五百被。廷尉責曰：『君侯欲反
> 邪？』亞夫曰：『臣所買器，乃葬器也，何謂反！』吏曰：『君侯縱不反地上，
> 即欲反地下耳。』世之説《詩》者，何以異此！蓋漢時風氣最尚鍛鍊，無論
> 治經治獄皆然，故曰『漢庭鍛鍊之獄。』獄之鍛鍊，含冤於當日者，已不可
> 勝數矣，經之鍛鍊，後人何爲而皆信之？」（《讀風偶識》，臺北：河洛圖書出
> 版社，1975 年 9 月，卷二，頁 35）

〔註16〕關於朱熹視〈木瓜〉爲淫詩，輔廣有所說明：「有學者請於先生曰：『某於〈木
　　　瓜〉詩反覆諷詠，但見其有忠厚之意而不見其有褻慢之情，《小序》以爲美齊
　　　桓，恐非居後而揣度者所能及，或者其有所傳也。……先生以爲不然曰：『若
　　　以此詩爲衛人欲報齊桓之詩，則齊桓之惠，何止於木瓜，而衛人實未嘗有一
　　　物報之也。』愚謂以此言之，則《小序》之說，則亦傅會之失，實無所據。
　　　而先生疑以爲男女相贈答之辭，如〈靜女〉之類者，則亦以衛風多淫亂之詩，
　　　而疑其或然耳。」（《詩童子問》，臺北：臺灣商務印書館，1983 年，卷二，頁
　　　329）

　　　　桓王之時，政事不明，臣無大小，使出者則爲讒人所毀，故懼之。（同
　　　　上）

據此，《詩序》以爲〈采葛〉是桓王諸臣憂懼讒言之詩。朱熹詮釋〈采葛〉，
不取《序》說，而謂：

　　　　采葛所以爲絺綌，蓋淫奔者託以行也。故因以指其人，而言思念之
　　　　深，未久而似久也。（《詩集傳》卷四，頁47）

視〈采葛〉爲淫奔之詩。朱熹何以視〈采葛〉爲淫奔之詩？在《詩序辨說》
中他有進一步的說明：

　　　　此淫奔之詩。其篇與〈大車〉相屬，其事與「采唐」、「采葑」、「采
　　　　麥」相似；其詞與鄭〈子衿〉正同，《序》說誤矣！（卷上，頁17）

據此，朱熹以爲〈采葛〉爲淫奔之詩，理由有三，其一，〈采葛〉一詩在篇次
上與〈大車〉相連屬，其二，〈采葛〉一詩的內容與〈鄘風・桑中〉篇中所寫
的「采唐」、「采葑」、「采麥」相似；其三，〈采葛〉中的詞句：「一日不見，
如三月兮。」與〈鄭風・子衿〉的詞句正同，〈大車〉、〈桑中〉、〈子衿〉三詩
都爲淫奔之詩，則〈采葛〉亦自應爲「淫奔之詩」，〈采葛〉既爲淫詩，則《詩
序》的詮釋，顯然是錯誤的〔註17〕。

7. 〈王風・大車〉

　　　　大車檻檻，毳衣如菼。豈不爾思？畏子不敢。（一章）
　　　　大車啍啍，毳衣如璊。豈不爾思？畏子不奔。（二章）
　　　　穀則異室，死則同穴。謂予不信。有如皦日。（三章）

　　〈大車〉一詩，《詩序》的詮釋是：

　　　　〈大車〉，刺周大夫也。禮義陵遲，男女淫奔，故陳古以刺今大夫不
　　　　能聽男女之訟焉。（《詩疏》卷四之一，頁153）

《詩序》之意，《毛詩正義》爲之疏釋云：

　　　　經三章皆陳古者大夫善於聽訟之事也。陵遲，猶陂阤，言禮義廢壞

〔註17〕〈桑中〉、〈大車〉、〈子衿〉三詩，朱熹皆目之爲淫詩，朱熹詮釋〈桑中〉謂：
　　　　「衛俗淫亂，世族在位，相竊妻妾。故此人自言將采唐於沬，而與其所思之
　　　　人相期會迎送如此也。」（《詩集傳》卷三，頁30）、「此詩乃淫奔者所自作，《序》
　　　　之首句，以爲刺奔，誤矣。」（《詩序辨說》卷上，頁13）；詮釋〈大車〉謂：
　　　　「周衰，大夫猶有能以刑政治其私邑者，故淫奔者畏而歌之如此。」（《詩集
　　　　傳》卷四，頁46）；詮釋〈子衿〉謂：「此亦淫奔之詩。」（同上，頁54）

之意也。男女淫奔，謂男淫而女奔之也。〈檀弓〉曰：「合葬非古也，
自周公以來未之有改。」然則周法始合葬也。經稱『死則同穴』，則
所陳古者，陳周公以來賢大夫。（同上）

又鄭玄釋〈大車〉「豈不爾思，畏子不敢。」二句云：

此二句者，古之欲淫奔者之辭。我豈不思與女以爲無禮與？畏子大
夫來聽訟，將罪我，故不敢也。子者，稱所尊敬之辭。（同上）

《毛詩正義》疏釋〈大車〉首章：「大車檻檻，毳衣如菼。豈不爾思，畏子不
敢。」及鄭玄之意云：

言古者大夫乘大車而行，其聲檻檻然。身服毳冕之衣，其有青色者，
如菼草之色。然乘大車、服毳冕巡行邦國，決男女之訟，於時男女
莫不畏之。有女欲奔者，謂男子云：我豈不於汝思爲無禮之交與？
畏子大夫之政，必將罪我，故不敢也。古之大夫，使民畏之若此。
今之大夫不能然，故陳古以刺之也。（同上，頁 153～154）

據此，《詩序》以爲〈大車〉是一首陳古以刺今之作。詩人藉著陳述古代的賢
大夫巡行邦國，能使欲爲淫奔的女子有所畏懼而不敢，來反刺當今周大夫的
不能。朱熹詮釋〈大車〉，不取《詩序》「刺周大夫」、「陳古以刺今」之說，
而是逕謂〈大車〉是淫奔的男女之歌，詩中透顯了淫奔的男女，心中仍有所
畏懼周大夫刑政的心理，朱熹說：

淫奔者相命之辭也。……周衰，大夫猶有能以刑政治其私邑者，故
淫奔者畏而歌之如此。然去二南之化則遠矣，此可以觀世變也。（《詩
集傳》卷四，頁 46）

民之欲相奔者，畏其大夫，自以終身不得如其志也。故曰：生不得
相奔以同室，庶幾死得合葬以同穴而已。（同上，頁 47）

非刺大夫之詩，乃畏大夫之詩。（《詩序辨說‧大車》，卷上，頁 17）

8.〈王風‧丘中有麻〉

丘中有麻，彼留子嗟。彼留子嗟，將其來施施。（一章）
丘中有麥，彼留子國。彼留子國，將其來食。（二章）
丘中有李，彼留之子。彼留之子，貽我佩玖。（三章）

〈丘中有麻〉一詩，《詩序》的詮釋是：

思賢也。莊王不明，賢人放逐，國人思之而作是詩也。（《詩疏》卷

四之一，頁 155）

視〈丘中有麻〉為「思賢」之詩。由於莊王昏昧，闇於知人，使得賢人遭受放逐，國人對於這位賢人思念不已，遂作〈丘中有麻〉一詩來誌之。朱熹詮釋〈丘中有麻〉，與《詩序》絕異，謂：

> 婦人望其所與私者而不來，故疑丘中有麻之處，復有與之私而留之者，今安得其施施然而來乎？（《詩集傳》卷四，頁 47）

> 此亦淫奔者之詞，其篇上屬〈大車〉而語意不莊，非望賢之意，《序》亦誤矣！（《詩序辨說》卷上，頁 17）

視〈丘中有麻〉為淫奔之詩。而朱熹所以認定〈丘中有麻〉是淫奔之詩，理由有二，其一，〈丘中有麻〉的上篇是〈大車〉，二詩在篇次上相連屬，則主旨亦應有所連屬，其二，〈丘中有麻〉一詩的語意不夠莊重，並非思望賢人之意，而應是婦人思望淫夫之詞，據此，朱熹詮斷〈丘中有麻〉為淫奔之詩。

9. 〈鄭風·將仲子〉

> 將仲子兮，無踰我里，無折我樹杞。豈敢愛之？畏我父母。仲可懷也；父母之言，亦可畏也。（一章）

> 將仲子兮，無踰我牆，無折我樹桑。豈敢愛之？畏我諸兄。仲可懷也；諸兄之言，亦可畏也。（二章）

> 將仲子兮，無踰我園，無折我樹檀。豈敢愛之？畏人之多言。仲可懷也；人之多言，亦可畏也。（三章）

〈將仲子〉一詩，《詩序》的詮釋是：

> 〈將仲子〉，刺莊公也，不勝其母，以害其弟，弟叔失道而公弗制，祭仲諫而公弗聽，小不忍，以致大亂焉。（《詩疏》卷四之二，頁 161）

鄭玄箋釋《詩序》之意云：

> 莊公之母，謂武姜，生莊公及弟叔段，段好勇而無禮，公不早為之所，而使驕慢。（同上）

《毛詩正義》疏釋《詩序》之意云：

> 作〈將仲子〉詩者，刺莊公也。公有弟名段，字叔，其母愛之，令莊公處之大都。莊公不能勝止其母，遂處段于大都，至使驕而作亂，終以害其親弟，是公之過也。此叔于未亂之前，失為弟之道，而公不禁制，令之奢僭。有臣祭仲者，諫公，令早為之所，而公不聽用，

於事之小，不忍治之，以致大亂焉，故刺之。（同上，頁161～162）

據此，《詩序》以爲〈將仲子〉是譏刺鄭莊公之詩。由於莊公受囿於其母武姜，乃封弟共叔段於京城大都，共叔段日益驕慢，有叛國之心，而莊公都未加禁制，其間並有大臣祭仲勸諫莊公早爲之圖，以防患於未然，莊公不聽，致引起日後共叔段驕慢亂國之事，詩人遂作〈將仲子〉一詩，來譏刺莊公。朱熹詮釋〈將仲子〉，不取《序》說，而援引鄭樵之說，視〈將仲子〉爲淫奔之詩，朱熹說：

莆田鄭氏曰：「此淫奔者之辭。」（《詩集傳》卷四，頁48）

事見《春秋傳》，然莆田鄭氏謂「此實淫奔之詩，無與於莊公、叔段之事，《序》蓋失之，而說者又從而巧爲之說以實其事，誤亦甚矣！」今從其說。（《詩序辨說》卷上，頁18）

《詩序》詮說〈將仲子〉一詩的本事，俱見於《左傳》隱公元年所述「鄭伯克段于鄢」一節之中所說〔註18〕，明係附會書史、以史證詩，並非詩意〔註19〕。朱熹詮釋〈將仲子〉，援引鄭樵之說，以爲〈將仲子〉一詩無涉於《左傳》所載莊公、共叔段之事，而只是「淫奔之詩」，說《詩》者不察，以尊信《詩序》之故，又巧爲之說，以坐實〈將仲子〉確爲莊公、共叔段之事，錯誤更大。

10.〈鄭風・叔于田〉

叔于田，巷無居人。豈無居人？不如叔也！洵美且仁。（一章）
叔于狩，巷無飲酒，豈無飲酒？不如叔也！洵美且好。（二章）
叔適野，巷無服馬。豈無服馬？不如叔也！洵美且武。（三章）

〈叔于田〉一詩，《詩序》的詮釋是：

刺莊公也。叔處于京，繕甲治兵，以出于田，國人說而歸之。（《詩疏》卷四之二，頁162）

《毛詩正義》依《詩序》詮釋〈叔于田〉首章：「叔于田，巷無居人。豈無居人？不如叔也，洵美且仁。」云：

〔註18〕參《春秋疏》卷二，頁35～37。
〔註19〕《詩序》詮釋〈將仲子〉明係附會自《左傳》隱公元年「鄭伯克段于鄢」之事，此意姚際恒、崔述及今人王靜芝、滕志賢俱有說，姚說見《詩經通論》卷五，頁145、崔說見《崔東壁遺書・讀風偶識》卷三，頁9、王說見《詩經通釋》（新莊：輔仁大學文學院，1985年8月）頁178、滕說見《新譯詩經讀本》（上）（臺北：三民書局，2000年1月），頁210～211。

此皆悅叔之辭。時人言叔之往田獵也，里巷之內全似無復居人。豈可實無居人乎？有居人矣，但不如叔也信美好而且有仁德。國人注心於叔，悅之若此，而公不知禁，故刺之。（同上，頁 163）

據此，《詩序》以〈叔于田〉是譏刺莊公之詩。由於段叔受封於京城，甚獲民心，國人藉〈叔于田〉一詩，來歌詠他既美好而又有仁德的風儀，段叔深受人民愛戴如此，而莊公並不知道要加以禁制、防範，因此，詩人一方面藉著〈叔于田〉來歌詠段叔美好的風姿，同時寄寓著譏刺莊公之意。朱熹詮釋〈叔于田〉，不取《詩序》「刺莊公」之說，而謂：

段不義而得眾，國人愛之，故作此詩。言叔出而田，則所居之巷，若無居人矣！非實無居人也，雖有而不如叔之美且仁，是以若無人耳。或疑此亦民間男女相說之詞也。（《詩集傳》卷四，頁 48）

國人之心貳於叔，而歌其田狩適野之事，初非以刺莊公，亦非說其出于田而後歸之也。或曰：段以國君貴弟受封大邑，有人民兵甲之眾，不得出居閭巷，下雜民伍，此詩恐亦民間男女相說之詞耳。（《詩序辨說》卷上，頁 18）

懷疑〈叔于田〉是民間男女相悅的淫詩﹝註20﹞，與《詩序》的詮說絕異。

11.〈鄭風・遵大路〉

遵大路兮，摻執子之袪兮。無我惡兮，不寁故也。（一章）
遵大路兮。摻執子之手兮。無我魗兮，不寁好也。（二章）

〈遵大路〉一詩，《詩序》的詮釋是：

思君子也。莊公失道，君子去之，國人思望焉。（《詩疏》卷四之三，頁 168）

《毛詩正義》疏釋〈遵大路〉首章云：

國人思望君子，假說得見之狀，言己循彼大路之上兮，若見此君子之

﹝註20﹞〈叔于田〉一詩，朱熹懷疑是民間男女相悅的淫詩，劉瑾云：「按：〈鄭風〉之有〈緇衣〉、〈羔裘〉、〈女曰雞鳴〉、〈出其東門〉數篇，乃礫中之玉也。他如〈大叔于田〉及〈清人〉詩，雖無足尚，猶幸非爲淫奔而作。若〈叔于田〉則亦未免有男女相悅之疑，是其二十一篇之中，曉然不爲淫奔而作者，五六篇而已，故曰：『淫奔之詩，不翅七之五』。然自昔說《詩》者，唯以〈東門之墠〉與〈溱洧〉爲淫詩，今朱子乃例以淫奔斥之者，蓋即其詞而得其情，正以發明『放鄭聲』之旨，不然，則衛、齊、陳詩諸篇，非無淫聲，夫子何獨以鄭聲爲當放哉？」（《詩傳通釋》卷四，頁 408）

人，我則攬執君子之衣祛兮。君子若忿我留之，我則謂之云：無得於

我之處怨惡我留兮，我乃以莊公不速於先君之道故也。言莊公之意，

不速於先君之道，不愛君子，令子去之，我以此固留子。（同上）

據此，《詩序》以爲〈遵大路〉是國人思望君子之詩。由於莊公失卻先君重賢
之道，致使君子離去，因此詩人乃擬寫於道中見到君子，將攬執其衣袖，以
示留賢之意。朱熹詮釋〈遵大路〉，與《序》說不同，他說：

淫婦爲淫人所棄，故於其去也，攬其祛而留之曰：子無惡我而不留，

故舊不可以遽絕也。宋玉賦有「遵大路兮，攬子祛」之句，亦男女

相說之詞也。（《詩集傳》卷四，頁51）

此亦淫亂之詩，《序》說誤矣！（《詩序辨說》卷上，頁18）

視〈遵大路〉爲一首淫亂之詩。詩中敘述的即是「淫婦爲淫人所棄」的場景。
在淫人將要離淫婦而去的時候，淫婦在道上執其袖，苦苦哀求淫人勿惡棄她
而去。朱熹詮釋〈遵大路〉所以與《詩序》有異，除援據孔子對鄭聲的批評
（「鄭聲淫」、「惡鄭聲」、「放鄭聲」）及《禮記‧樂記》對鄭衛之音的指斥而
爲說外，宋玉的〈登徒子好色賦〉一文，也是他詮定〈遵大路〉一詩詩旨之
所據。宋玉在〈登徒子好色賦〉中曾借秦章華大夫之口，敘及〈遵大路〉中
之詩句：「遵大路兮攬子祛」，章華大夫援引〈遵大路〉的詩句，置於〈登徒
子好色賦〉中的文章脈絡中，即爲男女之詞，宋玉的時代較接近《詩經》的
時代，所以朱熹以爲〈遵大路〉一詩的詩義當以此爲正，朱熹所以不取〈遵
大路‧序〉所謂「思君子」，並批評《詩序》所說是錯誤的即以此〔註21〕。

12. 〈鄭風‧有女同車〉

有女同車，顏如舜華。將翱將翔，佩玉瓊琚。彼美孟姜，洵美且都。

（一章）

有女同行，顏如舜英。將翱將翔，佩玉將將。彼美孟姜，德音不忘。

（二章）

〈有女同車〉一詩，《詩序》的詮釋是：

〔註21〕關於此點，劉瑾曾有所說明：「愚按：宋玉〈登徒子好色賦〉曰：『鄭衛溱洧
之間，群女出桑，臣觀其麗者，因稱詩曰：遵大路兮攬子祛，贈以芳華辭甚
妙。』注云：『攬衣袖，欲與同歸。折芳誦詩，以贈遊女也。』《集傳》援此
爲證者，蓋宋玉去此詩之時未遠，其所引用，當得詩人之本旨。彼爲男語女
之詞，猶此詩爲女語男之詞也。」（《詩傳通釋》卷四，頁398）

〈有女同車〉，刺忽也。鄭人刺忽之不昏于齊。太子忽嘗有功于齊，齊侯請妻之，齊女賢而不取，卒以無大國之助，至於見逐，故國人刺之。(《詩疏》卷四之三，頁 170)

視〈有女同車〉爲譏刺鄭國太子忽（其後爲昭公）之詩。由於忽嘗帥師救齊、有功於齊，齊侯嘗欲將其女嫁給忽，但忽並未答應，以致最後由於沒有大國的援助而遭到棄逐，因而奔衛，詩人乃作詩來加以諷刺。《詩序》詮說〈有女同車〉一詩的本事，具見於《左傳》桓公六年、及十一年的記載〔註 22〕。朱熹詮釋〈有女同車〉與《詩序》異，他懷疑也是「淫奔之詩」。朱熹說：

此疑亦淫奔之詩。言所與同車之女，其美如此，而又嘆之曰：彼美色之孟姜，信美矣而又都也。(《詩集傳》卷四，頁 52)

在《詩序辨說》中，則針對《詩序》「刺忽」之說加以批判，朱熹說：

按春秋傳：「齊侯欲以文姜妻鄭太子忽，忽辭。人問其故，忽曰：『人各有耦，齊大非吾耦也。詩曰：『自求多福』，在我而已，大國何爲？』其後北戎侵齊，鄭伯使忽帥師救之，敗戎師，齊又請妻之。忽曰：『無事於齊，吾猶不敢，今以君命奔齊之急，而受室以歸，是以師昏也。民其謂我何？』遂辭諸鄭伯。祭仲謂忽曰：『君多內寵，子無大援，將不立。』忽又不聽，及即位，遂爲祭仲所逐。」此序文所據以爲說者也。然以今考之，此詩未必爲忽而作，序者但見「孟姜」二字，遂指爲齊女而附之於忽耳。假如其說，則忽之辭婚未爲不正而可刺，至其失國，則又特以勢孤援寡，不能自定，亦未有可刺之罪也。序乃以爲國人作詩以刺之，其亦誤矣，後之讀者又襲其誤，必欲鍛鍊羅織，文致其罪而不肯赦，徒欲以循說詩者之謬，而不知其失是非之正，害義理之經，以亂聖經之本旨，而壞學者之心術，故予不可以不辨。(《詩序辨說》卷上，頁 19)

朱熹指出《左傳》桓公六年的傳文「齊侯欲以文姜妻之……遂辭諸鄭伯」、及

〔註 22〕 《左傳》桓公六年：「公之未昏於齊也，齊侯欲以文姜妻鄭太子忽。太子忽辭，人問其故。太子曰：『人各有耦，齊大，非吾耦也。《詩云》：『自求多福』，在我而已，大國何爲？』君子曰：『善自爲謀』。及其敗戎師也，齊侯又請妻之，固辭，人問其故，太子曰：『無事於齊，吾猶不敢。今以君命奔齊之急，而受室以歸，是以師昏也。民其謂我何？』遂辭諸鄭伯。」(《春秋疏》卷六，頁112)、桓公十一年：「鄭昭公之敗北戎也」，齊人將妻之。昭公辭，祭仲曰：『必取之。君多內寵，子無大援，將不立，三公子皆君也，弗從。夏，鄭莊公卒。……秋九月丁亥，昭公奔衛。己亥，厲公立。」(《春秋疏》卷六，頁 123)

桓公十一年的傳文「祭仲謂忽曰：君多內寵……遂爲祭仲所逐。」是《詩序》據以爲說之處，他認爲〈有女同車〉一詩不是「刺忽」之作，《詩序》所以謂〈有女同車〉一詩是刺忽之作，是從詩文「彼美孟姜」中的「孟姜」二字附會而來的。〈有女同車〉一詩如果眞如《詩序》所說是由於忽辭昏，以致於見逐失國、國人刺之之作，朱熹以爲不論就忽之辭昏或是失國，都不應遭到譏刺，因爲忽之辭婚未必不恰當，忽之失國，也只是因爲「勢孤援寡」，也實無可刺；由於《詩序》之謬說，致使後人沿襲《詩序》之誤，造成了「失是非之正」、「害義理之公」、「亂聖經之本旨」、「壞學者之心術」等不良的後果，朱熹認爲這是他不得不針對《詩序》的謬說來加以辨正，指摘的原因〔註23〕。

13.〈鄭風‧山有扶蘇〉

　　山有扶蘇，隰有荷華。不見子都，乃見狂且！（一章）
　　山有橋松，隰有游龍，不見子充，乃見狡童！（二章）

　　〈山有扶蘇〉一詩，《詩序》的詮釋是：
　　刺忽也。所美非美然。（《詩疏》卷四之三，頁171）
鄭玄《箋》釋《詩序》之意云：
　　言忽所美之人，實非美人。（同上）
又《毛傳》、鄭《箋》詮釋〈山有扶蘇〉首章：「山有扶蘇，隰有荷華。」云：「興也。扶蘇，扶胥，小木也。荷華，扶渠也，其華菡萏也。言高下大小各得其宜也。」（同上）、「興者，扶胥之木生於山，喻忽置不正之人於上位也。荷華生於隰，喻忽置有美德者於下位。此言其用臣顛倒，失其所也。」（同上）；詮釋〈山有扶蘇〉首章：「不見子都，乃見狂且。」云：「子都，世之美好者也。狂，狂人也。」（同上）、「人之好美色，不往覯子都，乃反往覯狂醜之人，以興好善不任用賢者，反任用小人，其意同。」（同上）《毛詩正義》疏釋《詩序》之意云：

〔註23〕朱熹在《詩序辨説‧有女同車》中指出「後之讀者又襲其誤，必欲鍛鍊羅織，文致其罪，而不肯赦，徒欲以徇説《詩》者之謬」，輔廣嘗舉張南軒、呂祖謙二人爲例：「《讀詩記》所載南軒先生之説，蓋亦疑忽初無大惡可爲國人所刺者，但拘於《小序》，求其説而不得，故以爲國人之所以拳拳者，爲其立之正，故憐其無助而追咎其失大國之助而怨耳。至東萊先生之説，則不免委曲以成就其《序》之誤也。夫爲善有名而無情，遂至於無助而失國，則固亦可憫，至以爲國人刺之，則亦非人情矣！況是詩但稱道孟姜之美而已，初不及忽之事，則何以知其然也。」（《詩童子問》卷首，頁286）

> 毛以二章皆言用臣不得其宜。鄭以上章言用之失所，下章養之失所。
> 《箋》、《傳》意雖小異，皆是所美非美人之事。（同上）

又疏釋《傳》、《箋》詮釋首章之意云：

> 毛以爲山上有扶蘇之木，隰中有荷華之草，木生于山，草生于隰，
> 高下各得其宜，以喻君子在上，小人在下，亦是其宜。今忽置小人
> 于上位，置君子于下位，是山隰之不如也。忽之所愛，皆是小人，
> 我適忽之朝上，觀其君臣，不見有美好之子閑習禮法者，乃唯見狂
> 醜之昭公耳。言臣無賢者，君又狂醜，故以刺之。鄭以高山喻上位，
> 下隰喻下位，言山上有扶蘇之小木，隰中有荷華之茂草，小木之處
> 高山，茂草之生下隰，喻忽置不正之人于上位，置美德之人于下位。
> 言忽用臣顛倒，失其所也。（同上）

據此，《詩序》以爲〈山有扶蘇〉是刺忽之作。由於忽用人失當，「置小人於
上位，置君子於下位」；「置不正之人於上位，置美德之人於下位」，用臣顛倒，
因此詩人作〈山有扶蘇〉一詩來譏刺他。朱熹詮釋〈山有扶蘇〉，不取《序》
說，而謂：

> 淫女戲其所私者曰：山則有扶蘇矣，隰則有荷華矣，今乃不見子都，
> 而見此狂人，何哉？（《詩集傳》卷四，頁53）

> 此下四詩（按：即〈山有扶蘇〉、〈蘀兮〉、〈狡童〉、〈褰裳〉四詩）
> 及〈揚之水〉皆男女戲謔之詞，《序》之者不得其說，而例以爲刺忽，
> 殊無情理。（《詩序辨說》卷上，頁19）

視〈山有扶蘇〉爲「淫詩」、「男女戲謔之詞」，對於《詩序》循例將〈山有扶
蘇〉及鄭風中諸多淫詩定爲刺忽之作（按：《詩序》將〈鄭風〉中之〈有女同
車〉、〈蘀兮〉、〈狡童〉、〈褰裳〉、〈揚之水〉俱定爲「刺忽」之作），朱熹以爲
「殊無情理」。

14.〈鄭風・蘀兮〉

> 蘀兮蘀兮，風其吹女。叔兮伯兮，倡予和女。（一章）
> 蘀兮蘀兮，風其漂女。叔兮伯兮，倡予要女。（二章）

〈蘀兮〉一詩，《詩序》的詮釋是：

> 刺忽也。君弱臣強，不倡而和也。（《詩疏》卷四之三，頁172）

鄭玄箋釋《詩序》之意云：

不倡而和，君臣各失其禮，不相倡和。（同上）

毛《傳》、鄭《箋》詮釋〈蘀兮〉首章「蘀兮蘀兮，風其吹女。」云：「興也。……人臣待君倡而後和。」（同上）、「興者，風喻號令也。喻君有政教，臣乃行之。言此者，刺今不然。」（同上）；釋〈蘀兮〉首章「叔兮伯兮，倡予和女。」云：「叔、伯言群臣長幼也。君倡臣和也。」（同上）、「叔伯，羣臣相謂也。羣臣無其君而行，自以強弱相服。女倡矣，我則將和之。言此者，刺其自專也。」（同上）《毛詩正義》疏釋《傳》、《箋》之意云：

> 詩人謂此蘀兮蘀兮，汝雖將墜於地，必待風其吹女，然後乃落，以興謂此臣兮臣兮，汝雖職當行政，必待君言倡發，然後乃和。汝鄭之諸臣，何故不待君倡而後和？又以君意責群臣，汝等叔兮伯兮，羣臣長幼之等，倡者當是我君，和者當是汝臣，汝何不待我君倡而和乎？（同上）

據此，《詩序》爲爲〈蘀兮〉是「刺忽」之詩。由於君弱臣強，使得許多政令無法由國君：忽，來率先倡導，然後群臣再來相應和，反而是群臣自恃強力、自作主張，不待君倡而後和，因此，詩人乃作〈蘀兮〉一詩來加以譏刺。朱熹詮釋〈蘀兮〉，不取《序》說，而謂：

> 此淫女之詞，言蘀兮蘀兮，則風將吹女矣。叔兮伯兮，則盍倡予，而予將和女矣。（《詩集傳》卷四，頁52）

> 見上。（即：此下四詩（〈山有扶蘇〉、〈蘀兮〉、〈狡童〉、〈褰裳〉）及〈揚之水〉皆男女戲謔之詞，《序》之者不得其說，而例以爲刺忽，殊無情理。《詩序辨說・蘀兮》，卷上，頁19）

視〈蘀兮〉爲淫女所作的淫詞，詩中傳達了男女間不當的戲謔之情。

15.　〈鄭風・狡童〉

> 彼狡童兮，不與我言兮。維子之故，使我不能餐兮。（一章）
> 彼狡童兮，不與我食兮。維子之故，使我不能息兮。（二章）

〈狡童〉一詩，《詩序》的詮釋是：

> 刺忽也。不能與賢人圖事，權臣擅命也。（《詩疏》卷四之三，頁173）

鄭玄箋釋《詩序》之意云：

> 權臣擅命，祭仲專也。（同上）

《毛詩正義》疏釋《詩序》之意云：

擅命，謂專擅國之敎命，有所號令，自以己意行之，不復諮白於君。
鄭忽之臣有如此者，唯祭仲耳。桓十一年《左傳》稱：「祭仲爲公娶
鄧曼，生昭公。故祭仲立之。」是忽之前立，祭仲專政也。其年，
宋人誘祭仲而執之，使立突。祭仲逐忽立突，又專突之政，故十五
年《傳》稱「祭仲專，鄭伯患之，使其婿雍糾殺之。祭仲殺雍糾，
屬公奔蔡。」祭仲又迎昭公而復立。是忽之復立，祭仲又專。此當
是忽復立時事也。（同上）

據此，《詩序》以爲〈狡童〉是「刺忽」之作。由於忽不能和賢人共謀國之大
政，致使權臣祭仲得以專恣行事，因此詩人乃作〈狡童〉一詩來譏刺他。朱
熹詮釋〈狡童〉，不取《序》說，而謂：

此亦淫女見絕而戲其人之詞。言悅己者眾，子雖見絕，未至於使我
不能餐也。（《詩集傳》卷四，頁 53）

視〈狡童〉爲淫女所作的淫詞，詩中傳達了「淫女見絕而戲其人」之情。在
《詩序辨說》中更針對《詩序》「刺忽」之說，提出嚴正的批判：

昭公嘗爲鄭國之君而不幸失國，非有大惡使其民疾之如寇讎也。況
方刺其不能與賢人圖事，權臣擅命，則是公猶在位也，豈可忘其君
臣之分而遽以狡童目之邪？且昭公之爲人柔懦疏闊，不可謂狡，即
位之時，年已壯大，不可謂童，以是名之殊不相似，而序於〈山有
扶蘇〉所謂狡童者，方指昭公之所美，至於此篇則遂移以指公之身
爲，則其舛又甚而非詩之本旨明矣。大抵序之者之於鄭詩，凡不得
其說者，則舉而歸之於忽。文義一失，而其害於義理有不可勝言者：
一則使昭公無辜而被謗；二則使詩人脫其淫譫之實罪，而麗於訕上
悖理之虛惡；三則厚誣聖人刪述之意，以爲實賤昭公之守正，而深
與詩人之無禮於其君。凡此皆非小失，而後之說者猶或主之，其論
愈精，其害愈甚，學者不可以不察也。（《詩序辨說》卷上，頁 19）

朱熹認爲鄭昭公（即忽）不幸失國的事件，非罪大惡極，也不應使得人民視
其爲寇讎；再說《詩序》所謂刺其「不能與賢人圖事，權臣擅命」云云，顯
見詩作於昭公還在位之時，昭公既然還在位，詩人怎可忘了君臣之間的分際，
冒然地以狡童這樣輕蔑的稱呼來稱君？況且以「狡童」視昭公，亦名實不符。
《詩序》詮釋〈鄭風〉動輒歸罪於忽，朱熹以爲不但悖離詩義，而且犯了三
點嚴重的錯誤，第一，使得昭公無罪受謗，第二，使詩人免去作淫詩之罪，

第三，嚴重曲解了孔子刪述《詩經》的意思，使人認爲孔子以昭公持事端正爲賤，而深美詩人無禮於其君。《詩序》詮說有此三點重大的缺失，而後代詮說《詩經》的學者尚有依據其說而加以闡論的，朱熹認爲學者在《詩序》詮說的基礎下來闡論，闡論愈精微，危害實愈大，這是要特別注意的。《詩序》詮釋〈鄭風〉，有不少篇章皆以爲是刺忽之作，如〈遵大路〉、〈有女同車〉、〈山有扶蘇〉、〈蘀兮〉、〈狡童〉等，朱熹都明指《序》說之誤，在《朱子語類》中也不乏此種言論：

> 經書都被人說壞了，前後相仍不覺。且如〈狡童〉詩是《序》之妄，安得當時人民敢指其君爲「狡童」！況忽之所爲，可謂之愚，何狡之有？當是男女相怨之詩。（卷八十，頁 2108）

> 問：「〈狡童〉，刺忽也。」古注謂詩人以〈狡童〉指忽而言。………曰：「如此解經，盡是《詩序》誤人。鄭忽如何做得狡童！若是狡童，自會託婚大國，而借其助矣。謂之頑童可也。」（同上）

> 聖人言「鄭聲淫」者，蓋鄭人之詩，多是言當時風俗男女淫奔，故有此等語。〈狡童〉，想說當時之人，非刺其君也。（同上，頁 2108）

> 某今看得〈鄭詩〉自〈叔于田〉等詩之外，如〈狡童〉、〈子衿〉等篇，皆淫亂之詩，而說《詩》者誤以爲刺昭公、刺學校廢耳。（同上，卷八十，頁 2086）

> 「鄭聲淫」，所以〈鄭詩〉多是淫佚之辭，〈狡童〉、〈將仲子〉之類是也。今喚做忽與祭仲，與詩辭全不相似。（同上，頁 2072）

> 因論詩，歷言〈小序〉大無義理，皆是後人杜撰，先後增益湊合而成。……其他變風諸詩，未必是刺者，皆以爲刺；未必是言此人，必傅會以爲此人。……〈有女同車〉等，皆以爲刺忽而作。鄭忽不娶齊女，其初亦是好底意思，但見後來失國，便將許多詩盡爲刺忽而作。考之於忽，所謂淫昏暴虐之類，皆無其實。至遂目爲「狡童」，豈詩人愛君之意？況且所以失國，正坐柔懦闊疏，亦何狡之有！（同上，頁 2075）

> 《小序》尤不可信，皆是後人託之，仍是不識義理，不曉事。如山東學究者，皆是取《左傳》、《史記》中所不取之君，隨其諡之美惡，有得惡諡，及《傳》中載其人之事者，凡一時惡詩，盡以歸之。最

是鄭忽可憐，凡〈鄭風〉中惡詩皆以爲刺之。伯恭又欲主張《小序》，
鍛鍊得鄭忽罪不勝誅。鄭忽卻不是狡，若是狡時，他卻須結齊國之
援，有以鉗制祭仲之徒，決不至於失國也。（同上，頁 2090～2091）

《詩序》的詮釋，採取以史證詩、美刺時君國政的進路，因此將〈鄭風〉中
〈遵大路〉、〈有女同車〉、〈山有扶蘇〉、〈蘀兮〉、〈狡童〉等詩，盡歸爲「刺
忽」之作，朱熹在順文立義、國風多是「里巷歌謠之作」，內容多寫「男女相
與詠歌，各言其情。」的觀念，以及孔子批判「鄭聲淫」的論調的影響之下，
詮釋〈鄭風〉，因與《詩序》之說呈現了極大的差異。

16. 〈鄭風・褰裳〉

　　子惠思我，褰裳涉溱。子不我思，豈無他人？狂童之狂也且！（一章）
　　子惠思我，褰裳涉洧。子不我思，豈無他士？狂童之狂也且！（二章）

〈褰裳〉一詩，《詩序》的詮釋是：

思見正也。狂童恣行，國人思大國之正己也。（《詩疏》卷四之三，
頁 173）

鄭玄箋釋《詩序》之意云：

狂童恣行，謂突與忽爭國，更出更入，而無大國正之。（同上）

《毛詩正義》疏釋《詩序》之意云：

作〈褰裳〉詩者，言思見正也。所以思見正者，見者，自彼加己之
辭。以國內有狂悖幼童之人，恣極惡行，身是庶子，而與正適爭國，
禍亂不已，無可奈何。是故鄭國之人思得大國之正己，欲大國以兵
征鄭，正其爭者之是非，欲令去突而定忽也。（同上）

忽是莊公世子，於禮宜立，非詩人所當疾，故知狂童恣行謂突也。
忽以桓十一年繼世而立，其年九月，經書「突歸於鄭。鄭忽出奔衛。」
是突入而忽出也。桓十五年經書「鄭伯突出奔蔡。鄭世子忽復歸於
鄭。」是忽入而突出也。故云「與忽更出更入」。於時諸侯信其爭競，
而無大國之正者，故思之也。（同上）

據此，《詩序》以爲〈褰裳〉是「思見正」之詩。由於鄭國國內有突（鄭厲公）
與忽（鄭昭公）爭國的亂事，紛爭不已，因此鄭國人希望有大國能出面來平
息此一紛爭。朱熹詮釋〈褰裳〉，不取《序》說，而謂：

淫女語其所私者曰：子惠然而思我，則將褰裳而涉溱以從子。子不

我思，則豈無他人之可從，而必於子哉！狂童之狂也且，亦謔之之辭。(《詩集傳》卷四，頁 53)

視〈褰裳〉爲淫女所作的淫詩，其內容則是男女間的戲謔之詞。在《詩序辨說》中，朱熹並指出〈褰裳‧序〉的詮釋所以不得詩旨的原因是：

此《序》之失，蓋本於子大叔、韓宣子之言，而不察其斷章取義之意耳。(《詩序辨說》卷上，頁 34)

朱熹認爲〈褰裳‧序〉的錯誤，原因就在於依據《左傳》昭公十六年的記載：「子大叔賦〈褰裳〉，宣子曰：『起在此，敢勤子至於他人乎？』子太叔拜。宣子曰：『善哉子之言是。』」(《春秋疏》卷四十七，頁 828～829)而爲說的，但《左傳》中所載諸人賦詩言志，大都是斷章取義，初不必合於詩的本義，作《詩序》的人由於不了解此點，誤以斷章取義而爲詩的本義，因而造成了錯誤的詮說。

17. 〈鄭風‧丰〉

　　　子之丰兮，俟我乎巷兮；悔予不送兮。(一章)
　　　子之昌兮，俟我乎堂兮；悔予不將兮。(二章)
　　　衣錦褧衣，裳錦褧裳。叔兮伯兮，駕予與行。(三章)
　　　裳錦褧裳，衣錦褧衣。叔兮伯兮，駕予與歸。(四章)

　　〈丰〉一詩，《詩序》的詮釋是：

刺亂也。昏姻之道缺，陽倡而陰不和，男行而女不隨。(《詩疏》卷四之四，頁 177)

鄭玄箋釋《詩序》之意云：

昏姻之道，謂嫁取之禮。(同上)

　　《毛詩正義》詮釋〈丰〉之首章「子之丰兮，俟我乎巷兮。悔予不送兮。」云：

鄭國衰亂，婚姻禮廢。有男親迎而女不從，後乃追悔。此陳其辭也。言往日有男子之顏色丰然豐滿，是善人兮，來迎我出門，而待我於巷中兮。予當時別爲他人，不肯共去，今日悔恨，我本不送是子兮。所爲留者，亦不得爲耦，由此故悔也。(同上)

據此，《詩序》以爲〈丰〉是譏刺亂世之詩。由於鄭國衰亂，導致時人不再遵循婚姻之禮，有男方已至女方家親迎，女方卻以心有所屬，懸繫他人而不肯

相從，一直到日後才轉而悔恨當初未隨親迎的男子而去，詩中所陳述的即是亂世中男女嫁娶之禮廢壞的情形。朱熹詮釋〈丰〉，與《詩序》仍異，謂：

> 婦人所期之男子已俟乎巷，而婦人以有異志不從，既則悔之而作是詩也。（《詩集傳》卷四，頁 53）

> 此淫奔之詩，《序》說誤矣。（《詩序辨說》卷上，頁 20）

視〈丰〉爲「淫奔之詩」，詩中所陳述的即是淫婦的追悔之詞。

18. 〈鄭風・東門之墠〉

> 東門之墠。茹藘在阪。其室則邇，其人甚遠。（一章）
> 東門之栗，有踐家室。豈不爾思？子不我即。（二章）

〈東門之墠〉一詩，《詩序》的詮釋是：

> 刺亂也。男女有不待禮而相奔者也。（《詩疏》卷四之四，頁 3）

《詩序》之意，《毛詩正義》疏釋之云：

> 經二章皆女奔男之事也。上篇以禮親迎，女尚違而不至，此復得有不待禮而相奔者，私自姦通，則越禮相就；志留他色，則依禮不行，二者俱是淫風，故各自爲刺也。（同上）

據此，《詩序》以爲〈東門之墠〉是譏刺淫亂的詩。詩人藉著敘寫鄭國的女子有不待禮，而想要從事淫奔的行爲，來譏刺當時的淫亂之風。朱熹詮釋〈東門之墠〉，不取《詩序》「刺亂」之說，而逕以爲是淫人自作，藉以表達思念而不見之情，云：

> 門之旁有墠，墠之外有阪，阪之上有草，識其所與淫者之居也。室邇人遠者，思之而未得見之詞也。（《詩集傳》卷四，頁 54） 〔註24〕

19. 〈鄭風・風雨〉

> 風雨淒淒，雞鳴喈喈。既見君子，云胡不夷？（一章）
> 風雨瀟瀟，雞鳴膠膠。既見君子，云胡不瘳？（二章）
> 風雨如晦，雞鳴不已。既見君子，云胡不喜？（三章）

〈風雨〉一詩，《詩序》的詮釋是：

> 思君子也。亂世則思君子不改其度焉。（《詩疏》卷四之四，頁 179）

〔註24〕〈東門之墠〉，朱熹亦視爲淫詩，輔廣釋〈東門之墠〉云：「『其室則邇，其人甚遠。』思而未得見之辭，『豈不爾思，子不我即。』則又思之切而冀其亟來就己之辭，與〈丰〉之意大略相似。」（《詩童子問》卷二，頁 333）

毛《傳》、鄭《箋》詮釋〈風雨〉首章:「風雨淒淒,雞鳴喈喈。」云:「興也。風且雨,淒淒然,雞猶守時而鳴,喈喈然。」(同上)、「興者,喻君子雖居亂世,不變改其節度。」(同上)《毛詩正義》詮釋〈風雨〉首章云:

> 言風雨且雨,寒涼淒淒然。雞以守時而鳴,音聲喈喈然。此雞雖逢風雨,不變其鳴,喻君子雖居亂世,不改其節。今日時世無復有此人。若既得見此不改其度之君子,云何得不悅?言其必大悅也。(同上)

據此,《詩序》以為〈風雨〉是「思君子」之詩。詩人透過風雨淒淒,晦冥之際,雞仍然守時啼叫不已的景象摹寫,比擬君子雖然處在亂世之中,也不因此而改變他的節操。由於鄭國衰亂,當代不復有此種君子,因此詩人作〈風雨〉一詩,來寄託他對處在亂世之中而不變改其節操的君子的懷想。朱熹詮釋〈風雨〉,不取《序》說,而謂:

> 風雨晦冥,蓋淫奔之時。君子,指所期之男子也。夷,平也。淫奔之女言當此之時見其所期之人而心悅也。(《詩集傳》卷四,頁54)

> 《序》意甚美,然詩之詞輕佻狎暱,非思賢之意也。(《詩序辨說》卷上,頁20)

視〈風雨〉為淫女所作的淫奔之詩。詩中抒露了淫奔之女在風雨晦冥之際,見到了心中所期待的男子,流露出喜悅不自勝的心情。在《詩序辨說》中,朱熹指出,《詩序》所詮釋的詩旨之意非常好,但就〈風雨〉一詩的詩詞看來,顯露了「輕佻狎暱」之情,(按:蓋指「既見君子,云胡不夷」、「既見君子,云胡不瘳。」、「既見君子,云胡不喜」等句)並非是思賢之意。朱熹從詩文的涵詠誦讀中,得出與《詩序》詮說不同的意旨,此亦是一例。

20.〈鄭風·子衿〉

> 青青子衿,悠悠我心。縱我不往,子寧不嗣音?(一章)
> 青青子佩,悠悠我思。縱我不往,子寧不來?(二章)
> 挑兮達兮,在城闕兮。一日不見,如三月兮。(三章)

〈子衿〉一詩,《詩序》的詮釋是:

> 刺學校廢也。亂世則學校不脩焉。(《詩疏》卷四之四,頁179)

《毛詩正義》疏釋《詩序》之意云:

> 鄭國衰亂,不脩學校,學者分散,或去或留,故陳其留者恨責去者

之辭，以刺學校之廢也。經三章皆陳留者責去者之辭也。（同上）

據此，《詩序》以爲〈子衿〉是譏刺學校荒廢之作。由於鄭國衰亂，學校不脩，使得學者四散，或去或留，因此，詩人藉著敘寫留者對於去者的恨責心情，來譏刺學校的荒廢。朱熹詮釋〈子衿〉，不取《序》說，而謂：

> 此亦淫奔之詩。（《詩集傳》卷四，頁 54）

> 疑同上篇，蓋其詞意儇薄，施之學校，尤不相似也。（《詩序辨說·子衿》，卷上，頁 20）

視〈子衿〉爲「淫奔之詩」。懷疑〈子衿〉一詩的意旨，和前篇的〈風雨〉相同，都是抒露了淫女對於淫男的相思之情。而朱熹所以不取《詩序》「刺學校廢也」之說，乃是因爲朱熹以爲〈子衿〉一詩爲淫女所作，其中所表露的文詞，詞意輕薄，不夠莊重，以此輕佻之詞，而謂是學校中師友的相念之詞，顯然非常不類〔註 25〕。

21. 〈鄭風·揚之水〉

> 揚之水，不流束楚，終鮮兄弟，維予與女。無信人之言，人實迋女。（一章）

> 揚之水，不流束薪。終鮮兄弟，維予二人。無信人之言，人實不信。（二章）

〈揚之水〉一詩，《詩序》的詮釋是：

> 閔無臣也。君子閔忽之無忠臣良士，終以死亡而作是詩也。（《詩疏》卷四之四，頁 180）

《毛詩正義》詮釋《詩序》之意云：

> 經二章，皆閔忽無臣之辭。忠臣、良士，一也。言其事君則爲忠臣，

〔註 25〕 朱熹釋〈子衿〉「青青子衿，悠悠我心。」句，謂「子，男子也。」、「我，女子自我也。」（《詩集傳》卷四，頁 54）即以〈子衿〉爲淫女自作之詞。程元敏先生嘗作〈朱子所定國風中言情諸詩研述〉一文（收載於《詩經論文集》，臺北：黎明文化公司，1986 年 4 月，頁 271～286），指出朱熹判定淫詩的必要條件是「篇中有『我、予』自稱詞，或雖無『我、予』，然味其語氣爲自賦己事者」，〈子衿〉一詩，朱熹即直據詩文「悠悠我心」之「我」，判定「我」即爲淫女，〈子衿〉即是此淫女自陳思念淫男之詞。又朱熹以〈子衿〉一詩的文詞「輕佻狃暱」，蓋指「縱我不往，子寧不嗣音。」、「縱我不往，子寧不來。」、「挑兮達兮，在城闕兮。一日不見，如三月兮。」諸句，朱熹釋「挑兮達兮，在城闕兮。」謂：「挑，輕儇跳躍之貌。達，放恣也。」（《詩集傳》卷四，頁 55）其意可見。

指其德行則爲良士，所從言之異耳。「終以死亡」，謂忽爲其臣高渠
彌所弒也。作詩之時，忽實未死，《序》以由無忠臣，竟以此死，故
閔之。（同上）

據此，《詩序》以爲〈揚之水〉是悲憫忽沒有忠臣良士，以致後爲大臣高渠彌
所弒，終致喪身亡國之詩。朱熹詮釋〈揚之水〉，不取《序》說，而謂：

淫者相謂，言揚之水則不流束楚矣，終鮮兄弟，則維予與女矣。豈
可以它人離間之言而疑之哉！彼人之言特誑女耳。（《詩集傳》卷四，
頁55）

此男女要結之詞，《序》說誤矣！（《詩序辨說》卷上，頁20）

視〈揚之水〉爲「淫詩」，詩中抒露了淫奔的男女，唯恐他人離間彼此感情的
心緒。對於《詩序》的詮釋，朱熹以爲是錯誤的。《詩序》詮釋〈揚之水〉，
亦和忽有所關涉，但前人有就詩文「終鮮兄弟，維予與女。」、「終鮮兄弟，
維予二人。」與《左傳》莊公十四年的記載對勘，認爲與事實不符，因謂《序》
說錯誤者〔註26〕。《詩序》詮說〈鄭風〉諸詩，凡採以史證詩，因逕謂詩旨是
「刺忽」或與忽有所關涉者，朱熹都盡反之，朱熹詮釋〈揚之水〉亦是一例。
而《詩序》、朱熹詮釋〈鄭風〉，所定詩旨所以大有乖異，原因也即在朱熹採
取以詩言詩、涵詠詩文的進路，加上受孔子「鄭聲淫」、「放鄭聲」、「惡鄭聲」
之說的影響，遂使得二者異趣〔註27〕。

〔註26〕《左傳》莊公十四年載原繁謂厲公（子突）曰：「莊公之子，猶有八人。」（《春
秋疏》卷九，頁156）所謂「猶有八人」，即扣除已死的子忽、子亹、子儀及
厲公本人外，還有八人在世，如此說來，莊公之子共有十二人，與詩文所說
「終鮮兄弟，維予與女。」、「終鮮兄弟，維予二人。」明顯不合。姚際恒《詩
經通論》謂：「《序》謂『閔忽之無忠臣』。曹氏曰：『《左傳》莊十四年，忽與
子儀、子亹皆已死，而原繁謂厲公曰：「莊公之子猶有八人」，不得爲「鮮」，
然則非閔忽詩明矣。』」（卷五，頁161）所引曹氏之言，即就此立論。

〔註27〕輔廣謂：「以聖人『放鄭聲』之訓觀之，則鄭多淫奔之詩，宜也。而《序》者
不足以知此義，故疑聖人錄此等詩之多，遂因〈有女同車〉詩有『齊姜』二
字，遂定以爲刺忽。而於〈山有扶蘇〉以下諸篇，凡有可以附會忽者，例以
爲刺忽。至〈丰〉與〈東門之墠〉則明白是婦人之辭，故不得以歸之於忽。
若〈風雨〉則以『君子』二字生說，〈子衿〉則以『青青子衿』一句生說。然
《毛傳》以青衿爲學者所服，亦無所據。至此詩則又以忽之無親臣而附會與
之，其鑿空妄說，蓋不難曉。而先生獨玩詩文以爲說而釐正之，當矣！讀者
尚以習熟《序》說之故，而不肯從，何哉？若能姑置《序》說，直以詩文涵
詠其意思，則是非便自可見矣。」（《詩童子》卷首，頁286）輔廣在此指出《詩
序》將〈有女同車〉、〈山有扶蘇〉、〈揚之水〉等篇例指爲刺忽；詮釋〈風雨〉、

22. 〈鄭風・野有蔓草〉

野有蔓草，零露漙兮。有美一人，清揚婉兮。邂逅相遇，適我願兮。
（一章）

野有蔓草，零露瀼瀼。有美一人，婉如清揚。邂逅相遇，與子偕臧。
（二章）

〈野有蔓草〉一詩，《詩序》的詮釋是：

思遇時也。君之澤不下流，民窮於兵革，男女失時，思不期而會焉。
（《詩疏》卷四之四，頁182）

鄭玄箋釋《詩序》之意云：

不期而會，謂不相與期而自俱會。（同上）

《毛詩正義》疏釋《詩序》之意云：

作〈野有蔓草〉詩者，言思得逢遇男女會合之時，由君之恩德潤澤不
流及於下，又征伐不休，國內之民皆窮困於兵革之事，男女失其時節，
不得早相配耦，思得不與期約而相會遇焉。是下民窮困之至，故述其
事以刺時也。「男女失時」，謂失年盛之時，非謂婚之時日也。（同上）

據此，《詩序》以為〈野有蔓草〉是「思遇時」之詩。所謂「思遇時」，即是
「思得逢遇男女會合之時」。由於鄭國國君恩德潤澤不及於下民，另一方面，
國內又兵燹不已，使得人民都困阨於戰爭、兵亂之中，致失去了結婚的時機。
人民處在如此窮阨的環境之中，只能聊想不期而會的邂逅，來早日完成婚姻
大事。詩人藉著〈野有蔓草〉一詩，來披露當時人民心中的願望，並藉此反
映對於當時征戰不斷時勢的不滿，其中寓有譏刺時局之意。朱熹詮釋〈野有
蔓草〉，不取《序》說，而謂：

男女相遇於野田草露之間，故賦其所在以起興。言野有蔓草，則零
露漙矣，有美一人，則清揚婉矣，邂逅相遇，則得以適我願矣。（《詩
集傳》卷四，頁56）、與子偕臧，言各得其所欲也。（同上）

東萊呂氏曰：「君之澤不下流」，迺講師見零露之語，從而附益之。（《詩

〈子衿〉則隨文生說，如此鑿空妄說，是由於不了解孔子『放鄭聲』的用意。
讀者只需「姑置《序》說，直以詩文涵詠其意思」，那麼《詩序》所定詩旨的
錯誤就不難發現了。其師朱熹所以能糾正《詩序》詮說之誤，所採用的方法
即是從涵詠玩味詩文而來，輔廣的說明，可為朱熹順者「鄭聲淫」、「放鄭聲」
及涵詠玩味詩文，以糾正《序》說做一佐證。

序辨説》卷上，頁 20）

視〈野有蔓草〉是敘寫「男女相遇於野田草露之間」，兩相悅樂的淫詩〔註28〕。對於《詩序》所謂：「君之澤不下流」之說，朱熹援引呂祖謙之說，以爲此語是漢代說《詩》的講師的附會增益之詞。

23.〈鄭風・溱洧〉

溱與洧，方渙渙兮。士與女，方秉蕑兮。女曰：「觀乎」？士曰：「既且」。「且往觀乎？洧之外，洵訏且樂」。維士與女，伊其相謔。贈之以勺藥。（一章）

溱與洧，瀏其清矣。士與女，殷其盈矣。女曰：「觀乎」？士曰：「既且」。「且往觀乎？洧之外，洵訏且樂」。維士與女，伊其將謔。贈之以勺藥。（二章）

〈溱洧〉一詩，《詩序》的詮釋是：

〔註28〕〈野有蔓草〉一詩，輔廣、劉瑾、劉玉汝均視爲淫詩。輔廣詮釋〈野有蔓草〉謂：「『適我願兮，與子偕臧。』則與前篇（按：指〈出其東門〉）『聊樂我員』、『聊可與娛』者異矣！大抵樂於理者，和易安徐，樂於欲者，沈溺蕩肆。」（《詩童子問》卷二，頁 333）又詮釋朱熹所云：「鄭詩二十有一，而淫奔之詩已不翅七之五。」（《詩集傳》卷四，頁 56）謂：「〈鄭風〉二十一篇，而淫奔之詩，凡十有四，故《集傳》以爲七之五。」（《詩童子問》卷二，頁 333）在〈鄭風〉十四篇淫詩之中，〈野有蔓草〉即是其中的一篇。劉瑾詮釋朱熹所說「鄭衛之樂，皆爲淫聲。然以詩考之，衛詩三十有九，而淫奔之詩才四之一，鄭詩二十有一，而淫奔之詩已不翅七之五。衛猶爲男悅女之詞，而鄭皆爲女惑男之語。衛人猶多譏刺懲創之意，而鄭人幾於蕩然無復羞愧悔悟之萌。是則鄭聲之淫，有甚於衛矣。故夫子論爲邦，獨以鄭聲爲戒而不及衛，蓋舉重而言，因自有次第也。詩可以觀，豈不信哉！」（《詩集傳》卷四，頁 56～57）云：「按：〈鄭風〉之有〈緇衣〉、〈羔裘〉、〈女曰雞鳴〉、〈出其東門〉數篇，乃礫中之玉也。他如〈大叔于田〉及〈清人〉詩，雖無足尚，猶幸非爲淫奔而作。若〈叔于田〉，則亦未免男女相悅之疑，是其二十一篇之中，曉然不爲淫奔而作者，五六篇而已，故曰『淫奔之詩，不翅七之五』然自昔說《詩》者，唯以〈東門之墠〉與〈溱洧〉爲淫詩，今朱子乃例以淫奔斥之者，蓋即其詞而得其情也，以發明『放鄭聲』之旨，不然，則衛齊陳詩諸篇，非無淫聲，夫子何獨以鄭聲爲當放哉？」（《詩傳通釋》卷四，頁 408）亦以〈野有蔓草〉爲淫詩中的一篇。又劉玉汝謂：「此（按：指〈溱洧〉）與前篇（按：指〈野有蔓草〉），作者或士或女，皆未詳。但此篇首尾述士、女，中述女要男之詞，末復述相贈之情，曲折詳備，方以爲樂，而不知其非。鄭國之淫風於是乎極矣，故以二篇終焉。」（《詩纘緒》卷五，頁 628）也以〈野有蔓草〉、〈溱洧〉爲淫詩。

刺亂也。兵革不息，男女相棄，淫風大行，莫之能救焉。(《詩疏》
卷四之四，頁 182)

鄭玄箋釋《詩序》之意云：

救猶止也。亂者，士與女合會溱洧之上。(同上)

據此，《詩序》以爲〈溱洧〉是「刺亂」之詩。所謂「刺亂」，即是「刺淫」。
由於鄭國征戰不斷，導致男女相棄，淫風盛行，到了無法遏止的地位。男女
的結合本當遵循正當的禮節，但今鄭國國內淫風盛行，到處都有男女淫佚之
事，因此詩人作〈溱洧〉一詩，以述當時淫風，並寄寓譏刺之意。朱熹詮釋
〈溱洧〉，不取《序》說，而謂：

鄭國之俗，三月上巳之辰，采蘭水上以祓除不祥。故其女問於士曰：
盍往觀乎。士曰：吾既往矣。女復要之曰：且往觀乎？蓋洧水之外，
其地信寬大而可樂也。於是士女相與戲謔，且以勺藥相贈而結恩情
之厚也。此詩淫奔者自敘之詞。(《詩集傳》卷四，頁 56)
鄭俗淫亂，乃其風聲氣息流傳已久，不爲兵革不息，男女相棄而後
然也。(《詩序辨說‧溱洧》，卷上，頁 20)

視〈溱洧〉爲淫奔者自敘的淫詩。在《詩序辨說》中，朱熹指出鄭國淫風盛
行，乃是由於風聲氣息，其來已久，並非由於「兵革不息，男相棄」有以致
之。《詩序》的詮釋，以〈溱洧〉爲刺淫，朱熹的詮釋，則以爲淫奔者自敘的
淫詩，二者的差異非常清楚。朱熹在《詩集傳‧溱洧》卷末，更針對鄭、衛
之詩作一總評，他說：

鄭衛之樂，皆爲淫聲。然以詩考之，衛詩三十有九，而淫奔之詩才
四之一。鄭詩二十有一，而淫奔之詩不翅七之五。衛猶爲男悅女之
詞，而鄭皆爲女惑男之語。衛人猶多刺譏懲創之意，而鄭人幾於蕩
然無復羞愧悔悟之萌。是則鄭聲之淫，有甚於衛矣。故夫子論爲邦，
獨以鄭聲爲戒而不及衛，蓋舉重而言，固自有次第也。詩可以觀，
豈不信哉！(同上，頁 57)

朱熹指出鄭衛二國的音樂皆爲淫聲，倘以〈鄭風〉、〈衛風〉所收諸詩作一探
討，則〈衛風〉中的淫詩，達〈衛風〉總數的四分之一；〈鄭風〉中的淫詩，
則高達總數的七分之五。〈衛風〉中諸詩尚爲男悅女之詞，而〈鄭風〉則皆爲
女惑男之語。〈衛風〉中諸詩，尚多有刺譏懲創之意，而〈鄭風〉中諸詩則毫
無羞愧悔悟之心。二相比較，鄭聲淫溱的程度，遠大於衛聲，孔子在《論語》

中談到治國的方法（爲邦之道），獨以鄭聲爲戒〔註29〕，並不言及衛聲，也是
舉出較嚴重的例子來說明。朱熹在以詩言詩、順文解讀，及孔子「鄭聲淫」、
「放鄭聲」、「惡鄭聲之亂雅樂也」（《論語・陽貨》）的論調影響之下，對於〈鄭
風〉中諸詩，的多目爲淫詩，使得朱熹在詮釋上，與《詩序》的附會書史、
刺淫的進路，有著極大的差異。

24. 〈齊風・東方之日〉

　　　東方之日兮，彼姝者子，在我室兮。在我室兮，履我即兮。（一章）
　　　東方之月兮，彼姝者子，在我闥兮。在我闥兮，履我發兮。（二章）

　　〈東方之日〉一詩，《詩序》的詮釋是：
　　　刺衰也。君臣失道，男女淫奔，不能以禮化也。（《詩疏》卷五之一，
　　　頁 191）

《毛詩正義》詮釋《詩序》之意云：
　　　作〈東方之日〉詩者，刺衰也。哀公君臣失道，至使男女淫奔，謂
　　　男女不待以禮配合，君臣皆失其道，不能以禮化之，是其時政之衰，
　　　故刺之也。（同上）

據此，《詩序》以爲〈東方之日〉是譏刺時政之衰之詩。由於哀公之時，君臣
失道，導致男女淫奔。哀公君臣都無法以禮來導正、感化人民，所以詩人作
〈東方之日〉一詩來譏刺。朱熹詮釋〈東方之日〉，不取《序》說，而謂：
　　　興也。履，躡。即，就也。言此女躡我之跡而相就也。（《詩集傳》
　　　卷五，頁 59）

　　　此男女淫奔者所自作，非有刺也。其曰：「君臣失道」者，尤無所謂。
　　　（《詩序辨說》卷上，頁 21）

視〈東方之日〉爲淫奔者所自作的淫詩，認爲詩中並無譏刺之意。對於《詩
序》所說「君臣失道」，朱熹認爲毫無道理。

25. 〈陳風・東門之枌〉

　　　東門之枌，宛丘之栩。子仲之子，婆娑其下。（一章）
　　　穀旦于差，南方之原。不績其麻，市也婆娑。（二章）
　　　穀旦于逝，越以鬷邁。視爾如荍，貽我握椒。（三章）

〔註29〕《論語・衛靈公》：「顏淵問爲邦。子曰：『行夏之時，乘殷之輅，服周之冕，
　　　樂則韶舞。放鄭聲，遠佞人。鄭聲淫，佞人殆。』」

－483－

〈東門之枌〉，《詩序》的詮釋是：

> 疾亂也。幽公淫荒，風化之所行，男女棄其舊業，亟會於道路，歌
> 舞於市井爾。(《詩疏》卷七之一，頁 251)

以為〈東門之枌〉是「疾亂」之詩。由於幽公荒淫，風化所及，導致上行下
效，蔚成風氣。陳國的男女都棄置了他們的本業，屢次相會於道路市井之中，
婆娑起舞，相與淫亂，因此，詩人遂作〈東門之枌〉來譏刺這種淫亂之事。
朱熹詮釋〈東門之枌〉，不取《序》說，而謂：

> 此男女聚會歌舞，而賦其事以相樂也。(《詩集傳》卷七，頁 81)

> 言又以善旦而往，於是其眾行。而男女相與道其慕悅之詞曰：我視
> 女顏色之美，如茈荂之華。於是遺我以一握之椒，而交情好也。(同
> 上，頁 82)

> 同上。(按：即「陳國小無事實，幽公但以謚惡，故得游蕩無度之詩，
> 未敢信也。」(《詩序辨說》卷上，頁 25)

視〈東門之枌〉為「男女聚會歌舞，而賦其事以相樂也。」、「男女相與道其
慕悅之詞」的淫詩〔註30〕。

26.〈陳風・東門之池〉

> 東門之池，可以漚麻。彼美淑姬，可與晤歌。(一章)
> 東門之池，可以漚紵。彼美淑姬，可與晤語。(二章)
> 東門之池，可以漚菅。彼美淑姬，可與晤言。(三章)

〈東門之池〉一詩，《詩序》的詮釋是：

> 刺時也。疾其君之淫昏而思賢女以配君子也。(《詩疏》卷七之一，
> 頁 252)

《毛詩正義》疏釋《詩序》之意云：

> 此實刺君，而云刺時者，由君所化，使時世皆淫，故言刺時以廣之。……

〔註30〕〈東門之枌〉一詩，朱熹蓋視為淫詩，輔廣詮說〈東門之枌〉謂：「夫民勞則
思，思則善心生；逸則淫，淫則忘善，忘善則惡心生，理勢之必然也。陳國
之地廣平，又以大姬之化，故其俗游蕩無度，已見於〈宛丘〉之詩，其逸甚
矣！故繼以〈東門之枌〉，男女聚會歌舞，婦人棄其所業，相與慕悅，各有所
贈，以交情好，動其淫欲者，亦其勢之必然也。」、「好樂不已，則使人氣蕩
而志昏，此淫亂之所自起也。又曰：男女雜處而無間，淫亂必生。」(以上並
見《詩童子問》卷三，頁 343)

經三章，皆思得賢女之事，疾其君之淫昏，序其思賢女之意耳。（同
上）

又釋〈東門之池〉首章云：

東門之外有池水，此水可以漚柔麻草，使可緝績以作衣服，以興貞
賢之善女，此女可以柔順君子，使可修政以成德教。既已思得賢女，
又述彼之賢女。言彼美善之賢姬，實可與君對偶而歌也。以君淫昏，
故得賢女配之，與之對偶而歌，冀其切化，使君為善。（同上）

據此，《詩序》以為〈東門之池〉是「刺時」之詩，刺時即刺君。由於陳國的
國君淫昏，風化所及，導致淫亂成風，因此，詩人希望能夠得到一位賢良的
女子來匹配國君，使其有所感悟向善，此〈東門之池〉一詩之所由作。朱熹
詮釋〈東門之池〉，不取《序》說，而視之為淫詩，謂：

此亦男女會遇之詞。蓋因其會遇之地，所見之物，以起興也。（《詩
集傳》卷七，頁 82）

此淫奔之詩，《序》說蓋誤。（《詩序辨說》卷上，頁 45）

27.〈陳風·東門之楊〉

東門之楊，其葉牂牂。昏以為期，明星煌煌。（一章）

東門之楊，其葉肺肺，昏以為期，明星晢晢。（二章）

〈東門之楊〉一詩，《詩序》的詮釋是：

刺時也。昏姻失時，男女多違，親迎，女猶有不至者也。（《詩疏》
卷七之一，頁 253）

《詩序》之意，《毛詩正義》謂：

毛以昏姻失時者，失秋冬之時，鄭以為失仲春之時。言「親迎，女
猶不至」，明不親迎者相連眾矣，故舉不至者，以刺當時之淫亂也。
（同上）

據此，《詩序》以為〈東門之楊〉是譏刺淫亂之詩。由於淫亂成風，使得男女
都不能在最恰當的時節成婚，甚至有男方已行親迎之禮，而女方仍以心有屬
意之男子而不肯相從，因此，詩人藉〈東門之楊〉一詩，來譏刺此種因淫亂
成風，導致男女婚姻失時的現象。《詩序》的詮釋，有可能是自詩中「昏為為
期」一句所作的生說。《儀禮·士昏禮》記載夫婿親迎新婦，謂：「從車二乘，
執燭前馬。婦車亦如之，有裧，至于門外。」（《儀禮疏》卷四，頁 44）此蓋

《序》說之所本。朱熹詮釋〈東門之楊〉，不取《序》說，而謂：

> 此亦男女期會而有負約不至者，故因其所見以起興也。(《詩集傳》
> 卷七，頁 82)

> 同上。(按：即「此淫奔之詩，《序》說蓋誤。」)(《詩序辨說》卷上，
> 頁 25)

亦視〈東門之楊〉為淫奔之詩，並指出《詩序》的詮釋是錯誤的。

28. 〈陳風・防有鵲巢〉

> 防有鵲巢，邛有旨苕。誰侜予美，心焉忉忉。(一章)
> 中唐有甓，邛有旨鷊。誰侜予美，心焉惕惕。(二章)

〈防有鵲巢〉一詩，《詩序》的詮釋是：

> 憂讒賊也。宣公多信讒，君子憂懼焉。(《詩疏》卷七之一，頁 254)

《詩序》之意，《毛詩正義》謂：

> 憂讒賊者，謂作者憂讒人，謂為讒以賊害於人也。(同上)

鄭玄詮釋〈防有鵲巢〉首章：「防有鵲巢，邛有旨苕」云：「防之有鵲巢，邛之有美苕，處勢自然，興者，喻宣公信多言之人，故致此讒人。」(《詩疏》卷七之二，頁 254)；釋「誰侜予美，心焉忉忉。」云：「誰，誰讒人也。女，眾讒人。誰侜張誑欺我所美之人乎？使我心忉忉然。所美，謂宣公。」(同上)《毛詩正義》為此疏釋云：

> 言防邑之中有鵲鳥之巢，邛丘之上有美苕之草，處勢自然。以興宣
> 公之朝有讒言之人，亦處勢自然。何則？防多樹木，故鵲鳥往巢焉。
> 邛丘地美，故旨苕生焉。以言宣公信讒，故讒人集焉。公既信此讒
> 言，君子懼己得罪，告語眾讒人輩，汝等是誰誑欺我所美之人宣公
> 乎？而使我心忉忉然而憂之。(同上，頁 254～255)

據此，《詩序》以為〈防有鵲巢〉是憂懼讒人、讒言傷害的詩。由於宣公好近讒人、好聽讒言，使得君子非常憂懼，恐以此得罪，遂作〈防有鵲巢〉一詩，來加以抒佈內心的憂懼之情。朱熹詮釋〈防有鵲巢〉，不取《序》說，而謂：

> 此男女之有私而憂或閒之之詞。故曰防則有鵲巢矣，邛則有旨苕矣。
> 今此何人，而侜張予之所美，使我憂之而至於忉忉乎？(《詩集傳》
> 卷七，頁 83)

> 此非刺其君之詩。(《詩序辨說》卷上，頁 26)

視〈防有鵲巢〉為一首描寫一對歡愛的男女，憂慮他人來離間的淫詩〔註31〕，並非刺君之詩。

29.〈陳風‧月出〉

> 月出皎兮，佼人僚兮。舒窈糾兮，勞心悄兮。（一章）
>
> 月出皓兮，佼人懰兮。舒憂受兮，勞心慅兮。（二章）
>
> 月出照兮，佼人燎兮。舒夭紹兮，勞心慘兮。（三章）

〈月出〉一詩，《詩序》的詮釋是：

> 刺好色也。在位不好德而說美色焉。（《詩疏》卷七之一，頁 255）

《毛詩正義》疏釋《詩序》之意云：

> 人於德、色，不得并時好之。心既好色則不復好德，故經之所陳，
> 唯言好色而已。《序》言不好德者，以見作詩之意耳。於經無所當也。
> 經三章，皆言在位好色之事。（《詩疏》卷七之一，頁 255）

據此，《詩序》以為〈月出〉是一首譏刺在位者好色不好德之詩。全詩都在描寫在位好色之事。朱熹詮釋〈月出〉，不取《序》說，而謂：

> 此亦男女相悅而相念之辭。言月出則皎然矣，佼人則僚然矣，安得
> 見之而舒窈糾之悄乎？是以為之勞心而悄然也。（《詩集傳》卷七，
> 頁 83）

> 此不得為刺詩。（《詩序辨說》卷上，頁 26）

視〈月出〉為一首描寫男女相悅、相念的淫詩〔註32〕。

〔註31〕〈防有鵲巢〉一詩，朱熹視之為淫詩，輔廣詮釋〈防有鵲巢〉也有所說明：「遊蕩歌舞，陳之俗也。其流為淫邪者宜矣！故〈陳風〉之末，大抵皆淫亂之詩。此詩正與〈鄭風‧揚之水〉意相似，『侜』即『誑』也。『忉忉』，憂心多端之貌，『惕惕』，憂懼不寧之貌。」（《詩童子問》卷三，頁 344）

〔註32〕〈月出〉一詩，朱熹蓋視之為淫詩。輔廣《詩童子問》謂：「〈陳風〉十篇，男女淫泆之詩，居其大半」（卷三，頁 344）在〈陳風〉「居其大半」的淫詩之中，〈月出〉即是其中的一篇。輔廣說：「男女相說而至於憂思感傷，如〈月出〉、〈澤陂〉之詩，則其末流之害，當何如哉！男有男之業，女有女之事，今也相與慕悅憂傷，至於寤寐無為，盡廢其事業焉，是亦可憂也已。情思之流，其弊必至於此。」（同上）又朱公遷疏釋朱熹《詩集傳》：「此亦男女相悅而相念之詞。言月出則皎然矣，佼人則僚然矣，安得見之而舒窈糾之情乎！是以為之勞心而悄然也。」云：「此因所見以起興，蓋月出于夜，正私心所發之時也。意與〈東方之日〉略同。」（《詩經疏義會通》卷七，頁 220）此外，王柏撰《詩疑》，倡議刪汰淫詩三十二篇，〈月出〉亦列名其中，見《詩疑‧總說》，頁 26～32。清儒姚際恒謂：「陳詩十篇，《集傳》以為淫詩者六。」（《詩

30. 〈陳風‧澤陂〉

　　彼澤之陂，有蒲與荷。有美一人，傷如之何！寤寐無爲，涕泗滂沱。（一章）

　　彼澤之陂，有薄與蕑。有美一人，碩大且卷。寤寐無爲，中心悁悁。（二章）

　　彼澤之陂，有蒲菡萏。有美一人，碩大且儼。寤寐無爲，輾轉伏枕。（三章）

　　〈澤陂〉一詩，《詩序》的詮釋是：

　　　　〈澤陂〉，刺時也。言靈公君臣淫乎其國，男女相說，憂思感傷焉。（《詩疏》卷七之一，頁 256）

鄭玄箋釋《詩序》之意云：

　　　　君臣淫於國，謂與孔寧、儀行父也。感傷，謂涕泗滂沱。（同上）

《毛詩正義》疏釋《詩序》之意云：

　　　　作〈澤陂〉詩者，刺時也。由靈公與孔寧、儀行父等君臣竝淫於其國之內，共通夏姬，國人效之，男女遞相悅愛，爲此淫泆。毛以爲，男女相悅，爲此無禮，故君子惡之，憂思感傷焉。憂思時世之淫亂，感傷女人之無禮也。……鄭以爲，由靈公君臣淫於其國，故國人淫泆，男女相悅。聚會則共相悅愛，別離則憂思感傷，言其相思之極也。（同上）

據此，《詩序》以爲〈澤陂〉一詩是譏刺時世淫亂之詩。由於靈公君臣與夏姬淫通於國內，致上行下效，淫亂成風，「聚會則共相悅愛，別離則憂思感傷」，因此，詩人作〈澤陂〉一詩來譏刺這種現象。《詩序》的詮釋，蓋自前篇〈株林〉衍申而來。朱熹詮釋〈澤陂〉，不取《序》說，而謂：

　　　　此詩大旨與〈月出〉相類。言彼澤之陂，則有蒲與荷矣。有美一人而不可見，則雖憂傷而如之何哉？寤寐無爲，涕泗滂沱而已矣。（《詩集傳》卷七，頁 84）

以爲〈澤陂〉一詩的大旨與〈月出〉相類，都是描寫男女相悅、相念的淫詩〔註33〕。

─────────────────────

經通論》卷七，頁220）姚際恒指出〈陳風〉十首詩之中，朱熹指爲淫詩的即有六篇，〈月出〉也是其中的一篇。

〔註33〕〈澤陂〉一詩，朱熹蓋亦視之爲淫詩。輔廣、王柏、姚際恒俱有說，輔、王、

　　《詩經》的漢學傳統以美刺說《詩》、以史說《詩》，又視國風諸詩皆具有諷諫、教化、勸誡之義，不論是「論功頌德，所以將順其美」的美詩，或「刺過譏失，所以匡救其惡」（《詩譜‧序》，《詩疏》卷前，頁4）的刺詩，或美或刺，大抵皆出於性情之正，符合孔子所謂「思無邪」之旨，而具有揚美聖化、匡正人君、救世濟俗之意。除《二南》諸詩，本諸聖人、賢人之化而作，固不必論之外，其他自〈邶〉、〈鄘〉、〈衛〉以下諸變風，也大都是賢人憫世救俗、義歸於正，所謂「發乎情，止乎禮義」之作。朱熹倡提淫詩，並指出《詩經》的變風中有三十首淫詩（既是淫詩，即非「止乎禮義」之作），淫詩即是淫男、淫女的自道之辭；為淫男、淫女之所自作，而非如《詩序》所云出自於雅人莊士之口，而寄寓其刺淫、刺時、刺奔、刺君之意。孔子留存此等詩，乃是具有「見上失其教，則民欲動情勝，其弊至此」，及「懲惡勸善」的用意。孔子所謂的「思無邪」，也非指作詩之人皆無邪，而是從讀《詩》的效用來立論，以為「善者可以感發人之善心，惡者可以懲創人之逸志」，最終的目的，都在於導人性情於正。凡此，都顯與《詩經》漢學傳統所持的諸觀點相枘鑿。朱熹從直據詩文、反對《詩序》以美刺說《詩》、以史證《詩》、穿鑿妄說的脈絡中提出淫詩；從詩緣情性，而情性有邪有正的觀點提出淫詩；從國風多述男女之情的特點，而其作者大都為閭巷小人、婦人小夫，未能親被文王之化以成德、得性情之正，提出淫詩；從孔子「放鄭聲」、「鄭聲淫」、「惡鄭聲」的言說及《禮記‧樂記》對鄭衛之音是「亂世之音」的貶斥，加上聲詩合一的認知，提出淫詩。淫詩與刺淫，確為《詩經》漢宋學異同的另一項標記。

姚三氏之說，同註32。

第八章 結 論

　　透過上述諸章的研探與討論，對於「朱熹《詩經》學與《詩經》漢學傳統之異同」此一論題，吾人大致可獲得如下的結論：

　　其一，就朱熹的去《序》詮《詩》，以己意說《詩》的問題、意涵而言，朱熹認為《毛詩序》非出於子夏、孔子，而是出於漢儒衛宏，前後增益附會、潤色而成，由於毛公為《詩》作《詁訓傳》時，將本自為一編、本為一家說《詩》觀點、附於《詩經》經文之後的《詩序》分條拆解，置於《詩經》各篇的《詩》文之上，齊、魯、韓《詩》先後亡佚、《毛詩》孤行之後，使後人無從參較四家《詩》說的矛盾、牴牾之處，但見《毛詩序》巍然超篇端，便視若經文，奉若神明；轉相尊信，無敢擬議，即使《詩序》之說有所不通，也必要為之「委曲遷就，穿鑿而附合之」，甚至到了悖離《詩》文，使「經之本文，繚戾破碎，不成文理」的地步，也在所不惜。為了破除世人對於出自漢儒的《毛詩序》的盲目尊信；知有《序》而不知有《詩》，也為了指陳《毛詩序》本非經文，原附《詩經》經文之後；僅為一種解《詩》觀點；詮《詩》多所錯謬，朱熹因將《毛詩序》重新「并為一編」，並置諸《詩經》經文之後，以恢復古始的面貌〔註1〕；要讓人讀《詩》、釋《詩》時，能夠擺脫《詩序》

〔註1〕朱熹置《詩序》於《詩經》經文之後，以回復古本的面貌，除本諸鄭玄之言外，也和朱熹對於古人所作之序、傳皆置書後，不和經文相雜廁的認知有關，朱熹說：「問《詩》、《書》《序》，曰：『古本自是別作一處，如《易大傳》、班固《序傳》並在後，京師舊本揚子注，其序亦總在後。』」、「《詩》、《書》《序》，當開在後面。」（以上並見《朱子語類》卷八十，頁 2074）、「《漢書》傳訓皆與經別行。《三傳》之文不與經相連，故石經書《公羊傳》皆無經文。《藝文志》云：『《毛詩》二十九卷，《毛詩詁訓傳》三十卷。』是毛為詁訓，亦不與

的拘囿，束縛，而回歸詩文，即《詩》求義；在《詩》文的虛心、反覆閱讀的過程中，去求得《詩》義，但因懼覽者對於自己去《序》詮《詩》、黜《詩序》於《詩經》經文之後的疑惑，朱熹遂又作《詩序辨說》一卷，附於其後，詳論、糾舉、揭示《詩序》詮《詩》的種種錯謬、得失，並說明自己要去《序》詮《詩》、回歸《詩》文的理由。由此可知，所謂朱熹去《序》詮《詩》，並非指朱熹要完全廢棄《詩序》不觀，而是朱熹認為《詩序》出於漢儒，僅為一種解《詩》觀點，本即附於《詩經》經文之後，其詮《詩》多悖離《詩》文，多所錯謬，因此，《詩序》之說，僅能供參考之用，正確的讀《詩》、詮《詩》方法，應是回歸《詩文》，即《詩》求義；充分尊重由詩文脈絡中所呈顯出來的意涵，當《詩序》的詮說，由於「詩文明白，直指其事」而無誤，或屬「證驗的切，見於書史」，而「決為可無疑者」，甚至可能是「真有傳授證驗而不可廢者」，或《詩序》的詮說尚符合《詩》旨的，吾人當然可以據以為說，但當《詩序》的詮說悖離《詩》文，不愜《詩》旨；有傅會書史、依託名諡、鑿空妄語、坐實人事之弊時，自然不可盲目地委曲遷就，據以詮《詩》。在這種辨析、執持《詩序》非出於子夏、孔子，而是出於漢儒衛宏，前後多人增益、附會，潤色而成；詮《詩》多所錯謬：（含以史證《詩》、以史說《詩》、例採美刺時君國政，忽略《詩》作本於情性，忽視、不尊重《詩》文，而跳脫蔓衍，恣意衍說；有附會書史、依託名諡、鑿空妄語、坐實人事之弊等）的認知、觀點之下，朱熹釋《詩》，因標舉去《序》詮《詩》，回歸《詩》文，以《詩》言《詩》，由於對《詩序》詮《詩》的不信任，及詮《詩》方法、進路的不同，朱熹在《詩》旨的詮定上，遂有近三分之二的《詩》篇，和《詩序》、《詩經》的漢學傳統有所不同，從而展示作為《詩經》宋學傳統代表的

經連也。馬融為《周禮注》，乃云：欲省學者兩讀，故具載本文，然則後漢以來始就經為注。未審此《詩》引經附傳，是誰為之？」（同上，頁 2089）據此，朱熹以為古本《周易》之〈序卦傳〉、班固之《漢書敘傳》、揚雄之序《法言》、毛公之作《詁訓傳》，皆置諸書後，不和經文、本文相離廁，在這種古本序傳皆置諸書後，不和經文相連、相離廁的認知下，朱熹一方面重新置《詩序》於《詩經》經文之後，一方面在臨漳（福建漳州）刊刻《書》、《詩》、《易》、《春秋》四經（光宗紹熙元年，西元 1190），除置《詩序》於《詩經》經文之後，以回復古本之外，其他如《尚書》，也置《書序》於《尚書》經文之後，《周易》也據呂祖謙所定，分古文《周易》經、傳十二篇，《春秋》也將《左傳》從《春秋》的經文中離析而出，詳參《書臨漳所刊四經後》，見《朱熹集》第七冊，卷八十二，頁 4245～4248、〈刊四經成告先聖文〉，同上，第八冊，頁 4440。

朱熹《詩》學，和《詩序》、《詩經》漢學傳統在詮《詩》上的巨大差異。其間雖以「詩文明白，直指其事」，「證驗的切，見於書史」，對於〈二南〉詩篇時世、性質、內容和《詩序》、《詩經》漢學傳統的認知、看法相類，在謹慎的態度及避免另立一穿鑿之說的情況下；以《詩序》之說「其所從來也遠，其間容或眞有傳授證驗而不可廢者」，及認爲《詩序》的詮說符合《詩》旨等原因，朱熹態度客觀、謹重地在《詩》旨的詮定上，也有一百餘篇採用、承用、姑從《序》說，或和《詩序》的詮說相同，但仍無損於朱熹在有關《詩序》作者的認知、觀點；在詮《詩》的方法、進路上，和《詩經》漢學傳統的差異，及由此差異所導致、呈顯朱熹在《詩》旨的詮定上，和《詩序》、《詩經》漢學傳統的不同，《詩》旨詮釋的差異，確爲朱熹《詩經》學和漢學傳說異同的大端。

其二，除因對《詩序》作者的認知、觀點不同；對《詩序》詮《詩》的不信任，及因詮《詩》方法，進路的差異，導致朱熹釋《詩》，在《詩》旨的詮定上和《詩序》、漢學傳統的不同，可作爲呈顯朱熹《詩經》學和漢學傳統異同的大端外，「淫詩」說的提出，亦標誌著朱熹《詩經》學和漢學傳統的另一項歧異。《詩經》的漢學傳統以美刺時君國政說《詩》，視《詩》爲史；又視國風諸《詩》皆具有諷諫、教化、勸誡之義，不論是「論功頌德，所以將順其美」的美詩，或「刺過譏失，所以匡救其惡」的刺詩，或美或刺，大抵皆出於情性之正，符合孔子所謂「思無邪」之旨，而具有揚美聖化、匡正人君、救世濟俗之意。除〈二南〉諸詩，本諸聖人、賢人之化而作，固不必論之外，其他自〈邶〉、〈鄘〉、〈衛〉以下諸變風，也大都是賢人憫世救俗、義歸於正，所謂「發乎情，止乎禮義」之詩。朱熹則不然，朱熹倡提「淫詩」，以爲《詩經》的國風中有三十首淫邪男女的自道之辭，爲淫邪男女所自作、不合乎「發乎情，止乎禮儀」的淫詩。朱熹從去《序》詮《詩》，回歸詩文，含咀《詩》義，及反對《詩序》例以美刺說《詩》、流於附會鑿說的脈絡中，提出「淫詩」；從「詩本性情」而作，而情性有邪有正的觀點，提出「淫詩」；從國風是里巷歌謠，內容多述男女情思，而其作者大都爲未能親被文王之化以成德，得情性之正、欲動情勝的閭巷小人、婦人小夫的認知下，提出淫詩；從孔子對鄭聲的指斥（「放鄭聲，遠佞人。鄭聲淫，佞人殆。」、「惡紫之奪朱也，惡鄭聲之亂雅樂也，惡利口之覆邦家者。」）、《禮記・樂記》對「鄭衛之音」是「亂世之音」的批評，及「聲詩合一」的觀念上提出淫詩。朱熹倡提

《詩經》的國風（變風）中有淫詩，達三十首，此類淫詩皆非如《詩大序》所云的「發乎情，止乎禮義」之作，其中也並無《詩序》所謂的「刺淫」、「刺奔」之意，而即是「欲動情勝」，流於淫邪，安於爲惡的淫男、淫女的自道之辭；孔子留存此等淫邪之詩，乃是具有「見上失其教，則民欲動情勝，其弊至此」，及「懲惡勸善」的用意。而孔子嘗言「《詩》三百，一言以蔽之，曰：『思無邪。』」，所謂「思無邪」，其意也並非指《詩經》中的作者皆情思無邪，而是從讀《詩》的效用來立論，以爲《詩經》諸《詩》「善者可以感發人之善心」，而「惡者可以懲創人之逸志」（或謂「善者可以感發得人之善心，惡者可以懲創得人之逸志」、「所美者皆可以爲法，而所刺者皆可以爲戒」、「好底詩，便要吟詠，興發人之善心；不好底詩，便要起人羞惡之心」等，其意皆同。）最終目的，則在導人情性於正。朱熹倡提「淫詩」，達三十首，又對孔子留存此等淫詩的寓意、孔子所言「思無邪」的意涵，重新詮解，凡此，都顯示了和《詩經》漢學傳統所執持的：《詩經》的國風（變風）之中並無淫詩，而是「刺淫」、「刺奔」，其中具有教化、諷諭、勸誡之意，皆是「發乎情，止乎禮義」之詩，其作者皆爲賢人莊士，其所作也皆符合孔子所謂「思無邪」（指作者之思無邪），而具有正邪防失、忠規切諫、救世濟俗之意等觀點相枘鑿，朱熹「淫詩」說的提出，確爲朱熹《詩經》學中，除《詩》旨的詮釋外，另一項和漢學傳統歧出之處。

其三，朱熹《詩經》學和漢學傳統異同的大端，除可由《詩》旨的詮定、「淫詩」說的提出窺知外，朱熹對於賦、比、興的界義、辨析、說明與標示，亦是其中的一要項。有關《詩經》寫作技巧的「賦、比、興」之名，雖見諸〈詩大序〉，但〈詩大序〉並未對「賦、比、興」之意，作片言隻字的說解。毛公作《詁訓傳》，獨標興體，但對於「興」詩的寓意、內涵或技巧，也並未作說明。鄭玄《箋》詩，對於賦、比、興之名有所詮說，唯仍局限在鋪陳政教風化的角度上，並未觸及賦、比、興作爲詩歌三種不同表現手法、技巧的內涵。另一方面，根據《毛傳》在各詩所標「興也」以下的詮《詩》文字，及鄭玄對《毛傳》所標「興也」的箋釋、說明，可知毛、鄭皆不以「興」詩之「興句」爲單純、無意、客觀的物象描寫，相反的，而是與下文或全詩所欲呈顯的主題，在內在上有著比擬、擬喻的關聯。就「興詩」之「興句」皆有取義，和下文或全詩的意旨有比擬、擬喻的關聯這點來看，毛、鄭之所謂「興」，其意實皆等同於「比」。朱熹釋《詩》，以爲對「六義」的內涵、《詩

經》寫作技巧的掌握，將大有助於《詩》義的理解，在較高詩文修養的情況之下，朱熹對於《詩經》寫作技巧的界義、辨析或討論，遂遠較漢學詮《詩》傳統明析、深入。就《詩經》的寫作技巧——賦、比、興的相關討論、辨析而言，朱熹涉及的有：一、論興，二、論賦，三、論比，四、辨析比興，五、賦、比、興的交迭互用。就「興」詩的寫作技巧、意涵而言，朱熹以爲興是「先言他物，以引起所詠之詞」、「起也，引物以起吾意」、「興之爲言，起也。言興物而起其意。」（或謂：「借彼一物以引起此事，而其事常在下句」，「本要言其事，而虛用兩句釣起，因而接續去者」），依據朱熹的界義，則興詩的寫作手法，其意即是引起，當詩人運用、透過或假託外在物事、物象的描寫，來引起，引發內心眞正想要歌詠之詞或眞正想要表達的情意時，這種寫作技巧即是「興」。換言之，作爲寫作技巧的興，朱熹認爲它的特點即是透過外在的物事、物象，來引起、引發作者內心眞正想要歌詠之詞及眞正想要表達的情意。就外在的形式上來講，凡爲興詩，即可分爲「他物」與「所詠之詞」；「物、事」與「意」，上下二截。而上截「他物」與下截「所詠之詞」，在內在的意蘊上，絕大部分並無關聯；其作用往往僅在引起下文、引起全詩的主題而已，只有少部分的詩篇，「他物」（物、事）與「所詠之詞」（意）之間，具有某種意義上的關聯。換言之，朱熹論興，以爲可以概分爲「興無取義」和「興有取義」二大類。作爲不取義之興，其作用僅在引起下文，與全詩所欲呈顯的主題、意旨，並無意義上的關聯；作爲有取義之興，其作用則不僅在引起下文或全詩所欲呈顯的主題，其與下文或全詩的意旨，也有若干意義上的關聯（有取義之興，朱熹稱爲「興而兼比」）。唯就《詩經》一書中，有關詩人運用興的寫作技巧綜合看來，朱熹認爲當詩人運用「興」的寫作技巧－借用外在物象、物事的描寫，來引起下文或所欲呈顯的主題時，作爲開端的興句大都無深義，其與下文或全詩的意旨，也大都沒有意義上的關聯；而僅有引起下文、引起主題或在音聲上有相應、叶韻的關係而已。這和毛、鄭視「興」爲皆有取義的說法，當然有了很大的不同。就「賦」的寫作技巧而言，朱熹認爲賦是「敷陳其事而直言之者」、「直指其名，直敘其事」，即賦作爲《詩經》的一種基本寫作技巧，它的特點，即是將所欲表達的主題，透過事物的敘述、陳述直接傳達出來。在事物的敘述、陳述之中，主題、意旨也清楚地點示出來，這樣的寫作技巧就是「賦」。就比的寫作技巧而言，朱熹認爲比是「以彼物比此物」、「引物爲況」，即作爲寫作技巧一種的比，它的特點

即是借用「彼物」來比擬、比喻「此物」。「彼物」是設喻的事物，而「此物」則是被比喻的主題。當詩人運用另一件外在的事物，來比擬、說明此一事物，或所欲呈顯的主題時，即為比。就比、興的辨析上來說，由此比、興的寫作手法，都非如賦體，是對情事的直接敘寫，反而是假象寓意，同樣透過外在物象、物事或形象的摹寫，來比擬或引起內在的情意，換言之，比、興的寫作手法同樣都是採取迂迴、間接、轉折的敘述手法，來呈現主題。尤其當「興句」與下文或主題，有某種意蘊上的關聯時，更使得比、興的界限趨於模糊，從而使得「比」、「興」的辨析、區分，亦趨於困難。本乎此，朱熹對於比、興的辨析，亦有著墨，根據朱熹的說法，朱熹認為辨析比興的關鍵與區別，就在於全詩是否一起首便點出主題。若為興詩，一起首之句（興句）並不點出主題，其主題必待起首之句下的續文而後點明，所謂「上文興而起，下文便接說實事。」、「以一個物事貼一箇物事說」；若為比詩，則乍看之下，起首之句似乎並不點出主題，但其實詩人在一起首，即以擬喻，設喻之句，來點出主題，其主題並不待起首之句下的詩文而後點明。就賦、比、興的交迭互用上，由於作為《詩經》三種基本表達手法的賦、比、興，乃是前人透過《詩經》的研究，所作出來的大體歸納。但當詩人提筆為文，鋪采造作時，自然也不是機械地單用賦體、單用比體，或單用興體來創作，而可能是三種寫作技巧交會融合、穿插互用，成為一有機的整體。朱熹論及《詩經》的寫作技巧，除對賦、比、興有明確的界定與說解外，對於比興的辨析與分際，亦有清楚的說明之外，在《詩集傳》中，更逐篇逐章標示《詩經》的寫作技巧，而在所標示的寫作技巧裡，如謂「賦而興」、「賦而比」、「比而興」、「興而比」、「賦而興又比」等，皆觸及了賦、比、興的交迭互用，凡此，都可見朱熹對於《詩經》寫作技巧在辨析、探究上的用心與重視，而朱熹對於《詩經》各種寫作技巧的辨析、探究；標示與理解，相對於漢學傳統的疏略於《詩經》寫作技巧的辨析、探究與理解，而僅將賦、比、興的意涵，局限在政教風化的鋪寫陳述之中，又混同比興等情形，一方面，除了呈顯朱熹在詮《詩》體系中，和漢學傳統不同的一端外，另一方面，也可看出朱熹《詩經》學，相對於漢學傳統所作的突破與創發。

其四，朱熹《詩經》與和漢學傳統的異同，展現在去《序》詮《詩》、《詩》旨的詮釋、「淫詩」說的提出，及對於賦、比、興的辨析、討論與標示上，唯就朱熹整體的《詩》學看來，其中亦有和漢學傳統釋《詩》蘄向一致，從而

顯示作爲《詩經》宋學傳統代表的朱熹《詩》學，和漢學傳統相承相續的一面，那即是在有關〈二南〉諸詩的詮釋上。《詩經》的漢學傳統，視〈二南〉諸詩爲文王時詩，詩中體現了文王的風化與德教之美，是風化天下的初始與根本，是所謂的「正始之道，王化之基」；〈二南〉並爲《詩》之正風，正經，其詩體現著盛世、政教的淳美，而分繫周公、召公。凡此，《詩經》漢學傳統所持對於〈二南〉諸詩的觀點，蓋爲朱熹所接納、認同。在〈二南〉爲文王時詩，體現了文王之世風化與德教之美，〈二南〉是王業、風化天下的初始、根本，及〈二南〉爲《詩》之正經、正風；是盛世之詩的相同觀點下，朱熹詮說〈二南〉，遂與《詩經》的漢學傳統有了相承相繼的關係，而這種相承相繼的關係，主要即表現在文王的教化觀上。《詩經》的漢學傳統，以〈二南〉諸《詩》爲「正始之道，王化之基」，是風化天下的初始與根本；詩中體現了文王的風化與德教之美，但就〈周南〉、〈召南〉二十五篇的詩旨詮釋上，《詩序》並未將文王的教化、德化觀，與這二十五篇詩作緊密的結合。就〈周南〉十一篇的《序》來看，有九篇《詩序》主要在談「后妃」之事，或談「后妃之德」、「后妃之所致」、「后妃之化」等（按：九篇指〈關雎〉、〈葛覃〉、〈卷耳〉、〈樛木〉、〈螽斯〉、〈桃夭〉、〈兔罝〉、〈芣苢〉、〈麟之趾〉），只有二篇（按：指〈漢廣〉、〈汝墳〉）提及了文王之化；就〈召南〉十四篇〈序〉來看，《詩序》或談夫人、大夫妻之德、之事（按：指〈鵲巢〉、〈采蘩〉、〈草蟲〉、〈采蘋〉、〈殷其靁〉、〈小星〉），或談召伯之教、召伯之事（按：指〈甘棠〉、〈行露〉），或談文王之化（按：指〈羔羊〉、〈摽有梅〉、〈野有死麕〉、〈騶虞〉），同樣地，所謂「文王之化」，也並未在詩篇的詮釋上刻意提及。朱熹詮解〈二南〉，一方面除本於《詩序》從后妃、夫人之德及文王之化的角度來詮說，另一方面，則更推本溯源，將〈二南〉諸詩全部統攝在文王之化這一點上，視〈二南〉諸詩皆爲感文王的組詩，其中體現著文王德化的儀型及力量；並蘊含了文王由身修而後家齊，由家齊而後國治，由國治而後天下平的進程與意義，朱熹如此的詮說，既修正了《詩序》以后妃、夫人之德、之化爲主體，及稍嫌凌亂的詮釋方式，同時也補足、發展、系統化了《詩序》所引而未發的文王之化的觀點，而使得〈二南〉諸詩所具有的詩教意義，也更加深刻的呈顯出來。朱熹的《詩經》詮釋，和《詩序》、《詩經》的漢學傳統，在《詩經》學史上，分屬於一般人所說互不相容的漢、宋學範疇，不論在《詩序》的作者觀、詩旨的詮釋上、詮《詩》的方法，進路，及其他對於《詩經》的

諸多觀點上，確實有頗大的差異，唯就〈二南〉諸詩是文王時詩，可見文王的教化，及〈二南〉是《詩》之正經、正風，體現著政教的淳美，並具有深刻的詩教意義上，則二者顯然並無不同。《詩序》詮釋〈二南〉，敘及后妃之德、之化、夫人之德，間及文王之化，朱熹詮釋〈二南〉，則將〈二南〉諸詩全部統攝在文王的教化之中，使〈二南〉諸詩，成為一有系統的、體現文王教化的組詩，既修正了《詩序》以后妃、夫人之德為主體，及稍嫌凌亂的詮釋方式，也使得《詩序》所謂的「文王之化」，更加完整的展示出來，如此，也使得〈二南〉更具有深刻的詩教意義。就這一點來看，朱熹詮釋〈二南〉，可以說是修正、補足、發展了《詩序》、《詩經》漢學傳統所執持的文王教化觀。由〈二南〉詩篇的詮釋來看，吾人確實可見朱熹《詩經》學和漢學傳統相承相繼的一面。

其五，除對〈二南〉諸《詩》的詮釋，展現了朱熹《詩經》學和漢學傳統有相承相續的一面外，朱熹在有關《詩》文字義、詞義、名物、制度等訓詁上，對於《毛傳》、《鄭箋》、《毛詩正義》的承用，也呈顯了朱熹《詩經》學立基於漢學傳統之上，並對於漢學傳統有所承續的事實。由於《毛傳》、《鄭箋》是《詩經》學史上解釋《詩經》字義、詞義、名物、制度等訓詁的重要著作；在《詩》文的訓解上，亦有相當的成就，在治經須本於訓詁、對漢魏諸儒釋經訓詁的看重，及在治學上所具有的博觀約取、鎔舊鑄新的態度下，朱熹釋《詩》，就《詩》文字義、詞義、名物、制度等訓詁上，遂頗有取資於《毛傳》、《鄭箋》之處者。通觀《詩集傳》全書，吾人可以發現，就《詩》旨的詮定上，朱熹之所見，容或和漢學傳統有所出入、不同，但就有關《詩》文字義、詞義、名物等訓詁上，朱熹的訓釋，卻頗多和《毛傳》、《鄭箋》之說相類，而實際上乃取資於《毛傳》、《鄭箋》者。這樣的現象，當然說明了朱熹《詩經》學的型塑、奠立，乃是立基於漢學傳統之上，並和漢學傳統有著相承續的關係，同時，朱熹對於《毛傳》、《鄭箋》、《毛詩正義》在訓詁上的承用，也桴應了其所標舉的治經須本於訓詁、對漢魏諸儒釋經訓詁看重的理念。唯吾人也應了解到，朱熹治經，固然標舉須本於訓詁、對漢魏諸儒訓詁的看重，但也強調須在前儒的訓詁、成說的基礎之下，去深思博辨，熟讀詳究，並參稽眾說，以考其文義、定其是非，換言之，對於前儒的訓詁、成說，也不能漫然接受，而毫無理性的思索或辨析，在這種治經既須本於訓詁、看重漢魏諸儒訓詁，但又須深思博辨，熟讀詳究，參稽眾說，以考其文義，

定其是非的理念下，朱熹在有關《詩》文的訓詁上，遂也有部分和《毛傳》、
《鄭箋》之說不同，顯示出其深思博辨，熟讀詳究，又參稽眾說，以考其文
義、定其是非的一面。而朱熹在《詩》文部份的訓詁上，和《毛傳》、《鄭箋》
之說不同，當然也顯示了朱熹《詩經》學在立基於漢學傳統之外，又有和漢
學傳統不同的地方。除此之外，朱熹在《詩》文的訓詁——有關句意的串解
上，和《毛傳》、《鄭箋》之說多所相異，尤能呈顯朱熹的《詩經》學，一方
面雖立基於漢學傳統之上，對於漢學傳統有所承續，另一方面，卻又有其戛
然獨發、取徑殊異，因而和漢學傳統殊隔者。就朱熹釋《詩》在句意串解的
訓詁上，多不取《毛傳》、《鄭箋》之說，並和毛、鄭之說多所異同，其原因
主要有三，其一，《毛傳》、《鄭箋》皆援《詩序》而為說，或與《詩序》相為
表裡，其二，在有關「興」義內涵的理解上，朱熹與《毛傳》、《鄭箋》之所
見又有所出入；其三，朱熹以較高的詩文修養，標舉以《詩》言《詩》的詮
釋進路，並重視詩文前後脈絡所呈顯的意涵；在這種視《詩》為《詩》，回歸
《詩》文，重視之本的態度、方法下，遂使得朱熹在句意串解的訓詁上，和
毛、鄭之說，多所不同。

　　綜合上述各點，吾人可知作為《詩經》宋學傳統代表，為《詩經》宋學
傳統的開宗立範者的朱熹《詩經》學，其和《詩經》漢學傳統之間的關係，
就整體《詩》學的內涵、《詩》說的觀點上來看，乃是其中有異有同；即有承
續、立基、相同於漢學傳統的一面，又有戛然獨鑄、標誌新變、歧異於漢學
傳統的地方。就《詩》文字義、詞義、名物等訓詁，對於《毛傳》、《鄭箋》
的取資、承用；就〈二南〉諸篇的詮解上，以文王時詩視之，並將〈二南〉
諸詩統攝在文王之化，以顯示其深刻的詩教意義；或在《詩》旨的詮定上，
有一百餘篇採用、承用《序》說，或和《詩序》相同，凡此，即顯示了朱熹
的《詩經》學承續、立基、相同於漢學傳統的一面。就對《詩序》作者的辨
析、對《詩序》詮《詩》的多所批判；揭櫫去《序》詮《詩》、以《詩》言《詩》、
回歸《詩》文的進路與方法，在《詩》旨的詮定上，有近三分之二的《詩》
篇，和《詩序》的詮說不同，此外，「淫詩」說的提出、重新詮解孔子「思無
邪」的意涵，對於《詩經》寫作技巧－賦、比、興的界義、辨析；研探、標
示；在部分字義、詞義、名物等訓詁上，不承用《毛傳》、《鄭箋》，在句意串
解的訓詁上，和毛、鄭多所異同，凡此，又顯示出了朱熹的《詩經》學戛然
獨鑄、標誌新變與歧異於漢學傳統的地方。朱熹的《詩經》學在整體《詩》

學的內涵、《詩》說的觀點上，既有其承續、立基、相同於漢學傳統的一面，又有其戛然獨鑄、標誌新變、歧異於漢學傳統的地方，如此，當吾人欲論斷、指稱有關朱熹《詩經》學和漢學傳統異同的問題時，更應仔細分梳，平情核實，以避免作出不妥的論說〔註2〕。就朱熹的《詩經》學承續、立基、相同於漢學傳統之處，我們可以說，其意義正顯示朱熹的《詩經》學乃奠基於漢學傳統之上；由漢學傳統而來，也說明朱熹治《詩》、治經重視漢魏唐諸儒在訓詁、訓解上的成果。就朱熹《詩經》學有其戛然獨鑄、標誌新變、歧異於漢學傳統的地方，我們也可以說，其意義也正顯示朱熹治《詩》、治經，在立基於漢魏唐諸儒訓詁、訓解之外，更重視深思博辨、熟讀詳究、參稽眾說，以考其文義，定其是非的治學精神和態度，換言之，朱熹釋《詩》，雖一方面本於、承繼、吸收漢魏唐諸儒在訓詁、訓解上合理的成果，另一方面，卻又參稽眾說，深思博辨；沿承、發皇洎自中唐，諸儒對於《詩序》、《詩經》漢學傳統多方質疑、辨析、論難的傳統、精神；因而揚棄了《詩序》、《詩經》漢學傳統在釋《詩》上，諸多不當的詮說，從而展現出其戛然獨鑄、標誌新變、歧異於漢學傳統的地方。這種既立足於傳統，又超越傳統的精神，態度，正可解釋、說明何以朱熹《詩經》學和漢學傳統間有種種的同異；既有取資、承繼相同於漢學傳統之處，又有突破、創發、歧異於漢學傳統的問題。錢穆先生嘗謂朱熹治經「一面最能創新義，一面又最能守傳統。」（《朱子新學案》第一冊〈朱子學提綱〉，頁 35），又謂「其學皆從傳統來，莫不有原有本，而又能自出己見，有創有闢。」（同上，頁 178）黃俊傑先生也曾以朱熹所撰的《孟子集注》為例，指出朱子學術的特點，就在於能「寓創新於因襲之中」

〔註 2〕 趙沛霖先生謂：「代表宋代《詩經》研究最高成就的朱熹，也是一個徹底的廢《序》論者」（《詩經研究反思》，頁 271，天津：天津教育出版社，1989 年 6月），黃焯先生謂：「朱子作《詩集傳》，廢棄《詩序》及《毛傳》、《鄭箋》、《孔疏》之說，而壹以己意出之」（《詩說》卷二，頁 44，武漢：長江文藝出版社，1981 年 2 月），此外，清儒姚際恒謂朱熹釋《詩》「其從《序》者十之五，又有外示不從而陰合之者，又有意實不然而終不能出其範圍者，十之二三。」（《詩經通論》卷前（詩經論旨），頁 5）、「遵《序》者莫若《集傳》」（同上）；李家樹先生謂：「《朱傳》從《序》的篇數，幾乎達到百分之七十」（《國風毛序朱傳異同考析》，頁 325）、「《詩集傳》暨《詩序辨說》跟從《詩序》的說法幾達百分之七十。」（《詩經的歷史公案・漢宋詩說異同比較》，頁 61），又謂朱熹釋《詩》「大體仍是跟從《詩序》的」（同上，頁 76），衡諸本論題的研究，諸家所論，咸有不妥之處。

及「融舊乃所以鑄新」〔註3〕，衡諸朱熹的研治《詩經》，二位先生之所論，洵然。透過本論題：「朱熹《詩經》學與《詩經》漢學傳統異同之研究」的探論，希望能使吾人對於朱熹《詩經》學的內涵、型塑、特點，及其和漢學傳統間的種種異同、關係的問題上，獲致一較好、較整全的認識與理解。

〔註3〕 參〈舊學新知百貫通—從朱子〈孟子集注〉看中國學術史上的注疏傳統〉，收錄於《中國文化新論‧學術篇‧浩瀚的學海》，頁197～229，臺北：聯經出版公司，1991年元月。

附錄一：《毛傳》之標「興」及其詮說

1. 〈周南‧關雎〉：「關關雎鳩，在河之洲。」《毛傳》：「興也。關關，和聲也。雎鳩，王雎也。鳥摯而有別，水中可居者曰洲。后妃說樂君子之德，無不和諧，又不淫其色，慎固幽深，若關雎之有別焉。」（《詩疏》卷一之一，頁 20）

2. 〈周南‧葛覃〉：「葛之覃兮，施于中谷，維葉萋萋。」《毛傳》：「興也。」（同前，卷一之二，頁 30）

3. 〈周南‧卷耳〉：「采采卷耳，不盈頃筐。」《毛傳》：「憂者之興也。」（同前，頁 33）

4. 〈周南‧樛木〉：「南有樛木，葛藟纍之。」《毛傳》：「興也。」（同前，頁 35）

5. 《周南‧桃夭》：「桃之夭夭，灼灼其華。」《毛傳》：「興也。」（同前，頁 37）

6. 〈周南‧漢廣〉：「南有喬木，不可休息。漢有游女，不可求思。」《毛傳》：「興也。」（同前，卷一之三，頁 42）

7. 〈周南‧麟之趾〉：「麟之趾，振振公子。」《毛傳》：「興也。」（同前，頁 45）

8. 〈召南‧鵲巢〉：「維鵲有巢，維鳩居之。」《毛傳》：「興也。」（同前，頁 46）

9. 〈召南‧草蟲〉：「喓喓草蟲，趯趯阜螽。」《毛傳》：「興也。」（同前，卷一之四，頁 51）

10. 〈召南‧行露〉：「厭浥行露，豈不夙夜，謂行多露。」《毛傳》：「興也。」

（同前，頁 55）

11. 〈召南・摽有梅〉:「摽有梅，其實七兮。」《毛傳》:「興也。」（同前，卷一之五，頁 63）

12. 〈召南・江有汜〉:「江有汜」《毛傳》:「興也。」（同前，頁 65）

13. 〈召南・何彼襛矣〉:「何彼襛矣，唐棣之華。」《毛傳》:「興也。」（同前，頁 67）

14. 〈邶風・柏舟〉:「汎彼柏舟，亦汎其流。」《毛傳》:「興也。」（同前，卷二之一，頁 74）

15. 〈邶風・綠衣〉:「綠兮衣兮，綠衣黃裏。」《毛傳》:「興也。」（同前，頁 75）

16. 〈邶風・終風〉:「終風且暴，顧我則笑。」《毛傳》:「興也。」（同前，頁 79）

17. 〈邶風・凱風〉:「凱風自南，吹彼棘心。」《毛傳》:「興也。」（同前，卷二之二，頁 85）

18. 〈邶風・雄雉〉:「雄雉于飛，泄泄其羽。」《毛傳》:「興也。」（同前，頁 86）

19. 〈邶風・匏有苦葉〉:「匏有苦葉，濟有深涉。」《毛傳》:「興也。」（同前，頁 87）

20. 〈邶風・谷風〉:「習習谷風，以陰以雨。」《毛傳》:「興也。習習，和舒貌。東風，謂之谷風。陰陽和而谷風至，夫婦和則室家成，室家成而繼嗣生。」（同前，頁 89）

21. 〈邶風・旄丘〉:「旄丘之葛兮，何誕之節兮。」《毛傳》:「興也，前高後下曰旄丘。諸侯以國相連屬，憂患相及，如葛之蔓延相連及也。」（同前，頁 93）

22. 〈邶風・泉水〉:「毖彼泉水，亦流于淇。」《毛傳》:「興也。」（同前，卷二之三，頁 101）

23. 〈邶風・北門〉:「出自北門，憂心殷殷。」《毛傳》:「興也。」（同前，頁 103）

24. 〈邶風・北風〉:「北風其涼，雨雪其雱。」《毛傳》:「興也。」（同前，頁 104）

25. 〈鄘風・柏舟〉:「汎彼柏舟，在彼中河。」《毛傳》:「興也。」（同前，

卷三之一，頁 109）

26. 〈鄘風・牆有茨〉：「牆有茨，不可掃也。」《毛傳》：「興也。」（同前，頁 110）

27. 〈衛風・淇奧〉：「瞻彼淇奧，綠竹猗猗。」《毛傳》：「興也。奧，隈也。綠，王芻也。竹，篇竹也。猗猗，美盛貌。武公質美德盛，有康叔之餘烈。」（同前，卷三之二，頁 127）

28. 〈衛風・竹竿〉：「籊籊竹竿，以釣于淇。」《毛傳》：「興也。籊籊，長而殺也。釣以得魚，如婦人待禮以成爲室家。」（同前，卷三之三，頁 137）

29. 〈衛風・芄蘭〉：「芄蘭之支」，《毛傳》：「興也。芄蘭，草也。君子之德，當柔潤溫良。」（同前，頁 137）

30. 〈衛風・有狐〉：「有狐綏綏，在彼淇梁。」《毛傳》：「興也。」（同前，卷三之三，頁 141）

31. 〈王風・揚之水〉：「揚之水，不流束薪。」《毛傳》：「興也。」（同前，卷四之一，頁 150）

32. 〈王風・中谷有蓷〉：「中谷有蓷，暵其乾矣。」《毛傳》：「興也。」（同前，頁 151）

33. 〈王風・兔爰〉：「有兔爰爰，雉離于羅。」《毛傳》：「興也。爰爰，緩意。鳥網爲羅，言爲政有緩有急，用心之不均。」（同前，頁 151）

34. 〈王風・采葛〉：「縣縣葛藟，在河之滸。」《毛傳》：「興也。」（同前，頁 152）

35. 〈王風・采葛〉：「彼采葛兮，一日不見，如三月兮。」《毛傳》：「興也。葛所以爲絺綌也。事雖小，一日不見於君，憂懼於讒矣。」（同前，頁 153）

36. 〈鄭風・山有扶蘇〉：「山有扶蘇，隰有荷華。」《毛傳》：「興也。扶蘇，扶胥，小木也。荷華，扶渠也，其華菡萏，言高下大小各得其宜也。」（同前，卷四之三，頁 171）

37. 〈鄭風・蘀兮〉：「蘀兮蘀兮，風其吹女。」《毛傳》：「興也。蘀，槁也。人臣待君倡而後和。」（同前，頁 172）

38. 〈鄭風・風雨〉：「風雨淒淒，雞鳴喈喈。」《毛傳》：「興也。」（同前，卷四之四，頁 179）

39. 〈鄭風・野有蔓草〉：「野有蔓草，零露漙兮。」《毛傳》：「興也。」（同

前，頁 182）

40. 〈齊風‧東方之日〉：「東方之日兮，彼姝者子，在我室兮。」《毛傳》：「興也。日出東方，人君明盛，無不照察也。姝者，初昏之貌。」（同前，卷五之一，頁 191）

41. 〈齊風‧南山〉：「南山崔崔，雄狐綏綏。」《毛傳》：「興也。南山，齊南山也。崔崔，高大也。國君尊嚴如南山崔崔然。雄狐相隨，綏綏然無別，失陰陽之匹。」（同前，卷五之二，頁 195）

42. 〈齊風‧甫田〉：「無田甫田，維莠驕驕。」《毛傳》：「興也。」（同前，頁 197）

43. 〈齊風‧敝笱〉：「敝笱在梁，其魚魴鰥。」《毛傳》：「興也。」（同前，頁 199）

44. 〈魏風‧園有桃〉：「園有桃，其實之殽。」《毛傳》：「興也。」（同前，卷五之三，頁 208）

45. 〈唐風‧山有樞〉：「山有樞，隰有榆。」《毛傳》：「興也。樞，荎也。國君有財貨而不能用，如山隰不能自用其財。」（同前，卷六之一，頁 217）

46. 〈唐風‧揚之水〉：「揚之水，白石鑿鑿。」《毛傳》：「興也。」（同前，頁 21 八）

47. 〈唐風‧椒聊〉：「椒聊之實，蕃衍盈升。」《毛傳》：「興也。」（同前，頁 219）

48. 〈唐風‧綢繆〉：「綢繆束薪，三星在天。」《毛傳》：「興也。綢繆，纏綿也。三星，參也。在天，謂始見東方也。男女待禮而成，若薪芻待人事而後束也。三星在天，可以嫁娶矣。」（同前，卷六之二，頁 222）

49. 〈唐風‧杕杜〉：「有杕之杜，其葉湑湑。」《毛傳》：「興也。」（同前，頁 223）

50. 〈唐風‧鴇羽〉：「肅肅鴇羽，集于苞栩。」《毛傳》：「興也。」（同前，頁 225）

51. 〈唐風‧有杕之杜〉：「有杕之杜，生于道左。」《毛傳》：「興也。」（同前，頁 227）

52. 〈唐風‧葛生〉：「葛生蒙楚，蘞蔓于野。」《毛傳》：「興也。葛生延而蒙楚，蘞蔓于野，喻婦人外成於他家。」（同前，頁 227）

53. 〈唐風‧采苓〉：「采苓采苓，首陽之顛。」《毛傳》：「興也。苓，大苦也。

首陽，山名。采苓，細事也。首陽，幽僻也。細事喻小行也；幽僻喻無
徵也。」（同前，頁 228）

54. 〈秦風・東鄰〉：「阪有漆，隰有栗。」《毛傳》：「興也。」（同前，卷六
　　之三，頁 234）

55. 〈秦風・蒹葭〉：「蒹葭蒼蒼，白露爲霜。」《毛傳》：「興也。蒹，薕。葭，
　　蘆也。蒼蒼，盛也。白露凝戾爲霜，然後歲事成；國家待禮然後興。」
　　（同前，卷六之四，頁 241）

56. 〈秦風・終南〉：「終南何有，有條有梅。」《毛傳》：「興也。」（同前，
　　頁 242）

57. 〈秦風・黃鳥〉：「交交黃鳥，止于棘。」《毛傳》：「興也。交交，小貌。
　　黃鳥以時往來，得其所，人以壽命終，亦得其所。」（同前，頁 243）

58. 〈秦風・晨風〉：「鴥彼晨風，鬱彼北林。」《毛傳》：「興也。鴥，疾飛貌。
　　晨風，鸇也。鬱，積也。北林，林名也。先君招賢人，賢人往之駛疾，
　　如晨風之飛入北林。」（同前，頁 244）

59. 〈秦風・無衣〉：「豈曰無衣，與子同袍。」《毛傳》：「興也。」（同前，
　　頁 244）

60. 〈陳風・東門之池〉：「東門之池，可以漚麻。」《毛傳》：「興也。」（同
　　前，卷七之一，頁 7）

61. 〈陳風・東門之楊〉：「東門之楊，其葉牂牂。」《毛傳》：「興也。牂牂然
　　盛貌。言男女失時，不逮秋冬。」（同前，頁 253）

62. 〈陳風・墓門〉：「墓門有棘，斧以斯之。」《毛傳》：「興也。」（同前，
　　頁 254）

63. 〈陳風・防有鵲巢〉：「防有鵲巢，邛有旨苕。」《毛傳》：「興也。」（同
　　前）

64. 〈陳風・月出〉：「月出皎兮」《毛傳》：「興也。」（同前，頁 255）

65. 〈陳風・澤陂〉：「彼澤之陂，有蒲與荷。」《毛傳》：「興也。」（同前，
　　頁 256）

66. 〈檜風・隰有萇楚〉：「隰有萇楚，猗儺其枝。」《毛傳》：「興也。」（同
　　前，卷七之二，頁 264）

67. 〈曹風・蜉蝣〉：「蜉蝣之羽，衣裳楚楚。」《毛傳》：「興也。」（同前，
　　卷七之三，頁 268）

68. 〈曹風・鳲鳩〉:「鳲鳩在桑,其子七兮。」《毛傳》:「興也。鳲鳩,秸鞠也。鳲鳩之養其子,朝從上下,莫從下上,平均如一。」(同前,頁271)

69. 〈曹風・下泉〉:「洌彼下泉,浸彼苞稂。」《毛傳》:「興也。」(同前,頁272)

70. 〈豳風・鴟鴞〉:「鴟鴞鴟鴞,既取我子,無毀我室。」《毛傳》:「興也。」(同前,卷八之二,頁292)

71. 〈豳風・九罭〉:「九罭之魚,鱒魴。」《毛傳》:「興也。」(同前,卷八之三,頁302)

72. 〈豳風・狼跋〉:「狼跋其胡,載疐其尾。」《毛傳》:「興也。」(同前,頁30四)

73. 〈小雅・鹿鳴〉:「呦呦鹿鳴,食野之苹。」《毛傳》:「興也。苹,萍也。鹿得萍,呦呦然鳴而相呼,懇誠發乎中,以興嘉樂賓客,當有懇誠相招呼以成禮也。」(同前,卷九之二,頁315)

74. 〈小雅・常棣〉:「常棣之華,鄂不韡韡。」《毛傳》:「興也。」(同前,頁321)

75. 〈小雅・伐木〉:「伐木丁丁,鳥鳴嚶嚶。」《毛傳》:「興也。」(同前,卷九之三,頁327)

76. 〈小雅・杕杜〉:「有杕之杜,有睆其實。」《毛傳》:「興也。睆,實貌。杕杜猶得其時蕃滋,役夫勞苦,不得盡其天性。」(同前,卷九之四,頁340)

77. 〈南有嘉魚〉:「南有樛木,甘瓠纍之。」《毛傳》:「興也。」(同前,卷十之一,頁346)

78. 〈小雅・南山有臺〉:「南山有臺,北山有萊。」《毛傳》:「興也。」(同前,頁347)

79. 〈小雅・蓼蕭〉:「蓼彼蕭兮,零露湑兮。」《毛傳》:「興也。」(同前,頁349)

80. 〈小雅・湛露〉:「湛湛露斯,匪陽不晞。」《毛傳》:「興也。」(同前,頁350)

81. 〈小雅・菁菁者莪〉:「菁菁者莪,在彼中阿。」《毛傳》:「興也。菁菁,盛貌。莪,蘿蒿也。阿,阿中也。大陵曰阿。君子能長育人材,如阿之長莪菁菁然。」(同前,頁353)

82. 〈小雅・采芑〉：「薄言采芑，于彼新田，于此菑畝。」《毛傳》：「興也。」
（同前，卷十之二，頁 360）

83. 〈小雅・鴻鴈〉：「鴻鴈于飛，肅肅其羽。」《毛傳》：「興也。」（同前，
卷十一之一，頁 373）

84. 〈小雅・沔水〉：「沔彼流水，朝宗于海。」《毛傳》：「興也。」（同前，
頁 375）

85. 〈小雅・鶴鳴〉：「鶴鳴于九皋，聲聞于野。」《毛傳》：「興也。皋，澤也，
言身隱而名著。」（同前，頁 376）

86. 〈小雅・黃鳥〉：「黃鳥黃鳥，無集于穀，無啄我粟。」《毛傳》：「興也。
黃鳥宜集木啄粟者，喻天下室家，不以其道而相去，是失其性。」（同
前，頁 379）

87. 〈小雅・斯干〉：「秩秩斯干，幽幽南山。」《毛傳》：「興也。」（同前，
卷十一之二，頁 384）

88. 〈小雅・節南山〉：「節彼南山，維石巖巖。」《毛傳》：「興也。」（同前，
卷十二之一，頁 393）

89. 〈小雅・小宛〉：「宛彼鳴鳩，翰飛戾天。」《毛傳》：「興也。……行小人
之道，責高明之功，終不可得。」（同前，卷十二之三，頁 419）

90. 〈小雅・小弁〉：「弁彼鸒斯，歸飛提提。」《毛傳》：「興也。」（同前，
頁 420）

91. 〈小雅・巷伯〉：「萋兮斐兮，成是貝錦。」《毛傳》：「興也。」（同前，
卷十二之三，頁 428）

92. 〈小雅・谷風〉：「習習谷風，維風及雨。」《毛傳》：「興也。風雨相感，
朋友相須。」（同前，卷十三之一，頁 435）

93. 〈小雅・蓼莪〉：「蓼蓼者莪，匪莪伊蒿。」《毛傳》：「興也。」（同前，
頁 436）

94. 〈小雅・大東〉：「有饛簋飧，有捄棘匕。」《毛傳》：「興也。」（同前，
頁 437）

95. 〈小雅・瞻彼洛矣〉：「瞻彼洛矣，維水泱泱。」《毛傳》：「興也。」（同
前，卷十四之二，頁 478）

96. 〈小雅・裳裳者華〉：「裳裳者華，其葉湑兮。」《毛傳》：「興也。」（同
前，頁 479）

97. 〈小雅・桑扈〉:「交交桑扈,有鶯其羽。」《毛傳》:「興也」(同前,頁480)

98. 〈小雅・鴛鴦〉:「鴛鴦于飛,畢之羅之。」《毛傳》:「興也。鴛鴦,匹鳥。太平之時,交於萬物有道,取之以時,於其飛乃畢掩而羅之。」(同前,頁482)

99. 〈小雅・頍弁〉:「有頍者弁,實維伊何。」《毛傳》:「興也。」(同前,頁483)

100. 〈小雅・車舝〉:「間關車之舝兮,思孌季女逝兮。」《毛傳》:「興也。」(同前,頁484)

101. 〈小雅・青蠅〉:「營營青蠅,止于樊。」《毛傳》:「興也。」(同前,卷十四之三,頁489)

102. 〈小雅・采菽〉:「采菽采菽,筐之筥之。」《毛傳》:「興也。」(同前,卷十五之一,頁500)

103. 〈小雅・角弓〉:「騂騂角弓,翩其反矣。」《毛傳》:「興也。」(同前,頁503)

104. 〈小雅・菀柳〉:「有菀者柳,不尚息焉。」《毛傳》:「興也。」(同前,頁506)

105. 〈小雅・采綠〉:「終朝采綠,不盈一匊。」《毛傳》:「興也。」(同前,卷十五之二,頁512)

106. 〈小雅・黍苗〉:「芃芃黍苗,陰雨膏之。」《毛傳》:「興也。」(同前,頁514)

107. 〈小雅・隰桑〉:「隰桑有阿,其葉有難。」《毛傳》:「興也。」(同前,頁515)

108. 〈小雅・白華〉:「白華菅兮,白茅束兮。」《毛傳》:「興也。」(同前,頁516)

109. 〈小雅・緜蠻〉:「緜蠻黃鳥,止于阿丘。」《毛傳》:「興也。……鳥止於阿,人止於仁。」(同前,卷十五之三,頁521)

110. 〈小雅・苕之華〉:「苕之華,芸其黃矣。」《毛傳》:「興也。」(同前,頁525)

111. 〈大雅・緜〉:「緜緜瓜瓞,民之初生,自土沮漆。」《毛傳》:「興也。」(同前,卷十六之二,頁545)

112. 〈大雅・棫樸〉：「芃芃棫樸，薪之槱之。」《毛傳》：「興也。芃芃，木盛貌。……山木茂盛，萬民得而薪之，賢人眾多，國家得用蕃興。」（同前，卷十六之三，頁 556）

113. 〈大雅・卷阿〉：「有卷者阿，飄風自南。」《毛傳》：「興也。卷，曲也。飄風，迴風也。惡人被德化而消，猶飄風之入曲阿也。」（同前，卷十七之四，頁 626）

114. 〈大雅・桑柔〉：「菀彼桑柔，其下侯旬。將采其劉，瘼此下民。」《毛傳》：「興也。」（同前，卷十八之二，頁 653）

115. 〈周頌・振鷺〉：「振鷺于飛，于彼西雝。我客戾止，亦有斯容。」《毛傳》：「興也。」（同前，卷十九之三，頁 730）

附錄二：《鄭箋》對《毛傳》所標「興也」之箋釋

1. 〈周南・葛覃〉：「葛之覃兮，施于中谷，維葉萋萋。」《毛傳》：「興也。」《鄭箋》：「葛者，婦人之所有事也。此因葛之性以興焉。興者，葛延蔓於谷中，喻女在父母之家，形體浸浸日長大也。葉淒淒然，喻其容色美盛也。」（《詩疏》卷一之二，頁30）

2. 〈周南・樛木〉：「南有樛木，葛藟纍之。」《毛傳》：「興也。」《鄭箋》：「木枝以下垂之故，故葛也，藟也，得纍而蔓之而上下俱盛。興者，喻后妃能以意下逮眾妾，使得其次序，則眾妾上附事之，而禮義亦俱盛。」（同前，頁35）

3. 〈周南・桃夭〉：「桃之夭夭，灼灼其華。」《毛傳》：「興也。」《鄭箋》：「興者，喻時婦人皆得以年盛時行也。」（同前，頁37）

4. 〈周南・漢廣〉：「南有喬木，不可休息。漢有游女，不可求思。」《毛傳》：「興也。」《鄭箋》：「不可者，本有可道也。木以高其枝葉之故，故人不得就而止息也。興者，喻賢女雖出游流水之上，人無欲求犯禮者，亦由貞絜使之然。」（同前，卷一之三，頁42）

5. 〈周南・麟之趾〉：「麟之趾，振振公子。」《毛傳》：「興也。」《鄭箋》：「興者，喻今公子亦信厚，與禮相應，有似於麟。」（同前，頁45）

6. 〈召南・鵲巢〉：「維鵲有巢，維鳩居之。」《毛傳》：「興也。」《鄭箋》：「鵲之作巢，冬至架之，至春乃成，猶國君積行累功，故以興焉。興者，鳲鳩因鵲成巢而居有之，而有均壹之德，猶國君夫人來嫁，居君子之室，

德亦然。」（同前，頁 46）

7. 〈召南・草蟲〉：「喓喓草蟲，趯趯阜螽：」《毛傳》：「興也。」《鄭箋》：「草蟲鳴，阜螽躍而從之，異種同類，猶男女嘉時，以禮相求呼。」（同前，卷一之四，頁 51）

8. 〈召南・摽有梅〉：「摽有梅，其實七兮。」《毛傳》：「興也。」《鄭箋》：「興者，梅實尚餘七未落，喻始衰也。謂女二十，春盛而不嫁，至夏則衰。」（同前，卷一之五，頁之三）

9. 〈召南・江有汜〉：「江有汜」《毛傳》：「興也。」《鄭箋》：「興者，喻江水大，汜水小，然而竝流，似嫡媵宜俱行。」（同前，頁 65）

10. 〈召南・何彼襛矣〉：「何彼襛矣，唐棣之華。」《毛傳》：「興也。」《鄭箋》：「何乎彼戎戎者，乃栘之華。興者，喻王姬顏色之美盛。」（同前，頁 67）

11. 〈邶風・柏舟〉：「汎彼柏舟，亦汎其流。」《毛傳》：「興也。」《鄭箋》：「舟載渡物者，今不用而與眾物汎汎然俱流水中。興者，喻仁人之不見用，而與群小人並列，亦猶是也。」（同前，卷二之一，頁 74）

12. 〈邶風・綠衣〉：「綠兮衣兮，綠衣黃裏。」《毛傳》：「興也。」《鄭箋》：「褖兮衣兮者，言褖衣自有禮制也。諸侯夫人祭服之下，鞠衣為上，展衣次之，褖衣次之。次之者，眾妾亦以貴賤之等服之。鞠衣黃，展衣白，褖衣黑，皆以素紗為裏。今褖衣反以黃為裏，非其禮制也，故以喻妾上僭。」（同前，頁 75）

13. 〈邶風・終風〉：「終風且暴，顧我則笑。」《毛傳》：「興也。」《鄭箋》：「既竟日風矣，而又暴疾。興者，喻州吁之為不善，如終風之無休止。」（同前，頁 79）

14. 〈邶風・凱風〉：「凱風自南，吹彼棘心。」《毛傳》：「興也。」《鄭箋》：「興者，以凱風喻寬仁之母，棘，猶七子也。」（同前，卷二之二，頁 85）

15. 〈邶風・雄雉〉：「雄雉于飛，泄泄其羽。」《毛傳》：「興也。」《鄭箋》：「興者，喻宣公整其衣服而起，奮訊其形貌，志在婦人而已，不恤國之政事。」（同前，頁 86）

16. 〈邶風・泉水〉：「毖彼泉水，亦流于淇。」《毛傳》：「興也。」《鄭箋》：「泉水流而入淇，猶婦人出嫁於異國。」（同前，卷二之三，頁 101）

17. 〈邶風・北門〉：「出自北門，憂心殷殷。」《毛傳》：「興也。」《鄭箋》：
「興者，喻己仕於闇君，猶行而出北門，心為之憂殷殷然。」（同前，
頁 103）

18. 〈邶風・北風〉：「北風其涼，雨雪其雱。」《毛傳》：「興也。」《鄭箋》：
「寒涼之風，病害萬物。興者，喻君政教酷暴，使民散亂。」（同前，
頁 104）

19. 〈鄘風・柏舟〉：「汎彼柏舟，在彼中河。」《毛傳》：「興也。」《鄭箋》：
「舟在河中，猶婦人之在夫家，是其常處。」（同前，卷三之一，頁 109）

20. 〈鄘風・牆有茨〉：「牆有茨，不可掃也。」《毛傳》：「興也。」《鄭箋》：
「國君以禮防制一國，今其宮內有淫昏之行者，猶牆之生蒺藜。」（同
前，頁 110）

21. 〈衛風・芄蘭〉：「芄蘭之支」《毛傳》：「興也。」《鄭箋》：「芄蘭柔弱，
恆蔓延於地，有所依緣則起，興者，喻幼稚之君，任用大臣，乃能成其
政。」（同前，卷三之三，頁 137）

22. 〈王風・揚之水〉：「揚之水，不流束薪。」《毛傳》：「興也。」《鄭箋》：
「激揚之水至湍迅而不能流移束薪，興者，喻平王政教煩急而恩澤之
令，不行于下民。」（同前，卷四之一，頁 150）

23. 〈王風・中谷有蓷〉：「中谷有蓷，暵其乾矣。」《毛傳》：「興也。」《鄭
箋》：「興者，喻人居平安之世，猶蓷之生於陸；遇衰亂凶年，猶蓷之生
於谷中，得水則病將死。」（同前，頁 151）

24. 〈王風・葛藟〉：「緜緜葛藟，在河之滸。」《毛傳》：「興也。」《鄭箋》：
「葛也，藟也，生於河之厓，得其潤澤以長大而不絕。興者，喻王之同
姓，得王之恩施，以生長其子孫。」（同前，頁 152）

25. 〈王風・采葛〉：「彼采葛兮，一日不見，如三月兮。」《毛傳》：「興也。」
《鄭箋》：「興者，以采葛喻臣以小事使出。」（同前，頁 153）

26. 〈鄭風・山有扶蘇〉：「山有扶蘇，隰有荷華。」《毛傳》：「興也。」《鄭
箋》：「興者，扶胥之木生于山，喻忽置不正之人于上位也。荷華生于隰，
喻忽置美德于下位，此言其用臣顛倒，失其所也。」（同前，卷四之三，
頁 171）

27. 〈鄭風・蘀兮〉：「蘀兮蘀兮，風其吹女。」《毛傳》：「興也。」《鄭箋》：
「蘀，謂木葉也。木葉蘀，待風乃落。興者，風，喻號令也。喻君有政

教，臣乃行之，言此者，刺今不然。」（同前，頁 172）

28. 〈鄭風‧風雨〉：「風雨淒淒，雞鳴喈喈。」《毛傳》：「興也。」《鄭箋》：
「興者，喻君子雖居亂世，不變改其節度。」（同前，卷四之四，頁 179）

29. 〈齊風‧東方之日〉：「東方之日兮，彼姝者子，在我室兮。」《毛傳》：「興
也。」《鄭箋》：「興者，喻君不明。」（同前，卷五之一，頁 191）

30. 〈齊風‧南山〉：「南山崔崔，雄狐綏綏。」《毛傳》：「興也。」《鄭箋》：
「雄狐行求匹耦於南山之上，形貌綏綏然。興者，喻襄公居人君之尊，
而爲淫泆之行，其威儀可恥惡如狐。」（同前，卷五之二，頁 195）

31. 〈齊風‧甫田〉：「無田甫田，維莠驕驕。」《毛傳》：「興也。」《鄭箋》：
「興者，喻人君欲立功致治，必勤身修德，積小以成高大。」（同前，
頁 197）

32. 〈齊風‧敝笱〉：「敝笱在梁，其魚魴鰥。」《毛傳》：「興也。」《鄭箋》：
「鰥，魚子也。魴也，鰥也，魚之易制者，然而敝敗之笱不能制。興者，
喻魯桓微弱，不能防閑文姜；終其初時之婉順。」（同前，頁 199）

33. 〈魏風‧園有桃〉：「園有桃，其實之殽。」《毛傳》：「興也。」《鄭箋》：
「魏君薄公稅，省國用，不取於民，食園桃而已。不施德教，民無以戰，
其侵削之由由是也。」（同前，卷五之三，頁 208）

34. 〈唐風‧揚之水〉：「揚之水，白石鑿鑿。」《毛傳》：「興也。」《鄭箋》：
「激揚之水，激流湍疾，洗去垢濁，使白石鑿鑿然。興者。喻桓叔盛彊，
除民所惡，民得以有禮義也。」（同前，卷六之一，頁 218）

35. 〈唐風‧椒聊〉：「椒聊之實，蕃衍盈升。」《毛傳》：「興也。」《鄭箋》：
「椒之性芬香而少實，今一捄之實，蕃衍滿升，非其常也。興者，喻桓
叔晉君之支別耳。今其子孫眾多，將日以盛也。」（同前，頁 219）

36. 〈唐風‧鴇羽〉：「肅肅鴇羽，集于苞栩。」《毛傳》：「興也。」《鄭箋》：
「興者，喻君子當居安平之處，今下從征役，其爲危苦，如鴇之樹止。」
（同前，卷六之二，頁 225）

37. 〈唐風‧有杕之杜〉：「有杕之杜，生于道左。」《毛傳》：「興也。」《鄭
箋》：「興者，喻武公初兼其宗族，不求賢者與之在位，君子不歸，似乎
特生之杜然。」（同前，頁 227）

38. 〈唐風‧采苓〉：「采苓采苓，首陽之巔。」《毛傳》：「興也。」《鄭箋》：
「采苓采苓者，言采苓人眾多非一也。皆云：采此苓於首陽山之上，首

陽山之上，信有苓矣，然而今之采者，未必於此山，然而人必信之。興者，喻事有似而非。」（同前，頁228）

39. 〈秦風‧車鄰〉：「阪有漆，隰有栗。」《毛傳》：「興也。」《鄭箋》：「興者，喻秦仲之君臣，所有各得其宜。」（同前，卷六之三，頁234）

40. 〈秦風‧蒹葭〉：「蒹葭蒼蒼，白露爲霜。」《毛傳》：「興也。」《鄭箋》：「興者，喻眾民之不從襄公政令者，得周禮以教之則服。」（同前，卷六之四，頁241）

41. 〈秦風‧終南〉：「終南何有？有條有梅。」《毛傳》：「興也。」《鄭箋》：「興者，喻人君有盛德，乃宜有顯服，猶山之木有大小也，此之謂戒勸。」（同前，頁242）

42. 〈秦風‧黃鳥〉：「交交黃鳥，止于棘。」《毛傳》：「興也。」《鄭箋》：「黃鳥止于棘，以求安己也。此棘若不安則移。興者，喻臣之事君亦然。今穆公使臣從死，刺其不得黃鳥止于棘之本意。」（同前，頁243）

43. 〈陳風‧東門之池〉：「東門之池，可以漚麻。」《毛傳》：「興也。」《鄭箋》：「於池中柔麻，使可緝績作衣服。興者，喻賢女能柔順君子，成其德教。」（同前，卷七之一，頁252）

44. 〈陳風‧東門之楊〉：「東門之楊，其葉牂牂。」《毛傳》：「興也。」《鄭箋》：「楊葉牂牂，三月中也。興者，喻時晚也。失仲春之月。」（同前，頁253）

45. 〈陳風‧墓門〉：「墓門有棘，斧以斯之。」《毛傳》：「興也。」《鄭箋》：「興者，喻陳佗由不覩賢師良傅之訓道，至陷于誅絕之罪。」（同前，頁254）

46. 〈陳風‧防有鵲巢〉：「防有鵲巢，邛有旨苕。」《毛傳》：「興也。」《鄭箋》：「防之有鵲巢，邛之有美苕，處勢自然。興者，喻宣公信多言之人，故致此讒人。」（同前，頁254）

47. 〈陳風‧月出〉：「月出皎兮。」《毛傳》：「興也。」《鄭箋》：「興者，喻婦人有美色之白皙。」（同前，頁255）

48. 〈陳風‧澤陂〉：「彼澤之陂，有蒲與荷。」《毛傳》：「興也。」《鄭箋》：「興者，蒲以喻所說男之性，荷以喻所說女之容體也。正以陂中二物興者，喻淫風由同姓生。」（同前，頁256）

49. 〈檜風‧隰有萇楚〉：「隰有萇楚，猗儺其枝。」《毛傳》：「興也。」《鄭

箋》：「銚弋之性，始生正直，及其長大，則其枝猗儺而柔順，不妄尋蔓草木。興者，喻人少而端愨，則長大無情慾。」（同前，卷七之二，頁264）

50. 〈曹風·蜉蝣〉：「蜉蝣之羽，衣裳楚楚。」《毛傳》：「興也。」《鄭箋》：「興者，喻昭公之朝，其羣臣皆小人也，徒整飾其衣裳，不知國之將迫脅，君臣死亡之無日，如渠略然。」（同前，卷七之三，頁268）

51. 〈曹風·鳲鳩〉：「鳲鳩在桑，其子七兮。」《毛傳》：「興也。」《鄭箋》：「興者，喻人君之德，當均一於下也。以刺今在位之人，不如鳲鳩。」（同前，頁271）

52. 〈曹風·下泉〉：「洌彼下泉，浸彼苞稂。」《毛傳》：「興也。」《鄭箋》「興者，喻共公之施政教，徒困病其民。」（同前，頁272）

53. 〈豳風·鴟鴞〉：「鴟鴞鴟鴞，既取我子，無毀我室。」《毛傳》：「興也。」《鄭箋》：「重言鴟鴞者，將述其意之所欲言，丁寧之也。室猶巢也。鴟鴞言已取我子者，幸無毀我巢。我巢積日累功，作之甚苦，故愛惜之也。時周公竟武王之喪，欲攝政，成周道，致大平之功。管叔、蔡叔等流言云：公將不利於孺子，成王不知其意，而多罪其屬黨。興者，喻此諸臣，乃世臣之子孫，其父祖以勤勞，有此官位土地，今若誅殺之，無絕其位，奪其土地。」（同前，卷八之二，頁292）

54. 〈豳風·九罭〉：「九罭之魚，鱒魴。」《毛傳》：「興也。」《鄭箋》：「設九罭之罟，乃後得鱒魴之魚，言取物各有器也。興者，喻王欲迎周公之來，當有其禮也。」（同前，卷八之三，頁302）

55. 〈豳風·狼跋〉：「狼跋其胡，載疐其尾。」《毛傳》：「興也。」《鄭箋》：「興者，喻周公進則獵其胡，猶始欲攝政，四國流言，辟之而居東都也。退則跲其尾，謂後復成王之位而老，成王又留之，其如是，聖德無玷缺。」（同前，頁304）

56. 〈小雅·常棣〉：「常棣之華，鄂不韡韡。」《毛傳》：「興也。」《鄭箋》：「興者，喻弟敬事兄，兄以榮覆弟，恩義之顯，亦韡韡然。」（同前，卷九之二，頁321）

57. 〈小雅·伐木〉「伐木丁丁，鳥鳴嚶嚶。」《毛傳》：「興也。」《鄭箋》：「丁丁嚶嚶，相切直也。言昔日未居位，在農之時，與友生於山岩伐木，為勤苦之事，猶以道德相切正也。嚶嚶，兩鳥聲也，其鳴之志，似與友道

然，故連言之。」（同前，卷九之三，頁 327）

58. 〈小雅・南有嘉魚〉：「南有樛木，甘瓠纍之。」《毛傳》：「興也。」《鄭箋》：「君子下其臣，故賢者歸往也。」（同前，卷十之一，頁 346）

59. 〈小雅・南山有臺〉：「南山有臺，北山有萊。」《毛傳》：「興也。」《鄭箋》「興者，山之有草木以自覆蓋，成其高大，喻人君有賢臣以自尊顯。」（同前，頁 347）

60. 〈小雅・蓼蕭〉：「蓼彼蕭斯，零露湑兮。」《毛傳》：「興也。」《鄭箋》：「興者，蕭，香物之微者，喻四海之諸侯亦國君之賤者，露者，天所以潤萬物，喻王者恩澤不爲遠國則不及也。」（同前，頁 349）

61. 〈小雅・湛露〉：「湛湛露斯，匪陽不晞。」《毛傳》：「興也。」《鄭箋》：「興者，露之在物湛湛然，使物柯葉低垂，喻諸侯受燕爵，其儀有似醉之貌，諸侯旅酬之，則猶然。唯天子賜爵則貌變，肅敬承命，有似露見日而晞。」（同前，頁 350）

62. 〈小雅・采芑〉：「薄言采芑，于彼新田，于此菑畝。」《毛傳》：「興也。」《鄭箋》：「興者，新美之喻和治其家，養育其身也。」（同前，卷十之二，頁 360）

63. 〈小雅・鴻雁〉：「鴻雁于飛，肅肅其羽。」《毛傳》：「興也。」《鄭箋》：「鴻鴈知辟陰陽寒暑，興者，喻民知去無道，就有道。」（同前，卷十一之一，頁 373）

64. 〈小雅・沔水〉：「沔彼流水，朝宗于海。」《毛傳》：「興也。」《鄭箋》：「興者，水流而入海，小就大也。喻諸侯朝天子，亦猶是也。」（同前，頁 375）

65. 〈小雅・鶴鳴〉：「鶴鳴于九皋，聲聞于野。」《毛傳》：「興也。」《鄭箋》：「鶴在中鳴焉，而野聞其鳴聲。興者，喻賢者雖隱居，人咸知之。」（同前，頁 377）

66. 〈小雅・斯干〉：「秩秩斯干，幽幽南山。」《毛傳》：「興也。」《鄭箋》：「興者，喻宣王之德如澗水之源，秩秩流出無極已也。國以饒富，民取足焉，如於深山。」（同前，卷十一之二，頁 384）

67. 〈小雅・節南山〉：「節彼南山，維石巖巖。」《毛傳》：「興也。」《鄭箋》：「興者，喻三公之位，人所尊嚴。」（同前，卷十二之一，頁 393）

68. 〈小雅・小弁〉：「弁彼鷽斯，歸飛提提。」《毛傳》：「興也。」《鄭箋》：

「樂乎彼雅烏，出食在野，甚飽，羣飛而歸提提然。興者，喻凡人之父子兄弟，出入宮庭，相與飽食，亦提提然樂，傷今太子獨不。」（同前，卷十二之三，頁 421）

69. 〈小雅・巷伯〉：「萋兮斐兮，成是貝錦。」《毛傳》：「興也。」《鄭箋》「興者，喻讒人集作己過以成於罪，猶女工之集采色以成錦文。」（同前，頁 428）

70. 〈小雅・谷風〉：「習習谷風，維風及雨。」《毛傳》：「興也。」《鄭箋》：「興者，風而有雨則潤澤行，喻朋友同志則恩愛成。」（同前，卷十三之一，頁 435）

71. 〈小雅・蓼莪〉：「蓼蓼者莪，匪莪伊蒿。」《毛傳》：「興也。」《鄭箋》：「興者，喻憂思，雖在役中，心不精識其事。」（同前，頁 436）

72. 〈小雅・大東〉：「有饛簋飧，有捄棘匕。」《毛傳》：「興也。」《鄭箋》：「興者，喻古者天子施予之恩於天下厚。」（同前，頁 437）

73. 〈小雅・瞻彼洛矣〉：「瞻彼洛矣，維水泱泱。」《毛傳》：「興也。」《鄭箋》：「興者，喻古明王恩澤加於天下，爵命賞賜以成賢者。」（同前，卷十四之二，頁 478）

74. 〈小雅・裳裳者華〉：「裳裳者華，其葉湑兮。」《毛傳》：「興也。」《鄭箋》：「興者，華堂堂於上，喻君也。葉湑然於下，喻臣也。明王賢臣，以德相承而治道興，則讒遠矣。」（同前，頁 479）

75. 〈小雅・桑扈〉：「交交桑扈，有鶯其羽。」《毛傳》：「興也。」《鄭箋》：「興者，竊脂飛而往來有文章，人觀而愛之，喻君臣以禮法威儀升降於朝廷，則天下亦觀視而仰樂之。」（同前，頁 480）

76. 〈小雅・鴛鴦〉：「鴛鴦于飛，畢之羅之。」《毛傳》：「興也。」《鄭箋》：「而言興者，廣其義也。獺祭魚而後漁，豺祭獸而後田，此亦皆其將縱散時也。」（同前，頁 482）

77. 〈小雅・青蠅〉：「營營青蠅，止于樊。」《毛傳》：「興也。」《鄭箋》：「興者，蠅之為蟲，汙白使黑，汙黑使白，喻佞人變亂善惡也。言止于藩，欲外之令遠物也。」（同前，卷十四之三，頁 489）

78. 〈小雅・角弓〉：「騂騂角弓，翩其反矣。」《毛傳》：「興也。」《鄭箋》：「興者，喻王與九族不以恩禮御待之，則使之多怨也。」（同前，卷十五之一，頁 503）

79. 〈小雅・菀柳〉：「有菀者柳，不尚息焉。」《毛傳》：「興也。」《鄭箋》：「有菀然枝葉茂盛之柳，行路之人豈有不庶幾欲就之止息乎？興者，喻王有盛德，則天下皆庶幾願往朝焉，憂今不然。」（同前，頁506）

80. 〈小雅・黍苗〉：「芃芃黍苗，陰雨膏之。」《毛傳》：「興也。」《鄭箋》：「興者，喻天下之民如黍苗然，宣王能以恩澤育養之，亦如天之有陰雨之潤。」（同前，卷十五之二，頁515）

81. 〈小雅・隰桑〉：「隰桑有阿，其葉有難。」《毛傳》：「興也。」《鄭箋》：「隰中之桑，枝條阿阿然長美，其葉又茂盛，可以庇廕人。興者，喻時賢人君子不用而野處，有覆養之德也。正以隰桑興者，反求此義，則原上之桑，枝葉不能然，以刺時小人在位，無德於民。」（同前，頁515）

82. 〈小雅・緜蠻〉：「緜蠻黃鳥，止于丘阿。」《毛傳》：「興也。」《鄭箋》：「興者，小鳥知止於丘之曲阿靜安之處而託息焉，喻小臣擇卿大夫有仁厚之德而依屬焉。」（同前，卷十五之三，頁521）

83. 〈小雅・苕之華〉：「苕其華，芸其黃矣。」《毛傳》：「興也。」《鄭箋》：「興者，陵苕之幹，喻如京師也。其華，猶諸夏也，故或謂諸夏為諸華，華衰則黃，猶諸侯之師旅罷病將敗，則京師孤弱。」（同前，頁525）

84. 〈大雅・緜〉：「緜緜瓜瓞，民之初生，自土沮漆。」《毛傳》：「興也。」《鄭箋》：「興者，喻后稷乃帝嚳之胄，封於邰。其後公劉失職，遷于豳，居沮漆之地，歷世亦緜緜然。至大王而德益盛，得其民心而生王業，故本周之生，云于沮漆也。」（同前，卷十六之二，頁545）

85. 〈大雅・卷阿〉：「有卷者阿，飄風自南。」《毛傳》：「興也。」《鄭箋》：「興者，喻王當屈體以待賢者，賢者則猥來就之，如飄風之入曲阿然，其來也為長養民。」（同前，卷十七之四，頁626）

86. 〈大雅・桑柔〉：「菀彼桑柔，其下侯旬，將采其劉，瘼此下民。」《毛傳》：「興也。」《鄭箋》：「興者，喻民當被王之恩惠。羣臣恣放，損王之德。」（同前，卷十八之二，頁653）

87. 〈周頌・振鷺〉：「振鷺于飛，于彼西雝。我客戾止，亦有斯容。」《毛傳》：「興也。」《鄭箋》：「興者，喻杞宋之君有絜白之德來助祭於周之廟，得禮之宜也。其至止亦有此容，言威儀之善如鷺然。」（同前，卷十九之三，頁730）

附錄三：朱熹《詩集傳》對賦、比、興的
標示

1. 〈周南・關雎〉一～三章：「興也。」（《詩集傳》卷一，頁 1～2）
2. 〈周南・葛覃〉一～四章：「賦也。」（同上，頁 3）
3. 〈周南・卷耳〉一～四章：「賦也。」（同上，頁 3～4）
4. 〈周南・樛木〉一～三章：「興也。」（同上，頁 4）
5. 〈周南・螽斯〉一～三章：「比也。」（同上）
6. 〈周南・桃夭〉一～三章：「興也。」（同上，頁 5）
7. 〈周南・兔罝〉一～三章：「興也。」（同上）
8. 〈周南・芣苢〉一～三章：「賦也。」（同上，頁 5～6）
9. 〈周南・漢廣〉一～三章：「興而比也。」（同上，頁 6）
10. 〈周南・汝墳〉一～二章：「賦也。」（同上）、三章：「比也。」（同上，頁 7）
11. 〈周南・麟之趾〉：一～三章：「興也。」（同上）
12. 〈召南・鵲巢〉一～二章：「興也。」（同上，頁 8）
13. 〈召南・采蘩〉一～三章：「賦也。」（同上）
14. 〈召南・草蟲〉：一～三章：「賦也。」（同上，頁 9）
15. 〈召南・采蘋〉一～三章：「賦也。」（同上）
16. 〈召南・甘棠〉一～三章：「賦也。」（同上，頁 10）
17. 〈召南・行露〉一章：「賦也。」、二～三章：「興也。」（同上）
18. 〈召南・羔羊〉一～三章：「賦也。」（同上，頁 11）

19. 〈召南・殷其靁〉一～三章：「興也。」（同上）

20. 〈召南・摽有梅〉一～三章：「賦也。」（同上，頁 11～12）

21. 〈召南・小星〉一～二章：「興也。」（同上，頁 12）

22. 〈召南・江有汜〉一～三章：「興也。」（同上）

23. 〈召南・野有死麕〉一～二章：「興也。」、三章：「賦也。」（同上，頁 13）

24. 〈召南・何彼襛矣〉一～三章：「興也。」（同上）

25. 〈召南・騶虞〉一～二章：「賦也。」（同上，頁 14）

26. 〈邶風・柏舟〉一章：「比也。」（同上，頁 15）、二～四章：「賦也。」（同上）、五章：「比也。」（同上，頁 16）

27. 〈邶風・綠衣〉一～四章：「比也。」（同上）

28. 〈邶風・燕燕〉一～三章：「興也。」（同上，頁 16～17）、四章：「賦也。」（同上，頁 17）

29. 〈邶風・日月〉一～四章：「賦也。」（同上）

30. 〈邶風・終風〉一～四章：「比也。」（同上，頁 18）

31. 〈邶風・擊鼓〉一～五章：「賦也。」（同上，頁 18～19）

32. 〈邶風・終風〉一～四章：「比也。」（同上，頁 18）

33. 〈邶風・雄雉〉一～二章：「興也。」（同上，頁 19～20）、三～四章：「賦也。」（同上，頁 20）

34. 〈邶風・匏有苦葉〉一、二、四章：「比也。」、三章：「賦也。」（同上）

35. 〈邶風・谷風〉一、三章：「比也。」（同上，頁 21）、二章：「賦而比也。」（同上）四、六章：「興也。」（同上，頁 21～22）、五章：「賦也。」（同上，頁 22）

36. 〈邶風・式微〉一～二章：「賦也。」（同上）

37. 〈邶風・旄丘〉一章：「興也。」（同上，頁 23）、二～四章：「賦也。」（同上）

38. 〈邶風・簡兮〉一～三章：「賦也。」（同上）、四章：「興也。」（同上，頁 24）

39. 〈邶風・泉水〉一章：「興也。」（同上）、二～四章：「賦也。」（同上，頁 24～25）

40. 〈邶風・北門〉一章：「比也。」（同上，頁 25）二～三章：「賦也。」（同

上）

41. 〈邶風・北風〉一～三章：「比也。」（同上，頁 26）

42. 〈邶風・靜女〉一～三章：「賦也。」（同上）

43. 〈邶風・新臺〉一～二章：「賦也。」（同上，頁 26～27）、三章：「興也。」（同上，頁 27）

44. 〈邶風・二子乘舟〉一～二章：「賦也。」（同上）

45. 〈鄘風・柏舟〉一～二章：「興也。」（同上，卷三，頁 28）

46. 〈鄘風・牆有茨〉一～三章：「興也。」（同上，頁 28～29）

47. 〈鄘風・君子偕老〉一～三章：「賦也。」（同上，頁 29）

48. 〈鄘風・桑中〉一～三章：「賦也。」（同上，頁 30）

49. 〈鄘風・鶉之奔奔〉一～二章：「興也。」（同上）

50. 〈鄘風・定之方中〉一～三章：「賦也。」（同上，頁 31）

51. 〈鄘風・蝃蝀〉一～二章：「比也。」、三章：「賦也。」（同上，頁 32）

52. 〈鄘風・相鼠〉一～三章：「興也。」（同上）

53. 〈鄘風・干旄〉一～三章：「賦也。」（同上，頁 33）

54. 〈鄘風・載馳〉一～四章：「賦也。」（同上，頁 33～34）

55. 〈衛風・淇奧〉一～三章：「興也。」（同上，頁 34～35）

56. 〈衛風・考槃〉一～三章：「賦也。」（同上，頁 35～36）

57. 〈衛風・碩人〉一～四章：「賦也。」（同上，頁 36～37）

58. 〈衛風・氓〉一～二章：「賦也。」（同上，頁 37）、三章：「比而興也。」（同上）、四章：「比也。」、五章：「賦也。」、六章：「賦而興也。」（同上，頁 38）

59. 〈衛風・竹竿〉一～四章：「賦也。」（同上，頁 38～39）

60. 〈衛風・芄蘭〉一～二章：「興也。」（同上，頁 39）

61. 〈衛風・河廣〉一～二章：「賦也。」（同上）

62. 〈衛風・伯兮〉一、二、四章：「賦也。」、三章：「比也。」（同上，頁 40）

63. 〈衛風・有狐〉一～三章：「比也。」（同上，頁 40～41）

64. 〈衛風・木瓜〉一～三章：「比也。」（同上，頁 41）

65. 〈王風・黍離〉一～三章：「賦而興也。」（同上，卷四，頁 42）

66. 〈王風・君子于役〉一～二章：「賦也。」（同上，頁 43）

67. 〈王風・君子陽陽〉一～二章：「賦也。」（同上）

68. 〈王風・揚之水〉一～三章：「興也。」（同上，頁44）

69. 〈王風・中谷有蓷〉一～三章：「興也。」（同上，頁44～45）

70. 〈王風・兔爰〉一～三章：「比也。」（同上，頁45）

71. 〈王風・葛藟〉一～三章：「興也。」（同上，頁45～46）

72. 〈王風・采葛〉一～三章：「賦也。」（同上，頁46）

73. 〈王風・大車〉一～三章：「賦也。」（同上，頁46～47）

74. 〈王風・丘中有麻〉一～三章：「賦也。」（同上，頁47）

75. 〈鄭風・緇衣〉一～三章：「賦也。」（同上，頁47～48）

76. 〈鄭風・將仲子〉一～三章：「賦也。」（同上，頁48）

77. 〈鄭風・叔于田〉一～三章：「賦也。」（同上，頁48～49）

78. 〈鄭風・大叔于田〉一～三章：「賦也。」（同上，頁49）

79. 〈鄭風・清人〉一～三章：「賦也。」（同上，頁49～50）

80. 〈鄭風・羔裘〉一～三章：「賦也。」（同上，頁50）

81. 〈鄭風・遵大路〉一～二章：「賦也。」（同上，頁51）

82. 〈鄭風・女曰雞鳴〉一～三章：「賦也。」（同上）

83. 〈鄭風・有女同車〉一～二章：「賦也。」（同上，頁52）

84. 〈鄭風・山有扶蘇〉一～二章：「興也。」（同上）

85. 〈鄭風・蘀兮〉一～二章：「興也。」（同上，頁52～53）

86. 〈鄭風・狡童〉一～二章：「賦也。」（同上，頁53）

87. 〈鄭風・褰裳〉一～二章：「賦也。」（同上）

88. 〈鄭風・丰〉一～四章：「賦也。」（同上，頁53）

89. 〈鄭風・東門之墠〉一～二章：「賦也。」（同上，頁54）

90. 〈鄭風・風雨〉一～三章：「賦也。」（同上）

91. 〈鄭風・子衿〉一～三章：「賦也。」（同上，頁54～55）

92. 〈鄭風・揚之水〉一～二章：「興也。」（同上，頁55）

93. 〈鄭風・出其東門〉一～二章：「賦也。」（同上）

94. 〈鄭風・野有蔓草〉一～二章：「賦而興也。」（同上，頁55～56）

95. 〈鄭風・溱洧〉一～二章：「賦而興也。」（同上，頁56）

96. 〈齊風・雞鳴〉一～三章：「賦也。」（同上，卷五，頁58）

97. 〈齊風・還〉一～三章：「賦也。」（同上，頁58～59）

98. 〈齊風‧著〉一～三章：「賦也。」（同上，頁 59）

99. 〈齊風‧東方之日〉一～二章：「興也。」（同上）

100. 〈齊風‧東方未明〉一～二章：「賦也。」（同上，頁 59～60）、三章：「比也。」（同上，頁 60）

101. 〈齊風‧南山〉一～二章：「比也。」、三、四章：「興也。」（同上）

102. 〈齊風‧甫田〉一～三章：「比也。」（同上，頁 61）

103. 〈齊風‧盧令〉一～三章：「賦也。」（同上，頁 61）

104. 〈齊風‧敝笱〉一～三章：「比也。」（同上）

105. 〈齊風‧載驅〉一～四章：「賦也。」（同上，頁 62）

106. 〈齊風‧猗嗟〉一～三章：「賦也。」（同上，頁 62～63）

107. 〈魏風‧葛屨〉一章：「興也。」、二章：「賦也。」（同上，頁 63）

108. 〈魏風‧汾沮洳〉一～三章：「興也。」（同上，頁 64）

109. 〈魏風‧園有桃〉一～二章：「興也。」（同上）

110. 〈魏風‧陟岵〉一～三章：「賦也。」（同上，頁 65）

111. 〈魏風‧十畝之間〉一～二章：「賦也。」（同上）

112. 〈魏風‧伐檀〉一～三章：「比也。」（同上，頁 66）

113. 〈魏風‧碩鼠〉一～三章：「比也。」（同上，頁 66、67）

114. 〈唐風‧蟋蟀〉一～三章：「賦也。」（同上，卷六，頁 68）

115. 〈唐風‧山有樞〉一～三章：「興也。」（同上，頁 69）

116. 〈唐風‧揚之水〉一～三章：「比也。」（同上）

117. 〈唐風‧椒聊〉一～二章：「興而比也。」（同上，頁 70）

118. 〈唐風‧綢繆〉一～三章：「興也。」（同上）

119. 〈唐風‧杕杜〉一～二章：「興也。」（同上，頁 71）

120. 〈唐風‧羔裘〉一～二章：「賦也。」（同上）

121. 〈唐風‧鴇羽〉一～三章：「比也。」（同上，頁 71）

122. 〈唐風‧無衣〉一～二章：「賦也。」（同上）

123. 〈唐風‧有杕之杜〉一～二章：「比也。」（同上）

124. 〈唐風‧葛生〉一～二章：「興也。」、三～四章：「賦也。」（同上，頁 73）

125. 〈唐風‧采苓〉一～三章：「比也。」（同上）

126. 〈秦風‧車鄰〉一章：「賦也。」、二～三章：「興也。」（同上，頁 74）

127. 〈秦風·駟驖〉一～三章：「賦也。」（同上，頁 74～75）

128. 〈秦風·小戎〉一～三章：「賦也。」（同上，頁 76）

129. 〈秦風·蒹葭〉一～三章：「賦也。」（同上，頁 76～77）

130. 〈秦風·終南〉一～二章：「興也。」（同上，頁 77）

131. 〈秦風·黃鳥〉一～三章：「興也。」（同上，頁 77～78）

132. 〈秦風·晨風〉一～三章：「興也。」（同上，頁 78）

133. 〈秦風·無衣〉一～三章：「賦也。」（同上，頁 79）

134. 〈秦風·渭陽〉一～二章：「賦也。」（同上）

135. 〈秦風·權輿〉一～二章：「賦也。」（同上，頁 80）

136. 〈陳風·宛丘〉一～三章：「賦也。」（同上，頁 81）

137. 〈陳風·東門之枌〉一～三章：「賦也。」（同上）

138. 〈陳風·衡門〉一～三章：「賦也。」（同上，頁 82）

139. 〈陳風·東門之池〉一～三章：「興也。」（同上）

140. 〈陳風·東門之楊〉一～二章：「興也。」（同上）

141. 〈陳風·墓門〉一～二章：「興也。」（同上，頁 83）

142. 〈陳風·防有鵲巢〉一～二章：「興也。」（同上）

143. 〈陳風·月出〉一～三章：「興也。」（同上，頁 83～84）

144. 〈陳風·株林〉一～二章：「賦也。」（同上，頁 84）

145. 〈陳風·澤陂〉一～三章：「興也。」（同上）

146. 〈檜風·羔裘〉一～三章：「賦也。」（同上，頁 85）

147. 〈檜風·素冠〉一～三章：「賦也。」（同上，頁 85～86）

148. 〈檜風·隰有萇楚〉一～三章：「賦也。」（同上，頁 86）

149. 〈檜風·匪風〉一～二章：「賦也。」（同上）、三章：「興也。」（同上，頁 87）

150. 〈曹風·蜉蝣〉一～三章：「比也。」（同上）

151. 〈曹風·候人〉一～三章：「興也。」（同上，頁 87～88）、四章：「比也。」（同上，頁 88）

152. 〈曹風·鳲鳩〉一～四章：「興也。」（同上）

153. 〈曹風·下泉〉一～四章：「比而興也。」（同上，頁 89）

154. 〈豳風·七月〉一～八章：「賦也。」（同上，卷八，頁 90～93）

155. 〈豳風·鴟鴞〉一～四章：「比也。」（同上，頁 93～94）

156. 〈豳風・東山〉一～三章：「賦也。」（同上，頁 94～95）

157. 〈豳風・破斧〉一～三章：「賦也。」（同上，頁 96）

158. 〈豳風・伐柯〉一～二章：「比也。」（同上）

159. 〈豳風・九罭〉一～三章：「興也。」（同上，頁 97）、四章：「賦也。」
    （同上）

160. 〈豳風・狼跋〉一～二章：「興也。」（同上）

161. 〈小雅・鹿鳴〉一～三章：「興也。」（同上，卷九，頁 99～100）

162. 〈小雅・四牡〉一、二、五章：「賦也。」（同上，頁 100～101）、三～
    四章：「興也。」（同上）

163. 〈小雅・皇皇者華〉一章：「興也。」、二～五章：「賦也。」（同上，頁
    101）

164. 〈小雅・常棣之華〉一、三章：「興也。」（同上，頁 102）、二、四～八
    章：「賦也。」（同上，頁 102～103）

165. 〈小雅・伐木〉一～三章：「興也。」（同上，頁 103～104）

166. 〈小雅・天保〉一～六章：「賦也。」（同上，頁 104～105）

167. 〈小雅・采薇〉一～四章：「興也。」（同上，頁 105）、五～六章：「賦
    也。」（同上，頁 106）

168. 〈小雅・出車〉一～六章：「賦也。」（同上，頁 107～108）

169. 〈小雅・杕杜〉一～四章：「賦也。」（同上，頁 108）

170. 〈小雅・魚麗〉一～三章：「興也。」、四～六章：「賦也。」（同上，頁
    109）

171. 〈小雅・南有嘉魚〉一～四章：「興也。」（同上，頁 110）

172. 〈小雅・南山有臺〉一～五章：「興也。」（同上，頁 110～111）

173. 〈小雅・蓼蕭〉一～四章：「興也。」（同上，頁 111～112）

174. 〈小雅・湛露〉一～四章：「興也。」（同上，頁 112）

175. 〈小雅・彤弓〉一～三章：「賦也。」（同上，卷十，頁 113）

176. 〈小雅・菁菁者莪〉一～四章：「興也。」（同上，頁 113～114）

177. 〈小雅・六月〉一～六章：「賦也。」（同上，頁 114～115）

178. 〈小雅・采芑〉一～三章：「興也。」（同上，頁 116）、四章：「賦也。」
    （同上，頁 117）

179. 〈小雅・車攻〉一～八章：「賦也。」（同上，頁 117～118）

180. 〈小雅‧吉日〉一～四章：「賦也。」（同上，頁118～119）

181. 〈小雅‧鴻雁〉一～二章：「興也。」、三章：「比也。」（同上，頁119）

182. 〈小雅‧庭燎〉一～三章：「賦也。」（同上，頁119～120）

183. 〈小雅‧沔水〉一～三章：「興也。」（同上，頁120）

184. 〈小雅‧鶴鳴〉一～二章：「比也。」（同上，頁121）

185. 〈小雅‧祈父〉一～三章：「賦也。」（同上，頁122）

186. 〈小雅‧白駒〉一～四章：「賦也。」（同上，卷十一，頁122～123）

187. 〈小雅‧黃鳥〉一～三章：「比也。」（同上，頁123）

188. 〈小雅‧我行其野〉一～三章：「賦也。」（同上，頁124）

189. 〈小雅‧斯干〉一～九章：「賦也。」（同上，頁125～126）

190. 〈小雅‧無羊〉一～四章：「賦也。」（同上，頁126～127）

191. 〈小雅‧節南山〉一～二章：「興也。」（同上，頁127）、三～十章：「賦也。」（同上，頁128～129）

192. 〈小雅‧正月〉一、二、三、五、六、八、十二、十三章：「賦也。」（同上，頁129～131）、四、七章：「興也。」（同上，頁130）、九～十一章：「比也。」（同上，頁131）

193. 〈小雅‧十月之交〉一～八章：「賦也。」（同上，頁132～134）

194. 〈小雅‧雨無正〉一～七章：「賦也。」（同上，頁134～135）

195. 〈小雅‧小旻〉一～六章：「賦也。」（同上，卷十二，頁137～138）

196. 〈小雅‧小宛〉一、三、四、五章：「興也。」、二、六章：「賦也。」（同上，頁138～139）

197. 〈小雅‧小弁〉一～六章：「興也。」（同上，頁139～140）、七章：「賦而興也。」（同上，頁140）、八章：「賦而比也。」（同上，頁141）

198. 〈小雅‧巧言〉一～三、六章：「賦也。」（同上，頁141～142）、四章：「興而比也。」（同上，頁142）、五章：「興也。」（同上）

199. 〈小雅‧何人斯〉一～八章：「賦也。」（同上，頁143～144）

200. 〈小雅‧巷伯〉一～二章：「比也。」（同上，頁144～145）、三～六章：「賦也。」（同上，頁145）、七章：「興也。」（同上）

201. 〈小雅‧谷風〉一～二章：「興也。」、三章：「比也。」（同上，頁146）

202. 〈小雅‧蓼莪〉一～三章：「比也。」（同上）、四章：「賦也。」（同上）、五～六章：「興也。」（同上，頁147）

203. 〈小雅‧大東〉一、三章：「興也。」（同上）、二、四～七章：「賦也。」（同上，頁 147～148）

204. 〈小雅‧四月〉一～六、八章：「興也。」、七章：「賦也。」（同上，頁 149）

205. 〈小雅‧北山〉一～六章：「賦也。」（同上，卷十三，頁 150）

206. 〈小雅‧無將大車〉一～三章：「興也。」（同上，頁 151）

207. 〈小雅‧小明〉一～五章：「賦也。」（同上，頁 151～152）

208. 〈小雅‧鼓鐘〉一～四章：「賦也。」（同上，頁 153）

209. 〈小雅‧楚茨〉一～六章：「賦也。」（同上，頁 153～154）

210. 〈小雅‧信南山〉一～六章：「賦也。」（同上，頁 154～155）

211. 〈小雅‧甫田〉一～四章：「賦也。」（同上，頁 156～157）

212. 〈小雅‧大田〉一～四章：「賦也。」（同上，頁 158）

213. 〈小雅‧瞻彼洛矣〉一～三章：「賦也。」（同上）

214. 〈小雅‧裳裳者華〉一～三章：「興也。」、四章：「賦也。」（同上，頁 159）

215. 〈小雅‧桑扈〉一～二章：「興也。」、三～四章：「賦也。」（同上，卷十四，頁 160）

216. 〈小雅‧鴛鴦〉一～四章：「興也。」（同上，頁 160～161）

217. 〈小雅‧頍弁〉一～三章：「賦而興又比也。」（同上，頁 161）

218. 〈小雅‧車舝〉一～三章：「賦也。」、二、四、五章：「興也。」（同上，頁 162）

219. 〈小雅‧青蠅〉一章：「比也。」、二～三章：「興也。」（同上，頁 163）

220. 〈小雅‧賓之初筵〉一～五章：「賦也。」（同上，頁 163～164）

221. 〈小雅‧魚藻〉一～三章：「興也。」（同上，頁 165）

222. 〈小雅‧采菽〉一～二、四～五章：「興也。」（同上，頁 165～166）、三章：「賦也。」（同上，頁 166）

223. 〈小雅‧角弓〉一章：「興也。」、二～四章：「賦也。」（同上）、五～八章：「比也。」（同上，頁 167）

224. 〈小雅‧菀柳〉一～二章：「比也。」、三章：「興也。」（同上）

225. 〈小雅‧都人士〉一～五章：「賦也。」（同上，卷十五，頁 169）

226. 〈小雅‧采綠〉一～四章：「賦也。」（同上，頁 170）

227. 〈小雅・黍苗〉一章：「興也。」、二～四章：「賦也。」（同上）

228. 〈小雅・隰桑〉一～三章：「興也。」、四章：「賦也。」（同上，頁 171）

229. 〈小雅・白華〉一～八章：「比也。」（同上，頁 172）

230. 〈小雅・緜蠻〉一～三章：「比也。」（同上）

231. 〈小雅・瓠葉〉一～四章：「賦也。」（同上，頁 173）

232. 〈小雅・漸漸之石〉一～三章：「賦也。」（同上）

233. 〈小雅・苕之華〉一～二章：「比也。」、三章：「賦也。」（同上，頁 174）

234. 〈小雅・何草不黃〉一、二、四章：「興也。」、三章：「賦也。」（同上）

235. 〈大雅・文王〉一～七章：「賦也。」（同上，卷十六，頁 175～176）

236. 〈大雅・大明〉一～八章：「賦也。」（同上，頁 177～178）

237. 〈大雅・緜〉一章：「比也。」（同上，頁 179）、二～九章：「賦也。」（同上，頁 179～180）

238. 〈大雅・棫樸〉一、三～五章：「興也。」、二章：「賦也。」（同上，頁 181）

239. 〈大雅・旱麓〉一～三、五～六章：「興也。」（同上，頁 182）、四章：「賦也。」（同上）

240. 〈大雅・思齊〉一～五章：「賦也。」（同上，頁 183）

241. 〈大雅・皇矣〉一～八章：「賦也。」（同上，頁 183～186）

242. 〈大雅・靈臺〉一～四章：「賦也。」（同上，頁 186～187）

243. 〈大雅・下武〉一～六章：「賦也。」（同上，頁 187～188）

244. 〈大雅・文王有聲〉一～七章：「賦也。」（同上，頁 188～189）、八章：「興也。」（同上，頁 189）

245. 〈大雅・生民〉一～八章：「賦也。」（同上，頁 190～192）

246. 〈大雅・行葦〉一章：「興也。」（同上，頁 192）、二～四章：「賦也。」（同上，頁 193）

247. 〈大雅・既醉〉一～八章：「賦也。」（同上，頁 193～194）

248. 〈大雅・鳧鷖〉一～五章：「興也。」（同上，頁 194～195）

249. 〈大雅・假樂〉一～四章：「賦也。」（同上，頁 195）

250. 〈大雅・公劉〉一～六章：「賦也。」（同上，頁 196～197）

251. 〈大雅・泂酌〉一～三章：「興也。」（同上，頁 197～198）

252. 〈大雅・卷阿〉一～六、十章：「賦也。」（同上，頁 198～199）、七～

八章：「興也。」、九章：「比也。」（同上，頁 199）

253. 〈大雅・民勞〉一～五章：「賦也。」（同上，頁 199～200）

254. 〈大雅・板〉一～八章：「賦也。」（同上，頁 201～202）

255. 〈大雅・蕩〉一～八章：「賦也。」（同上，頁 203～204）

256. 〈大雅・抑〉一～八章：「賦也。」、十～十二章：「賦也。」（同上，頁 20 四～207）、九章：「興也。」（同上，頁 207）

257. 〈大雅・桑柔〉一章：「比也。」（同上，頁 207）、二～八章、十～十一章、十四～十六章：「賦也。」（同上，頁 208～210）、九、十二～十三章：「興也。」（同上，頁 209～210）

258. 〈大雅・雲漢〉一～八章：「賦也。」（同上，頁 212～213）

259. 〈大雅・嵩高〉一～八章：「賦也。」（同上，頁 212～213）

260. 〈大雅・烝民〉一～八章：「賦也。」（同上，頁 214～215）

261. 〈大雅・韓奕〉一～六章：「賦也。」（同上，頁 216～217）

262. 〈大雅・江漢〉一～六章：「賦也。」（同上，頁 217～218）

263. 〈大雅・常武〉一～六章：「賦也。」（同上，頁 218～219）

264. 〈大雅・瞻卬〉一～六章：「賦也。」（同上，頁 220～221）

265. 〈大雅・召旻〉一～七章：「賦也。」（同上，頁 221～222）

266. 〈周頌・清廟〉一章：「賦也。」（同上，卷十九，頁 223）

267. 〈周頌・維天之命〉一章：「賦也。」（同上）

268. 〈周頌・維清〉一章：「賦也。」（同上，頁 224）

269. 〈周頌・烈文〉一章：「賦也。」（同上）

270. 〈周頌・天作〉一章：「賦也。」（同上，頁 225）

271. 〈周頌・昊天有成命〉一章：「賦也。」（同上）

272. 〈周頌・我將〉一章：「賦也。」（同上）

273. 〈周頌・時邁〉一章：「賦也。」（同上，頁 226）

274. 〈周頌・執競〉一章：「賦也。」（同上，頁 227）

275. 〈周頌・思文〉一章：「賦也。」（同上）

276. 〈周頌・臣工〉一章：「賦也。」（同上）

277. 〈周頌・噫嘻〉一章：「賦也。」（同上，頁 228）

278. 〈周頌・振鷺〉一章：「賦也。」（同上）

279. 〈周頌・豐年〉一章：「賦也。」（同上，頁 229）

280. 〈周頌・有瞽〉一章:「賦也。」（同上）

281. 〈周頌・潛〉一章:「賦也。」（同上,頁 230）

282. 〈周頌・雝〉一章:「賦也。」（同上）

283. 〈周頌・載見〉一章:「賦也。」（同上）

284. 〈周頌・有客〉一章:「賦也。」（同上,頁 231）

285. 〈周頌・武〉一章:「賦也。」（同上）

286. 〈周頌・閔予小子〉一章:「賦也。」（同上,頁 232）

287. 〈周頌・訪落〉一章:「賦也。」（同上）

288. 〈周頌・敬之〉一章:「賦也。」（同上,頁 233）

289. 〈周頌・小毖〉一章:「賦也。」（同上）

290. 〈周頌・載芟〉一章:「賦也。」（同上）

291. 〈周頌・良耜〉一章:「賦也。」（同上,頁 234）

292. 〈周頌・絲衣〉一章:「賦也。」（同上,頁 235）

293. 〈周頌・酌〉一章:「賦也。」（同上）

294. 〈周頌・桓〉一章:「賦也。」（同上,頁 236）

295. 〈周頌・賚〉一章:「賦也。」（同上）

296. 〈周頌・般〉一章:「賦也。」（同上）

297. 〈魯頌・駉〉一～四章:「賦也。」（同上,頁 237～238）

298. 〈魯頌・有駜〉一～三章:「興也。」（同上,頁 238）

299. 〈魯頌・泮水〉一～三章:「賦其事以起興也。」、四～七章:「賦也。」、八章:「興也。」（同上,頁 239～240）

300. 〈魯頌・閟宮〉一～九章:「賦也。」（同上,頁 241～242）

301. 〈商頌・那〉一章:「賦也。」（同上,頁 243）

302. 〈商頌・烈祖〉一章:「賦也。」（同上,頁 244）

303. 〈商頌・玄鳥〉一章:「賦也。」（同上）

304. 〈商頌・長發〉一～七章:「賦也。」（同上,頁 245～246）

305. 〈商頌・殷武〉一～六章:「賦也。」（同上,頁 247）

引用及參考書目

一、經　部

周易注疏　（魏）王弼、（晉）韓康伯注、（唐）孔穎達等疏　臺北　藝文印
書館影印南昌府學刊本　1989 年 1 月

周易正義　（魏）王弼、（晉）韓康伯注、（唐）孔穎達等疏　李學勤主編　臺
北　台灣古籍出版公司　2001 年 9 月

尚書注疏　舊題（漢）孔安國傳、（唐）孔穎達等疏　臺北　藝文印書館　1989
年 1 月

尚書集釋　屈萬里撰　臺北　聯經出版公司　1986 年 1 月

書序通考　程元敏撰　臺北　臺灣學生書局　1999 年 4 月

詩經注疏　（漢）毛公傳、鄭玄箋　（唐）孔穎達等疏　臺北　藝文印書館
影印南昌府學刊本　1989 年元月

毛詩正義　（漢）毛亨傳、鄭玄箋、（唐）孔穎達等正義　李學勤主編　臺北
台灣古籍出版公司　2001 年 10 月

毛詩草木鳥獸蟲魚疏　（吳）陸璣撰　臺北　臺灣商務印書館影印文淵閣四
庫全書本　1983 年

毛詩指說　（唐）成伯璵撰　臺北　漢京文化事業公司影印通志堂經解本
1980 年

詩本義　（宋）歐陽脩撰　臺北　漢京文化事業公司影印通志堂經解本　1980
年

詩集傳　（宋）蘇轍撰　北京　書目文獻出版社影印南宋孝宗淳熙 7 年蘇詡
筠州公使庫刻本　1990 年 6 月

詩集傳　（宋）蘇轍撰　明萬曆二十五年畢氏刊兩蘇經解本（藏臺北國家圖
書館）

詩集傳　（宋）蘇轍撰　臺灣商務印書館影印文淵閣四庫全書本　1983 年

詩辨妄　（宋）鄭樵撰　顧頡剛輯點　北平　樸社　1933 年 7 月

詩總聞　（宋）王質撰　臺北　新文豐出版公司據經苑本印　1985 年

毛詩李黃集解　（宋）李樗、黃櫄撰　臺北　漢京文化事業公司影印通志堂
經解本　1980 年

詩論　（宋）程大昌撰　臺北　新文豐出版公司據學海類編本印　1985 年

詩補傳　（宋）范處義撰　臺北　臺灣商務印書館影印文淵閣四庫全書本 1983
年

詩集傳（二十卷）　（宋）朱熹集註　臺北　臺灣中華書局　1989 年 6 月

詩集傳（八卷）　（宋）朱熹集註　臺北　群玉堂出版事業公司　1991 年 10
月

詩經集傳　（宋）朱熹撰　文幸福導讀　臺北　金楓出版社　不著出版年月

詩序辨說　（宋）朱熹撰　臺北　臺灣商務印書館影印文淵閣四庫全書本
1983 年

呂氏家塾讀詩記　（宋）呂祖謙撰　臺北　臺灣商務印書館影印文淵閣四庫
全書本　1983 年

續呂氏家塾讀詩記　（宋）戴溪撰　臺北　臺灣商務印書館影印文淵閣四庫
全書本　1983 年

非詩辨妄　（宋）周孚撰　臺北　新文豐出版公司據涉聞梓舊本印　1985 年

慈湖詩傳　（宋）楊簡撰　臺北　臺灣商務印書館影印文淵閣四庫全書本
1983 年

毛詩講義　（宋）林岊撰　臺北　臺灣商務印書館影印文淵閣四庫全書本
1983 年

詩緝　（宋）嚴粲撰　臺北　廣文書局影印味經堂本　1989 年 8 月

詩傳遺說　（宋）朱鑑編　臺北　漢京文化事業公司影印通志堂經解本　1980
年

詩童子問　（宋）輔廣撰　臺北　臺灣商務印書館影印文淵閣四庫全書本
1983 年

毛詩集解　（宋）段昌武撰　臺北　臺灣商務印書館影印文淵閣四庫全書本
1983 年

詩疑　（宋）王柏撰　臺北　臺灣開明書店　1969 年 6 月

詩集傳名物鈔　（元）許謙撰　臺北　臺灣商務印書館影印文淵閣四庫全書
本　1983 年

詩傳通釋　（元）劉瑾撰　臺北　臺灣商務印書館影印文淵閣四庫全書本
1983 年

詩傳旁通　（元）梁益撰　臺北　臺灣商務印書館影印文淵閣四庫全書本
1983 年

詩經疏義會通　（元）朱公遷撰　臺北　臺灣商務印書館影印文淵閣四庫全
書本　1983 年

詩疑問　（元）朱倬撰　臺北　臺灣商務印書館影印文淵閣四庫全書本　1983
年

詩纘緒　（元）劉玉汝撰　臺北　臺灣商務印書館影印文淵閣四庫全書本
1983 年

詩演義　（元）梁寅撰　臺北　臺灣商務印書館影印文淵閣四庫全書本　1983
年

詩解頤　（明）朱善撰　臺北　臺灣商務印書館影印文淵閣四庫全書本　1983
年

詩經大全　（明）胡廣等撰　臺北　臺灣商務印書館影印文淵閣四庫全書本
1983 年

詩說解頤　（明）季本撰　臺北　臺灣商務印書館影印文淵閣四庫全書本
1983 年

讀詩私記　（明）李先芳撰　臺北　臺灣商務印書館影印文淵閣四庫全書本
1983 年

詩故　（明）朱謀㙔撰　臺北　臺灣商務印書館影印文淵閣四庫全書本　1983
年

毛詩原解　（明）郝敬撰　臺北　新文豐出版公司據湖北叢書本印　1988 年

詩經世本古義　（明）何楷撰　臺北　臺灣商務印書館影印文淵閣四庫全書
本　1983 年

待軒詩記　（明）張次仲撰　臺北　臺灣商務印書館影印文淵閣四庫全書本
1983 年

讀詩略記　（明）朱朝瑛撰　臺北　臺灣商務印書館影印文淵閣四庫全書本
1983 年

欽定詩經傳說彙纂　（清）王鴻緒纂　臺北　維新書局　1978 年元月

御纂詩義折中　（清）傅恒等奉敕撰　臺北　臺灣商務印書館影印文淵閣四
庫全書本　1983 年

田間詩學　（清）錢澄之撰　臺北　臺灣商務印書館影印文淵閣四庫全書本
1983 年

詩經通義　（清）朱鶴齡撰　臺北　臺灣商務印書館影印文淵閣四庫全書本
1983 年

清人詩說四種　晏炎吾等點校　武昌　華中師範大學出版社　1986 年 7 月

毛詩稽古編　（清）陳啓源撰　臺北　藝文印書館影印皇清經解本　1960 年

姚際恒著作集第一冊詩經通論　（清）姚際恒撰　臺北　中央研究院中國文
哲研究所　1994 年 6 月

讀風偶識　（清）崔述撰　崔東壁遺書本　臺北河洛圖書出版社　1975 年 9
月

毛詩傳箋通釋　（清）馬瑞辰撰　陳金生點校　北京　中華書局　1992 年 2
月

毛詩後箋　（清）胡承珙撰　郭全芝點校　合肥　黃山書社　1999 年 8 月

詩疑辨證　（清）黃中松撰　臺北　臺灣商務印書館影印文淵閣四庫全書本
1983 年

詩序補義　（清）姜炳璋撰　臺北　臺灣商務印書館影印文淵閣四庫全書本
1983 年

詩瀋　（清）范家相撰　臺北　臺灣商務印書館影印文淵閣四庫全書本　1983
年

毛詩質疑　（清）牟應震撰　袁梅校點　濟南　齊魯書社　1991 年 7 月

虞東學詩　（清）顧鎮撰　臺北　臺灣商務印書館影印文淵閣四庫全書本
1983 年

詩毛氏傳疏　（清）陳奐撰　臺北　臺灣學生書局　1986 年 10 月

詩本誼　（清）龔橙撰　臺北　新文豐出版公司據半厂叢書本印　1988 年

詩經原始　（清）方玉潤撰　臺北　藝文印書影印本　1981 年 2 月

三家詩遺説考　（清）陳喬樅撰　臺北　藝文印書館影印皇清經解續編本
1965 年

詩古微　（清）魏源撰　何愼怡點校　長沙　嶽麓書社　1989 年 12 月

詩三家義集疏　（清）王先謙撰　吳格點校　臺北　明文書局　1988 年 10 月

毛詩禮徵　（清）包世榮撰　臺北　力行書局　1970 年

詩義會通　（清）吳闓生撰　臺北　洪氏出版社　1977 年 9 年

三百篇演論　蔣善國撰　臺北　臺灣商務印書館　1980 年 6 月

詩經學　胡樸安撰　臺北　臺灣商務印書館　1988 年 5 月

詩言志辨　朱自清撰　臺北　漢京文化事業公司　1983 年元月

詩經與周代社會研究　孫作雲撰　北京　中華書局　1966 年 4 月

詩經今論　何定生撰　臺北　臺灣商務印書館　1968 年 6 月

定生論學——詩經與孔學研究　何定生撰　臺北　幼獅文化事業公司　1978
年

詩說　黃焯撰　武漢　長江文藝出版社　1981 年 2 月

詩三百篇探故　朱東潤撰　臺北　漢京文化事業公司　1984 年 2 月

詩經研讀指導　裴普賢撰　臺北　東大圖書公司　1987 年 9 月

詩經研究　黃振民撰　臺北　正中書局　1982 年 2 月

詩經賦比興綜論　趙制陽撰　新竹　楓城出版社　1974 年 3 月

詩經名著評介第二集　趙制陽撰　臺北　五南圖書公司　1993 年 7 月

詩經名著評介第三集　趙制陽撰　臺北　萬卷樓圖書公司　1999 年 11 月

詩經名著評介　趙制陽撰　臺北　臺灣學生書局　1983 年 10 月

毛詩鄭箋平議　黃焯撰　上海　上海古籍出版社　1985 年 6 月

詩疏平議　黃焯撰　上海　上海古籍出版社　1985 年 11 月

詩經六論　張西堂撰　香港　文昌書店　不著山版年月

詩經研究反思　趙沛霖編著　天津　天津教育出版社　1989 年 6 月

詩經研究概觀　韓明安編撰　哈爾濱　黑龍江教育出版社　1988 年 10 月

國風毛序朱傳異同考析　李家樹撰　香港　學津出版社　1979 年 1 月

王質詩總聞研究　李家樹撰　臺北　文史哲出版社　1996 年 7 月

詩經的歷史公案　李家樹撰　臺北　大安出版社　1990 年 11 月

詩經　周滿江撰　臺北　國文天地雜誌社　1990 年 10 月

毛詩會箋　（日）竹添光鴻撰　臺北　大通書局　1975 年 9 月

詩經篇旨通考　張學波撰　臺北　廣東出版社　1976 年 5 月

詩經今注　高亨撰　臺北　漢京文化公司　1984 年 2 月

詩經解說　陳鐵鑌撰　北京　書目文獻出版社　1985 年 7 月

詩經通釋　王靜芝撰　臺北　輔仁大學文學院　1985 年 8 月

詩經欣賞與研究（一～四）　糜文開、裴普賢撰　臺北　3 民書局　1987 年 11 月

詩經評釋　朱守亮撰　臺北　臺灣學生書局　1988 年 8 月

詩經詮釋　屈萬里撰　臺北　聯經出版事業公司　1989 年 10 月

國風詩旨纂解　郁志達主編　天津　南開大學出版社　1990 年 2 月

詩經注析　程俊英、蔣見元撰　北京　中華書局　1991 年 10 月

詩經直解　陳子展撰　臺北　書林出版公司　1992 年 8 月

詩三百解題　陳子展撰　上海　復旦大學出版社　2001 年 10 月

詩經正詁（上冊）　余培林撰　臺北　三民書局　1993 年 10 月

詩經正詁（下冊）　余培林撰　臺北　三民書局　1995 年 10 月

詩經要籍解題　蔣見元、朱杰人撰　上海　上海古籍出版社　1996 年 9 月

三經新義輯考彙評（二）　詩經　程元敏撰　臺北　國立編譯館　1986 年 9

月

詩經研究論文集　高亨等撰　北京　人民文學出版社　1959 年 2 月

詩經研集究論集（一）　林慶彰編　臺北　臺灣學生書局　1983 年 11 月

詩經研究論集（二）　林慶彰編　臺北　臺灣學生書局　1987 年 9 月

詩經研究論集　熊公哲等撰　臺北　黎明文化事業公司　1986 年 4 月

詩經學論叢　江磯編　臺北　嵩高書社　1985 年 6 月

詩經國際學術研討會論文集　中國詩經學會編　保定　河北大學出版社　1994 年 6 月

第二屆詩經國際學術研討會論文集　中國詩經學會編　北京　語文出版社　1996 年 8 月

第三屆詩經國際學術研討會論文集　中國詩經學會編　香港　天馬圖書公司　1998 年 6 月

第四屆詩經國際學術研討會論文集　中國詩經學會編　北京　學苑出版社　2002 年 7 月

第五屆詩經國際學術研討會論文集　中國詩經學會編　北京　學苑出版社　2002 年 7 月

詩經研究史概要　夏傳才撰　鄭州　中州書畫社　1982 年 9 月

中國歷代詩經學　林葉連撰　臺北　臺灣學生書局　1993 年 3 月

詩經研究史　戴維撰　長沙　湖南教育出版社　2001 年 9 月

詩經學史（上、下冊）　洪湛侯撰　北京　中華書局　2002 年 5 月

王柏之詩經學　程元敏撰　臺北　嘉新水泥公司文基金會　1968 年 10 月

王柏之生平與學術（上、下）　程元敏撰　臺北　臺灣學生書局　1975 年 12 月

歐陽脩詩本義研究　裴普賢撰　臺北　東大圖書公司　1981 年 7 月

詩經周南召南發微　文幸福撰　臺北　學海出版社　1986 年 8 月

詩經毛傳鄭箋辨異　文幸福撰　臺北　文史哲出版社　1989 年 10 月

詩經楚辭新證　于省吾撰　臺北　本鐸出版社　1982 年 11 月

中國文學講話（二）周代文學　中華文化復興運動推行委員會　臺北　巨流圖書公司　1983 年 10 月

詩經關鍵問題異議的求徵　朱子赤撰　臺北　文史哲出版社　1984 年 10 月

詩經語言研究　向熹撰　成都　四川人民出版社　1987 年

毛詩訓詁研究（上、下冊）　馮浩菲撰　武昌　華中師範大學出版社　1988 年 8 月

古巫醫與『六詩』考　周策縱撰　臺北　聯經出版公司　1989 年 3 月

詩經二雅選評　王守民撰　西安　陝西師範大學出版社　1989 年 7 月

興的源起　趙沛霖撰　臺北　明鏡文化公司　1989 年 9 月

詩經評注（上、下）　王守謙、金淑珍撰　長春　東北師範大學出版社　1989 年 12 月

毛詩興義研究　施炳華撰　高雄　前程出版社　1990 年 1 月

詩經今註今譯　馬持盈撰　臺北　臺灣商務印書館　1991 年 10 月

先秦儒家詩教研究　林耀潾撰　臺北　天工書局　1990 年 3 月

詩補傳與戴震解經方法　岑溢成撰　臺北　文津出版社　1992 年 3 月

西漢三家詩學研究　林耀潾撰　臺北　文津出版社　1996 年 9 月

國風集說（上、下）　張樹波編撰　石家莊　河北人民出版社　1993 年 8 月

聞一多全集（一）神話與詩　朱自清等編　臺北　里仁書局　1993 年 9 月

聞一多全集（二）古典新義　朱自清等編　臺北　里仁書局　1996 年 2 月

惠周惕《詩說》析評　黃忠慎撰　臺北　文史哲出版社　1994 年 1 月

詩經簡釋　黃忠慎撰　板橋　駱駝出版社　1995 年 1 月

朱子詩經學新探　黃忠慎撰　臺北　五南圖書公司　200 年 1 月

詩經古義新證　季旭昇撰　臺北　文史哲出版社　1994 年 3 月

四家詩恉會歸（全四冊）　王禮卿撰　臺中　青蓮出版社　1995 年 10 月

詩經雜俎　蘇雪林撰　臺北　臺灣商務印書館　1995 年 12 月

詩經論文　林葉連撰　臺北　臺灣學生書局　1996 年 5 月

明代詩經學　傅麗英編撰　北京　語文出版社　1996 年 8 月

詩經引論　滕志賢撰　南京　江蘇教育出版社　1996 年 12 月

詩經漫談　陳節撰　臺北　頂淵文化公司　1997 年 8 月

詩經語言藝術新編　夏傳才撰　北京　語文出版社　1998 年 1 月

詩經與楚辭　吳宏一撰　臺北　臺灣書店　1998 年 11 月

詩經辨讀　陳元勝撰　合肥　安徽大學出版社　1998 年 12 月

先秦兩漢詩經研究論稿　袁長江撰　北京　學苑出版社　1999 年 8 月

詩經新注　雒三桂、李山撰　濟南　齊魯書社　2000 年 10 月

陳奐研究論集　林慶彰、楊晉龍主編　臺北　中央研究院中國文哲研究所籌備處　2000 年 12 月

思無邪齋詩經論稿　夏傳才撰　北京　學苑出版社　2000 年 9 月

詩經圖注（國風）　劉毓慶編著　高雄　麗文化公司　2000 年 4 月

詩經圖注（雅頌）　劉毓慶編著　高雄　麗文化公司　2000 年 8 月

詩經的世界　（日）白川靜撰　杜正勝譯　臺北　東大圖書公司　2001 年 6

月

詩經研究叢刊第一輯　中國詩經學會編　北京　學苑出版社　2001 年 7 月
詩經研究叢刊第二輯　中國詩經學會編　北京　學苑出版社　2002 年 1 月
詩經研究叢刊第三輯　中國詩經學會編　北京　學苑出版社　2002 年 7 月
詩本義析論──以歐陽修與龔橙詩義論述爲中心　車行健撰　臺北　里仁書
　局　2002 年 2 月
詩經名物新證　揚之水撰　北京　北京古籍出版社　2002 年 2 月
歷代詩經著述考（先秦～元代）　劉毓慶撰　北京　中華書局　2002 年 5 月
聞一多學術文鈔‧詩經研究　李定凱編校　成都　巴蜀書社　2002 年 12 月
詩經釋論　王延海撰　瀋陽　遼寧大學出版社　2001 年 5 月
詩經異文研究　陸錫興撰　北京　中國社會科學出版社　2002 年 10 月
毛詩鄭氏箋釋例　賴炎元撰　臺北　臺灣師範大學國文研究所碩士論文
　1958 年
詩毛氏傳訓詁例證　趙逸文　臺北　中國文化大學中國文學研究所碩士論文
　1964 年
朱子詩集傳釋例　陳美利撰　臺北　政治大學中國文學研究所碩士論文
　1972 年
毛詩考釋　賴明德撰　臺北　臺灣師範大學國文研究所博士論文　1972 年
詩集傳舊説輯校　楊鍾基撰　香港中文大學聯合書院中國語文學系　1974 年
毛傳釋例　施炳華撰　臺北　政治大學中國文學研究所碩士論文　1974 年 6
　月
詩序闡微　張成秋撰　臺北　中國文化大學中國文學研究所博士論文　1975
　年 9 月
詩經比興研究　蘇伊文撰　臺北　臺灣師範大學國文研究所碩士論文　1981
　年 5 月
朱熹詩集傳「淫詩」説之研究　王春謀撰　臺北　政治大學中國文學研究所
　碩士論文　1979 年
國風寫作技巧研究　彭麗秋撰　新莊　輔仁大學中國文學研究所碩士論文
　1980 年 2 月
朱子詩經學要義通證　李再勳撰　臺北　臺灣大學中國文學研究所碩士論文
　1982 年
朱呂詩序説比較研究　林惠勝撰　臺北　臺灣大學中國文學研究所碩士論文
　1983 年
宋代之詩經學　黃忠愼撰　臺北　政治大學中國文學研究所博士論文　1984
　年

朱熹詩集傳研究　許英龍撰　臺中　東海大學中國文學研究所碩士論文
1985 年

王質詩總聞研究　陳昀昀撰　臺中　東海大學中國文學研究所碩士論文
1986 年

毛詩釋文正義比較研究　張寶三撰　臺北　臺灣大學中國文學研究所碩士論
文　1986 年

兩宋詩經著述考　陳文采撰　臺北　東吳大學中國文學研究所碩士論文
1988 年

歐陽脩詩本義研究　趙明媛撰　中壢　中央大學中國文學研究所碩士論文
1990 年

詩經國風歌謠的特色　洪湘卿撰　臺北　東吳大學中國文學研究所碩士論文
1981 年 5 月

詩經中草木鳥獸意象表現之研究　文玲蘭撰　臺北　政治大學中國文學研究
所碩士論文　1986 年 6 月

左傳稱詩賦詩研究　張素卿撰　臺北　臺灣大學中國文學研究所碩士論文
1990 年

中國詩學「正變」觀念析論　崔文娟撰　高雄　高雄師範大學國文研究所碩
士論文　1990 年 6 月

朱熹嚴粲二家比興釋詩體系比較及其意義　程克雅撰　中壢　中央大學中國
文學研究所碩士論文　1992 年 5 月

二程詩書義理求　蔣秋華撰　臺北　臺灣大學中國文學研究所博士論文
1991 年 6 月

毛詩稽古編研究　郭明華撰　臺北　東吳大學中國文學研究所碩士論文
1992 年 5 月

毛詩序傳箋「溫柔敦厚」義之探討　彭維杰撰　臺北　中國文化大學中國文
學研究所碩士論文　1992 年 6 月

毛詩傳箋通釋析論　洪文婷撰　中壢　中央大學中國文學研究所碩士論文
1992 年 6 月

蘇轍詩集傳研究　陳明義撰　臺北　東吳大學中國文學研究所碩士論文
1993 年 1 月

姚際恒詩經通論之研究　文玲蘭撰　臺北　政治大學中國文學研究所博士論
文　1994 年 6 月

呂祖謙詩經學研究　郭麗娟撰　臺北　東吳大學中國文學研究所碩士論文
1994 年 10 月

馬瑞辰毛詩傳箋通釋研究　劉邦治撰　臺北　東吳大學中國文學研究所碩士
論文　1990 年

鄭玄毛詩箋以禮說詩研究　彭美玲撰　臺北　臺灣大學中國文學研究所碩士論文　1992 年

毛鄭詩經解經學研究　車行健撰　中壢　中央大學中國文學研究所碩士論文 1992 年 6 月

鄭玄王肅詩經學比較研究　鄒純敏撰　臺北　臺灣大學中國文學研究所碩士論文　1993 年 5 月

淺論明代詩經研究　錢華撰　北京　北京大學中文系碩士論文　1993 年 6 月

爾雅與毛傳之比較研究　盧國屏撰　臺北　政治大學中國文學研究所博士論文　1994 年 8 月

朱熹與呂祖謙詩說異同考　洪春音撰　臺中　東海大學中國文學研究所碩士論文　1995 年 5 月

皮錫瑞詩經通論研究　胡靜君撰　臺中　逢甲大學中國文學研究所碩士論文 1996 年 5 月

高本漢詩經注釋研究　呂珍玉撰　臺中　東海大學中國文學研究所博士論文 1997 年 1 月

明代詩經學研究　楊晉龍撰　臺北　臺灣大學中國文學研究所博士論文 1997 年 6 月

姚際恒及其詩經通論研究　簡啓楨撰　臺北　全賢圖書公司　1992 年 3 月

詩經草本意象　陳靜俐撰　臺北　臺灣師範大學國文研究所碩士論文　1997 年 2 月

清儒以說文釋詩之研究　陳智賢撰　臺北　政治大學中國文學研究所博士論文　1997 年 3 月

詩經興詩研究　林奉仙撰　臺北　臺灣師範大學國文研究所碩士論文　1998 年 5 月

孔穎達毛詩正義解經探論　康秀姿撰　臺中　中興大學中國文學研究所碩士論文　1998 年 6 月

嚴粲詩緝之研究　李莉褒撰　臺中　中興大學中國文學研究所碩士論文 1998 年 6 月

朱子詩教思想研究　彭維杰撰　臺北　中國文化大學中國文學研究所博士論文　1998 年 12 月

從經學到文學——明代詩經學史論　劉毓慶撰　北京　北京大學中文系博士論文　1999 年 4 月

詩經・二雅毛序與朱傳所定篇旨異同之比較研究　王清信撰　臺北　東吳大學中國文學研究所碩士論文　1999 年 6 月

龔橙詩本誼研究　楊瑞嘉撰　彰化　彰化師範大學國文教育研究所碩士論文

1999 年 6 月

惠棟毛詩古義研究　呂美琪撰　彰化　彰化師範大學國文教育研究所碩士論文　1999 年 6 月

從詩到經──論毛詩解釋的淵源及其特色　吳萬鍾撰　北京　北京大學中文系博士論文　1999 年 6 月

姚際恒詩經通論研究　趙明媛撰　中壢　中央大學中國文學研究所博士論文　2000 年 12 月

晚明學者的詩序觀　蕭開元撰　臺北　東吳大學中國文學研究所碩士論文　2000 年 6 月

胡承珙毛詩後箋析論　簡澤峰撰　南投　暨南國際大學中國語文學系碩士論文　2001 年 6 月

周禮注疏　（漢）鄭玄注、（唐）賈公彥疏　臺北　藝文印書館影印南昌府學刊本　1989 年 1 月

周禮注疏　（漢）鄭玄注、（唐）賈公彥疏　李學勤主編　臺北　台灣古籍出版公司　2001 年 10 月

儀禮注疏　（漢）鄭玄注、（唐）賈公彥疏　臺北　藝文印書館影印南昌府學刊本　1989 年 1 月

儀禮注疏　（漢）鄭玄注、（唐）賈公彥疏　李學勤主編　臺北　台灣古籍出版公司　2001 年 10 月

禮記注疏　（漢）戴聖編次、（漢）鄭玄注、（唐）孔穎達疏　臺北　藝文印書館影印南昌府學刊本　1989 年 1 月

禮記正義　（漢）鄭玄注、（唐）孔穎達等疏　李學勤主編　臺北　台灣古籍出版公司　2001 年 10 月

禮儀、讖緯與經義──鄭玄經學思想及其解經方法　車行健撰　新莊　輔仁大學中國文學研究所博士論文　1996 年 6 月

左傳注疏　舊題（周）左丘明著、（晉）杜預注、（唐）孔穎達疏　臺北　藝文印書館影印南昌府學刊本　1989 年 1 月

春秋左傳正義　舊題（周）左丘明著、（晉）杜預注、（唐）孔穎達正義　臺北　台灣古籍出版公司　2001 年 10 月

春秋左傳注　舊題（周）左丘明注　楊伯峻注　臺北　洪葉文化公司　1993 年 5 月

春秋左傳學史稿　沈玉成、劉寧撰　南京　江蘇古籍出版社　1992 年 6 月

論語注疏　（魏）何晏注、（宋）邢昺疏　臺北　藝文印書館影印南昌府學刊本　1989 年 1 月

論語注疏　（魏）何晏注、（宋）邢昺疏　李學勤主編　臺北　台灣古籍出版

公司　2001 年 10 月

爾雅注疏　（晉）郭璞注、（宋）邢昺疏　臺北　藝文印書館影印南昌府學刊本　1989 年 1 月

爾雅注疏　（晉）郭璞注、（宋）邢昺疏　李學勤主編　臺北　台灣古籍出版公司　2001 年 10 月

爾雅義疏　（清）郝懿行撰　臺北　漢京文化事業公司　1985 年 9 月

孟子注疏　（漢）趙岐注、舊題（宋）孫奭疏　臺北　藝文印書館影印南昌府學刊本　1989 年 1 月

孟子注疏　（漢）趙岐注、舊題（宋）孫奭疏　李學勤主編　臺北　台灣古籍出版公司　2001 年 10 月

孟子譯注／孟子詞典　楊伯峻撰　臺北　漢京文化事業公司　1987 年 1 月

七經小傳　（宋）劉敞撰　臺北　臺灣商務印書館影印文淵閣四庫全書本　1983 年 6 月

六經奧論　舊題（宋）鄭樵撰　臺北　漢京文化事業公司影印通志堂經解本　1980 年

四書或問　（宋）朱熹撰　黃珅校點　上海　上海古籍出版社、安徽教育出版社　2001 年 12 月

四書集注　（宋）朱熹撰　臺北　漢京文化事業公司　1987 年 10 月

經典釋文　（唐）陸德明撰　上海　上海古籍出版社　1985 年 10 月

經典釋文序錄疏證　吳承仕撰　臺北　嵩高書社　1985 年 4 月

經義考　（清）朱彝尊撰　臺北　臺灣中華書局　1966 年 3 月

點校補正經義考第 1～8 冊　（清）朱彝尊撰　許維萍等點校　臺北　中央研究院中國文哲研究所籌備處　1997 年 6 月～1999 年 8 月

讀書雜志　（清）王念孫撰　南京　江蘇古籍出版社　1985 年

廣雅疏證　（清）王念孫撰　上海　古籍出版社　1983 年

經義述聞　（清）王引之撰　臺北　廣文書局　1963 年

經傳釋詞／補／再補　（清）王引之撰　（清）孫經世補　臺北　漢京文化事業公司　1983 年 4 月

經解入門　（清）　江藩撰　方國瑜點校　天津　天津古籍書店　1990 年 6 月

國朝漢學師承記附國朝經師經義目錄、國朝宋學淵源記　（清）江藩撰　北京　中華書局　1983 年 11 月

漢學商兌　（清）方東樹撰　臺北　廣文書局　1977 年 7 月

經學教科書　（清）劉師培撰　南京　江蘇古籍出版社　1997 年

經學通論　（清）皮錫瑞撰　臺北　臺灣商務印書館　1989 年 10 月

經學源流考　甘鵬雲撰　臺北　廣文書局　1977 年 1 月

群經述要　高明等撰　臺北　黎明文化事業公司　1979 年 10 月

十三經概論　蔣伯潛撰　臺北　宏業書局　1981 年 10 月

經學通論　上、下冊）　王靜芝編著　臺北　國立編譯館　1992 年 11 月

經學概說　何耿鏞撰　武漢　湖北人民出版社　1984 年 1 月

群經概論　周予同撰　高雄　復文圖書出版社　1989 年 3 月

經書淺談　楊伯峻等撰　臺北　國文天地雜誌社　1990 年 11 月

經學源流　劉曉東主編　劉曉東、林開甲等執筆　濟南　山東人民出版社　1992 年 11 月

經子肆言　劉百閔撰　臺北　遠東圖書公司　1964 年 6 月

經學通論　劉百閔撰　臺北　國防研究院出版部　1970 年 3 月

經學常談　屈守元撰　成都　巴蜀書社　1992 年 7 月

經學概論　楊成孚撰　天津　南開大學出版部　1994 年 5 月

經學與中國文化　謝謙撰　海口　三環出版社　1990 年 10 月

經學纂要　蔣伯潛撰　長沙　岳麓書社　1990 年 12 月

經與經學　蔣伯潛、蔣祖怡撰　上海　上海書店出版社　1998 年 1 月

經學通論　葉國良等編撰　臺北　國立空中大學　1996 年 1 月

經學入門　莊雅州撰　臺北　臺灣書店　1997 年 9 月

十三經概論　夏傳才撰　臺北　萬卷樓圖書公司　1995 年 6 月

群經要義　陳克明撰　北京　東方出版社　1996 年 12 月

五經治要　胡自逢撰　臺北　文史哲出版社　1993 年 4 月

經典常談　朱自清撰　新店　立緒文化公司　2000 年 3 月

經學大要　錢穆撰　臺北　素書樓文化基金會　2000 年 12 月

經學研究論集　王靜芝等撰　臺北　黎明文化公司　1981 年 1 月

經學研究論集　胡楚生撰　臺北　臺灣學生書局　2002 年 11 月

經學今詮三編・中國哲學第二十四輯　中國哲學編輯部編　瀋陽　遼寧教育出版社　2002 年 4 月

經學研究論文選　彭林編　上海　上海書店　2002 年 6 月

經學歷史　（清）皮錫瑞撰　周予同注　臺北　漢京文化事業公司　1983 年 9 月

中國經學史　馬宗霍撰　臺北　臺灣商務印書館　1986 年 2 月

周予同經學史論著選集　朱維錚編　上海　上海人民文學出版社　1983 年 11

月

中國經學史　（日）本田成之撰　臺北　廣文書局　1990 年 7 月

中國經學史的基礎　徐復觀撰　臺北　臺灣學生書局　1990 年 7 月

中國經學發展史論（上冊）　李威熊撰　臺北　文史哲出版社　1988 年 12 月

中國經學史論文選集（上冊）　林慶彰編　臺北　文史哲出版社　1992 年 10 月

中國經學史論文選集（下冊）　林慶彰編　臺北　文史哲出版社　1993 年 3 月

經學史　（日）安井小太郎等撰　林慶彰、連清吉譯　臺北　萬卷樓圖書公司　1996 年 10 月

中國經學史概說　（日）瀧熊之助、陳清泉譯　長沙　商務印書館　1941 年 8 月

中國經學史　吳應南等主編　福州　福建人民出版社　2001 年 9 月

中國經學史十講　朱維錚撰　上海　復旦大學出版社　2002 年 10 月

經學簡史　何耿鏞撰　廈門　廈門大學出版社　1993 年 12 月

兩漢經學今古文平議　錢穆撰　臺北　東大圖書公司　1983 年 9 月

經今古文學問題新論　黃彰健撰　臺北　中央研究院歷史語言研究所　1982 年 11 月

西漢經學與政治　湯志鈞等撰　上海　上海古籍出版社　1994 年 12 月

西漢經學源流　王葆玹撰　臺北　東大圖書公司　1994 年 6 月

今古文經學新論　王葆玹撰　北京　中國社會科學出版社　1997 年 11 月

兩漢經學史　章權才撰　臺北　萬卷樓圖書公司　1995 年 5 月

王肅之經學　李振興撰　臺北　嘉新文化水泥公司　1980 年 6 月

魏晉南北朝隋唐經學史　章權才撰　廣州　廣東人民出版社　1996 年 8 月

五經正義研究　張寶三撰　臺北　臺灣大學中國文學研究所博士論文　1992 年 6 月

唐代後期儒學的新發展　劉醇鑫撰　新莊　輔仁大學中國文學研究所博士論文　1996 年 6 月

宋明經學史　章權才　廣州　廣東人民出版社　1999 年 9 月

宋代經學之研究　汪惠敏撰　臺北　師大書苑　1989 年 4 月

宋人疑經改經考　葉國良撰　臺北　臺灣大學出版委員會　1980 年 6 月

宋初經學發展述論　馮曉庭撰　臺北　東吳大學中國文學研究所碩士論文　1995 年 6 月

宋人劉敞的經學述論　馮曉庭撰　臺北　東吳大學中國文學研究所博士論文

2000 年 7 月

歐陽脩的經史學　何澤恒撰　臺北　臺灣大學出版委員會　1980 年 6 月

朱熹經學志業的形成與實踐　陳志信撰　民雄　中正大學中國文學研究所博士論文　1999 年 6 月

明代經學研究論集　林慶彰撰　臺北　文史哲出版社　1994 年 5 月

清初的群經辨偽學　林慶彰撰　臺北　文津出版社　1990 年 3 月

清代經學研究論集　林慶彰撰　臺北　中央研究院中國文哲研究所　2002 年 8 月

朱彝尊經義考研究論集（上、下）　林慶彰、蔣秋華主編　臺北　中央研究院中國文哲研究所籌備處　2001 年 11 月

乾嘉學者的治經方法　蔣秋華主編　臺北　中央研究院中國文哲研究所籌備處　2000 年 10 月

清代經學史通論　吳應南主編　昆明　雲南大學出版社　1993 年 12 月

近代經學與政治　湯志鈞撰　北京　中華書局　1989 年 8 月

經學史論集　湯志鈞撰　臺北　大安出版社　1995 年 6 月

中國近代經學史　田漢雲撰　西安　三秦出版社　1996 年 12 月

元代經學國際研討會論文集（上、下）　楊晉龍主編　臺北　中央研究院中國文哲研究所籌備處　2000 年 10 月

明代經學國際研討會論文集　林慶彰、蔣秋華主編　臺北　中央研究院中國文哲研究所籌備處　1996 年 6 月

清代經學國際研討會論文集　本所編委會　臺北　中央研究院中國文哲研究所籌備處　1994 年 6 月

今存三國兩晉經學遺籍考　簡博賢撰　臺北　三民書局　1986 年 2 月

梅園論學續集　戴君仁撰　臺北　藝文印書館　1974 年 11 月

書傭論學集　屈萬里撰　臺北　臺灣開明書店　1980 年 1 月

屈萬里先生文存第一冊　屈萬里撰　臺北　聯經出版事業公司　1985 年 2 月

經學研究論叢第一輯　林慶彰主編　臺北　聖環圖書公司　1994 年 4 月

經學研究論叢第二輯　林慶彰主編　臺北　聖環圖書公司　1994 年 10 月

經學研究論叢第三輯　林慶彰主編　臺北　聖環圖書公司　1995 年 4 月

經學研究論叢第四輯　林慶彰主編　臺北　聖環圖書公司　1997 年 4 月

經學研究論叢第五輯　林慶彰主編　臺北　臺灣學生書局　1998 年 8 月

經學研究論叢第六輯　林慶彰主編　臺北　臺灣學生書局　1999 年 6 月

經學研究論叢第七輯　林慶彰主編　臺北　臺灣學生書局　1999 年 9 月

經學研究論叢第八輯　林慶彰主編　臺北　臺灣學生書局　2000 年 9 月

經學研究論叢第九輯　林慶彰主編　臺北　臺灣學生書局　2001 年 1 月

說文解字注　（漢）許慎撰、（清）段玉裁注　臺北　天工書局　1992 年 11 月

說文解字約注　張舜徽撰　鄭州　中州書畫社　1983 年

說文解字今釋　（上中下）　湯可敬撰　長沙　岳麓書社　1997 年 7 月

古代漢語修訂本第一～四冊　王力主編　臺北　藍燈文化公司　1989 年 1 月

中國語言學史　王力撰　臺北　五南圖書公司　1996 年 11 月

中國語言學史　濮之珍撰　臺北　書林出版公司　1994 年 8 月

文字學概說　林尹編撰　臺北　正中書局　1987 年 12 月

中國文字學　龍宇純撰　臺北　五四書店　1996 年 9 月

文字學概要　裘錫圭撰　臺北　萬卷樓圖書公司　1999 年 1 月

中國訓詁學史　胡樸安撰　臺北　臺灣商務印書館　1996 年 8 月

訓詁學大綱　胡楚生撰　臺北　蘭臺書局　1985 年 9 月

訓詁學初稿　周大璞主編　武昌　武漢大學出版社　1999 年 5 月

訓詁學概要　林尹編撰　臺北　正中書局　1987 年 11 月

訓詁學概論　齊珮瑢撰　臺北　華正書局　1991 年 9 月

訓詁學簡論　陸宗達撰　臺北　新文豐出版公司　1984 年

注釋學綱要　汪耀楠撰　北京　語文出版社　1997 年 4 月

增訂新版訓詁學（上冊）　陳新雄撰　臺北　臺灣學生書局　1996 年 9 月

中國訓詁學　馮浩菲撰　濟南　山東大學出版社　1995 年 9 月

訓詁學（上、下）　楊端志撰　臺北　五南圖書公司　1997 年 11 月

中國訓詁學　周何撰　臺北　三民書局　1997 年 11 月

訓詁學新論　毛遠明撰　成都　巴蜀書社　2002 年 8 月

詞詮校注　楊樹達撰　王術加、範進軍校注　長沙　岳麓書社　1996 年

詞詮校議　楊樹達撰　張在雲等校議　昆明　雲南教育出版社　1998 年

積微居小學述林　楊樹達撰　臺北　大通書局　1971 年

訓詁學與清儒訓詁方法　岑溢成撰　香港　新亞研究所　1984 年博士論文

詩書成語考釋　姜昆武撰　濟南　齊魯書社　1989 年

中國古代史籍校讀法　張舜徽撰　臺北　里仁書局　2000 年 9 月

二、史　部

史記　（漢）司馬遷撰、（南朝宋）裴駰等注　臺北　鼎文書局　1986 年 3 月

史記會注考證　（日）瀧川龜太郎撰　臺北　洪氏出版社　1986 年 9 月

漢書　（漢）班固撰、（唐）顏師古注　臺北　鼎文書局　1986 年 10 月

後漢書　（南朝宋）范曄撰、（唐）李賢注　臺北　鼎文書局　1994 年 3 月

隋書　（唐）魏徵等撰　臺北　鼎文書局　1993 年 10 月

宋史　（元）脫脫撰　臺北　鼎文書局　1983 年 11 月

國語　題（周）左丘明撰　（三國吳）韋昭注　臺北　漢京文化事業公司　1983 年 12 月

續資治通鑑長編　（宋）李燾撰　臺北　世界書局　1961 年 11 月

續資治通鑑　（清）畢沅撰　臺北　文光出版社　1975 年 10 月

鄭康成年譜　王利器撰　濟南　齊魯書社　1983 年

鄭玄年譜　安國撰　濟南　齊魯書社　1997 年

朱熹年譜　（清）王懋竑撰　何忠禮點校　北京　中華書局　1998 年

朱熹年譜長編　束景南撰　上海　華東師範大學出版社　2001 年 9 月

朱熹　陳榮捷撰　臺北　東大圖書公司　1990 年 2 月

朱子大傳　束景南撰　福州　福建教育出版社　1992 年 10 月

朱熹評傳　張立文撰　南京　南京大學出版社　1998 年

朱熹評傳　陳正夫、何植靖撰　南昌　江西人民出版社　1984 年

歷代人物年里碑傳綜表　姜亮夫撰　臺北　文史哲出版社　1985 年 2 月

通志二十略　（宋）鄭樵撰　王樹民點校　北京　中華書局　1995 年 11 月

文獻通考──經籍考　（元）馬端臨撰　臺北　新文豐出版公司　1986 年 9 月

宋會要輯稿　（清）徐松纂輯　臺北　新文豐出版公司　1976 年 10 月

呂著中國通史　呂思勉撰　上海　華東師範大學出版社　1992 年 8 月

崇文總目　（宋）王堯臣等編次、（清）錢侗輯釋　臺北　臺灣商務印書館　1978 年 7 月

郡齋讀書志　（宋）晁公武撰　臺北　廣文書局影印書目續編本　1967 年 12 月

遂初堂書目　（宋）尤袤撰　臺北　廣文書局影印書目續編本　1968 年 3 月

直齋書錄解題　（宋）陳振孫撰　臺北　廣文書局影印書目續編本　1968 年 3 月

世善堂藏書目錄　（明）陳第撰　臺北　廣文書局影印書目三編本　1969 年

2 月

絳雲樓書目　（清）錢謙益撰　臺北　廣文書局影印書目三編本　1969 年 2
月

千頃堂書目　（清）黃虞稷撰　臺北　廣文書局影印書目叢編本　1967 年 7
月

天祿琳琅藏書續目　（清）于敏中撰　臺北　廣文書局影印書目續編本　1968
年 3 月

善本書室藏書志　（清）丁丙撰　臺北　廣文書局影印書目叢編本　1967 年
8 月

八千卷樓藏書目錄　（清）丁丙撰　臺北　廣文書局影印書目四編本　1970
年 6 月

皕宋樓藏書志　（清）陸心源撰　臺北　廣文書局影印書目續編本　1968 年
3 月

五十萬卷樓藏書目錄　（清）莫伯驥撰　臺北　廣文書局影印書目叢編本
1967 年 8 月

鄭堂讀書記　（清）周中孚撰　臺北　臺灣商務印書館　1978 年 8 月

鐵琴銅劍樓藏書目錄　（清）瞿鏞撰　臺北　廣文書局　1989 年

四庫全書總目　（清）紀昀等撰　臺北　藝文印書館　1989 年 1 月

四庫提要辨證　余嘉錫撰　北京　中華書局　1980 年 5 月

四庫全書總目提要補正　胡玉縉撰　臺北　木鐸出版社　1981 年

增訂四庫簡明目錄標注　邵懿辰撰、邵章續錄　上海　上海古籍出版社
2000 年 7 月

四庫提要補正　崔富章撰　杭州　杭州大學出版社　1990 年 9 月

續修四庫全書提要　不題編者　臺北　臺灣商務印書館　1972 年 3 月

續修四庫全書總目提要（經部）　中國科學院圖書館整理　北京　中華書局
1993 年 7 月

中國古籍善本書目（經部）　中國古籍善本書目編輯委員會編　上海　上海
古籍出版社　1989 年 10 月

中國古籍善本書目（史部）　中國古籍善本書目編輯委員會編　上海　上海
古籍出版社　1993 年 4 月

中國古籍善本書目（集部）　中國古籍善本書目編輯委員會編　上海　上海
古籍出版社　1998 年 3 月

靜嘉堂文庫漢籍分類目錄　（日本）靜嘉堂文庫編　臺北　古亭書屋　1980
年 6 月

內閣文庫漢籍分類目錄　（日本）內閣文庫編　臺北　古亭書屋　1970 年 8

月

國立故宮博物院宋本圖錄　吳哲夫撰　臺北　故宮博物院　1977 年 6 月

僞書通考（上冊）　張心澂撰　臺北　鼎文書局　1973 年 10 月

續僞書通考（上冊）　鄭良樹撰　臺北　臺灣學生書局　1997 年 11 月

讀史札記　呂思勉撰　臺北　木鐸出版社　1983 年 9 月

國家圖書館善本書志初稿·經部　國家圖書館特藏組編　臺北　國家圖書館
1996 年 4 月

經學研究論著目錄（1912～1987）　林慶彰主編　臺北　漢學研究中心　198
九年 12 月

經學研究論著目錄（1988～1992）　林慶彰主編　臺北　漢學研究中心　199
五年 6 月

經學研究論著目錄（1993～1997）　林慶彰主編　臺北　漢學研究中心　2002
年 4 月

朱子學研究書目　林慶彰主編　臺北　文津出版社　1992 年 5 月

詩經論著目錄　朱守亮編輯　臺北　洪葉文化公司　2000 年

二十世紀詩經研究文獻目錄　寇淑慧編　北京　學苑出版社　2001 年 7 月

圖書板本學要略　屈萬里、昌彼得撰　潘美月增訂　臺北　中國文化大學出
版部　1986 年 10 月

古書版本學概論　李致忠撰　北京　北京圖書館出版社　1990 年 8 月

中國古籍版本學　曹之撰　武昌　武漢大學出版社　1992 年 5 月

目錄學發微　余嘉錫撰　臺北　藝文印書館　1987 年 10 月

中國目錄學　昌彼得、潘美月撰　臺北　文史哲出版社　1986 年 9 月

中國目錄學史　李瑞良撰　臺北　文津出版社　1993 年 7 月

中國目錄學　劉兆祐撰　臺北　五南圖書公司　1998 年 7 月

清代目錄提要　來新夏主編　濟南　齊魯書社　1997 年 1 月

中國古文獻學史簡編　孫欽善撰　北京　高等教育出版社　2001 年 9 月

漢唐史論集　傅樂成撰　臺北　聯經出版事業公司　1987 年 7 月

古史辨第三冊、第五冊　顧頡剛等撰　臺北　藍燈文化事業公司　1987 年 11
月

西周史　許倬雲撰　臺北　聯經出版事業公司　1980 年 2 月

西周史　楊寬撰　臺北　臺灣商務印書館　1999 年 4 月

史學與傳統　余英時撰　臺北　時報文化出版公司　1988 年 6 月

中國史學史論文選集　杜維運撰　黃進興編　臺北　華世出版社　1985 年

歷史與思考　吳光明撰　臺北　聯經出版事業公司　1991 年

國史論衡　鄺士元撰　臺北　里仁書局　1992 年

歷史論集　Edward H.Carr 王任光譯　臺北　幼獅文化公司　1992 年 2 月

史學方法論（增訂新版）　杜維運撰　臺北　三民書局　1999 年 9 月

先秦文史資料考辨　屈萬里撰　臺北　聯經出版事業公司　1993 年 9 月

三、子　部

孔子家語　（魏）王肅纂輯　臺北　三民書局　1996 年 7 月

隋唐嘉話　（唐）劉餗撰　程毅中點校　北京　中華書局　1997 年 12 月

朱子語類　（宋）黎靖德編　臺北　文津出版社　1986 年 12 月

唐語林校證　（宋）王讜撰　周勛初校證　北京　中華書局　1997 年 12 月

涑水紀聞　（宋）司馬光撰　鄧廣銘、張希清點校　北京　中華書局　1997 年 12 月

老學庵筆記　（宋）陸游撰　李劍雄、劉德權點校　北京　中華書局　1997 年 12 月

能改齋漫錄　（宋）吳曾撰　北京　中華書局　1985 年

容齋隨筆　（宋）洪邁撰　鄭州　中州古籍出版社　1994 年 1 月

困學記聞　（宋）王應麟撰　（清）翁元圻注　臺北　臺灣商務印書館　1978 年 4 月

朱子門人　陳榮捷撰　臺北　臺灣學生書局　1982 年 3 月

朱子學　王孺松撰　臺北　教育出版社　1985 年

福建朱子學　高令印、陳其芳撰　福州　福建人民出版社　1986 年 10 月

朱熹事跡考　高令印撰　上海　上海人民出版社　1987 年 10 月

朱子新探索　陳榮捷撰　臺北　臺灣學生書局　1988 年 4 月

朱學論集　陳榮捷撰　臺北　臺灣學生書局　1988 年 4 月

朱熹教育思想研究　韓鐘文撰　南昌　江西教育出版社　1989 年 3 月

朱子書信編年考證　陳來撰　上海　上海人民出版社　1989 年 4 月

朱熹與中國文化　武夷山朱熹研究中心編　上海　學林出版社　1989 年 6 月

朱子新學案（全五冊）　錢穆撰　臺北　三民書局　1989 年 11 月

朱子學提綱　錢穆撰　臺北　東大圖書公司　1991 年 2 月

朱子讀書法研究　張錦焜撰　臺北　臺灣師範大學教育研究所碩士論文 1990 年 6 月

朱熹哲學研究　陳來撰　臺北　文津出版社　1990 年 12 月

朱熹佚文輯考　束景南撰　鹽城　江蘇古籍出版社　1991 年 12 月

朱熹教育和中國文化　朱瑞熙主編　北京　燕山出版社　1991 年 12 月

朱熹集導讀　王瑞明、張全明撰　成都　巴蜀書社　1992 年 6 月

朱熹思想論叢　鄒永賢主編　福州　廈門大學出版社　1993 年 1 月

國際朱子學會議論文集　（上、下冊）　鍾彩鈞主編　臺北　中央研究院中
　國文哲研究所籌備處　1993 年 5 月

朱熹新考　郭齊撰　成都　電子科技大學出版社　1994 年

朱熹與書院研究　周杏芬撰　臺北　政治大學中國文學研究所碩士論文
　1995 年 6 月

朱子及其哲學　范壽康撰　臺北　臺灣開明書店　1995 年 2 月

朱熹與退溪思想比較研究　張立文撰　臺北　文津出版社　1995 年 3 月

朱子對論語的詮釋之研究　鄧秀梅撰　臺北　中國文化大學哲學研究所碩士
　論文　1995 年 6 月

朱子哲學思想的發展與完成（增訂本）　劉述先撰　臺北　臺灣學生書局
　1995 年 8 月

朱熹的思維世界　（美）田浩撰　臺北　允晨文化公司　1996 年 5 月

朱熹哲學思想　金春峰撰　臺北　東大圖書公司　1998 年 5 月

朱熹與宋代蜀學　北京　高等教育出版社　1998 年 10 月

朱熹人文教育思想研究　趙顯圭撰　臺北　文津出版社　1998 年 10 月

朱熹道德哲學研究　周天令撰　臺北　文津出版社　1999 年 11 月

朱熹的史學思想　湯勤福撰　濟南　齊魯書社　2000 年

朱熹書院與門人考　方彥壽撰　上海　華東師範大學出版社　2000 年

朱熹與中國文化　蔡方鹿撰　貴陽　貴州人民出版社　2000 年 10 月

朱熹哲學論叢　曾春海撰　臺北　文津出版社　2001 年 3 月

邁入 21 世紀的朱子學——紀念朱熹誕辰 870 周年、逝世 800 周年論文集　朱
　傑人主編　上海　華東師範大學出版社　2001 年 11 月

朱熹思想研究·修訂本　張立文撰　北京　中國社會科學出版社　2001 年 12
　月

朱子學的開展——學術篇　鍾彩鈞主編　臺北　漢學研究中心　2002 年 6 月

朱子學的開展——東亞篇　楊儒賓主編　臺北　漢學研究中心　2002 年 6 月

朱熹的歷史世界　（上、下篇）——宋代士大夫政治文化的研究　余英時撰
　臺北　允晨文化公司　2003 年 6 月

東塾讀書記　（清）陳澧撰　臺北　臺灣商務印書館　1997 年 6 月

宋元學案　（清）黃宗羲撰　臺北　華世出版社　1987 年 9 月

明儒學案 （清）黃宗羲撰 臺北 華世出版社 1987 年 2 月

原抄本日知錄 （清）顧炎武撰 臺北 文史哲出版社 1979 年 4 月

宋學概要 夏君虞撰 臺北 華世出版社 1976 年 12 月

朱子學與明初理學的發展 祝平次撰 臺北 臺灣學生書局 1994 年

宋明理學 陳來撰 臺北 洪葉文化公司 1994 年 9 月

心體與性體第一冊 牟宗三撰 臺北 正中書局 1996 年 2 月

心體與性體第二冊 牟宗三撰 臺北 正中書局 1996 年 9 月

心體與性體第三冊 牟宗三撰 臺北 正中書局 1995 年 12 月

宋明理學概述 古清美撰 臺北 臺灣書店 1996 年 11 月

宋明理學·南宋篇 蔡仁厚撰 臺北 臺灣學生書局 1999 年 9 月

明末清初儒學之發展 李紀祥撰 臺北 文津出版社 1992 年 12 月

唐代後期儒學的新趨向 張躍撰 臺北 文津出版社 1993 年 4 月

儒家哲學 梁啟超撰 臺北 臺灣中華書局 1959 年 10 月

隋唐五代的儒學 程方平撰 昆明 雲南教育出版社 1991 年 12 月

宋代學術思想研究 金中樞撰 臺北 幼獅文化公司 1989 年 3 月

宋代文化史 姚瀛艇主編 開封 河南大學出版社 1992 年 2 月

北宋中期儒學復興運動 劉復生撰 臺北 文津出版社 1991 年 7 月

北宋文化史述論 陳植鍔撰 北京 中國社會科學出版社 1992 年 3 月

儒學之目的與宋儒慶曆至慶元百六十年間之活動 （日）諸橋轍次撰 唐卓群譯
　　南京 首都女子學術研究會 1937 年 7 月

國故論衡 章太炎撰 陳平原導讀 上海 上海古籍出版社 2003 年 4 月

國學概論 章太炎撰 北京 中華書局 2003 年 1 月

中國近三百年學術史——清代學術概論合刊 梁啟超撰 臺北 里仁書局
　　1995 年 2 月

國學發微 劉師培撰 臺北 廣文書局 1986 年

顧頡剛讀書筆記 顧頡剛撰 臺北 聯經出版事業公司 1990 年

中國學術思想史論叢（一） 錢穆撰 臺北 東大圖書公司 1990 年 10 月

中國學術思想史論叢（五） 錢穆撰 臺北 東大圖書公司 1984 年 8 月

觀堂別集（民國叢書） 王國維撰 上海 上海書店 1992 年

觀堂集林（民國叢書） 王國維撰 上海 上海書店 1992 年

中國哲學史新編 馮友蘭撰 北京 北京人民出版社 1980 年修訂本

中國思想史論集 徐復觀撰 臺北 臺灣學生書局 1983 年

中國思想史論集續編 徐復觀撰 臺北 時報文化出版事業公司 1985 年

兩漢思想史　徐復觀撰　臺北　臺灣學生書局　1989 年

屈萬里先生文存　屈萬里撰　臺北　聯經出版事業公司　1985 年

愛晚廬隨筆　張舜徽撰　長沙　湖南教育出版社　1991 年 2 月

清儒學記　張舜徽撰　濟南　齊魯書社　1991 年 11 月

中國哲學史　勞思光撰　臺北　三民書局　1981 年

中國思想史　張豈之撰　西安　西北大學出版社　1993 年

中國思想傳統的現代詮釋　余英時撰　臺北　聯經出版事業公司　1992 年 2 月

歷史與思想　余英時撰　臺北　聯經出版事業公司　1986 年 7 月

中國知識階層史論（古代篇）　余英時撰　臺北　聯經出版事業公司　1997 年 4 月

論戴震與章學誠──清代中期學術思想史研究　余英時撰　臺北　東大圖書公司　1996 年 11 月

儒家思想　杜維明撰　臺北　東大圖書公司　1997 年 11 月

孟學思想史論卷二　黃俊傑撰　臺北　中央研究院中國文哲研究所籌備處　1997 年 6 月

儒學傳統與文化創新　黃俊傑撰　臺北　東大圖書公司　1986 年 8 月

中國古代佚名哲學名著評述　辛冠潔、丁健生主編　濟南　齊魯書社　1985 年

讀史札記　呂思勉撰　臺北　木鐸出版社　1983 年 9 月

中國文化新論──學術篇　林慶彰主編　臺北　聯經出版公司　1991 年 1 月

中國學案史　陳祖武撰　臺北　文津出版社　1994 年

中國文哲研究的回顧與展望論文集　鍾彩鈞主編　臺北　中央研究院中國文哲研究所籌備處　1992 年 5 月

傳承與創新──中央研究院中國文哲研究所十周年紀念論文集　鍾彩鈞主編　臺北　中央研究院中國文哲研究所籌備處　1999 年 12 月

漢代思潮　龔鵬程撰　嘉義　南華大學　1999 年 8 月

管錐編第一冊　錢鍾書撰　北京　中華書局　1994 年

思文之際論集──儒道思想的現代詮釋　張亨撰　臺北　允晨文化公司　1997 年 11 月

儒學發展的宏觀透視──新加坡 1988 年儒學群英會紀實　杜維明主編　臺北　正中書局　1997 年 7 月

中國經典詮釋傳統（一）通論篇　黃俊傑編　臺北　財團法人喜瑪拉雅研究發展基金會　2002 年 6 月

中國經典詮釋傳統（二）儒學篇　李明輝編　臺北　財團法人喜瑪拉雅研究發展基金會　2002 年 2 月

中國經典詮釋傳統（三）文學與道家經典篇　楊儒賓編　臺北　財團法人喜瑪拉雅研究發展基金會　2002 年 3 月

東亞儒學史的新視野　黃俊傑撰　臺北　財團法人喜瑪拉雅研究發展基金會　2001 年 12 月

科學革命的結構　孔恩撰　程樹德等譯　臺北　遠流出版公司　1991 年 11 月

意義的意究——當代西方釋義學　張汝倫撰　臺北　谷風出版社　1988 年 5 月

詮釋學　Richard E-Palmer 撰　嚴平譯　臺北　桂冠圖書公司　1992 年 5 月

詮釋學導論　潘德榮撰　臺北　五南圖書公司　1999 年 8 月

眞理與方法——哲學詮釋學的基本特徵　漢斯——格奧爾格‧加達默爾　洪漢鼎譯　臺北　時報文化出版公司　1996 年 11 月

詮釋學史　洪漢鼎撰　臺北　桂冠圖書公司　2002 年 6 月

四、集　部

楚辭集注、楚辭辯證、楚辭後語　（宋）朱熹撰　臺北　文津出版社　1987 年 10 月

鄭玄集（上、中、下）　安作璋主編　濟南　齊魯書社　1997 年

韓昌黎全集校注　（唐）韓愈撰　屈守元、常思春主編　成都　四川大學出版社　1996 年 7 月

韓昌黎文集校注　（唐）韓愈撰　馬其昶校注　上海　上海古籍出版社　1998 年 3 月

全宋文　四川大學古籍整理研究所編　成都　巴蜀書社　自 1988 年 6 月起印行

胡旦文集　（宋）胡旦撰　收錄於全宋文冊 2　卷 59

柳開文集　（宋）柳開撰　收錄於全宋文冊 3　卷 115～125

張景文集　（宋）張景撰　收錄於全宋文冊 7　卷 271

石介文集　（宋）石介撰　收錄於全宋文冊 15　卷 619～634

歐陽脩全集　（宋）歐陽脩撰　李逸安點校　北京　中華書局　2001 年 3 月

孫明復小集　（宋）孫復撰　臺北　臺灣商務印書館影印文淵閣四庫全書本　1983 年

溫國文正司馬公文集　（宋）司馬光撰　四部叢刊本　臺北　臺灣商務印書館　1979 年 1 月

張載集　（宋）張載撰　臺北　漢京文化公司　1983 年 9 月

二程集　（宋）程顥、程頤撰　臺北　漢京文化公司　1983 年 9 月

三蘇全集　（宋）蘇洵等撰　京都　中文出版社　1986 年 4 月

蘇軾文集　（宋）蘇軾撰　孔凡禮點校　北京　中華書局　1999 年 7 月

欒城集　（宋）蘇轍撰　曾棗莊、馬德富校點　上海　上海古籍出版社　1987年 3 月

蘇轍集　（宋）蘇轍撰　陳宏天、高秀芳校點　北京　中華書局　1990 年 8月

朱熹集　（宋）朱熹撰　郭齊等點校　成都　四川教育出版社　1996 年 10 月

朱子文集　（宋）朱熹撰　陳俊民校編　臺北　財團法人德富文教基金會2000 年

朱文公全集　（宋）朱熹撰　四部叢刊本　臺北　臺灣商務印書館　1980 年

崔東壁遺書　（清）崔述撰　臺北　河洛圖書出版社　1975 年

詩言志辨　朱自清撰　臺北　漢京文化公司　1983 年 1 月

迦陵談詩二集　葉嘉瑩撰　臺北　東大圖書公司　1985 年 2 月

中國詞學的現代觀　葉嘉瑩撰　臺北　大安出版社　1989 年 9 月

中國古典詩歌評論集　葉嘉瑩撰　臺北　桂冠圖書公司　1991 年 7 月

中國文學理論　劉若愚撰、杜國清譯　臺北　聯經出版公司　1985 年 8 月

照隅室古典文學論集　郭紹虞撰　臺北　丹青圖書公司　1985 年 10 月

詩史本色與妙悟　龔鵬程撰　臺北　臺灣學生書局　1986 年 4 月

陳寅恪晚年詩文疏證　余英時撰　臺北　時報出版公司　1986 年 12 月

中國歷代文論選　郭紹虞編　臺北　木鐸出版社　1987 年 7 月

中國古代文藝美學範疇　曾祖蔭撰　臺北　文津出版社　1987 年 8 月

政府遷臺以來文學研究理論及方法之探索　李正治主編　臺北　臺灣學生書局　1988 年 11 月

朱熹的文學批評研究　張健撰　臺北　臺灣商務印書館　1988 年 12 月

古代文學理論叢刊　郭紹虞等編　臺北　新文豐出版公司　1989 年 6 月

興的源起——歷史積澱與詩歌藝術　趙沛霖撰　臺北　明鏡文化公司　1989年 9 月

文學批評的視野　龔鵬程撰　臺北　大安出版社　1990 年元月

先秦兩漢文學批評史　顧易生、蔣凡撰　上海　上海古籍出版社　1990 年 4月

文學論——文學研究方法論　韋勒克、華倫撰　王夢鷗、許國衡譯　臺北　志文出版社　1990 年 5 月

比興物色與情景交融　蔡英俊撰　臺北　大安出版社　1990 年 8 月

李商隱詩箋釋方法論　顏崑陽撰　臺北　臺灣學生書局　1991 年 3 月

香港地區中國文學批評研究　陳國球編　臺北　臺灣學生書局　1991 年 5 月

北宋的古文運動　何寄澎撰　臺北　幼獅文化公司　1992 年 8 月

中國文學批評第一集　呂正惠、蔡英俊主編　臺北　臺灣學生書局　1992 年 8 月

六朝文學觀念論叢　顏崑陽撰　臺北　正中書局　1993 年 2 月

詩論　朱光潛撰　臺北　萬卷樓圖書公司　1993 年 10 月

現代西方文論選——論現代各種主義及學派　伍蠡甫、林驤華撰　臺北　書林公司　1994 年 10 月

兩宋道學家文學論研究　洪光勳撰　臺北　臺灣大學中國文學研究所博士論文　1995 年 6 月

中國詩歌藝術研究　袁行霈撰　臺北　五南圖書公司　1999 年 5 月

中國古代詩學本體論闡釋　毛正天撰　臺北　五南圖書公司　1997 年 4 月

緣情文學觀　陳昌明撰　臺北　臺灣書店　1999 年 11 月

中國古典詩論中「語言」與「意義」的論題——「意在言外」的用言方式與「含蓄」的美典　蔡英俊撰　臺北　臺灣學生書局　2001 年 4 月

朱熹文學研究　莫礪鋒撰　南京　南京大學出版社　2002 年 5 月

西方文論史（修訂版）　馬新國主編　北京　高等教育出版社　2002 年 5 月

五、單篇論文

朱子攻擊毛詩序的檢討（一）、（二）　龔書輝撰　廈大周刊研究第十四卷第十一、第十二期　1934 年 12 月

朱子詩序舊說敍錄　潘重規撰　新亞書院學術年刊九期　1967 年 9 月

兩宋之反對詩序運動及其影響　程元敏撰　中山學術文化集刊二集　1968 年 11 月

原興　兼論中國文學特質　陳世驤撰　王靖獻譯　收入陳世驤文存　臺北　志文出版社　1972 年 7 月

朱子所定國風中言情諸詩研述　程元敏撰　孔孟學報第二十六期　1972 年 9 月

國風私情詩宋人說討原　程元敏撰　中外文學第四卷第二期　1975 年 7 月

國風淫詩公案述評　蔣勵材撰　東方雜誌（復刊）第十卷第十一期　1977 年 5 月

國風淫詩公案述評　蔣勵材撰　東方雜誌（復刊）第十卷第十二期　1977 年

6 月

朱子對於古籍訓釋的見解　胡楚生撰　大陸雜誌第五十五卷第二期　1977 年
8 月

詩經中的賦比興　胡念貽撰　收入詩經研究論文集第二集　北京　人民文學
出版社　1970 年

朱熹的詩經學　賴炎元撰　中國國學第七期　1979 年 9 月

從四書集註章句論朱子爲學的態度　（日）大槻信良撰　黃俊傑譯　大陸雜
誌第六十卷第六期　1980 年 6 月

歷代學者與詩序　張成秋撰　新竹師專學報第七期　1981 年 5 月

朱子說詩前後期之轉變　潘重規撰　孔孟月刊第二十卷第十二期　1982 年 8
月

詩經二南時地異說之探討　裴普賢撰　收入臺靜農生八十壽慶論文集　臺北
聯經出版公司　1982 年 11 月

詩經序傳箋略例　黃季剛撰　蘭州大學學報 1982 年第三期　1982 年 7 月

論毛傳鄭箋的異同　祝敏徹、尚春生撰　蘭州大學學報 1983 年第一期　1983
年 1 月

賦比興的語言結構　周英雄撰　收入結構主義與中國文學　臺北　東大圖書
公司　1983 年 3 月

六義說考辨　郭紹虞撰　收入照隅室古典文學論集下編　上海　上海古籍出
版社　1983 年 10 月

毛傳釋例　施炳華撰　成功大學學報第十九卷　1984 年 3 月

呂祖謙的詩經學　賴炎元撰　中國學術年刊第六期　1984 年 6 月

清及近代傳世詩集傳宋刊本概述　呂藝撰　文獻二十二輯　北京　書目文獻
出版社　1984 年 12 月

論漢代和宋代的《詩經》研究及其在清代的繼承和發展　胡念貽撰　收入古
代文學研究論集　北京　中國文聯出版公司　1985 年 2 月

論朱熹詩說與毛鄭之學的異同及歷史意義　謝謙撰　四川師院學報　1985 年
第三期

宋代學風變古中的《詩經》研究　石文英撰　廈門大學學報（哲社版）　1985
年第四期

詩序與詩經　龍宇純撰　收入文史論文集　臺北　臺灣商務印書館　1985 年
6 月

朱熹詩集傳與毛詩的初步比較　莫礪鋒撰　中國古典文學論叢第二輯　北京
人民文學出版社　1985 年 8 月

宋代詩經學概論　馮寶志撰　古籍整理與研究 1986 年第一期　1986 年 10 月

毛傳興義評述　施炳華撰　成功大學學報第二十一卷　1986 年 11 月

二南研究　陸侃如撰　收入陸侃如古典文學論文集　上海　上海古籍出版社　1987 年 1 月

論朱熹的美刺之辨　謝謙撰　西南師範大學學報　1987 年第一期

朱熹「淫詩」之說平議　謝謙撰　四川師範大學學報　1987 年第二期　1987 年 4 月

《詩集傳》與毛傳鄭箋訓詁相通說　李開金撰　武漢大學學報 1987 年第三期　1987 年 5 月

《詩經》研究史鳥瞰　程俊英、蔣見元撰　江海學刊　1988 年第一期

朱熹論「詩」主張及其所著「詩集傳」　左松超撰　孔孟學報第五十五期　1988 年 4 月

朱熹詩集傳二十卷本和八卷本的比較　左松超撰　收入高仲華先生八秩榮慶論文集　高雄　高雄師範學院國文研究所　1988 年 4 月

鄭玄詩箋釋例　周國瑞撰　殷都學刊 1989 年第一期　1989 年 1 月

論詩教　張須撰　收入中國古代文論研究論文集　上海　上海古籍出版社　1989 年 2 月

賦比興閒詁　傅庚生撰　上海　上海古籍出版社　1989 年 2 月

詩學之正源　法度之準則——從賦比興傳統看藝術構思的民族特色　牟世金撰　收入古代文學理論叢刊　臺北　新文豐出版公司　1989 年 6 月

朱子說詩先後異同條辨　何澤恆撰　國立編譯館館刊第十八卷第一期　1989 年 6 月

毛詩序問題辨說　王錫榮撰　收入中國古典文學論叢　臺北　新文豐出版公司　1989 年 10 月

朱熹詩集傳對毛詩序的批判和繼承　原新梅撰　徐州師範學院學報　1990 年第四期。

毛詩賦比興較論　施炳華撰　成功大學學報第二十四卷　1990 年 12 月

賦比興新解　王念恩撰　收入古典文學第十一集　臺北　臺灣學生書局　1990 年 12 月

也談詩經的興　龍宇純撰　中國文哲研究集刊第一期　1991 年 3 月

朱熹的詩經說興詩序　楊天宇撰　河南大學學報第三十三卷第二期　1992 年 2 月

《詩集傳》體例特徵張祝平撰　古籍整理研究學刊　1993 年第一期

詩經學史研究的回顧與前瞻　林慶彰撰　收入中國文哲研究的回顧與展望論文集　臺北　中央研究院中國文哲研究所籌備處　1993 年 5 月

朱熹的詩論　黃景進撰　收入國際朱子學會議論文集下冊　臺北　央央研究

院中國文哲研究所籌備處　1993 年 5 月

朱熹經典解釋方法論初探　慶甫撰　華中師範大學學報（哲社版）　1993 年
第二期。

朱熹「淫詩」說考辨　賴炎元撰　孔孟月刊第三十一卷第七期　1993 年 3 月

「詩言志」──中國文學思想的最早綱領　王文生撰　中國文哲研究集刊第
三期　1993 年 3 月

朱子對傳統經說的態度──以朱子詩經著述爲例　林慶彰撰　收入國際朱子
學會議論文集上冊　臺北　中央研究中國文哲研究所籌備處　1993 年 5 月

朱熹的注釋和辨僞　曾貽芬撰　史學史研究　1993 年第四期

朱熹的理氣論與詩文觀　張靜二撰　中外文學第二十二卷第四期　1993 年 9
月

臺灣近四十年詩經學研究概況　林慶彰撰　收入詩經國際學術研討會論文集
保定　河北大學出版社　1994 年 6 月

宋學的發展和演變　漆俠撰　文史哲　1995 年第一期

論朱熹《詩集傳》　張啟成撰　貴州文史叢刊　1995 年第三期

姚際恒對朱子《詩集傳》的批評　林慶彰撰　中國文哲研究集刊第八期　1996
年 3 月

漢朝《詩經》學的多元性格　林耀潾撰　孔孟學報第七十二期　1996 年 9 月

宋代疑古惑經思潮與《詩經》研究　兼論朱熹對詩經學的貢獻　殷光熹撰　思
想戰線　1996 年第五期

釋朱熹詩集傳之「賦比興」　趙明媛撰　勤益學報第十五期　1997 年 11 月

朱熹《詩經》解釋方法新探　張旭曙撰　江漢論壇　1998 年第一期

朱熹《詩序辨說》述義　楊晉龍撰　中國文哲研究集刊第十二期　1998 年 3
月

論八卷本《詩集傳》非朱子原帙　兼論《詩集傳》之版本──與左松超先生
商榷　朱杰人撰　收入經學研究論叢第五輯　臺北　臺灣學生書局　1998
年 8 月

「鄭聲淫」析論　陳智賢撰　文藻學報第十三期　1999 年 3 月

《朱子語類》論《詩經》　吳培德撰　雲南師範大學學報第三十一卷第二期
1999 年 4 月

毛詩序的詮釋系統及價值問題　盧景商撰　輔仁國文學報第十五期　1999 年
5 月

《詩經‧三頌》《毛序》與朱《傳》異同之較研究　王清信撰　收入經學研究
論叢第六輯　臺北　臺灣學生書局　1999 年 6 月

孔穎達毛詩正義的特點　黃錦鋐撰　孔孟月刊第三十七卷第十二期　1999 年

8 月

朱熹《詩》經學析論　蔡方鹿撰　收入經學研究論叢第七輯　臺北　臺灣學生書局　1999 年 9 月

「毛傳」標興之商兌　余培林撰　玄奘學報第四期　2001 年 10 月

顧頡剛論《詩序》　林慶彰撰　應用語文學報第三號　2001 年 6 月

《詩經》詮釋傳統中之「風雅正變」說研究　張寶三撰　收入中國經典詮釋傳統（三）文學與道家經典篇　臺北　財團法人喜瑪拉雅研究發展基金會　2002 年 3 月

《毛詩序》在《詩經》解釋傳統的地位　林慶彰撰　收入中國經典詮釋傳統（三）　文學與道家經典篇　臺北　財團法人喜瑪拉雅研究發展基金會　2002 年 3 月

朱子《詩傳綱領》研究　朱傑人撰　收入朱子學的開展——學術篇　臺北　漢學研究中心　2002 年 6 月

朱子《詩集傳·二南》的教化觀　林慶彰撰　收入朱子學的開展——學術篇　臺北　漢學研究中心　2002 年 6 月